【臺灣現當代作家
研究資料彙編】52

張深切

國立台灣文學館
出版

部長序

　　時光的腳步飛快，還記得去年「臺灣現當代作家研究資料彙編第三階段」成果發表會當天，眾多作家、文友，以及參與計畫的學者專家齊聚一堂，將小小的紀州庵擠得水洩不通，窗外是陰雨綿綿的冬日，但溫潤燦麗的文學燭光，卻點燃了滿室熱情與溫馨。當天出席的貴賓，除了表達對資料彙編成書的欣喜之情，多半不忘殷殷提醒，切莫中斷這場艱鉅卻充滿能量的文學馬拉松，一定要再接再厲深入梳理更多資深作家的創作與研究成果，將其文學身影烙下鮮明的印記。

　　就在眾人引頸期盼與祝福聲中，國立臺灣文學館以前此豐碩成果為基礎，於 2014 年持續推動「臺灣現當代作家研究資料彙編計畫」第四階段，出版刻正呈現於讀者眼前的蘇雪林、張深切、劉吶鷗、謝冰瑩、吳新榮、郭水潭、陳紀瀅、巫永福、王昶雄、無名氏、吳魯芹、鹿橋、羅蘭、鍾梅音共 14 位前輩作家的研究資料專書。看到這份名單，想必召喚出許多人腦海中悠遠而美好的閱讀記憶：蘇雪林的《綠天》、《棘心》，謝冰瑩的《從軍日記》、《女兵自傳》，為我們勾勒了 20 世紀初現代女性的新形象；臺灣最早的「電影人」黑色青年張深切、上海名士派劉吶鷗的風采；人人都能琅琅上口的王昶雄《阮若打開心內的門窗》；無名氏純情而又淒美的《塔裡的女人》；鹿橋對抗戰時期西南聯大青年學子生活和理想的詠歎《未央歌》、鍾梅音最早的女性旅遊書寫《海天遊蹤》……。每一部作品，都是一幅時代風景，是臺灣人共同走過的生命絮語，也是涓滴不息的臺灣文學細流。只是，隨著光陰流轉，許多資深前輩作家逐漸滑進歷史的夾縫，淡出了文學的舞臺。

而「臺灣現當代作家研究資料彙編」叢書的出版，無疑正是重現這些文學巨星光芒的一面明鏡，透過相關資料的蒐集、梳理、彙整，映現作家的生命軌跡、文學路徑；評論者巧眼慧心的析論，則為讀者展開廣闊的閱讀視野，讓文本解讀的面向更加豐富多元。這不僅是對近百年來臺灣新文學的驗收或檢視，同時也是擴展並深化臺灣文學研究的嶄新契機。在此特別感謝承辦單位台灣文學發展基金會所組成的工作團隊，以及參與其事的專家、學者，當然更要謝謝長期以來始終孜孜不倦、埋首於文學創作的前輩作家們，因為有您們，才讓我們收穫了今日這一片臺灣文學的繁花似錦。

文化部部長　龍應台

館長序

　　作家站在文學與時代的樞紐，在時代風潮、社會脈動中，用文字鋪展出獨具個人風格的作品。透過心與筆，引領讀者進入真與美的世界，與充滿無限可能的人生百態。而作家到底是什麼樣的一群人？他們寫什麼？如何寫？又為何寫？始終是文學天地裡相當引人入勝的問題之一。此所以包括學院裡的文學研究者和文壇書市中的讀者書迷，莫不對「作家」充滿好奇與興趣，想要一窺其人生之路的曲折、梳理其心靈感知的走向、甚至是挖掘、比較其與不同世代乃至同輩寫作者的風格異同。這些面向，不僅關乎作家自身的創作經歷和文學表現，更與文學史的演進有密不可分的關係。

　　作為一所國家級的文學博物館，國立臺灣文學館除了致力於臺灣文學的教育、推廣，舉辦各項展覽，另一項責無旁貸的使命即是文學史料的蒐集、整理、研究，並將這些資源和成果與社會大眾分享，以促進臺灣文學的活絡與發展。懷抱著這樣的初衷，本館成立11年以來，已陸續出版數套規模可觀的文學史料圖書，其中，以作家為主體，全面觀照其文學樣貌與歷史地位的「臺灣現當代作家研究資料彙編」系列叢書，可說是完整而貼切地回答了上述問題，向讀者提出對作家及其作品的理解與詮釋。

　　「臺灣現當代作家研究資料彙編計畫」啟動於 2010 年，先後分三階段纂輯、彙編、出版賴和等 50 位臺灣重要現當代作家研究資料專書，每冊皆涵蓋作家影像、生平小傳、作品目錄及提要、文學年表以及其代表性的評論文章和研究目錄。由於內容翔實嚴謹，一致獲得文學界人士高度肯定，並期許持續推展，以使臺灣作家研究累積

更為深化而厚實的基礎。職是之故，臺文館於 2014 年展開第四階段
計畫，承續以往，以經年的時間完成蘇雪林、張深切、劉吶鷗、謝
冰瑩、吳新榮、郭水潭、陳紀瀅、巫永福、王昶雄、無名氏、吳魯
芹、鹿橋、羅蘭、鍾梅音共 14 位資深前輩作家研究資料彙編。本計
畫工程浩大而瑣碎，幸賴承辦單位秉持一貫敬謹任事的精神，組成
經驗豐富的編輯團隊，以嫻熟縝密的工作流程，順利將成果呈現於
讀者眼前；在此也同時感謝長期支持參與本計畫的專家學者，齊為
這棵結實纍纍的文學大樹澆灌滋養。

國立臺灣文學館館長　翁誌聰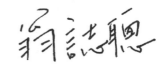

編序

◎封德屏

緣起

1995 年 10 月 25 日，在臺灣師範大學教育大樓的 201 室，一場以「面對臺灣文學」為題的座談會，在座諸位學者分別就臺灣文學的定義、發展、研究，以及文學史的寫法等，提出宏文高論，而時任國家圖書館編纂張錦郎的「臺灣文學需要什麼樣的工具書」，輕鬆幽默的言詞，鞭辟入裡的思維，更贏得在座者的共鳴。

張先生以一個圖書館工作人員自謙，認真專業地為臺灣這幾十年來究竟出版了多少有關臺灣文學的工具書，做地毯式的調查和多方面的訪問。同時條理分明地針對研究者、學生，列出了十項工具書的類型，哪些是現在亟需的，哪些是現在就可以做的，哪些是未來一步一步累積可以達成的，分別做了專業的建議及討論。

當時的文建會二處科長游淑靜，參與了整個座談會，會後她劍及履及的開始了文學工具書的委託工作，從 1996 年的《臺灣文學年鑑》起始，一年一本的編下去，一直到現在，保存延續了臺灣文學發展的基本樣貌。接著是《中華民國作家作品目錄》的新編，《臺灣文壇大事紀要》的續編，補助國家圖書館「當代文學史料影像全文系統」的建置，這些工具書、資料庫的接續完成，至少在當時對臺灣文學的研究，做到一些輔助的功能。

2003 年 10 月，籌備多年的「臺灣文學館」正式開幕運轉。同年五月《文訊》改隸「財團法人台灣文學發展基金會」，為了發揮更大的動能，開

始更積極、更有效率地將過去累積至今持續在做的文學史料整理出來，讓
豐厚的文藝資源與更多人共享。

　　於是再次的請教張錦郎先生，張先生認為文學書目、作家作品目錄、
文學年鑑、文學辭典皆已完成或正在進行，現在重點應該放在有關「臺灣
現當代作家評論資料目錄」的編輯工作上。

　　很幸運的，這個計畫的發想得到當時臺灣文學館林瑞明館長的支持，
於是緊鑼密鼓的展開一切準備工作：籌組編輯團隊、召開顧問會議、擬定
工作手冊、撰寫計畫書等等。

　　張錦郎先生花了許多時間編訂工作手冊，每一位作家的評論資料目錄
分為：

　　（一）生平資料：可分作者自述，旁人論述及訪談，文學獎的紀錄。

　　（二）作品評論資料：可分作品綜論，單行本作品評論，其他作品
（包括單篇作品）評論，與其他作家比較等。

　　此外，對重要評論加以摘要解說，譬如專書、專輯、學術會議論文集
或學位論文等，凡臺灣以外地區之報刊及出版社，於書名或報刊後加註，
如中國大陸、香港、新加坡等。此外，資料蒐集範圍除臺灣外，也兼及中
國大陸、香港、新加坡、日本、韓國及歐美等地資料，除利用國內蒐集管
道外，同時委託當地學者或研究者，擔任資料蒐集工作。

　　清楚記得，時任顧問的學者專家們，都十分高興這個專案的啟動，但
確定收錄哪些作家名單時，也有不同的思考及看法。經過充分的討論後，
終於取得基本的共識：除以一般的「文學成就」為觀察及考量作家的標準
外，並以研究的迫切性與資料獲得之難易度為綜合考量。譬如說，在第一
階段時，作家的選擇除文學成就外，先考量迫切性及研究性，迫切性是指
已故又是日治時期臺籍作家為優先，研究性是指作品已出土或已譯成中文
為優先。若是作品不少而評論少，或作品評論皆少，可暫時不考慮。此
外，還要稍微顧及文類的均衡等等。基本的共識達成後，顧問群共同挑選
出 310 位作家，從鄭坤五、賴和、陳虛谷以降，一直到吳錦發、陳黎、蘇

偉貞，共分三個階段進行。

　　「臺灣現當代作家評論資料目錄」專案計畫，自 2004 年 4 月開始，至 2009 年 10 月結束，分三個階段歷時五年六個月，共發現、搜尋、記錄了十餘萬筆作家評論資料。共經歷了三位專職研究助理，近三十位兼任研究助理。這些研究助理從開始熟悉體例，到學習如何尋找資料，是一條漫長卻實用的學習過程。

接續

　　「臺灣現當代作家評論資料目錄」的專案完成，當代重要作家的研究，更可以在這個基礎上，開出亮麗的花朵。於是就有了「臺灣現當代作家研究資料彙編暨資料庫建置計畫」的誕生。為了便於查詢與應用，資料庫的完成勢在必行，而除了資料庫的建置外，這個計畫再從 310 位作家中精選 50 位，每人彙編一本研究資料，內容有作家圖片集，包括生平重要影像、文學活動照片、手稿及文物，小傳、作品目錄及提要、文學年表。另外每本書分別聘請一位最適當的學者或研究者負責編選，除了負責撰寫八千至一萬字的作家研究綜述外，再從龐雜的評論資料中挑選具有代表性的評論文章，平均 12～14 萬字，最後再附該作家的評論資料目錄，以期完整呈現該作家的生平、創作、研究概況，其歷史地位與影響。

　　第一部分除資料庫的建置外，50 位作家 50 本資料彙編（平均頁數 400～500 頁），分三個階段完成，自 2010 年 3 月開始至 2013 年 12 月，共費時 3 年 9 個月。因為內容充實，體例完整，各界反應俱佳，第二部分的 50 位作家，接著在 2014 年元月展開，第一階段計畫出版 14 本，預計在 2015 年元月完成。超量的出版工程，放諸許多臺灣民間的出版公司，都是不可能的任務。

　　首先，工作小組必須掌握每位編選者進度這件事，就是極大的挑戰。於是編輯小組在等待編選者閱讀選文的同時，開始蒐集整理作家生平照片、手稿，重編作家年表，重寫作家小傳，尋找作家出版品的正確版本、

版次,重新撰寫提要。這是一個極其複雜的工程。還好有宇霈帶領認真負責的工作同仁,以及編輯老手秀卿幫忙,才讓整個專案延續了一貫的品質及進度。

成果

雖然過程是如此艱辛,如此一言難盡,可是終究看到豐美的成果。每位編選者雖然忙碌,但面對自己負責的作家資料彙編,卻是一貫地認真堅持。他們每人必須面對上千或數百筆作家評論資料,挑選重要或關鍵性的評論文章,全面閱讀,然後依照編選原則,挑選評論文章。助理們此時不僅提供老師們所需要的支援,統計字數,最重要的是得找到各篇選文作者,取得同意轉載的授權。在起初進度流程初估時,我們錯估了此項工作的難度,因為許多評論文章,發表至今已有數十年的光景,部分作者行蹤難查,還得輾轉透過出版社、學校、服務單位,尋得蛛絲馬跡,再鍥而不捨地追蹤。有了前面的血淚教訓,日後關於授權方面,我們更是如臨深淵、如履薄冰,希望不要重蹈覆轍,在面對授權作業時更是戰戰兢兢,不敢懈怠。

除了挑選評論文章煞費苦心外,每個作家生平重要照片,我們也是採高標準的方式去蒐集,過世作家家屬、友人、研究者或是當初出版著作的出版社,都是我們徵詢的對象。認真誠懇而禮貌的態度,讓我們獲得許多從未出土的資料及照片,也贏得了許多珍貴的友誼。許多作家都協助提供照片手稿等相關資料,已不在世的作家,其家屬及友人在編輯過程中,也給予我們許多協助及鼓勵,藉由這個機會,與他們一起回憶、欣賞他們親人或父祖、前輩,可敬可愛的文學人生。此外,還有許多作家及研究者,熱心地幫忙我們尋找難以聯繫的授權者,辨識因年代久遠而難以記錄年代、地點、事件的作家照片,釐清文學年表資料及作家作品的版本問題,我們從他們身上學習到更多史料研究可貴的精神及經驗。

但如何在規定的時間內,完成每個階段資料彙編的編輯出版工作,對

工作小組來說，確實是一大考驗。每一冊的主編老師，都是目前國內現當代臺灣文學教學及研究的重要人物，因此都十分忙碌。每一本的責任編輯，必須在這一年多的時間內，與他們所負責資料彙編的主角──傳主及主編老師，共生共榮。從作家作品的收集及整理開始，必須要掌握該作家所有出版的作品，以及盡量收集不同出版社的版本；整理作家年表，除了作家、研究者已撰述好的年表外，也必須再從訪談、自傳、評論目錄，從作品出版等線索，再作比對及增刪。再來就是緊盯每位把「研究綜述」放在所有進度最後一關的主編們，每隔一段時間提醒他們，或順便把新增的評論目錄寄給他們（每隔一段時間就有新的相關論文或學位論文出現），讓他們隨時與他們所主編的這本書，產生聯想，希望有助於「研究綜述」撰寫的進度。

在每個艱辛漫長的歲月中，因等待、因其他人力無法抗拒的因素，衍伸出來的問題，層出不窮，更有許多是始料未及的。譬如，每本書的選文，主編老師本來已經選好了，也經過授權了，為了抓緊時間，負責編輯的助理們甚至連順序、頁碼都排好了，就等主編老師的大作了，這時主編突然發現有新的文章、新的資料產生：再增加兩三篇選文吧！為了達到更好更完備的目標，工作小組當然全力以赴，聯絡，授權，打字，校對，重編順序等等工作，再度展開。

此次第二部分第一階段共需完成的 14 位作家研究資料彙編，年齡層較上兩個階段已年輕許多，因此到最後的疑難雜症，還有連主編或研究者都不太清楚的部分，譬如年表中的某一件事、某一個年代、某一篇文章、某一個得獎記錄，作家本人絕對是一個最好的諮詢對象，對解決某些問題來說，這是一個好的線索，但既然看了，關心了，參與了，就可能有不同的看法，選文、年表、照片，甚至是我們整本書的體例，於是又是一場翻天覆地的大更動，對整本書的品質來說，應該是好的，但對經過多次琢磨、修改已進入完稿階段的編輯團隊來說，這不啻是一大挑戰。

1990 年開始，各地縣市文化中心（文化局），對在地作家作品集的整

理出版，以及臺灣文學館成立後對日治時期作家以迄當代重要作家全集的
編纂，對臺灣文學之作家研究，也有了很好的促進作用。如《楊逵全
集》、《林亨泰全集》、《鍾肇政全集》、《張文環全集》、《呂赫若日
記》、《張秀亞全集》、《葉石濤全集》、《龍瑛宗全集》、《葉笛全
集》、《鍾理和全集》、《錦連全集》、《楊雲萍全集》、《鍾鐵民全
集》等，如雨後春筍般持續展開。

　　經過近二十年的努力，臺灣文學的研究與出版，也到了可以驗收或檢
討成果的階段。這個說法，當然不是要停下腳步，而是可以從「臺灣現當
代作家評論資料目錄」所呈現的 310 位作家、10 萬筆資料中去檢視。檢視
的標的，除了從作家作品的質量、時代意義及代表性去衡量外、也可以從
作家的世代、性別、文類中，去挖掘還有待開墾及努力之處。因此在這樣
的堅實基礎上，這套「臺灣現當代作家研究資料彙編」，每位編選者除了
概述作家的研究面向外，均有些觀察與建議。希望就已然的研究成果中，
去發現不足與缺憾，研究者可以在這些不足與缺憾之處下功夫，而盡量避
免在相同議題上重複。當然這都需要經過一段時間去發現、去彌補、去重
建，因此，有關臺灣文學的調查與研究，就格外顯得重要了。

期待

　　感謝臺灣文學館持續支持推動這兩個專案的進行。「臺灣現當代作家
評論資料目錄」的完成，呈現的是臺灣文學研究的總體成果；「臺灣現當
代作家研究資料彙編」套書的出版，則是呈現成果中最精華最優質的一
面，同時對未來臺灣文學的研究面向與路徑，作最好的建議。我們可以很
清楚的體會，這是一條綿長優美的臺灣文學接力賽，我們十分榮幸能參與
其中，更珍惜在傳承接力的過程，與我們相遇的每一個人，每一件讓我們
真心感動的事。我們更期待這個接力賽，能有更多人加入。誠如張恆豪所
說「從高音獨唱到多元交響」，這是每一個人所期待的。

編輯體例

一、本書編選之目的，為呈現張深切生平、著作及研究成果，以作為臺灣
　　文學相關研究、教學之參考資料。

二、全書共五輯，各輯內容及體例說明如下：

　　輯一：圖片集。選刊作家各個時期的生活或參與文學活動的照片、著
　　　　　作書影、手稿（包括創作、日記、書信）、文物。

　　輯二：生平及作品，包括三部分：

　　　　　1.小傳：主要內容包括作家本名、重要筆名，生卒年月日，籍
　　　　　　貫，及創作風格、文學成就等。

　　　　　2.作品目錄及提要：依照作品文類（論述、詩、散文、小說、
　　　　　　劇本、報導文學、傳記、日記、書信、兒童文學、合集）及
　　　　　　出版順序，並撰寫提要。不收錄作家翻譯或編選之作品。

　　　　　3.文學年表：考訂作家生平所進行的文學創作、文學活動相關
　　　　　　之記要，依年月順序繫之。

　　輯三：研究綜述。綜論作家作品研究的概況，並展現研究成果與價值
　　　　　的論文。

　　輯四：重要文章選刊。選收國內外具代表性的相關研究論文及報導。

　　輯五：研究評論資料目錄。收錄至 2014 年 11 月底止，有關研究、論
　　　　　述臺灣現當代作家生平和作品評論文獻。語文以中文為主，兼
　　　　　及日文和英文資料。所收文獻資料，以臺灣出版為主，酌收中
　　　　　國大陸、香港、日本和歐美國家的出版品。內容包含三部分：

　　　　　1.「作家生平、作品評論專書與學位論文」下分為專書與學位
　　　　　　論文。

　　　　　2.「作家生平資料篇目」下分為「自述」、「他述」、「訪談」、
　　　　　　「年表」、「其他」。

　　　　　3.「作品評論篇目」下分為「綜論」、「分論」、「作品評論目
　　　　　　錄、索引」、「其他」。

目次

【輯五】研究評論資料目錄

輯一◎圖片集

影像◎手稿◎文物

約1923年，就讀日本青山學院時的張深切。　　　1931年，張深切攝於赴上海前夕。
（「文經社」提供）　　　　　　　　　　　　　（「文經社」提供）

1932年3月，張深切（立者右三）與上海《江南正報》社長山田純三郎
（前排右三）及同仁合影。（「文經社」提供）

1934年，張深切夫婦（前排右一、二）與文友拜訪林文騰（後排右三），攝於
彰化北斗。（「文經社」提供）

1935年8月11日，攝於「臺灣文藝聯盟」主辦之臺灣文藝大會。前排：田中保男
（右一）、吳新榮（右二）、陳茂堤（右四）、莊遂性（右五）、陳紹馨（右
六）；中排：賴明弘（右四）、張星建（右八）、楊逵（右九）、莊明鐺（右
十）、吳來興（左三）、何集璧（左五）；後排：張深切（右一）、王登山（右
三）、陳清池（右四），吳天賞（左二）。（吳南圖提供）

1935年，張深切與「臺灣文藝聯盟」同仁合影。前排左起：張深切、妹張碧珸、吳天賞；後排左起：楊逵、張星建。（「文經社」提供）

1930年代中期，張深切與家人合影。前排左起：女兒張媚、張深切、妻洪愛月與子張孫煜（被抱者）；立者左起：四弟張鴻禧、五弟張鴻標。（「文經社」提供）

1936年5月23日，張深切（後排右三）與文友攝於「臺灣文藝聯盟
臺北支部發會式」。前排：張星建（右三）、吳瀛濤（右四）。
（翻攝自《里程碑》，聖工出版社）

1936年7月16日，韓籍舞蹈家崔承喜應「臺灣文藝聯盟」之邀訪臺，與張深切及其親友合影於臺中。左起：張深切（後）、張星建、佚名（後）、崔承喜、妹張碧珨、妻洪愛月與子張孫煜（前）。（「文經社」提供）

1936年12月，與文友拜訪來臺訪問的中國作家郁達夫。坐者左起：林文騰、郁達夫、張星建；立者左起：張深切、臺灣總督府特派員、李献璋。（翻攝自《里程碑》，聖工出版社）

1934～1936年間，張深切（立者最後一排右二）與「東亞共榮協會」
成員合影。前排坐者：宮原武熊（左三）、陳炘（右二）。（翻攝
自《里程碑》，聖工出版社）

1937年5月8日，與文友參與「第三回台陽展臺中移動展會員歡迎座談會」，
與藝術家合影於臺中俱樂部。前排左起：陳德旺、楊三郎、李梅樹、陳澄
波、李石樵、洪瑞麟、張星建（立者）；中排左二起：楊逵、田中保男、佚
名、林文騰；後排右起：吳天賞、莊遂性（後）、佚名、葉陶、張深切、巫
永福、莊明鑑。（巫永福文化基金會、埔里鎮立圖書館提供）

1939年，張深切於北京藝術專科學校授課時留影。（「文經社」提供）

1939年，張深切攝於北京藝術專科學校。（「文經社」提供）

1939～1940年間，旅居北京時期的張深切。（「文經社」提供）

1939年，著名水墨畫家蔣兆和於北京藝術專科學校辦公室為張深切所繪畫像。（「文經社」提供）

1941年1月3日，張深切於返臺期間與文友赴臺中霧峰拜訪林獻堂。右起：張深切、佚名、吳天賞、張文環、佚名、楊水心、林獻堂，左起：黃得時、陳逸松、巫永福。（「文經社」提供）

1942年，任職於北京新民印書館編輯時的張深切。（「文經社」提供）

1943年，張深切與友人合影於北京。左起：張深切、佚名、楊基振、楊肇嘉、吳三連。（「文經社」提供）

1940年代初期，張深切與妻洪愛月合影於北京寓所。（「文經社」提供）

1944年中秋，攝於女兒訂婚典禮。坐者左起：張深切、女婿連吉璋、
女兒張媚、子張孫煜、妻洪愛月；立者左三起：黃烈火、宋維屏、林
文騰。（「文經社」提供）

1938～1945年間，張深切（前排右一）與張我軍（後排左一）、洪炎秋（後排左二）等文友合影。（「文經社」提供）

1943～1945年，與友人合影於北京。坐者右起：子張孫煜、黃烈火、宋維屏；後排：張深切（右一）、女婿連吉璋（左一）。（「文經社」提供）

1946年10月，張深切與家族成員合影，攝於張家南投市祖厝。前排：外甥吳榮崇（左五）、子張孫煜（左六）；中排左起：二妹張葉（抱吳榮斌）、四弟媳、四弟張鴻禧、二叔、小叔張茱、小嬸、佚名、大嫂；後排左起：二妹婿吳萬紫、五弟張鴻標、張深切、姪張元來、三弟張煌宜、佚名、大姊、姪女張梅桂、三弟媳。（「文經社」提供）

1946年，任職臺中師範學校教務主任的
張深切。（「文經社」提供）

1947年，張深切於二二八事件後，與家人祭拜養父張玉書墓。左起：
妻洪愛月、張深切、子張孫煜、妹張碧珥。（「文經社」提供）

1957年，編導電影《邱罔舍》時的張深切。（「文經社」提供）

1958年,張深切攝於臺中市自宅。
(「文經社」提供)

1963年,張深切夫婦合影。(「文經社」提供)

1998年2月14日,「《張深切全集》新書發表會」於臺北誠品書店敦
南店舉辦。左起:子張孫煜、劉捷、彭小妍、陳芳明、巫永福、黃英
哲。(「文經社」提供)

2014年5月9日，臺灣青年劇團舉辦《深切的火花》舞臺劇記者會，張孫煜夫婦（中立者）與該劇全體演員，於南投縣文化園區向張深切銅像致敬。（臺中市青年高中電影電視科提供）

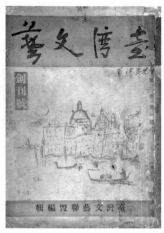

1934年11月，張深切主編之《臺灣文藝》創刊號。（國立臺灣文學館提供）

「臺灣文藝聯盟本部」招牌。1997年由張深切家屬於張家南投市祖厝舊物中覓得。（國立臺灣文學館提供）

1939年9月，張深切於北京主編之《中國文藝》創刊號。（秦賢次提供）

中國文藝

三國故事與元明清三代之雜劇　傅惜華
俞理初的詼諧　知堂
菜圃偶談　子向
相國歷史
現代繪畫　徐祖秀
巴黎的夜生活　木昜
殘羽　王石子
鳳姑娘　藝歌
稻老伯　汪家鼎

中國文藝社發元

—1—　　　藝　文　國　中

創刊詞

人的意志和心性固然容易受環境的支配，但是其實簡愈識，卻揮乎良知與良能常視欲和環境會扎與反抗；這些非保憲識受道通影響而提醒我道通影響而無發良知以及良能的綜故。過去的歷史對照著何等的波瀾曲折，其軌道依然走著曲折的路線，微此乃實的史跡。微此乃實的史跡，也能窺見人類進步的遲鈍了。人類既然是艱苦困難的進步，而沒得進步，那末人心自然不肯，遂違蓋蔗臻遠離一個義不同一點語離難毛義，對進一點語離難毛義是時時的注意。因義步少一個前進的形容，和事物的擴大與反退步的現念的概念，所以進步和提難化是相生而相生的。

單純「為生而生」的本能的人生觀，更從乎敦觀的異倫理，道德，政治，法律，文藝，藝術，一直走科舉新的途徑；到了現在已進至因知識的程度與環境的情狀，理性的威思以及以及種種的差異即規定其差異了。合格之水生於充實，百屬之樓產於次而，凡一切的事物都無不為大於其組，為驚於其而，從單純而趨。

複雜的地方，似無自言的必要。
總之，中國的文化已經在過去曾創造了一個燦爛的時代，透浩句燃海的文化，為了時潮的閉塞與遲逝，反之，我國能立於於水的方法；蓬武水雕，且其環居其民族，國文化較為低劣，國文化較為低劣，而來得相較相敏的機會，就會一間間題，而且不屬文另一個間題，而諸多又為另一個間題，此屬有自有過未不同的地方。倘無形形下的前進，即一相對的形容之間，而相對，批評，淘汰，文化以維持其稀遙的生命。

閉，已能前長江的的泛濫，沉凊熱僧的民族，快熱僧的民族，互相核仿互相佀橋，所以文化的發展與其稀之間，迷遙而不能脫於了，對此汜濫的文化，廣籃流傷，論其共社之間，蓄武水雕，缺之疏之通之流之必能館展出，失如是中國的閉塞，血如是中國的閉塞，其新生活。倘同時也無能殺人一樣，文化也是一樣，苟不慎治而治，如文化之流毒也不下於洪水，但是違莅非空詠過得以實現，必須要有實踐躬體躬見效的鵑害，則理建傷文化和制造新文化的種子是目的的急務，但思違莅莅非空詠得以實現，必須要有實踐躬的意義與目的也概在此已！（完）

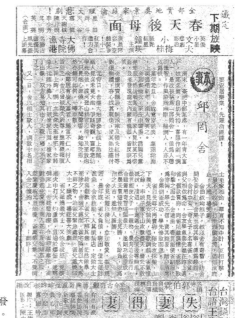

1957年，電影《邱罔舍》上映時戲院發
送之「本事」（劇情摘要的廣告單）。
（莊永明提供）

1957年，電影《邱罔舍》劇照。主角邱罔舍做
假大砲欺騙村人。（「文經社」提供））

肇〇嘉先生雅鑒　日前來北諸多未盡聊以志歉

忽接朵雲更覺汗顏　面約之事當敬或惟心神

悵惘讀藻紛亂病不能吟自然責無旁貸益勉步

我筆兄顏斷明吟一首以博一笑

如今不是舊京華　　老柏亭亭御砌斜

言笑筆從商榷盡　　養親尚有五書車

遠來故友多還在　　憂國無心玩紫花

久別相逢茶當酒　　西廂夢囑且忘家

　　　　　　　　　張深切 五月廿〇

1940年代初期，張深切致
楊肇嘉信函。（「文經
社」提供）

1943年4月21～22日，張
深切於日記中記載，通訊
社發表「編輯長張深切，
總編輯周作人」一事引發
周作人陣營不滿之過程。
（國立臺灣文學館提供）

1957年，張深切電影劇本《邱罔舍》第二部手稿。（國立臺灣文學館提供）

荔鏡傳「陳三五娘」

①

場所：潮陽陳府門樓前

時間：初春，早晨

人物：陳三，陳大嫂，陳必卿（陳三的三哥）陳俊（鄭妃）男女僕說父人及數頭親錦等（外細農十數人）

——陳三一行老幼向陳大嫂父人及數頭親錦等行禮

——陳三剛要跨上馬，陳俊趕出人拳去把陳三拖禮

陳俊：三哥，如今不早，陳俊病出人拳去把陳三拖禮……

陳三：我拳大哥之命，是送我大嫂往廣南……不錯拳陪……

陳俊：那裡呀！我沒有事兄弟者你，錄說今兒在廣南當差使鴻閣大底可做可發呀

陳三：當使（得的大嫂）這往是陳俊兒，張我閒學……

陳俊：（笑頭回禮）失陪了

陳三：哪件詩鏡趕得上來遲行也大好了，哪少良兄春看〈

——要沒有一定。大哥不知要我進行河南遲來結果賀善，討付時上住咚

陳俊：過往的事須要到來，家理的事須要料理……

陳三：我的三哥，請你放心……我馬上回來，那末我們走了

——喂前面快行進

陳俊：事馬閒坡行進

陳三：三爺說你一路平安

陳俊：謝々

——鄭店細農鄭立通左數述

——後男女的笙車，男的把行李遲行（車要的東西我咔車上

——號々前進）

NMTL 20060320002. 3/47

②

場所：路上

時間：隔日近午

人物：陳三跟陳大嫂，親錦男女傳送

陳三跟陳大嫂陳三一行沿路前進

——風光明媚，陳三一行沿路前進

陳三：三叔，大嫂說你不喜歡管人，居什麼呢？

大嫂：你是為什麼呢？

陳三：你是國官夫人，還不懂得這個道理聽？

大嫂：（搖搖頭看看三哥）

陳三：我說你做官上有下屬史，自己得舉止大方（既不喜歡賓人也不喜歡人管我，一般就不行了

大嫂：你是什麼呀？

陳三：（不覺笑了一捧）那些人你喜歡賓什麼？要賣沒行陵害善傳一旦事發身敗名裂，何苦

大嫂：我想做……清風明月……哈々

陳三：清風明月要人管聽？

大嫂：清風明月老人管聽！老人管聽？

陳三：有一個人可以管我……

大嫂：是我的娘？

陳三：是天下最善最美的女人

大嫂：天上天下唯我獨善！怎樣她就管你？

陳三：是啊！三爺把你當作神聖

大嫂：她是誰啊？

陳三：我啊？天下第一美人……

大嫂：你意意發燒真是找女子聽？

陳三：我啊？天下第一美人……是找出來等候來也了……哈々々！（開始他們天南地北

場所：五娘的居院

時間：近黃昏

人物：五娘，益春，成衣鋪老闆（南容清福）信女們

五娘益春成衣鋪老闆（南容清福）信女們

NMTL 20060320002. 3/47

1961年，張深切《荔鏡傳──陳三五娘》手稿。（國立臺灣文學館提供）

輯二◎生平及作品

小傳◎作品◎年表

小傳

張深切（1904～1965）

張深切，男，號楚女、列良，筆名紅草、之乎、者也、雲羽等。籍貫臺灣南投。1904 年（明治 37 年）8 月 19 日生，1965 年 11 月 8 日辭世，享壽 62 歲。

廣州中山大學法科政治系肄業。1927 年與郭德欽、張月澄以及林文騰等人組成「廣州臺灣革命青年團」，擔任宣傳部部長。1932 年任上海《江南正報》時評兼副刊主編，1934 年任《臺中新報》（1935 年更名《東亞新報》）記者與編輯。1938 年於北京藝術專科學校、新民學院擔任教職，並出任臺人旅平同鄉會會長，籌組中國文化振興會。1946 年返臺，任臺中師範學校教務主任。「二二八事件」後遠離政治，潛心於哲學研究與劇本創作。1957 年與友人合組「藝林影業公司」，擔任講師與編劇；同年，所編導之電影《邱罔舍》獲得故事類「第一屆金馬獎特別獎」。

為了「確保臺灣精神文化的基礎」，1934 年與賴明弘等，集合本島作家與文藝社團成立「臺灣文藝聯盟」，發行機關誌《臺灣文藝》，是 1930 年代臺灣新文學運動重要刊物之一。後因聯盟分裂與躲避日本政府監控，遂轉赴北京，後擔任《中國文藝》主編與發行人，以期保留中國文化遺產。然臺灣人身分與立場的兩難，也具體呈現於其中。

張深切創作文類以小說、散文與劇本為主。小說作品以日治時期發表的〈鴨母〉為代表作，放棄「心理描寫」與「沒必要寫景」的方式創作，

內容描繪臺灣的豪紳勾結日本人欺壓貧苦養鴨人家，批判日治時期資產階級與殖民者的結合。「二二八事件」期間，張深切逃亡藏匿於南投中寮山區，完成〈我與我的思想〉、《在廣東發動的臺灣革命運動史略附獄中記》，敘述早年思想的塑造，與臺灣人在廣州從事革命運動的始末及獄中生活點滴。回憶錄《里程碑》（又名《黑色的太陽》），記錄其前半生流轉臺灣、日本與中國三地的生命歷程，也是一個時代的投射，反映殖民統治下，臺灣知識分子的抵抗與挫折，思想上的矛盾與困惑。

　　張深切終身對戲劇熱愛不渝，日治時期曾與何集璧等人成立「臺灣演劇研究會」。戰後於《旁觀雜誌》發表電影劇本《遍地紅》，敘述「霧社事件」的始末。為一掃當時臺語片悲戚的氣氛與製作粗製濫造的情況，張深切籌組「藝林影業公司」，編導《邱罔舍》一片，使用幽默趣味的手法，以寓教於樂為信念，實踐其「文藝大眾化，須從演劇做起」之目的。陳芳明認為：「張深切對本土精神的追尋，始於知識菁英式的政治運動，繼之以聯合陣線式文學運動，終而投入大眾式的演劇運動。這種有跡可尋的思想發展，典型地反映了殖民地知識分子在喪失自主空間之後，仍然繼續以具體行動維護自我精神的一種努力」。

作品目錄及提要

【論述】

孔子哲學評論
臺中：中央書局
1954 年 12 月，32 開，514 頁
臺灣光復文化財團叢書第二輯

本書縱論先秦至宋代的儒學傳統，與先秦諸子對於儒學思想的批判。全書分「第一篇：緒論」、「第二篇：對儒派孔學評論之批判」、「第三篇：對反儒派孔學評論之批評」、「第四篇：結論」四部分，收錄〈哲學與科學〉、〈中國哲學的特徵〉、〈孔子的人與思想〉等 25 篇。正文前有游彌堅〈讀後感〉、張深切〈序〉。正文後有〈正誤對照表〉。

【散文】

在廣東發動的臺灣革命運動史略附獄中記
臺中：中央書局
1947 年 12 月，32 開，186 頁

本書為作者記錄 1927～1928 年間，臺灣人在廣州從事革命運動的始末，並以日文書寫因此事入獄的過程及獄中生活點滴。全書收錄〈廣東臺灣獨立革命運動史略〉與日文〈獄中記〉兩篇。正文前有張深切〈自序（一）〉、洪炎秋〈序〉、張我軍〈序〉、張文環日文〈序〉、張深切日文〈自序（二）〉。

我與我的思想

臺中：中央書局
1948 年 1 月，32 開，168 頁

本書為「二二八事件」後，作者避居南投山中期間，以回憶
錄的方式，敘述思想的轉折，並收錄旅居中國期間於報刊發
表之思想與藝文散論。全書收錄〈我與我的思想〉、〈關於意
識・戰爭・文藝〉、〈整理舊文化與創造新文化〉等十篇。正
文前有張深切〈自序〉。

我與我的思想

臺中：自印
1965 年 7 月，32 開，229 頁

本書以 1948 年出版的《我與我的思想》為基礎，內容略有
增刪。正文刪去〈整理舊文化與創造新文化〉、〈廢言廢
語〉，新增「外雜篇」，收錄〈教育革新芻議〉、〈泛論政治理
論與實際〉、〈殺犬記〉等八篇。正文前有張深切〈再版
序〉、張深切〈自序〉。

縱談日本

臺北：泰山出版社
1966 年 8 月，32 開，144 頁

本書論述日本的歷史與文化，藉此分析日本人的民族性與文
化性格，並夾述對於中日兩國的比較與批判。全書分為「上
篇・精神、性格」、「下篇・風俗、習慣、人情」兩部分。正
文前有洪尊元〈寫在《縱談日本》一書之前〉、張深切〈序
言〉。正文後附錄「張深切先生死後各方的追悼文章」，收錄
洪炎秋〈悼張深切兄〉、徐復觀〈一個「自由人」的形象的
消失——悼張深切先生〉、郭欽德〈悼念摯友張深切〉等九
篇及「各友好致送之輓聯，弔軸」。

【傳記】

里程碑　又名：黑色的太陽（4 冊）
臺中：聖工出版社
1961 年 12 月，32 開，608 頁

本部書共四冊，為作者前半生自傳，記錄
其於臺灣、日本、中國三地的求學生活，
並藉由參與社會、文化運動的過程，反映
日治時期臺灣知識分子的日本經驗、中國
經驗，及其思想轉折。全書分 1.紅甲家；
2.小殞石；3.接木；4.上大人；5 剃頭；6.
驚蟄；7.倒霉；8.母親等 95 節。正文前有
張深切〈序〉。

【劇本】

遍地紅
臺中：中央書局
1961 年 8 月，32 開，147 頁

本書為作者發表於《旁觀雜誌》之劇本《霧社櫻花遍地紅》，
敘述 1930 年發生於南投山區的「霧社事件」，另收錄 1934 年
發表的短篇小說〈鴨母〉。正文前有張深切〈自序〉。

【合集】

張深切全集／陳芳明、張炎憲、邱坤良、黃英哲、廖仁義主編
臺北：文經出版社公司
1998 年 1 月，25 開

共 12 冊，按自傳、評論、劇本、日記與書信分卷。各冊正文前有原著書影及作者
相關照片、陳芳明〈出版緒言〉、巫永福〈序（之一）〉、張孫煜〈序（之二）懷念
我的父親張深切先生〉、黃英哲〈總論——張深切的政治與文學〉、吳榮斌〈編輯
報告〉、黃英哲〈編例〉。正文後有張志相編，黃英哲、莊永明校訂〈張深切年
譜〉；張志相、黃英哲編〈張深切著作年表〉；張志相編〈張深切研究相關論著目
錄一覽表（迄 1997 年）〉。第 7～10 冊正文後有邱坤良〈從文化劇到臺語片——張
深切的戲劇人生〉。

**張深切全集・卷 1・里程碑——又名：黑色的太陽
（上）**
臺北：文經出版社公司
1998 年 1 月，25 開， 406 頁

本書收錄《里程碑》第 1 節〈紅家甲〉～51 節〈趨勢〉。

**張深切全集・卷 2・里程碑——又名：黑色的太陽
（下）**
臺北：文經出版社公司
1998 年 1 月，25 開，394 頁

本書收錄《里程碑》第 52 節〈捉放〉～95 節〈日蝕〉。正文
後有陳芳明〈亞細亞孤兒的聲音——張深切與《里程碑》〉。

張深切全集・卷3・我與我的思想

臺北：文經出版社公司
1998 年 1 月，25 開，343 頁

本書收錄 1965 年版《我與我的思想》。正文後有黃英哲〈《我與我的思想》解說〉。

張深切全集・卷4・在廣東發動的臺灣革命運動史略・獄中記

臺北：文經出版社公司
1998 年 1 月，25 開，408 頁

本書收錄《在廣東發動的臺灣革命運動史略附獄中記》，新增廖為智譯文數篇（原書之日文部分）。正文新增張深切〈臺灣要怎麼革命〉、張深切〈鐵窗感想錄〉（附日文原文〈鉄窓感想錄〉）。正文後有黃英哲〈《在廣東發動的臺灣獨立革命運動史略・獄中記》解說〉。

張深切全集・卷5・孔子哲學評論

臺北：文經出版社公司
1998 年 1 月，25 開，614 頁

本書收錄《孔子哲學評論》。正文後有廖仁義〈臺灣觀點的「中國哲學研究」——《孔子哲學評論》與張深切的哲學思想〉。

張深切全集・卷6・談日本・說中國

臺北：文經出版社公司
1998 年 1 月，25 開，279 頁

本書收錄作者 1966 年遺作《縱談日本》。正文前洪尊元〈寫在《縱談日本》一書之前〉改題為〈寫在《談日本・說中國》一書之前〉，並刪去原附錄「張深切先生死後各方的追悼文章」。正文後有張炎憲〈臺灣人的日本觀〉。

張深切全集‧卷7‧邱罔舍（1）、（2）
臺北：文經出版社公司
1998年1月，25開，376頁

本書收錄劇本《邱罔舍》第1、2部，取材自流傳福建、臺灣的民間故事，述敘主角邱罔舍一連串的促狹故事。全書正文後附錄余適超〈《邱罔舍》片中的主人翁——邱罔舍人生哲學〉、張深切〈我編導《邱罔舍》一片的動機與目的——並答覆余適超先生〉、王白淵〈笑劇《邱罔舍》〉。

張深切全集‧卷8‧遍地紅‧婚變
臺北：文經出版社公司
1998年1月，25開，394頁

本書收錄1961年出版的《遍地紅》，與未發表之劇本《婚變》。《婚變》敘述到城市咖啡館工作的鄉下少女月裡，與大學生四平、錫勳之間的三角戀情。

張深切全集‧卷9‧生死門‧再世姻緣
臺北：文經出版社公司
1998年1月，25開，470頁

本書收錄《生死門》、《再世姻緣》，為作者未發表之劇本。《生死門》以太平洋戰爭為背景，描寫女主角阿英因丈夫遲遲未歸，改嫁小叔阿彬，數年後丈夫返家，三人所面對的困境。《再世姻緣》取材自民間故事，描寫明代萬歷年間，李義和與程文英跨越兩世，離奇感人的愛情故事。正文前有張深切〈創作《生死門》的動機與目的〉。

張深切全集‧卷10‧人間與地獄——李世民遊地府‧荔鏡傳——陳三五娘
臺北：文經出版社公司
1998年1月，25開，438頁

本書收錄《人間與地獄——李世民遊地府》、《荔鏡傳——陳三五娘》，為作者未發表之劇本。《人間與地獄——李世民遊地府》描寫唐太宗李世民魂遊地府的驚心動魄過程。《荔鏡傳——陳三五娘》敘述戀人陳三與五娘反抗媒妁之言，爭取自由戀愛的愛情故事。

張深切全集‧卷 11‧北京日記‧書信‧雜錄

臺北：文經出版社公司
1998 年 1 月，25 開，486 頁

本書收錄作者戰前發表於各雜誌、報紙的文學作品，1943 年
旅居北京期間的日記，與 1960～1965 年間的家書。全書分四
部分，「創作‧在臺灣的文學活動」收錄短篇小說〈總滅〉
（附日文原文〈総滅〉）、〈兩名殺人犯〉（附日文原文〈兩人
の殺人犯〉）、〈鴨母〉三篇，散文〈觀臺灣鄉土文學戰後雜
感〉、〈〔評〕先發部隊〉、〈偉大詩人林幼春先生〉等 11 篇，
戲劇〈落陰〉；「在北京的文學活動」收錄散文〈《中國文藝》
編者的話〉、〈北京感想錄〉（附日文原文〈北京感想錄〉）、
〈偶感〉（附日文原文〈あの頃この頃の思ひ出〉）等六篇，
翻譯短篇小說〈秋〉；「書信」收錄〈給煜兒書〉15 篇；「紀念
文、專題研討會」收錄洪炎秋〈悼張深切兄〉、徐復觀〈一個
「自由人」的形像的消失──悼張深切先生〉、郭德欽〈悼念
摯友張深切〉等 12 篇。正文後有黃英哲〈《北京日記‧書
信‧雜錄》解說〉。

張深切全集‧卷 12‧張深切與他的時代（影集）

臺北：文經出版社公司
1998 年 1 月，25 開，256 頁

本書將張深切生平分為七個階段，收錄該階段的相關照片與
史料，及張深切子張孫煜於「試論張深切的政治文學」座談
會中回憶父親的談話紀錄。全書分為「民族意識萌芽期」、
「社會運動活動期」、「政治運動活動期」等八章。正文前有
吳榮斌〈編者的話〉。

文學年表

1904 年 （明治 37 年）	8 月	19 日，生於臺中州南投廳南投堡三塊厝庄（今南投縣南投市）。父張獅，母曾鉗，為家中次男。
1908 年 （明治 41 年）	9 月	因祖母逝世無以為葬，過繼給父親的姑表兄弟、著名漢詩人張玉書為次養子。居臺中州南投廳北投堡草鞋墩街（今南投縣草屯鎮），易名嘉裕，號楚女。弱冠後自號列良。
1910 年 （明治 43 年）	本年	入當地士紳李春盛公館之私塾就讀，師從秀才洪月樵（棄生）。
1912 年 （明治 45 年）	本年	塾師洪月樵返回鹿港，改師從漢詩人施梅樵。
1913 年 （大正 2 年）	本年	剃頭斷髮，入草鞋墩公學校，接受日本現代教育。與郭德欽為同窗。
1917 年 （大正 6 年）	8 月	因不滿遭同學誣告講「臺灣話」而受罰，發表批判日本殖民臺灣諸事之言論，遭退學處分。在林獻堂的協助下赴日本求學，就讀東京礫川小學校五年級。
1919 年 （大正 8 年）	本年	與日籍教師因擊劍發生衝突，遭教師以「清國奴」一詞汙辱，再次產生身分差別感，進而萌發民族意識。 畢業於東京礫川小學校。考入東京豐山中學。開始接觸中國史課程，使得「漠然的民族意識，變為鮮明的民族思想」。
1920 年 （大正 9 年）	本年	為貫徹「科學救國」的理念，轉學至東京府立化學工業學校，遭父親反對。為節省開銷，遷入臺灣總督府設於東京的臺灣留學生宿舍「高砂寮」。期間與蔡惠如、彭華英、

范本梁、林呈祿等暢論政治時事，增廣識見，為日後投身
社會運動奠基。

1921 年 （大正 10 年）	本年	因父親仍反對轉學一事，並斷絕學費，不得已暫時返臺。

1922 年　　本年　獲父親允肯得再赴日。
（大正 11 年）
插班考入東京青山學院中學部三年級，暫居「高砂寮」。
期間與張暮年、吳三連、張芳洲等於東京中華青年會館合
演日人尾崎紅葉作品《金色夜叉》及《盜瓜賊》，並於
《盜瓜賊》一劇中扮演瓜賊一角，自此對戲劇產生興趣。

1923 年　　8 月　因肺炎返臺休養。
（大正 12 年）
9 月　因日本關東大地震，東京青山學院受損嚴重，以此為理
由，力求父親同意轉赴中國求學。年末赴上海，寄居臺灣
青年會館。

本年　〈哀悼有島武郎〉發表於《臺灣新聞》，讚揚有島武郎殉
情一事，開始受到日本政府注意。

1924 年　　春　就讀上海商務印書館附設國語師範學校。
（大正 13 年）
5 月　24 日，加入上海臺灣青年會分支「臺灣自治協會」，該會
成員包括蔡孝乾、謝雪紅等。

6 月　17 日，臺灣自治協會於上海務本英文專科學校舉行「反
對始政紀念日」之集會，並於會中發表反對日本殖民統治
之演說。

8 月　18～19 日，返臺參與「臺灣文化協會」於草屯「共樂
園」舉辦之活動，並發表演說「家庭之爭」。

10 月　28 日，與洪元煌、李春哮等組織業餘劇團「草屯炎峰青
年會」，並演出舞臺劇《辜狗變相》、《改良書房》。

11 月　為研究臺灣各地風土民情，與各地抗日志士聯絡情感，邀
集友人發起徒步旅臺運動。後因旅費用盡，步行至屏東東

港後折返臺中。

| 1925 年
（大正 14 年） | 7 月 | 與洪元煌、李春哮、洪錦水、林金釵等組織「草屯炎峰青年會演劇團」，負責劇本及導演工作。 |
| | 11 月 | 日文短篇小說〈總滅〉發表於《櫻草》。為首次發表的文學作品。 |

1926 年
（大正 15 年）

3 月　2 日，「草屯炎峰青年會演劇團」赴南投竹山公演，首夜演出舞臺劇《改良書房》、《鬼神末路》、《愛強於死》；次夜演出舞臺劇《舊家庭》、《浪子末路》、《啞旅行》、《小過年》。

27 日，赴上海任職於林階堂創辦之東華名產株式會社上海支部。後遭人誆騙，金錢散盡，遂轉往廣州投奔友人郭德欽、洪紹潭。

9 月　15 日，與郭德欽、林文騰、張月澄、洪紹潭等於廣州中山大學成立抗日組織「廣東臺灣學生聯合會」，並擔任委員。

日文短篇小說〈兩名殺人犯〉發表於《櫻草》第 3 卷第 2 號。

1927 年
（昭和 2 年）

春　考入廣州中山大學法科政治系。

2 月　24 日，以「張死光」為名，與張月澄拜訪魯迅。

3 月　13 日，廣東臺灣學生聯合會提議籌組革命青年團，以吸收成員，與林文騰、郭德欽起草綱領、會章。

27 日，廣東臺灣革命青年團於廣州中山大學成立，擔任宣傳部部長。

4 月　〈臺灣怎樣要革命〉以筆名「紅草」發表於廣東臺灣革命青年團機關刊物《臺灣先鋒》創刊號。

受廣東臺灣革命青年團之命返臺籌募革命運動基金，獲林幼春、張滄哲等人捐助。

	5 月	「臺中一中事件」爆發,獲學生邀請擔任罷課作戰委員會總指揮,遭日本政府逮捕。
1928 年 (昭和 3 年)	2 月	21 日,「廣東臺灣青年革命團」遭日本政府追捕查緝(史稱「廣東事件」),以違反「治安維持法」遭起訴。後與林文騰、郭德欽遭判刑三年。
	12 月	2 日,生父張獅過世。
1929 年 (昭和 4 年)	4 月	5 日,「廣東事件」改判刑二年。於次年獲釋。
1930 年 (昭和 5 年)	8 月	10 日,與何集璧、陳新彬等人於臺中興業組合成立「臺灣演劇研究會」。
	10 月	18 日,《臺灣新民報》刊載曝狂鐘〈張深切所引導的臺灣演劇研究會將會走入那一條路?〉一文,針對臺灣演劇研究會內部紛爭加以攻擊,認為研究會將成為資產階級的辯護者。
	11 月	1～2 日,臺灣演劇研究會於臺中樂舞臺舉行第一次公演,劇目包括《中秋夜半》、《方便》、《為誰犧牲》、《暗地》、《論語博士》等,大受歡迎。 11 日,臺灣演劇研究會於臺中豐中倉庫演出《暗地》、《接木花》。
1931 年 (昭和 6 年)	6 月	20 日～7 月 18 日,日文〈鐵窗感想錄〉連載於《臺灣新民報》第 15 版。部分內容遭塗黑、刪減。
	本年	臺灣演劇研究會屢次遭日本政府監視刁難,故以研究文藝為由,申請赴中國。
1932 年 (昭和 7 年)	1 月	抵達上海,與何非光(何德旺)、張芳洲租屋於公共租界。
	2 月	完成電影劇本《女人》、《冷血英雄》,投稿於「聯華」、「明星」兩家影片公司,但皆未售出。

	3 月	上海「一二八事變」後，謀職不易，為生活所迫，入日人山田純三郎主辦之《江南正報》擔任時評兼副刊主編。
	本年	因養母過世回臺奔喪，不久返回上海。
1933 年 （昭和 8 年）	10 月	1 日，與臺灣演劇研究會同事洪愛月結婚。婚後收養女兒張媚。（張媚出生於 1926 年 2 月 6 日）
	11 月	3 日，〈觀臺灣鄉土文學戰後的雜感〉發表於《臺灣新民報》第 8 版。
	本年	因《江南正報》陷入財務問題，暫時停刊，於是返臺。
1934 年 （昭和 9 年）	5 月	6 日，因「九一八事變」後，臺灣內部社會運動消沉，與賴明弘協商籌組文藝團體。於臺中西湖珈琲館舉行「全島文藝大會」，邀請全臺各地約八十多名作家出席。決議成立「臺灣文藝聯盟」，並發行機關刊物《臺灣文藝》。會中提出「提倡演劇案」及「與漢詩人聯絡案」，但均遭反對。會後眾人於彰化溫泉聚會，被推舉為聯盟委員長，並與賴和、賴慶、賴明弘、何集璧任常務委員長。會後紀錄後刊於《臺灣文藝》第 2 卷第 1 號。
	6 月	12 日，長子張孫煜出生。
	11 月	在林獻堂、林幼春、張星建、陳炘、黃再添等人的協助下，《臺灣文藝》創刊。由張星建擔任發行人與總編輯，楊逵擔任日文編輯。 〈評《先發部隊》〉（筆名楚女）、〈偉大詩人林幼春先生〉（筆名列良）、短篇小說〈鴨母〉發表於《臺灣文藝》創刊號。
	12 月	23 日，出席於臺北 OK 咖啡廳舉辦之「臺灣文藝北部同好者座談會」。與會者有黃純青、黃得時、吳希聖、陳君玉、陳鏡波、曾璧三、廖毓文、朱點人、林克夫、許滄浪、王錦江、徐瓊二、張星建、江賜金、劉捷、吳逸生、

光明靜夫等。會後紀錄後刊於《臺灣文藝》第 2 卷第 2 號。

〈文聯報告書〉、〈小評文藝大眾化〉（筆名楚女）發表於《臺灣文藝》第 2 卷第 1 號。

本年　因大東信託公司總經理陳炘推薦，擔任東亞共榮協會機關刊物《臺中新報》（1935 年 6 月後更名為《東亞新報》）記者與編輯。

1935 年　2 月　〈對臺灣新文學路線的一提案——未定稿〉發表於《臺灣
（昭和 10 年）　　文藝》第 2 卷第 2 號。

4 月　〈對臺灣新文學路線的一提案（續篇）——未定稿〉發表於《臺灣文藝》第 2 卷第 4 號。

5 月　〈《臺灣文藝》的使命〉發表於《臺灣文藝》第 2 卷第 5 號。

6 月　《臺灣文藝》編輯群因思想差異引發主導權之爭，產生楊逵與張深切、張星建兩派對立。

7 月　劇本《落陰》發表於《臺灣文藝》第 2 卷第 7 號。

8 月　11 日，出席臺灣文藝聯盟於臺中市民館主辦之全島文藝大會。與會者有田中保男、吳新榮、陳茂堤、陳紹馨、楊逵、何集璧、賴明弘、張星建、王登山、吳來興、吳天賞等。

〈歡迎文聯大會〉發表於《臺灣文藝》第 2 卷第 8、9 號合刊。

11 月　楊逵退出《臺灣文藝》編輯群，並於次月另創《臺灣新文學》。

本年　因東亞共榮協會發展迅速，各地紛紛設置支部，遂開始負責《東亞新報》中部報社事務。《臺灣文藝》編務逐漸由張星建負責。

1936 年 （昭和 11 年）	5 月	23 日，出席「臺灣文藝聯盟臺北支部發會式」。與會者有張星建、吳瀛濤等。
	7 月	16 日，赴臺中民眾旅社訪問來臺公演的韓籍舞蹈家崔承喜，就殖民地人民自覺問題交換意見。
	本年	《東亞新報》出版權遭日本政府奪取，並放任其停刊，於是失業蟄居家中。
1937 年 （昭和 12 年）	5 月	8 日，與文友出席於臺中俱樂部舉辦之「第三回台陽展臺中移動展會員歡迎座談會」。與會者有陳德旺、楊三郎、李梅樹、陳澄波、李石樵、洪瑞麟、楊逵、田中保男、林文騰、莊明鐺、巫永福、葉陶、莊遂性、吳天賞等。
1938 年 （昭和 13 年）	2 月	有感於在臺灣難以發展，隻身前往中國，抵達大連。
	3 月	轉往北京，暫居吳子瑜宅，結識洪炎秋、張我軍等。
	4 月	應北京藝術專科學校校長王石之之邀，擔任該校訓育主任兼教授。後又於王克敏主持之新民學院擔任日語教授。
	6 月	妻子洪愛月偕子女抵達北京。
1939 年 （昭和 14 年）	9 月	為保留華北地區純文學園地與中國文化傳統，接受日人堂脇光雄之邀，在對方答應不以政治力介入雜誌的前提下，創辦《中國文藝》，擔任主編與發行人。〈創刊詞〉發表於《中國文藝》創刊號。
	10 月	養父張玉書因腦溢血逝世，返臺奔喪一個月。《中國文藝》第 1 卷第 3 期由張我軍代為編輯。返回北京後，獲同鄉人之推選，任臺人旅平同鄉會會長，並籌組中國文化振興會。
1940 年 （昭和 15 年）	2 月	〈隨便談談〉以筆名者也發表於《中國文藝》第 1 卷第 6 期。
	3 月	〈隨便談談〉以筆名者也發表於《中國文藝》第 2 卷第 1 期。

4 月　〈廢言廢語〉以筆名者也發表於《中國文藝》第 2 卷第 2
　　　期。

5 月　〈戰爭與和平〉、〈廢言廢語〉（筆名者也）發表於《中國
　　　文藝》第 2 卷第 3 期。

6 月　〈廢言廢語〉（筆名者也）、〈散言碎語（效顰者也）〉（筆
　　　名之乎）發表於《中國文藝》第 2 卷第 4 期。

7 月　〈廢言廢語〉以筆名者也發表於《中國文藝》第 2 卷第 5
　　　期。

8 月　〈廢言廢語〉以筆名者也發表於《中國文藝》第 2 卷第 6
　　　期。

　　　受北京藝術專科學校與新民學院內部鬥爭波及，遭人密告
　　　違反大東亞共榮圈政策，不得已辭去教職。日人山家亨系
　　　統控制之「武德報社」接收《中國文藝》，被迫辭職。後
　　　受到日本調查機關「興亞院」及日本憲兵特務注意，恐遭
　　　逮捕，乃以整理財產為藉口，攜眷返臺。

1941 年　2 月　26～27 日，日文〈北京感想錄〉連載於《興南新聞》第 6
（昭和 16 年）　　版。

5 月　日文〈偶感〉發表於《臺灣文學》創刊號。

7 月　日文〈自我讚〉發表於《臺灣藝術》第 2 卷第 7 號。

本年　返臺期間，因日本政府特務騷擾不斷，於十個月後再次隻
　　　身前往北京。由友人介紹，擔任日本社會運動人士安藤更
　　　生經營之新民印書館編輯。

　　　應北京廣播電臺之邀，以「新文化的理念」、「振興中國化
　　　的意義」為題發表演說。

　　　主編《兒童新文庫》由北京新民印書館出版。

1942 年　8 月　翻譯橫光利一短篇小說〈秋〉，收錄於主編之《現代日本
（昭和 17 年）　　短篇名作集》，由新民印書館出版。

1943 年 （昭和 18 年）	3 月	〈點・線・面的關係〉發表於《華文每日》第 106 號。
	4 月	應日軍華北指揮部要求籌備藝文刊物，擬邀周作人組織團體「藝文社」。但於編輯會議中與親日派林房雄、沈啟无意見不合，後又與周作人產生芥蒂，遂辭去新民印書館職務，與中華文化振興會常務理事。同時，興亞院通令各學校不得錄用。後在同鄉宋維屏、黃烈火資助下從事經商。
	6 月	〈理性與批判〉發表於《華文每日》第 112 號。
	12 月	〈民族精神與民族性〉發表於《華文每日》第 123 號。
1945 年	4 月	日本軍方多次邀請前往東京，均以事務繁忙為由婉拒。後遭人密告為抗日分子，煽動學生反日，被日軍一四二〇部隊逮捕。幸獲天津特務機關長浦野壽一郎之協助，得以脫險。
	8 月	中日戰爭結束。與吳三連、洪炎秋等臺人旅平同鄉會成員，協助滯留華北的同鄉返臺。後於翌年春天攜家眷回臺。
1946 年	2 月	〈一臺灣人的呼喚〉以筆名者也發表於《新臺灣》創刊號。
	9 月	應臺中師範學校校長洪炎秋之邀，擔任該校教務主任。
	10 月	生母曾鉗過世。
	11 月	16、18 日，發表〈四篇小誄詞〉於《和平日報》第 4 版。
	12 月	27 日，〈記范烈士本梁〉發表於《和平日報》第 4 版。
1947 年	3 月	「二二八事件」爆發後，與林獻堂、謝雪紅、葉榮鐘組織「臺中地區時局處理委員會」，並擔任委員，於會議中主張集中外省人於臺中師範學校加以保護。事後遭臺中市長黃克立誣告企圖集體殺害外省同胞，避居南投中寮山區。其間完成〈廣東臺灣獨立革命運動史略〉、〈獄中記〉。

	4 月	創作〈我與我的思想〉。
	7 月	獲臺灣省黨部委員蔡繼琨的協助得以撤銷通緝。自此不再涉足政治,轉而投入藝文創作。
	12 月	《在廣東發動的臺灣革命運動史略附獄中記》由臺中中央書局出版。
1948 年	1 月	《我與我的思想》由臺中中央書局出版。
1949 年	本年	為西北影片公司撰寫電影劇本《霧社櫻花遍地紅》。
1950 年	本年	〈教育革新芻議〉發表於《進步論壇》。
1951 年	4 月	劇本〈霧社櫻花遍地紅〉連載於《旁觀雜誌》第 7～11 期,至 7 月止。
1954 年	12 月	《孔子哲學評論》由臺中中央書局出版。因內容對儒家思想有所針砭,隨即遭查禁。
1955 年	12 月	1 日,〈悼張我軍〉以筆名如雷發表於《民聲日報》第 6 版。
1957 年	3 月	與陳逸松、劉啟光、林快青、莊垂勝等人共同成立藝林影業公司,擔任講師與劇本寫作事務。
	8 月	10 日,〈我編導《邱罔舍》一片的動機與目的——並答覆余適超先生〉發表於《民聲日報》第 6 版。
	11 月	1 日,臺語片《邱罔舍》獲得故事類「第一屆金馬獎特別獎」。
	12 月	12 日,完成電影劇本《再世姻緣》。
	本年	編導之臺語片《邱罔舍》上映後因票房不佳,藝林影業公司也因虧損而解散。
1958 年	5 月	創作劇本《人間與地獄——李世民遊地府》。
1961 年	8 月	劇本《遍地紅》由臺中中央書局出版。
	12 月	《里程碑》(又名《黑色的太陽》)(4 冊)由臺中聖工出版社出版。

本年		於臺中開設「聖林咖啡館」，後因營運狀況不佳歇業。曾一度於霧峰從事木材買賣。不久後復於臺中開設「古典咖啡館」。
		創作劇本《生死門》、《婚變》、《荔鏡傳——陳三五娘》。
1962 年	4 月	8 日，〈如是我觀——戲劇與歷史〉以筆名雲雨發表於《民聲日報》第 6 版。
1963 年	6 月	24 日，〈梁祝觀後感——批判再批判〉以筆名雲雨發表於《民聲日報》第 6 版。
1964 年	6 月	〈嗚呼！哀哉！美美〉（後改題為〈殺犬記〉）以筆名張雲羽發表於《臺灣文藝》第 3 期。
1965 年	4 月	受吳濁流之邀，擔任《臺灣文藝》「臺灣文學獎」評審委員。後因身體狀況不佳推辭。
	7 月	《我與我的思想》再版由作者自印出版。
	8 月	遷居臺北療養身體。不久返回臺中，於五弟張鴻標開設之「張外科」靜養。
	11 月	8 日，因肺癌病逝於臺中，享壽 62 歲。
		21 日，於臺中市慈光圖書館舉行告別式。
	12 月	《臺灣風物》第 15 卷第 5 期推出「張深切先生逝世紀念特輯」。
1966 年	8 月	《縱談日本》由臺北泰山出版社出版。
1977 年	9 月	《夏潮》第 3 卷第 3 期推出「張深切先生紀念專輯」，並刊載〈張深切給煜兒書〉。
1985 年	3 月	巫永福發表〈未寫的「黎明前」〉於《臺灣文藝》第 93 期，刊載張深切長篇小說「黎明前」目次之遺稿。
1992 年	3 月	28 日，清華大學中國文學系所於臺北月涵堂主辦「臺灣文學研討會第四次專題研討——作家論系列之一：試論張

深切的政治文學」專題研討會。

| 1997 年 | 5 月 | 《聯合文學》第 5 期推出「深切——張深切文學專輯」。 |

1998 年　1 月　陳芳明、張炎憲、邱坤良、黃英哲、廖仁義主編《張深切全集》12 卷，由臺北文經出版社公司出版。

2 月　14 日，「《張深切全集》新書發表會」於臺北誠品書店敦南店舉辦。與會者有張孫煜、吳榮斌、劉捷、王昶雄、彭小妍、陳芳明、巫永福、黃英哲、羊子喬等。

11 月　8 日，南投縣立文化中心於南投縣史館前舉行張深切塑像揭幕儀式。與會者有張孫煜、巫永福、彭百顯等。

1999 年　3 月　30 日，頑石劇團於臺中東海大學學生活動中心廣場演出舞臺劇《臺中新劇里程碑——張深切》。

2002 年　1 月　梁明雄《張深切與《臺灣文藝》研究》，由臺北文經出版社公司出版。

2014 年　4 月　25、26 日，臺灣青年劇團於臺中中山堂演出舞臺劇《深切的火花——演劇先驅張深切》；5 月 16 日於南投文化局演藝廳演出。

參考資料：

・陳芳明、張炎憲、邱坤良、黃英哲、廖仁義主編，《張深切全集》（12 卷），臺北：文經出版社公司，1998 年 1 月。

・梁明雄，〈張深切略年譜〉，《張深切與《臺灣文藝》研究》，臺北：文經出版社公司，2002 年 1 月。

・林純芬，〈張深切年譜暨新劇文化政經時事年表〉，〈張深切及其劇本研究〉，臺中：靜宜大學中國文學系碩士論文，2003 年 7 月。

輯三◎
研究綜述

張深切文學的歷史意義

◎陳芳明

一、歷史夾縫中的張深切

　　殖民地作家文學評價的重新評估，大約在 1980 年代以後逐漸蔚為風氣。三十餘年來，有關殖民地文學的討論，可以說進入一個相當成熟的狀態。到目前為止，1900、1930 年代的重要作家，他們文學的業績與成就，以及他們對社會、政治所具有的意義，幾乎都受到全面討論。相對於賴和、楊逵、呂赫若或龍瑛宗所受到的重視，張深切所扮演的角色，似乎稍稍被忽略。論政治運動，他早年在廣州所進行的臺灣獨立革命運動，應該算是先驅者。論文學運動，他在 1934 年臺灣文藝聯盟成立時所扮演的關鍵角色，也應該具有舉足輕重的地位。論歷史記憶的保存，他在戰後所寫的四本厚厚的回憶錄，遠遠勝過同時期日據作家所留下來的紀錄。然而，在歷史評價上，張深切一直沒有被視為歷史舞臺上的主流人物。

　　對於文化事業，張深切從日據到戰後，都抱持巨大的野心。他在劇場運動上的貢獻，似乎也毫不遜於同時代的戲劇工作者。在創辦雜誌方面，他不僅是 1930 年代《臺灣文藝》的主要發起人，1940 年代，他在北京也是與周作人合辦《中國文藝》的要角。從海島到古老的亞洲大陸，他的活動範圍可以說相當廣闊。即使是以中國新文學傳承的脈絡來看，他在 1920 年代與中國新文學的大師魯迅也曾經有數度的過從。解讀一位歷史人物的格局，似乎應該從縱的時間軸來考察，同時也應該從橫的空間軸來評估。所謂時間的軸線，便是把他放在不同的年代進行分析。所謂空間的軸線，

則是把他放在政治、社會、文化的不同脈絡來透視他。無論從任何一個角度來看，張深切都是一時的人物。他的歷史投影拉得很長，但是所得到的評價卻相對稀少。這是一個罕見的現象，也是蓬勃的臺灣文學研究中極為寂寞的一位。

他在《我與我的思想》自序裡，坦白承認：「最近為了自己常被人誤會誤傳，因是吃了不少的虧，生恐再遭『讒生投杼』之禍；不得已，乃決定藉這韜晦的時期，寫一篇表白我與我的思想。」這段話寫於 1947 年 9 月，也就是二二八事件發生之後的緊張時期。如果知道當時的狀況，張深切事實上一直在逃亡中。所有親友不僅不敢保護他，而且家中照片凡是出現張深切的面孔，都會被挖空，以保安全。局勢之險惡，幾乎可以想像。當他說，「常被人誤解」，顯然是實情。戰爭期間，戰後初期，他的政治立場不免受到強烈誤解。在《臺灣文藝》時期，由於他站在楊逵的對立面，而使整個文藝聯盟發生分裂，這項歷史公案至今還沒有獲得清楚的解釋。再加上楊逵在戰後的歷史地位不斷提高，張深切的位置就越來越被邊緣化。左翼知識分子認為他是右派，而右翼知識分子則認為他是左派。他確確實實是一個殖民地反抗者，但是因為與周作人一起合辦《中國文藝》，好像又被懷疑是一個通敵者。然而，在北京時期，他的所作所為，也遭到日本興亞院當局的懷疑，甚至還派憲警監視。

具體而言，他在統治者與反抗者之間的夾縫裡，找不到安頓的位置。在左派與右派的意識形態對立中，他也無法找到恰當的依歸。在中國與臺灣的政治立場之間，他的國族認同似乎也找不到清楚明確的定義。在政治運動與文學運動之間，他所提出的主張，似乎很少受到多數人的呼應。如果以楊逵的志業來對照，當可發現，他是農民運動者，左派思想者，文學實踐者。從這三個領域來看待楊逵，有一個輪廓非常清晰的形象，浮現在讀者面前。換言之，從意識形態、階級立場、行動實踐的三個層面來看，都有一個信念主軸貫通起來。相形之下，張深切的不同行動，好像都是各說各話，很難一以貫之。

　　然而，爭議如此高的歷史人物，還是有其重要的文化意義。尤其他所留下的一部回憶錄《里程碑》，又名《黑色的太陽》，是橫跨二十世紀初期到 1960 年代的可貴見證。他在不同時期所遇見的不同政治領袖，都可在這部回憶錄找到罕見的影像。整個殖民地時期的反抗與挫敗，也可在他的文字紀錄裡找到旁證。而更重要的是，他在歷史洪流中浮沉時，可以說親自涉入帝國主義、殖民主義、資本主義的無情沖刷。拉高一點來看，這部文字豐富的回憶錄，正好反映一位知識分子在承受權力干涉時，所產生的寂寞、孤獨、頹廢、掙扎，簡直給後人帶來歷歷在目的見證。或者更確切地說，如果吳濁流所謂的「亞細亞的孤兒」一詞可以成立的話，張深切正好是一個恰如其分的典型人物。

　　他生在一個精神出口全面遭到封鎖的時代，縱然果敢投入了政治反抗與文學書寫，他心裡確知，在他有生之年，完全看不到臺灣社會獲得解放的可能。從這個角度來觀察，我們不能不承認，這是一位悲劇型的人物。知其不可為而為，在一定程度上是具有浪漫精神。他可能不是居功者，從歷史評價來看，他應該是開創者。回到 1930 年代的歷史情境，當臺灣社會陷入經濟蕭條的深淵，而殖民者正在擴大權力壟斷的關頭，他號召臺灣文學運動者集結起來，在臺中成立臺灣文藝聯盟。僅此一點，這樣的貢獻就值得大書特書。他曾指出，組成這個文藝團體，既是「確保臺灣精神文化的基礎」，也是「對異族表示堅毅不移的抵抗」。從文學史的角度來看，便可發現這項行動的深層意義。因為這是當時臺灣作家陣容最為整齊的結合，其目的在於創造具有臺灣特殊性格的文學作品。就後殖民的思考而言，那是對殖民者最為直接的批判。

　　張深切在文藝聯盟裡，採取兼容並蓄的寬容態度，希望讓左右兩翼的臺灣作家可以盡情發揮他們各自的想像。不過，他也懷疑「偏袒的、機械的、狹義的」意識形態，認為文學應該與時代並駕齊驅，隨著「歷史的演進而演進」。這種提法，顯然與左翼文學運動者的階級立場相違。具體而言，張深切不是左派的階級立場者，而是鮮明的右派民族立場者。階級路

線與民族路線的相互頡頏，構成了 1920 年代臺灣政治運動的主軸。而兩條路線的抗衡，也延續到 1930 年代的文學運動。站在右派立場的張深切，最後終於不能不與鮮明左派的楊逵發生衝突，而兩人的對立，也無形中成為他戰後歷史評價的根源。

在二二八事件期間，臺灣知識分子都被迫保持高度的沉默。在那段危疑時期，作家留下的文字紀錄極為罕見。例如吳濁流寫出《黎明前的臺灣》，楊逵為銀鈴會的油印刊物《潮流》所寫的發刊前言，都是當時最嚴厲時期所留下的文字。而張深切在逃亡藏匿時，卻寫出〈我與我的思想〉、〈獄中記〉，以及〈廣東臺灣獨立革命運動史略〉，可以說是最為多產的一位。選擇在最險惡的環境留下歷史紀錄，想必有他的用心所在。

他畢生所有的著作，《里程碑》應該是公認的一部歷史證詞。當他用黑色的太陽來形容自己所穿越的歷史階段，便足以彰顯他命運之黯淡。因為日本帝國主義的旗幟是太陽旗，戰後來臺灣接收的國民黨政權，旗幟也是太陽旗。因此，他的書名便有強烈的暗示，也就是從殖民時期到戰後時期的臺灣處境，都是處在黑色太陽的籠罩下。《里程碑》完成於 1960 年代，但是書中的紀錄，則是止於日本戰敗。在第四冊的最後一段，他說：「祖國勝利了，臺灣光復了，恨其不倒的敵國都垮下去了，誰不歡喜，誰不高興，但我呢，養育我的父母，生我的兩親都死了，他們臨終時沒有一位見著我，如今我又拿不出什麼可以安慰他們在天之靈，這不孝的大罪如何贖得？怎麼叫我不哭！」

完成回憶錄時，應該有喜悅之感，他卻以慟哭作為結束。戰爭結束那麼久，在當時戒嚴時期，恐怕張深切沒有獲得解放的感覺。他的父母在殖民地時代受到高壓統治，自己又受到政治權力的高度干涉，這才是回憶錄微言大義之所在。完成回憶錄以後的張深切，似乎開始進入頤養天年的階段。他的兒子張孫煜所寫的〈懷念我的父親張深切先生〉，幾乎可以讓後人窺見他不快樂的一生。他說：「家父不是無政府主義者，也不是共產主義者，是一位道道地地的信奉民主自由者，是一位永遠不滿於黑暗現實的戰

士；日治時期，因為堅持抗日，號召臺灣獨立民主自由而入獄；戰後以為
宿願已償，可一展抱負，不意更可怕的國民黨恐怖專政接踵而來。」身為
長子，貼近觀察父親的一生，終於寫出如此令人浩歎的文字，其心中之虧
欠與遺憾，躍然紙上。臺灣歷史發展過程，一直受到曲解與誤解，與張深
切的生命來對照，正好得到確切的印證。

二、張深切的歷史評價

　　張深切去世於 1965 年，當時正是戒嚴體制臻於最高階段。這樣一位曾
經穿越轟轟烈烈的時代，無論在政治領域或在文學領域，都曾經扮演關鍵
角色的人物，由於臺灣社會患有歷史失憶症，再加上黨國鷹犬的密切監
視，這位風雲人物只能默默以終。較諸 1976 年吳濁流的去世，或 1984 年
楊逵的離去，他所受到的歷史評價，就相對比較少。臺灣文學與臺灣歷史
的研究，必須要等到 1970 年代中期，才出現曙光。由於失憶症的嚴重影
響，臺灣社會對於先人曾經努力過的業績，幾乎是停留在模糊隔閡的狀
態。張深切沒有得到恰當的重視，自是可以理解。1998 年《張深切全集》
終於宣告出版，顯然已經遲到了。面對他遺留下來的龐大作品，不能不令
人感佩。他在殖民地時期，曾經到過廣州、上海、北京，並且也曾經與魯
迅有過見面的機會。在戰爭時期的北京，他還與魯迅的弟弟周作人合作，
創辦《中國文藝》雜誌。必須要等到全集出版以後，當代讀者才首度認識
了他清楚的歷史軌跡。

　　張深切跨越的領域太廣，同時在政治運動與文學運動，進行雙軌式的
追求。對於他的相關討論，往往只能就一定的領域去考察，例如他在廣州
參與臺灣獨立革命運動的歷史，就不能從文學角度去看待。又如他介入了
1934 年臺灣文藝聯盟的成立，就無法以他個人的政治主張來評價。誠實而
言，張深切能夠在殖民地時期使用漢文書寫，已經是非常不容易的事。比
起他的朋輩使用日語書寫，確實有其值得注意之處。然而，他的漢文表達
能力，有時欠缺邏輯思維，有時辭不達意，反而阻礙了後人對他的理解。

　　從思想的光譜來看，他應該是屬於中間偏右的溫和派，在一定程度
上，他是屬於自由主義者。因此，從事政治運動時，他對於左派知識分子
抱持一定程度的批判態度，這說明了為什麼日後他會與農民運動者楊逵決
裂的原因。如果專就他的文學主張而言，他的創作精神與藝術立場，都是
採取開放的態度。在 1930 年代，發生臺灣話文論戰與鄉土文學論戰之際，
他認為所有的文學一旦書寫出來，便是屬於鄉土文學。自由主義者的思考
往往有一種局限，便是很難接受左派知識分子的激進立場與批判態度。由
於無法接受這樣的言論或主張，反而暴露了他自由主義的限制，欠缺一種
寬容的態度。

　　這本有關張深切的資料彙編，第一部分是張深切本人的著作序言，第
二部分是有關他親友所寫的回憶片段，第三部分則是後人，尤其是 1990 年
代以後，所發表的研究論文。距離他去世，已經超過三十年以上。如果沒
有黃英哲教授的奔走，並搜集相關史料，則日後的《張深切全集》也許無
法出版。收在這本書裡的黃英哲所寫〈張深切的政治與文學〉，是相當重要
的一篇。這位受過歷史訓練的學者，把張深切的生平分成八節來討論：
一、張深切在日據時期臺灣知識分子中之定位，二、關於民族意識之覺
醒，三、「臺灣自治協會」時期，四、「廣東臺灣革命青年團」時期，五、
戲劇活動與政治運動，六、「臺灣文藝聯盟」時代，七、《中國文藝》時
代，八、返臺與歸隱。這可能是張深切去世後，最為全面的介紹，對於後
人的理解頗具貢獻。1924 年，張深切參加上海的臺灣自治協會，可以看出
當年他並未與左派知識分子有任何隔閡。因為這個組織同時容納了左派與
右派的運動者。1927 年，張深切參加廣東的革命青年團，仍然與左翼色彩
的知識分子有所往來。這個團體主張臺灣獨立，主要原因是殖民地知識分
子對於中國的絕望，認為不可能「回歸祖國」，遂有獨立之志。

　　張深切從政治運動轉向戲劇與文學運動，濫觴於 1930 年。他創立臺灣
演劇研究會，特別揭櫫「文藝大眾化，須從演劇做起」的主張。這是因為
他在東京時期，觀看過舞臺劇《金色夜叉》所獲得的靈感。這樣的轉向，

是由客觀環境所決定。因為 1930 年以後，日本警察開始對臺灣政治運動者展開逮捕，所有的思想與主張很難找到伸張的空間。他應該是最早覺悟的政治運動者，即使是從事戲劇與文學活動，也可以表達對殖民地統治的批判。1934 年 5 月 6 日，張深切作為臺灣文藝聯盟的發起人之一，開始了他的文學時期。參加這個組織之後，他與楊逵的政治理念格格不入。身為左派知識分子，楊逵強調文學作品應該具備階級立場。相對的，張深切則主張文學應該強調民族立場。只要是臺灣作家所寫出的任何作品，都是屬於臺灣文學。由於政治立場的衝突，終於導致臺灣文藝聯盟的分裂。1936年，聯盟裡具有左派色彩的作家，包括楊逵、賴和、賴明弘宣布退出，另外組成《臺灣新文學》雜誌，而《臺灣文藝》也在同年八月宣告停刊。

　　黃英哲指出，張深切早期的政治活動以及在臺灣的文學活動，都受到日本特高警察的監視。1937 年中日戰爭爆發後，張深切特地前往北京。由於具有「漢族出身之日本帝國臣民」的身分，他以中日親善的名義前往淪陷區。他與周作人合作，創辦《中國文藝》，在創刊號〈編後記〉特別強調：「吾人不怕國家的變革，只怕人心的死滅，苟人心不死，何愁國家的命脈會至於危險，民族會至於淪亡？」這樣的見解，仍然是從民族立場出發。而這樣的民族內容，則是以漢人的觀點來概括。在一定程度上，他與周作人之間存在著緊張關係。稍後，日本特務懷疑他的政治立場，遂逼迫他離開這份雜誌。張深切戰後在 1946 年回到臺灣，第二年立即經歷二二八事件，並開始逃亡。這是他最不得志的階段，黃英哲的文章寫到此處，幾乎充滿了悲涼與歎息，尤其對於張深切晚年臺語片的拍攝，更加彰顯他從事戲劇、電影活動所遭到的困境。這篇論文確實概括了張深切一生的起伏動盪，對於他人格與志業的描述，可以說相當濃縮而精簡。

　　相對於黃英哲的概括敘述，邱坤良所寫的〈從文化劇到臺語片──張深切的影劇人生〉，則是大量集中於張深切在臺灣戲劇運動上的貢獻。這篇文章討論了戰前張深切的演劇經驗，他特別強調這位知識分子所受到的不公平待遇，尤其是他在 1954 年完成的《孔子哲學評論》，竟在出版不久即

遭查禁。在思想封閉的年代，日據知識分子的苦悶，當可想見。他一直在尋找精神出口，遂投資於電影事業，並在 1957 年拍攝《邱罔舍》的影片。未料，賣座不佳，導致負債累累，頗受打擊。從此開始進入他淒苦的晚境，在臺中經營了一家「古典咖啡室」，成為他人生最後的精神寄託所在。

　　在這段期間，張深切寫了幾冊電影劇本，包括《邱罔舍》、《婚變》、《生死門》、《再世姻緣》、《人間與地獄》、《荔鏡傳》，以及電影小說《遍地紅》。在這些劇本裡，他大量使用閩南語作為對白，可以看出他的用心良苦。其中最有趣的部分，邱坤良指出，便是利用臺語的發音強弱，來製造歧異性的表達。例如，邱罔舍理髮時，告訴師傅「不剃留著要享福」與「不剃，留著要享福！」這兩句話等於是對理髮師的一種調侃，把民間生活語言做了生動的表述。又如，他使用臺語的「憫」，在劇本中做不同的表達。例如，「憫你的死人，憫你的腳倉」或「我干擔要看你憫耳耳，你趕緊憫，快！」，輕聲的憫，有摸的意思，第四聲的憫則有迷憫的意思，同時也有捉弄的意涵。邱坤良這篇文章，可以說是學界第一次仔細研究張深切劇本的論文。從現在的角度來看，他的表現手法，或許失諸於幼稚，但是，必須把他放回當時的政治、社會、文化的脈絡，去了解他的心情，就可以體會到這位電影先驅「與激流作戰」的熱情與毅力。

　　有關戲劇的討論，本彙編收入另一篇年輕世代學者所寫的論文〈論張深切的《邱罔舍》劇本對民間文學的繼承與改造〉。從題目可以體會，作者林培雅並沒有說張深切對民間文學的貢獻，而是以繼承、改造的字眼來描述，確實有其微言大義之處。作者集中在《邱罔舍》這個劇本的討論，特別指出張深切是延續日據時期文藝大眾化的主張，寓教於樂。作者說，當時臺語片基本上充滿哭哭啼啼的聲音，張深切則反其道而行，刻意用鬧劇或笑劇來取代那時的電影風氣。這篇文章以表格分成幾種鬧劇的戲段，包括「新年戲弄小孩」、「戲弄賣麵的」、「戲弄理髮匠」、「戲弄轎夫」、「放大砲」、「鱸鰻精轉世」、「戲弄賣柴的」、「戲弄算命的瞎子」、「戲弄伯父」、「助三叔納妾」，以說明當時民間故事的書寫者，如靜香軒主人、李献璋等

人，在他們民間故事的搜集裡，都出現同樣的情景。作者由此證明，張深切是繼承了過去的既有故事情節。但是，也有改造的部分，為的是讓整個故事更加生動有趣。流傳到今天的張深切劇本，可能是屬於靜態的文字，但進一步去考察的話，便可發現他當年的用心良苦。

幾位新世代學者重新討論張深切的文學軌跡，容許我們可以進一步了解這位悲劇知識分子的人生曲折。崔末順教授博士論文〈現代性與臺灣文學的發展〉（2004），其中的一節是「張深切的道德文學論」，重新檢討日據時期臺灣文藝聯盟成立時，發表的一篇〈對臺灣新文學路線的一提案〉。這是在浩瀚研究的縫隙裡，她找到一個可以切入的缺口。作者在於強調，在殖民地社會臺灣作家所提的文學主張，大約就是張深切所分類的主觀的人道主義或道德主義，與以科學社會主義為背景的階級道德主義。事實上，張深切的這種提法，是為了避開右派與左派的敏感字眼。崔末順指出，張深切所要建立的文學路線，既不是強調經濟因果的普羅文學，也不是重視生理變化的自然主義文學，而是建立在人的生理變化，再加上經濟因素與民主生活的臺灣氣候風土。這可能是有關張深切文學主張，分析得最為精闢的一篇文章。具體而言，張深切的書寫策略，刻意以道德文學一詞來彌補普羅文學所無法達成的民族性或地域性，同時也為了過度強調民族主義的右派路線，而以道德文學來強調民族主義文學。就像作者所說，張深切從來不是一個社會主義者，當他選擇合法性的文學運動時，就已經投入了右派陣營的文學主張。從這個角度來看，他後來會在北京加入「東亞共榮協會」，也是由他的理念而導致的。這篇文字相當深入挖掘了張深切的思想發展軌跡，頗值得再閱讀。

另外一位年輕學者黃惠禎，她所寫的博士論文《左翼批判精神的鍛接──四〇年代楊逵文學與思想的歷史研究》，其中第二章有一節，集中於討論「楊逵與文聯張深切等人之爭」。日據時期左右新文學家的對峙與對話，已經是文學史上的一樁公案。他們都在爭取文學大眾化的論述權，如果回到歷史現場，落實在具體的雜誌環境裡，可以嗅出左右雙方都在爭取編輯

權。當時的日本作家田中保男，認為臺灣文藝內部成員具有「血」的不同，作者又同時引述當代日本的臺灣文學研究者河原功所說的，臺灣文藝聯盟內部，分成左派如，楊逵、賴明弘、賴慶、廖毓文、李献璋、吳新榮，以及右派如，張深切、張星建、劉捷。雙方其實都是由於血的不同，而發生經營的派系化，甚至自以為是的編輯。這樣的分析，可能更符合當時的文學生態與意識形態。雙方分裂的爆發點，就在於藍紅綠所寫的〈邁向紳士之道〉，遭到張星建的退稿，而引發不同陣營的爭論。那種暗潮洶湧的實況，可能已經不是我們後人能夠貼近並想像的。

　　年輕學者黃文成所出版的博士論文專書《關不住的繆思——臺灣監獄文學縱橫論》，特闢一節討論張深切的監獄生活。其中以張深切所寫的〈獄中記〉為中心，特別點出幾個當時的臺灣「御用仕紳」，包括辜顯榮、林熊徵，在書中被稱為辜逆、林逆，說明張深切本人所強調的民族立場。作者也指出，張深切在文字裡，把當時的臺灣社會形容為「一座大監獄，監獄裡滿目皆是牆壁、鐵鏈、看守和汗臭薰人的囚衣」。他甚至進一步形容，監獄是「超越民族界線之日籍牢囚」。這樣的形容，可以說非常精準而入木三分。張深切在監獄裡面的觀察，其實已經提供後人可以窺見在殖民地生活的困境。他的反諷尤其強烈，只有在監獄裡，所有的民族界線、階級界線、性別界線都被拆解，每個人的身分都很平等。這篇文章也特別點出，張深切在監獄裡閱讀了聖經、孔子、老莊、佛教經典以及馬克思主義的論著，彷彿監獄是臺灣政治運動者的先修班。因為涉獵了這些書籍，反而使他出獄後，能夠具備絕佳的知識判斷能力。

　　本書收錄的最後一篇文章，是日本學者木山英雄所寫的〈讀張深切「北京日記」〉。木山英雄是日本學界的周作人專家，寫過一篇長文〈周作人淪陷顛末〉，後來改寫成專書《周作人「対日協力」の顛末——補注『北京苦住庵記』ならびに後日編》。而張深切是跟周作人合作，在北京主編《藝文雜誌》。從臺灣作家的角度去描寫周作人，正好可以看出周作人與他的學生沈啟无是如何決裂。如果我們考察周作人所寫的《周作人回憶錄》，

其中有一章是寫「破門事件」，就在於交代這位大師是如何與學生發生嫌隙。所以木山英雄藉由張深切的「北京日記」，而透視了其中政治鬥爭的細節。木山英雄指出，當時周作人掛了一個「華北教育委員會之教育督辦」的閒差，由東京日本文學報國會所派來的「文化使節」林房雄，則拉攏沈啟无來對抗周作人。木山英雄特別強調，他對照了張深切的《里程碑》以及周作人所寫的《北京苦住庵記》，發現兩人所敘述的事實沒有衝突，因此，更加可以證明《里程碑》史料的可靠性與可信性。

　　本彙編所收的前半部文字，都是張深切本人的著作序言，以及同時代的朋友所寫的追憶與追悼。他同時期的作家包括洪炎秋、徐復觀、陳逸松、林芳年、巫永福以及他的兒子張孫煜，從他們的文字幾乎可以看到戰後時期，張深切的落寞與落魄。曾經在一個時代裡，懷抱改革志業的臺灣知識分子，經歷過多少驚滔駭浪的不同生命階段，也承擔了民族解放與文學運動的重責大任。卻在殖民地結束，國民黨來接收之後，被迫扮演一位沉默、委屈、挫折的老人。年少時期，胸懷大志，就是要改造時代的政治環境。這樣一位野心勃勃的青年，反而在戰後，被澈底改造了晚年。編輯這本書時，不免對於跨越時代界線的知識分子，懷有悲憫心情。歷史不可能重演，我們只能以這樣一部彙編，重新回看他既豪壯又苦澀的一生。

2014 年 12 月 5 日　政大臺文所

輯四◎
重要評論文章選刊

《里程碑》序

◎張深切

我曾這樣想過：「假如這宇宙間沒有異性的話」，一定就沒有生物，同時也沒有所謂人類。又「如果這世界上沒有了男性，只有女性的話」，便好像冰冷地獄，蕭瑟淒涼。「設若沒有了女性，只有男性的話」，必似赤道沙漠，熾日燎空。真的，沒有了花草的大地，是何等的乾燥無味，沒有了野鳥昆蟲的花園，是何等的寂寞無聊！儘管男性是如何的橫暴蠻野，沒有了他，一如白天沒有了太陽；儘管女性是多麼陰沉潑辣，沒有了她，無異於夜裡沒有了星星和月亮。這人類社會，無疑是由男女而構成，男女以食色而為生。

人唯有食，始能生存，唯有色，始能生育發展，離開了食色，自無所謂人生；人生至死，都活在食色之中，所以人類的歷史，也可以單純說是食色的生活紀錄。

我自呱呱墜地，到這太空時代，已經活過了 57 周年，經過了兩個朝代，做過了異民族的國民，因為環境特殊，所以思想也特殊，從而閱歷也特殊，然而歸納言之：仍不外是只有在食色之中打圈轉。

去年元旦，我沒有出去拜年，獃在家裡悶坐，回顧日本統治臺灣五十餘年，在這半個世紀，臺灣經過了什麼演變，志士們掀起過什麼運動，對這漫長的黑夜，撫今追昔，不無滄桑之感，乃慨然援筆，開始寫了這一篇拙稿。

執筆當時，我本來擬做篇臺灣社會運動史；後來覺得個人寫史，未免過於主觀，而且容易陷於獨斷，不如採取夫子自道的筆法，較為深切輕鬆，於是硬著頭皮，拿起自己做主人翁了。

　　在一個時代中，我個人的存在，固然如大海之一粟，至為渺小，不足掛齒；但世人多認為一篇有價值的小作品，或真實的小傳記，能勝過大幅偽作的時代史，所以我才敢冒昧的試寫了這篇劣作問世。

　　拙稿所擬的記事，自民國前 4 年起，至 34 年日本投降止，前後 38 年。這麼長篇的紀錄，老實說，我無法用純粹的小說體裁描寫出來，所以採取速寫捷記，凡筆者認為有意義的取之，沒有必要的捨之，因此所做的文章有平敘、倒敘，也有記事和小說，編成自傳的形式。

　　筆者寫作本書的目的有二：一是欲使讀者明瞭臺灣的民眾，在日據時代經過了什麼歷程，我們怎樣對付日本統治者，又日本統治者怎樣對待過我們。其次是希望讀者多了解臺灣的實際情形和性格，認識臺灣離開祖國五十餘年，此間所受的政治教育，非獨和大陸同胞完全不同，就是語言、風俗、習慣等，都有相當的變化，連思考方法和感受性也不大一樣了。我們如果不作速設法彌補，促使雙方接近，我恐將來這微小的裂痕，會越離越開的。

　　本編的內容，都是真名實事，毫無虛構設想，在執筆時，我雖然極持慎重，不願意因打筆路，對人有所傷損；但為要說明一個事體的前因後果，往往不得不依照事實敘述下去，無意中會露出拙筆的馬腳，這點千冀讀者曲予原諒。

　　假使這篇拙文，對青年男女的戀愛觀與人生觀，或社會人士的倫理觀與世界觀，有所參考的地方，那末筆者平素為人類蒿目誠心研究的思想，綴諸於文，公諸於世，當不致於落空；倘有錯誤，尤希讀者叱正，誌此為序。

　　又本篇在校閱整理時，承莊垂勝、莊華、林翰、廖堃諸位先生甚多幫忙，並此深深銘謝。

1961 年 10 月　張深切在臺中

　　　　──選自陳芳明等主編《張深切全集・卷 1・里程碑──又名：黑色的太陽（上）》
　　　　臺北：文經出版社公司，1998 年 1 月

《我與我的思想》自序

◎張深切

　　我每次要寫作，就想起歌德有句話說：「國家的不幸，是誰也不肯由生活去享受快樂，只想要支配別人；在於藝術方面，是誰也不肯欣賞既成的作品，只想自己要新創作」，由此而聯想到孔子述而不作的謙虛，於是就膽怯，不敢動筆。

　　最近為了自己常被人誤會誤傳，因是吃了不少的虧，生恐再遭「讒生投杼」之禍；不得已，乃決定藉這韜晦的時期，寫一篇表白我與我的思想。動機原非出自本意，自然免不了有些牽強和不純的因素；但我卻以十二分的誠懇，毫無隱諱地從生活中，把我的思想，循著記憶給它描寫出來，彷彿很像一篇自敘傳，事實絕非寫傳記的意思，所以凡與思想沒關係的都不收錄於本書。

　　我本非什麼名人，也不是思想家，選擇這個題目，自己也覺得未免過於自大，然而他山之石可以攻錯，設能由此拋磚引玉，也算是盡些愚者千慮之一得，所以不顧一切，怦然把本書公諸於世，極希喚起讀者發憤，出而糾正，那就榮幸之至！

　　筆者生平最怕動刀筆，只因和日本結了不共載天之仇，有一滴的血，一絲的力，凡可以給敵人打擊的，都無不拿來做武器，是以曾經寫了不少的拙文，自以為文裡藏刀，尚有諷刺；其實筆者生成愚直，正如吾友所評：「說話做事是走直線的，不會婉轉，寫文章也是直衝的，不善修辭潤色」，既無自道的含蓄，也無文學的價值。這次為了環境所迫，又動起最怕的筆墨來，而且，竟用小說體裁描寫淺薄思想的來龍去脈，雖謂欲使讀者

易於了解，事實亦筆者十數年來未曾有的嘗試，成文與否，唯求讀者曲予
垂青。

　　本書後面編入了數篇的評論與論文，這些稿件都是在北平抗戰期間，
曾發表過的舊作；當時，各新聞雜誌社都拒絕刊登我的稿子，尤其是日本
興亞院竟下令禁止我任職於公教機關，並且派憲警嚴重監視；因此，有話
沒得說，有文沒得投，一舉一動悉受他們的束縛，幾乎陷於無容身之地，
只得躲入商界亡命。幸而絕處蓬生，得到同鄉宋維屏、黃烈火二位先生竭
力幫助，纔能維持到日本投降，不然，就不知將伊於胡底了。這些劣作多
是在這期間執筆，而經由《華文大阪每日》發表的。

　　拙文多屬於學術評論，固然沒有什麼色彩，但當時也只能寫這個程度
而已；不過這裡特別要注意的是：我堅持國粹思想和一般俗說對抗的原
因，雖然確是出於對敵的反動，然而筆者自信未曾離開了學術根據，就是
按正動說，我現在還未感覺到有修改的必要，所以希望讀者不要以過渡期
的作品，認為不值一顧，尚冀賜予批判斧正為荷。

張深切　寫於臺中

民國 36 年 9 月 18 日

──選自陳芳明等主編《張深切全集・卷 3・我與我的思想》

臺北：文經出版社公司，1998 年 1 月

《我與我的思想》再版序

◎張深切

我平素喜歡老莊學說，所以和老莊學說有關的刊物——無論國內外的著作，都涉獵不少，知道我和一般的學者所見不同，因之我的思想也和一般人不大相同，似乎有公表請教大家的必要；到底我的思想對與不對？若是不對，當然需要糾正修改，若是對，也許對大家可能有所貢獻的地方，那末本書的出版，就不算沒有意義了。

據醫學界的權威說：人類都不能活過其天然壽命的一半。胡律登達爾說：人應該都能活到 150 歲。胡爾芬說：生物可能活過他發育期的五倍時間。柳布尼說：人的心臟搏動數可能保持 40 億回次，依此計算，我們確實難能活過應有壽命的一半。

為什麼呢？古時人類得和天災、人禍、瘟疫、毒蟲、猛獸、饑饉戰鬥，苦無寧日；而現代人雖然較能克服外患，但由知識的發展，致使精神方面的煩悶急激增加，把能伸長的壽命又給摧殘縮短了。別登戈菲說：人之不能享受其天年壽命，都是為自殺所致。

為什麼呢？為什麼要自殺呢？誰使之然？孰令為之？我們生在這人間世有何意義？為什麼而生？死後如何？煩惱從那裡來的？為闡釋這些問題，所謂智者聖人都發表過很多的政治理論和人生哲學與宗教，極欲解脫人生的痛苦；然而，哲學和宗教都太神祕而且太複雜了。孰是？孰非？殊難判斷，就是所謂「善」「惡」，迄今仍沒有確定的標準，到底吾人怎能安心立命呢？筆者仰慕老莊與天地精神往來，「上與造物者遊，下與外死生無終始為友」，若有心得，願以自己的體驗和鄙見公諸於世，供為讀者參考。

　　本書在民國 37 年曾已付梓，距今約十七年前，算起來，這些作品都屬於舊貨，但筆者以為：現代科學雖然像火箭那麼神速地發展，唯思想這部門，卻牛步遲遲，比二千餘年前，還沒有多大的進步，所以我相信只差一二十年的思想，絕不會落伍的。初版當時，全書只有一百六十餘頁，這次多插了幾篇，編為第一輯，包涵童年的回憶、青年時代的煩惱、中年期的思想言論，及最近二三主張。我固不敢說我的思想正確，但我認為我的思想還有商榷的餘地，因為我的思想並不是我個人的獨立思考，而是綜合了中國傳統思想的邏輯，所以檢討我的思想，也許和檢討中國的傳統思想一樣，不是全然沒有意義；希望讀者們能從檢討中，獲到有益的結論，立作人生的指南，是所盼望。

民國 54 年 5 月 8 日

──選自陳芳明等主編《張深切全集・卷 3・我與我的思想》
臺北：文經出版社公司，1998 年 1 月

我與我的思想（節錄）

◎張深切

民族意識的萌芽

我到 14 歲的時候，還不曉得國家是什麼？民族是什麼？昏昏沌沌過了日子。早這 12 年前，曾聽說母親和余清芳的革命，有些什麼關係，險些兒被日本抓去鎗斃；原因據說是由我家裡查出了羅俊給她的什麼符條和什麼天書，這些東西都是要不得的。後來纔知道這是和西來庵革命有關係的證據。為了那一次的事件，我的親戚犧牲了好幾位，連母親也受了很大的嫌疑。幸而父親當時已成了草鞋墩的豪紳，日本當局對她稍微有點客氣，纔胡裡胡塗的息了事，不曾吃了什麼大虧。

這種政治社會問題，我不但絲毫沒關心，事實也完全不懂，只是每天玩，念書，很快樂；要是不怕「日本鬼」的話，也可以說是處在泰平的樂土，幾乎近於路不拾遺，夜不閉戶的時世。

這時候，學校已經禁止學生在校內說臺灣話，為了這一點，大家都覺得很不自由。然而我還有些本事，從未犯過說臺灣話的誡律。由此也可以想見當時我是一個循規蹈矩的好日本國民了。

有一天，不知道怎樣，掛在黑板旁邊的記過表上，也有了我的名字，於是我也照例受處罰打掃教室。過去，我除了有反抗先生和跟同學打架的毛病以外，成績總算不壞，而且是屬於豪紳的子弟，所以品行就是有點幹麼，卻還受特別的待遇，和級長一樣不必輪班掃地，這回受處罰，就不能幸免了。

下課後，開始清掃的時候，我也乖乖地跟一般同學拿著笤子掃自己的

教室，掃了一會兒，不知道受了什麼衝動，忽然放下笤子說：

「喂喂，你們聽著！我們為什麼不能說臺灣話呢？鳥兒有鳥兒的話，猴孫有猴孫的話，牠們都能說自己的話，為什麼我們偏不能說自己的話？我們為了說自己的話就要受這種的處罰，這太豈有此理了……我不幹了！你們想怎麼樣？」

「對對，贊成，我們也不幹了！」

這樣，我們開始同盟罷掃，然而卻又不敢回家，只在那教室裡叫嚷著，說些閒話。級長看那小椅子都倒栽在桌子上，我們不約而同地全爬在那上面，坐著不動，十分焦急；便用好言勸告了我們好幾次，可是我們那裡肯聽他的話？他覺得沒有辦法，就去告訴級任植竹先生了。植竹一來就叫我的名字罵道：

「張深切，你們為什麼不掃地！」

受這一喝，我嚇了一大跳，馬上跳下來，撿起笤子。剛要掃地，忽想起主倡的是我，而我卻這樣示弱，怎麼對得起附和的同學？便索性嚷道：

「哼，我知道我們為什麼不能說臺灣話的理由了。因為臺灣是日本的殖民地，是被日本征服的……所以呀，將來我們若是征服了日本，拿日本來做殖民地的時候，我們不但禁止日本人在學校裡說日本話，就是在校外，也不准他們說日本話……」

這些話是用不大完全的日本話說的，那個植竹級任本來是面向門外站著聽的，等我說到這裡，猛然扳起像夜叉那麼猙獰的面容，一翻身，就直衝過來，把我先打個半死，然後生擒我到校長室去；將我說的話，一邊複述給校長聽，一邊打，打個痛快，纔開始審問。明石校長聽完了植竹的報告，現出激怒的氣色，幾乎也要動手，卻又沒有打過來，狠狠地盯視我一會兒，不知道什麼意思，轉用柔和的語氣問：

「好孩子，那些話是誰教你說的？」

「沒有人教，是我自己說的……」

「胡說八道！」

　　植竹罵了一聲，毫不放鬆地接連著拷問我；結果，翻來覆去，只是問、罵、打，打、罵、問，差不多鬧了一個多鐘頭；太陽快要西沉了，他們仍然得不到什麼要領。最後我只聽見校長喝道：

　　「明天叫你父親來，你是要開除的，學校不准你念書了，聽見了沒有！」

　　以後怎樣，我也不甚清楚，大概好像死狗般地被那植竹拉到校門邊，扔在那裡暈過去；及至醒起來的時候，天色已經昏暗，將近對面不見人影的光景了。我痛哭了一場，纔摸著滿臉膨腫的傷痕，跟跟蹌蹌地勉強支撐著回了家，把經過的事情，哭訴給母親聽了。母親看見我這樣狼狽不堪的情形，便安慰我說：

　　「開除就開除吧，誰希奇他們這麼野蠻的學校！」

　　父親也同意母親的意見，翌日他就到學校去找校長，果然領到了我受開除的通知單回來。

　　幾個月之間，我在家裡無所事事，覺得很無聊。有一天，父親從臺中買了幾件珍奇的茶具回來，對我們說：

　　「過幾天，三少爺說要到咱們家裡來玩，這是預備要請他用的。看，這小爐子不用木炭，只消灌些煤油，一點火就會著的！」

　　他很高興，很得意，拿那茶具遍示我們一回，好像要問：「怎麼樣好不好？」我嘖嘖鼓舌稱讚，心裡頭頻頻叫喊：「太好了太好了！」看那茶具認為是一件什麼寶貝，連摸也不敢去摸它。

　　經過幾天，三少爺真來了。父親提前就教我們弟兄，他來的時候，必須怎樣恭敬，如何客氣，所以我們都以為他是做了什麼大官。這位大官人一見果然貴氣，很值得我們尊敬；哥哥給他行了一個九十度有餘的最敬禮，旋踵一溜煙地溜開了。我依著父親所教，給他行了一個不大自然的鞠躬禮，就站在旁邊瞻仰他。我覺得他彷彿有五十歲左右的光景，其實，那時他纔三十多歲；頭上禿得發亮，隆準的鼻樑配合那紅潤的氣色，聰明的眼球嵌在疏眉的下面，確是頗有君子的氣派。我心裡頭有點畏懼，卻為了好奇心鼓起勇氣

來，站在旁邊想著看一看這位貴人到底是什麼人物。他率爾問我：

「你幾歲了？」

「十四歲。」

「在學校念書麼？」

「沒有。」

「嘻，沒有！為什麼呢？」

我不能回答，父親替我說明被學校開除的因由，他表示意外的神情說：

「奇哉，這個小孩！是這樣麼？那麼就讓他到東京去念書吧，玉書兄你想怎麼樣？」

「是的……，不過……，怕年紀太小吧。」

三少爺旁邊坐著一位十五六歲的少年，他穿著一件筆挺而滾邊的學生制服，操日本話問我一些無關緊要的事，然後他向三少爺說：

「爹，這位小朋友倒有意思。」

原來這位少年就是林猶龍（獻堂先生的第二少爺）。當我父親沒有在座的時候，他曾問我許多話又說了東京的情形給我聽。末了，他問：

「東京你敢去不敢去？可得坐輪船，是在很遠很遠的地方！」

「敢去，怎麼不敢去呢？」

我給他說明在公學校二年級的時候，就曾向父親要求要到東京去留學。他聽了我的話，表現了不甚相信的神情，轉向父親問：

「他說在二年級的時候就給您說要到東京去念書，真的麼？」

「是，是真的。咳，他是瞎鬧的，……那麼小那能去得？他不過看人家在臺北念書，眼紅，說要勝過他們，就是這樣胡鬧起來的……」

這一席話不意竟演進到決定送我到東京去的結論，三少爺聽了我們的談話，對父親說：

「玉書兄，他既然被開除了，那末就是再允許你復校也沒有什麼意思，不如讓他到東京去留學吧。恰巧我最近也要帶我的小犬上東京，跟我

一塊兒去，您也能夠放心⋯⋯」

父親欣然答應了。他們約好了日子，就這樣決定了我的前程。

及至要動身那天，我覺得很懊悔，自恨不該說那些大話，事到於今欲罷不能，沒有法子只得勉強啟程。這是民國 6 年 8 月的事；那時候，我們的地方還沒有通火車，不巧又碰著起颱風，下大雨，不能經由阿罩霧上北，只得經南投至二八水轉乘縱貫線的火車赴臺中。

父親送我到基隆，記不清搭上了信濃丸或是備後丸；我們都坐在甲板上喝汽水等船解纜。及至要開船的時候，父親纔起身吩咐我說：

「此去事事得要小心，得要聽獻堂先生和施家本先生的話，出門不比在家，千萬不要荒唐⋯⋯」

這幾句話給我留下了很深刻的印象，我說不出話，只是默然點頭和他離別。這時我抱了很大的志氣和希望，以為這一去定能成功衣錦歸鄉，想不到這正是放浪生活的開始，也就是進入逆途的頭一步。

思想的反動

到了東京以後，記得好像是住在赤坂區林澄堂先生的家。他是林獻堂先生的四弟。我看見他的顏色，蒼白而帶些病態的肥腫。他的嘴唇有點黑黛色，說話很爽利。頭一天他就對我說：

「我們這左近昨天正鬧了賊，因為剛在黃昏時候，人都還未睡，所以鬧得很熱鬧；那個賊爬上人家的屋頂上去，許多警察在下面包圍，圍來圍去，不知道圍著了沒有⋯⋯」

初到東京就聽見鬧賊，我以為東京的賊一定很多，覺得有些恐懼。記不清是哪一天，他們帶我去看了乃木大將的故宅。他的殉死，和明治帝的大葬，我們都曾在新聞影片看過了，所以對這次的參觀覺得特別有興趣。乃木宅的建築，很簡潔平凡，除有一間馬廄外，比普通的住宅，並沒有什麼特徵。我欽佩這位武人的高潔，受了很深的印象。

後來，我搬到本鄉區去住在柯先生的房子。聽說他的日本話也說不

好,有一個朋友問我:

「喂喂,『ワタナヘサン,トウソ,オニカイオンゴ』是什麼意思?」

我不懂,反問他,他說:

「這就是說——『渡邊さん、どうぞお二階へ上って、お團子をおあがりなさい』的意思!」

他說完後,哈哈大笑了一陣。聽了柯先生的這段趣話,我對於日本話纔生起了一點兒自信。

未幾又搬到鹽原家去住。記得他是礫川小學校的教頭。據說同鄉 H 也住在這裡,所以很放心。可是一到那邊,纔知道 H 因為患了「腳氣」,已經搬進順天堂病院去住院,叫我很失望。為了忍不住無聊寂寞,我常到外面去玩,每一出門,就碰著許多人向我冷笑。起初不知道這是什麼意思,後來纔明他們看我的顏色,和平常人不一樣,又黃又黑(半熱帶地特有的黑黃色),穿一件平常的小孩不穿的長袖和服,很奇異古怪,所以看的人都要發笑。

有一天,我對鹽原太太說要雇一輛汽車,到病院去看 H,她表現出很疑訝的神情問:

「為什麼不坐電車呢?汽車是很貴啊。」

「是麼?我以為電車比汽車貴哪……因為電車大,汽車小……」

她笑彎了腰說:

「沒有那麼一回事,您還是坐電車好了。」

其實我並不是不懂這個道理,不過我打算汽車能夠直接到目的地,電車下來以後,還得找路,所以故意裝傻的。她既然不答應我雇汽車,不得已就問她搭電車的路線,自己一個人去做劉姥姥遊大觀園。我由竹早町上了電車,滿望一會兒就會到御茶水,拿出一張十元的鈔票,向賣票的要票,他瞧一瞧我說:

「沒有零的麼?是五分錢哪。」

嚇,真便宜!我心裡這樣想,立刻拿出五分錢給他說:

「我要到ズンテンロウ。」

賣票的聽不懂，反問：

「什麼？什麼樓？」

鬧了半天，他纔明白我說的是「順天堂」。他很客氣地告訴我這趟車不到那邊去，得要在春日町換車；詳詳細細地給我說明後，到了春日町，他又專程下車，給我指示換車的地方，和開往的方向。我衷心佩服日本人這種富有教養而親切的作風。下了車，站住一看，各樣各色的車輛，往來如梭，非常熱鬧，我嚇得觳觫不前，在那裡呆望了一會兒，感覺沒辦法，終於又折返回家了。

第二次再去，總算找到了順天堂病院，卻又在那寬闊的院裡，摸了半天，嚇了幾跳，好容易纔找到了 H 的病房；這次的高興真是了不得！一見 H，開口就和他說家鄉話，以為這一個多月的鬱悶都能夠吐露出來。然而談不了幾句話，就明白我的希望是要幻滅的了。他不但不和我說臺灣話，並且還勸我絕對不要說，若是常說，就說不好日本話。

為了這次的失望，我覺悟我應該做日本國民，說日本話、讀日本書、學習日本的人情風俗習慣，除此以外，不能有別的奢望。

暑假後，進入了傳通院的礫川小學校五年級。級主任叫菅野，人倒不錯。他給我介紹全班的同學並叫正副級長去吩咐；所以他們都好像競爭似地招待我，使我頗覺受寵若驚，怪不好意思。他們跟我一塊兒玩，念書，互相勉勵，不久，就策勵我能夠和他們並駕齊驅了。我和佐竹、山田，三個人最要好自成一國，號稱學校裡的小霸王，同學沒有一個不怕我們。我們三個人裡頭，佐竹最大，其次是山田；其實我和山田大概同歲，不過因為我的發育不好，體格矮小，所以彷彿看來，好像我最年輕的樣子。但是他們都扶我做大哥，叫我統領全體的同學，直使我趾高氣揚，忘記了我是一個臺灣人。

這時候，也許可以說是我一生最幸福，而最天真爛漫的時代。「兒童沒有國境」確是事實。我們的同班裡頭，還有兩位臺灣人，我起初很想要跟

他們好，可是他們都已經是大人，不喜歡和我們玩耍而且對我也很冷淡，似乎認為我是一個討厭而頑皮的小孩；所以後來我們也很忌他們，故意叫他們「爸爸」，意若輕蔑他們歲數太大了，不應該和我們一塊兒做小學生。

那時候，我自己常常怨歎：我為什麼不生為日本人？為什麼要生做臺灣人？以此引為最大的遺憾。自民國 6 年至 8 年之間，我不但在形式上做過日本人，就是在精神方面，也確實忘記了我是一個黃帝的子孫。以前在公學校被開除的事，和當時自己所說的話，都成為船後的水痕，自然消滅下去，終於樂不思蜀了。

反動的反動

日人的親切、謙讓、公德，使我總想做一個真實的日本人。同鄉的冷淡、刻薄、自私，迫我逐漸厭惡臺灣人，尤其不願意被人認為「支那人」。因為愛做日本人，所以凡日人應學的事：如柔道、擊劍，也很熱心去學習。只擊劍這一門，我的進步特別快，僅學了半年多，就有了可觀的成績。有一次，我的打法異常順利，教師連戰連北，竟惱羞成怒，就不以正常的打法跟我比賽；舉起竹劍迫近了我的身邊，伸出腳來挾著我抑倒於地上，連接地兒打了一頓。我們的級主任接著這消息，立刻跑到道場來，勃然變色去和那位教師計較，差一點兒就要動起武來。

這件事給予我一個很大的刺激，但是還勉強自慰，想這是出於偶然的事，並沒多大掛意；及至聽見他們拌嘴相罵，他們所說的話，纔一句一針的點醒了我的民族意識。那位擊劍的教師說：

「你看，這個清國奴太驕養了，非教訓他一頓不可！」

級主任駁他說：

「你既然知道他是臺灣人，你就不應該欺侮他，因為在東京留學的臺灣人並不多……」

說來駁去，一個說清國奴，一個說臺灣人，竟沒有一個提到我是日本人，這使我想做日本人的一片熱心，直沉沒到冰冷的深淵去。

　　到這時候，我纔痛感了亡國之民的悲哀。想道：你既然是亡國奴，你就是征服者的奴隸，無論你有什麼經天緯地的絕才，或出類拔萃的學識，都沒有用，亡國奴不應該和有國家的國民平等，奴隸不應該和主人站在同一的地位，一希望要平等，一想要同一地位，就是叛逆。我雖然沒有這麼鮮明的意識，卻在心裡發生了一種和日本人不能並立的念頭。

　　民國八年，我進入豐山中學，這個學校本來是一個佛教大學的附屬中學。起初我不知道底細，只聽見老師說這個學校不錯，就茫然去投考；及至進入了學校以後，纔明瞭這些關係，覺得很慚愧，於是便起了非轉校不可的心情。但是在這一年間，卻得到了許多的經驗，並且被動地養成了反日的基本思想。這雖然由於環境的刺激，自然會發生的心理變化，然而卻不能否認「東洋史」一科的影響是占了最大的因素。以前，我不知道中國歷史是什麼，臺灣人是屬於什麼人種？自讀了中國歷史以後，纔明瞭中國的偉大，和認識臺灣人就是中國人；覺得好像望見了自己的祖先，或進入了忠臣廟看壁畫。我的思想急激地轉變，把愛日本改變為恨日本，進而又發展到仇日，終於演致和他們開始行動的鬥爭。

　　那一年暑假，我頭一次回鄉省親，草屯公學校特意開同窗會歡迎，請我談話。我一上臺就講：

　　「臺灣是日本的哥爾希嘉島，哥爾希嘉島既能產生拿破崙，臺灣也一定會再產生一個新拿破崙，這斷不是夢想……」

　　這一席話，使校長和支廳長氣得滿面通紅，尤其支廳長坐不安席，忽起忽坐，幾乎要中止我的談話。可是這時候，還沒有所謂思想取締的法規，況且自由主義與威爾遜的民族自決主義正風靡一世的當中，所以他也無法處置，只得馬馬虎虎息了事，若不然，一定會惹起相當嚴重的問題。

　　民國十年，有人拿「臺灣議會期成同盟會請願書」要我蓋章，當時我就說：

　　「哼，這回我不幹了，我要臺灣獨立，或要復歸祖國，還請什麼議會？太沒出息！」

　　那時在東京留學的臺灣學生中，范本梁和彭華英等人可以說是比較急進的分子，但是他們都有一定的思想和主義；只我一人最年輕，最激烈最胡塗，什麼主義思想都不懂，一味瞎說瞎鬧：開口獨立閉口打倒日本，好像誇大妄想狂，誰也抑壓不住。臺中州高等警察課長山下末之武嘗對其後任者說：

　　「臺中州下的要視察人物中，特別要注意的並不是什麼林獻堂或蔡培火，這些人都全然沒有問題，只是張深切這小子要特別留神……」

　　這話一經傳出，我父親就先大起恐慌，不只一次給我訓話和注意，可是我不但不怕，而且引以為是光榮。

　　民國 11 年，我的思想復起一次重大的變化——煩悶、懊惱、猜疑、悲觀——因此曾經好幾次想要自殺。我漸能認識「英雄主義」是封建人物的空想夢想，已經不能適合於現代；在這時候，要實現英雄主義，是等於張勳的復辟，或小孩要追逐五色虹，永遠沒有希望。因失望，遂遷怒於自己的家庭把對社會無可如何的悶氣，拿到自己的封建家庭來發洩。主張什麼即刻要解放奴隸（這時我家裡除正式用人外還有兩三個女奴），打破迷信，實行新生活等等。說這是要實行社會革命的前提的家庭革命鬧得滿家風雨，啼笑皆非。

　　民國 12 年 9 月 1 日‧東京起了大震災，我在臺灣接到這個消息，認為再好的機會沒有了，就極力主張要轉到上海去留學。父親看我自小學畢業後，只五年之間，已轉過了三個學校，正覺得無法應付，不得已也只好答應了。他本來是希望我做醫生或律師，要我循規蹈矩‧好好地念書；想不到我竟中途而廢，在中學肄業一年，就主張要轉進所澤航空學校，說是預備將來要建設中國的空軍。這種主張，使我父母起了一個絕大的不安，當時他們連忙給我打了幾次電報，極力阻止，勸我千萬不要進那個學校；因此放棄了這頭一念，乃轉入深川府立化學工業學校。又給父母發了一張好像哀的美敦書的信，大意說：

　　「……你們都不要我學飛機怕危險，那末我也不進那個學校了……但

是我們想中國衰落的原因，是因為科學落伍的關係，所以要振興中國，須先振興工業，若是工業不能振興，一切都沒有辦法……希望兩親必定要允許我在這個學校念書……」

父親接到了這張信，又生氣又悲憤，說我肆行無忌，並且對父母使用命令的字句，可謂無禮至極。受這一氣，索性實行斷絕了我的學資金，要我即刻回家。他主張無論那一種專科都可以，不過年輕的時候，自己還不會分別，所以必須照常經過中學校，等到中學畢業後，纔得自由選擇。為這原故，我沒有辦法，只在這裡讀了一年就再轉入青山學院了。

自民國 11 至 19 年這八年間，可以說是我對家庭的叛逆時代。父親為了我的事情，氣得好幾次要出家，母親也受不了家庭的風波，跑到獅頭山佛寺去好幾趟，鬧到幾乎家都不成家了。

民國 12 至 13 年之間，我深受了三民主義與社會主義的影響，自以為能適應當時的思潮，自鳴得意，跟人家附和雷同，倡什麼主義思想高於一切，青年必須以身殉主義，不得有所顧忌；詎料經過民國 14 至 15 年的實際經驗，逐漸對自己的主義思想。生起一種懷疑、痛感：

「主義是偏於一方的主觀。」

所以就想要提倡：

「國家民族高於一切。」

「國家民族為主，主義思想為從。」

「主義思想應規定於國家民族，不得規定國家民族。」

自獲到這個信念以後，我立刻擺脫了以前的思想，發誓願做一個孤獨的野人，去和真實為國家民族盡力的人共同奮鬥。所以在廣州的革命同志間，沒有加入黨派的，可以說是只我一個人。這種思想到現在還是始終一貫，絲毫沒有搖動。（但對國家民族的理念卻和以前顯有不同的見解）

——選自張深切《我與我的思想》

臺中：中央書局，1948 年 1 月

《在廣東發動的臺灣革命運動史略・獄中記》自序一

◎張深切

　　本書的主題是〈廣東臺灣獨立革命運動史略〉，而副之以〈獄中記〉，然而副題〈獄中記〉字數多出主題數倍，頗有喧賓奪主之概，實在很對不起讀者，和同難的同志們。

　　主題雖是「史略」，而筆者卻素無寫史的經驗，且在避難中，行篋裡史料奇缺，本來是不敢，而且也不該拿這種題目來動筆。只因在蟄居期間，斗室之中，僅形影相對，百無聊奈，乃藉筆墨塗寫稿紙自慰；在推敲了舊稿〈獄中記〉之餘，忽然想起既有這篇，為其「前因」的歷史，自是不能不略加敘述，趁著心血來潮，不顧一切，寫成了這一篇略到無可再略的拙文。

　　既然寫成了，好歹只好由她，好像產生了的孩子，只得任其自然生長。至於體裁的失當，史料的缺乏，和文字的稚劣，唯求讀者曲予原宥。

　　　　　　　　　　張深切寫於中寮深山茅廬　　民國 36 年 4 月 5 日

　　——選自陳芳明等主編《張深切全集・卷 4・在廣東發動的臺灣革命運動史略・獄中記》
　　臺北：文經出版社公司，1998 年 1 月

《在廣東發動的臺灣革命運動史略‧獄中記》自序二

◎張深切

◎廖為智譯[*]

原本並沒有成為革命家的打算，只是在誤打誤撞的情形下，踏入革命陣營的我，好歹總算活到今日來。回顧那些朝不保夕的往時經歷時，我真有宛如站在斷崖峭壁之邊緣，俯瞰自己已攀登過的險阻之路的感覺。

筆者的前半生可以說波瀾萬丈、變化多端；部分同志非陣亡便是死於獄中，雙親仙逝時，自己也無法躬親送終，隨時都在輾轉流亡各處。於勝利前夕，在北平為當地市民談虎色變的第一四二〇部隊逮捕時，我曾經有了這樣的預感——獲釋也好，被殺也好，這將是我的最後一關吧？想到目前居住於寂靜山間小村的自己時，我不禁有恍如隔世之感。

所謂「仁者樂山」，但我認為這句話只適宜於描寫逸士清風，對一名亡命者而言，再怎麼樣的名山勝地，實際上也只是荒涼之地而已。蟄居於山間茅屋期間，我由於寂寞難聊，於是以消遣為目的，執筆撰寫《我與我的思想》，後復推敲舊稿〈鐵窗感想錄〉，並且完成了構想已久的這篇〈廣東臺灣獨立革命運動史略〉。

〈鐵窗感想錄〉原為筆者於民國 18 年（即 18 年前）甫行出獄時所撰寫，內容有「讀書心得」及「獄中生活記」兩部分。前者曾經以〈鐵窗感想錄〉為題，在《臺灣新民報》連載，但除後者以外，部分的原稿已遺失，因此，將此一部分改以〈獄中記〉為題，併入本書中付梓了。

---

[*]專業日文譯者。

　〈獄中記〉之表題或許會讓人以為是在監獄中書寫的日記，實際上這部書是出獄後所寫的，因此，或許以使用原名較為正確，但內容確實為獄中生活之紀錄，讀者們就請姑且接受這個標題吧。筆者可以說在非常煞費苦心之下，完成這篇作品，因為在日本人的統治之下，描寫監獄生活的書不僅發表機會絕無僅有，更有因此而惹上禍端的可能，因此，筆者常以戰戰兢兢的心情執筆，而且隨時藏匿寫好的原稿。

　後來，這份原稿不知在什麼時候遺失不見，原本以為失而復得是不可能的事情，然而，去年返臺時，不期於疏散時的行李中突然出現，一時使得筆者既驚奇又欣喜萬分呢。常年行蹤不明的原稿，不但部分被蟲咬得面目全非，一些文字更是消褪不見。因為那些都不是劃一的稿紙，而是在大小不同的各類紙上，使用鉛筆或自來水筆潦草塗寫，因此，在整理上不知花了多大的心血。將謄寫的原稿經張文環氏過目時，他對文章之雜亂有所介意，建議我最好重寫一遍。筆者卻認為雜亂的文章反而是當時心情的最好寫照，所以只修改了文法上的錯誤部分。以原面目呈現讀者面前才算忠實──這是筆者當時的想法。

　如前所述，這篇文章是在戰戰兢兢的心情之下，斷斷續續執筆完成的，因而在文脈上有欠融貫，而且由於採用的是濃縮式筆調，會使讀者在閱讀上彌覺吃力，這一點筆者有自知之明，然而，正因為文章拙劣，當時之熱血青年的心情因而更躍然紙上，不是嗎？

　莫庸贅言，筆者被捕入獄的原因，純粹在於參加「廣東臺灣獨立革命運動」的緣故，而這本《獄中記》之誕生，乃鋃鐺入獄的結果。然則，當時的革命工作是在怎樣的狀況下進行的呢？筆者認為這一點有向讀者介紹的必要，因此將這項「史略」定為本書的主題矣。因為這也是在避難期間撰寫的，內容簡陋乃是在所難免的事情。然而筆者卻深深以此為滿足，因為筆者認為這等運動史絕非以一個人的主觀完成即可。這個程度的內容已屬僭越，這是筆者的想法。

　將本書公諸於世的理由純粹在於將所謂的「廣東事件」之內容，以及

當時我們如何對抗日本帝國主義者的經過，概略地披露予同胞，並且以此
獻給為國捐軀之同志以及筆者的父母。雖然內容貧乏，文筆拙劣，然而，
在臺灣已光復的今天，倘若能以此遙慰已故父母以及同志們之英靈，筆者
則為此感到幸甚。文末謹向為本書之出版事宜惠賜諸多協助之洪炎秋、張
我軍、張文環、張星建等諸氏，致最深厚之謝忱。謹識。

中寮山中　194〔7〕年 5 月 6 日

——選自陳芳明等主編《張深切全集・卷 4・在廣東發動的臺灣革命運動史略・獄中記》
臺北：文經出版社公司，1998 年 1 月

《孔子哲學評論》序

◎張深切

　　什麼是「真理」？什麼是「是」？什麼是「非」？什麼「善」？什麼是「惡」？世界為什麼不會和平？人類為什麼不會幸福？世界上有良知的人，對於這些問題未嘗不亟求解答，而且歷來已有不少人曾經予以種種的解答。我也為此費不少的時間和精神摸索過、研究過；所得的結論，在這裡直截了當地說：

　　真理，不外是「自然原則」，即所謂「有物有則」的「則」，這個「則」就是原理，也就是「真理」。真理既然就是自然原則，那末要找尋真理，便只有進入自然界與人間世去探究物種的由來，及其生育原則，才有辦法。從而是非善惡的標準，當然也應從這裡找出準繩來求正確的衡量和公平的判斷。申言之，凡適合原則者為「是」，反是者為「非」；凡順應原則者為「善」，反是者為「惡」；凡得其自然者為「幸」，反是者為「不幸」。而「和平」與「不和平」之分，則決於執政者是否認識或肯否承認這種道理。

　　這種學說並不是我的新發現，那是我們的先哲早已倡說的，例如老子與孔子的原始哲學亦是。只是多年來被掩沒著，未能普遍地為世人所認識罷了。我所以執筆本書，為的只是要介紹這種哲學的梗概；倘能因此而對前面所舉各項問題的解答有所幫助，那便是著者莫大的榮幸。

　　我最初的計畫是要先寫《老子哲學研究》，並且已經開始執筆了[1]；後來想到老子哲學一般人比較生疏，按程序說，還是從孔子哲學著手較為穩妥，所以半途擱筆而改寫本書。執筆時是預備分篇發表的，各章原為各自獨立一篇，及至將其重行編成一部書後，才發覺論列和引例，各篇章之間頗有重複，本來很想加以修削，但又恐改一處而動全篇，只好僅削除部分引例，而留本來的面目，這一點是要請讀者曲予原諒的。

　　本書第二篇〈孔子的人與思想〉至〈子貢〉四章，以及附錄〈胡適的王充評論〉，看來似有些累贅；但我對之卻有雞肋之感，因為覺得它不無裨補缺漏的作用，捨不得刪除。

　　書中對尊孔派的評論，沒有像對反孔派的評論那樣詳細，原因是尊孔派的學說思想等都比較有完整的文獻可稽，一般人比較熟悉，從而也可以簡略些；至於反孔派則一向被認為異端，斥之者眾，和之者寡，是以不得不予以較詳盡的介紹與論列，這不是著者有所偏向，純是為便於讀者的檢討。

　　有人說：「中國史可以稱為儒教史。」這話雖然未免過於誇張，但也由此可以想見儒教在中國所占的地位了。儒教，我國歷代多奉為國教，為歷代國人所尊崇，然而也有如墨子說「儒之道足以喪天下」，莊子指孔子為「驚萬世之患」的罪魁，韓非排斥儒學為「愚誣之學」，近代學者中竟有人主張「若不打倒孔家店，中國沒有復興希望。」到底儒學的功過如何？孔學有沒有重新檢討的價值？這也是本書所要解答的問題之一。

　　現在世界哲學正陷於極度的混亂和貧困，唯心、唯物仍在繼續其生死存亡的搏鬥；當此之時，回頭來檢討我們固有的哲學，也不無意義。假使中國哲學有朝一日能夠領導世界哲學，那時候世界情勢或可能激起一個重大的變化，筆者相信這並不是誇大的妄言。

　　本書之所以能在此時刊行問世，完全由於游彌堅、劉啟光二位先生的

---

[1] 據張深切之子張孫煜先生表示，在《孔子哲學評論》一書完成後，張深切似乎仍繼續完成《老子哲學評論》（或《老子哲學研究》），唯該書並未付梓，迄今亦已無法找到手稿。

援助，和杜聰明博士慨允收為「臺灣光復文化財團叢書」之一。其次，蔡先於、張我軍二位先生，對於本書的刊行，也幫了很大的忙。還有謝東閔、張煥珪、巫永昌、蔡惠郎、洪炎秋、楊清泉諸位先生，以及許多親友都居中常予著者以不斷的鼓勵。就此謹向諸位敬致謝忱。

——張深切於臺中　民國 43 年 10 月

——選自陳芳明等主編《張深切全集・卷 5・孔子哲學評論》

臺北：文經出版社公司，1998 年 1 月

《談日本，說中國》序言

◎張深切

中日兩國本有唇齒相依、安危與共的利害關係，只因在近代，雙方都為了生存競爭，忘記了過去的邦交與歷史，終於把恩愛換為仇恨，險些兒就弄到兩敗俱亡的境地，這是兩國的一大不幸，同時也是全亞洲的不幸。亞洲的安全與和平，可謂唯靠中日兩國的扶掖與保護，而兩國竟不和而動干戈，怎能符東亞十幾億人民的願望？

現在歐美方面的「黃禍論」死灰復燃，極欲阻止黃色人種的抬頭復興，雖謂大勢之趨，他們絕對無可如何，然而自侮自辱自亂，仍會拖延復興的時間，多吃一時的痛苦。

日本此時在亞洲所處的地位非常重要，我們必須認識他們的實情，才能和他們提攜親善，他們也需要改變過去的觀念，了解中國的國體，無論有何變化，中國民族依然是全世界最優秀的大民族，一旦覺醒復興，只有中國才能維持世界的和平，才能領導世界人類進入大同之路。這絕不是沒有根據的妄言，我們單看黃禍論的論調，便能窺見此間的消息。

本篇雖然是筆者二十餘年前寫的舊稿，但除一部分因為時過境遷，不合實際外，其餘沒有多大的變化。本來想把這腐蛀不堪的稿子打進紙簍裡去，卻被目下的局勢挽救過來，略加修改，認為尚可問世，乃付梓，懇求讀者斧正。此識。

臺中張深切　民國 54 年 1 月

──選自陳芳明等主編《張深切全集・卷 6・談日本，說中國》

臺北：文經出版社公司，1998 年 1 月

《遍地紅》自序

◎張深切

　　民國 19 年，臺灣的名山——霧社——曾發生了一起轟動世界的抗日革命，日人稱之曰「霧社事變」，這一事變，在世界革命史上寫下了一篇最純潔最可歌可泣的史詩，很值得紀念；我在這裡用個「最」字，絕不是沒有根據的副詞，讀者們如果拿世界大小革命史來和這一「事變」相比較，自能明瞭。

　　霧社的山胞，固然是未啟發的野人，但他們因為未受文明狡詐的渲染，所以他們異常純真而且富有人性；他們明知抵不過文明利器，必須玉碎，然而為爭取人性的尊嚴，不計成敗利鈍，不自由毋寧死——這種精神，文明人雖言之鑿鑿，行之維艱——霧社的山胞卻以實際行動表現了。

　　誠然原始武器抵不過文明利器，但武器只能做一時的彈壓工具，絕不能做統治的法寶；日寇製造了滿洲國，上至皇帝，下至警察，形式上讓其自統自治，事實上以日本特務控制其政權，這種顯而易見的劣策，不但瞞不過外國人，同時也瞞不過日本國民。惡政的後果就是滅亡，這是人類歷史的鐵則，誰也無法推翻的。

　　本篇是部戲劇化的小說，筆者自不敢稱為史實，但是筆者在創作上，亟期不離開事實太遠，希望讀者不以無稽之談觀之，當不無有點益處。

　　後篇〈鴨母〉（編注：改編入《張深切全集・卷 11》）是筆者在日據時代所寫的新體裁小說，這篇小說可以說是筆者年輕時的代表作品，因為在描寫方面廢除了「心理描寫」和「沒必要的寫景」，所以難免轉接運筆生硬，然而筆者卻盡量採取精采部分來彌補這一短處，設能使讀者不發生討

厭，就算這種試作成功了。

　　前篇《遍地紅》原題「霧社櫻花遍地紅」，是在大陸淪陷前為西北影片公司寫的電影劇本，曾在《旁觀雜誌》連載過，這次重新加以修改整理，仍竊望能拍成電影，對布景和鏡頭都有簡單的說明，不過因為要留給導演有伸縮性的安排，所以沒有硬性的指定。拍電影的時候，場景鏡頭雖然可以自由增減，但主題骨子卻不能擅改的。文上的符號代表左列涵義：

　　　　□　代表全景或布景全場。

　　　　—□　代表小景或全場的一部分。

　　　　——　代表鏡頭指線，但可以增減或另分大小遠近各種鏡頭。

　　又本書承「味全」董事長黃烈火先生的資助始能出版，並誌此銘謝。

——1960 年 5 月　張深切在臺中

——選自陳芳明等主編《張深切全集‧卷 8‧遍地紅——霧社事件‧婚變》

臺北：文經出版社公司，1998 年 1 月

悼張深切兄

◎洪炎秋[*]

　　人活到 60 以後，又打過了幾次的生死關頭，對於死亡的來臨，雖不表示歡迎，卻也並不感到絲毫的畏懼；除起橫死的不算，一個人如果是善終，我總覺得那不過是像范睢所說「人之所必不免」和漢文帝所說的「物之自然」，因此也就處之坦然，認為沒有什麼了不起。所以近年來，到殯儀館和宗教會所去弔唁親朋，不過盡些情意，行禮如儀而已，很少引起我的悲戚，只有三年前竹馬至交的莊遂性兄的逝世和這次張深切兄的歸天，令我感到很大的難過。

　　我因為離開臺灣很久，所以雖然很早就知道有個青年志士張深切，在臺灣的抗日運動中，非常活躍，內心頗表崇敬，卻沒有機會和他結交。直到民國 28 年，他在北平藝術專科學校擔任教職，同在一個地方從事教育，纔有來往；後來他又辦了一個《中國文藝》月刊，要為沉寂中的北平文壇，添加一點活氣，要我每期為它寫一篇文章，所以往來更加密切，自然對他也就有相當的認識。那個時候，他雖然已經進入中年，火氣已消，但是那股不肯同流合汙，不甘屈服於惡勢力的勁兒，仍然存在，以致終被逐出藝專，《中國文藝》也為偽組織的武德報社的人們，接奪過去。他於是棄學從商，和黃烈火兄合作，從事貿易，可是那個時候要做買賣，如果不和敵偽的惡勢力勾結，不但無法賺錢，還要大受折磨，他們不肯走這邪門，結果大虧老本，並且因為有接濟抗日分子的嫌疑，深切兄被敵人特工組織

[*]洪炎秋（1899～1980），彰化人。作家、學者。發表文章時為「國語日報社」社長、臺灣大學中國文學系教授。

一四二〇部隊所拘捕，幾乎送掉老命，烈火兄也躲藏了好幾個月，不敢露面。幸而日本的敗徵，日顯一日，敵人不願多所樹敵，結怨過深，乃把他釋放，不了了之。

　　光復後，大家結伴還鄉，我當臺中師範的校長的時候，曾經請深切兄擔任教務主任，沒有多久，不幸碰上二二八事變，我被免職，而深切兄竟被當時臺中市的黃市長，硬指為共匪主腦，又不得不過著一段亡命的生活，後來事雖大白，而他因此對於公職，不感興趣，自己不去鑽營，自然也就沒有人肯找上門來了。他於是本著他的興趣和信念，組織了一個影片公司，要經由臺語影片，深入民間，以實現他的社會教育的理想，無奈曲高和寡，他所導演的影片，懸的過高，不易被蚩蚩者氓所接受，又以所搭非伙，內部鬧著人事糾紛，以致公司解散，把他多年的粒積，全部虧光。最後乃在陋巷中開一「純喫茶」的咖啡沙龍，以維生活。沙龍取名「古典」，懸掛名畫和名雕刻，確實富有古典藝術氣氛，只以缺乏「春色」，沒有浪漫情調，有逆時代潮流，也不容易維持，又因疾病突發，乃加以結束，遷來臺北養病，由其公子奉養，原以為從此可以過著一段安靜的生活，沒有想到得到的乃是不治的癌症，認為在臺北有許多不便，不如移往臺中其弟鴻標君所設醫院中，打針吃藥，比較方便。11 月 8 日我往臺中看他，他內心十分歡喜，要表示笑容，怎樣也表示不出來，又要叫人為我倒茶，也是說不出話來，經深切嫂用耳朵湊在他嘴邊，細聽半天，纔聽到一個「茶」字，深切嫂問他「是不是要叫我給炎秋兄倒茶？」他微微點了一下頭。我看這光景，知道他不久於人世了，起了一陣罕有的心酸。雖然如此，我因為莊遂性兄在這樣的狀態之下，彌留了三個多月，以為深切兄去總是要去的，一定還有一些日子可以勾留，我總還可以和他見幾次面，哪兒知道 11 月 10 日我在統一飯店一個酒會上碰到陳重光兄纔知道深切兄已於 8 日去世了，這個意外的消息，使我好像碰上晴天霹靂，不由得茫然楞住。

　　那天晚上，我的不眠症因而加深了，在床上翻來覆去，無法入睡的時

候，就做了一付輓聯弔他說：「生來就帶反骨，老跟惡勢力爭鬥；死去長留正氣，永供好朋友懷思」。第二天一早託人寫好郵去，有個老朋友看到了，寫信來誇我做得恰當，以為很合他的身分，只是「正氣」兩字，好像太為嚴重一些；據他的意見，似乎是只有岳飛或文天祥之流，纔可以用這兩個字來誇稱，平凡的張深切，未免不配。我卻不以為然，深切兄一生和惡勢力爭鬥，不肯同流合汙，不肯蠅營狗苟，富貴不能淫，貧賤不能移，威武不能屈，以致終身潦倒，一世坎坷，這就是「正氣」的最好的表現。假使他骨頭軟一點，以他那對日本和日本人的認識，以他那運用日文和中文的能力，在敵偽時代，是不難做大官，發大財的，而他沒有！光復以後，他如果肯於枉屈所信，遷就現實，也不難求得一官半職，而他沒有！所以我這付對聯，對於深切兄的為人，是一點也不誇張的，是可以表現一個老朋友對他的精確的評價。

——原載《臺灣風物》第 15 卷第 5 期

——選自《臺灣近代人物集（一）》
臺北：李筱峯，1983 年 8 月

一個「自由人」的形象的消失

悼張深切先生

◎徐復觀*

　　古希臘時代，有所謂「自由人」的階級；希臘文化，便是由此一階級創造出來的。當時所謂自由人的形象，到底如何？我無從了解；但在剛剛死去的張深切先生的身上，彷彿我看到了一個自由人的形象。

　　我是民國 38 年 5 月避難移居臺中的。從移居臺中認識莊遂性先生的時候起，莊先生一直是我在新環境中精神上的依賴者。臺中的許多朋友都經過莊先生的誠懇介紹，才有結交的機會。我和深切，也是在這種情形之下認識的。

　　認識深切不久，他便送我一部研究孔子哲學的大著，應該算是他在這一方面的試作。但不難由此了解他是寫作能力很強，並且在文化上又是有一番抱負的人。奇怪的是，這部書竟遭遇到禁止發行的命運；此一無法解釋的命運，當然會打擊他向這一方面繼續努力的興趣。此後我們見面的機會不多。在我的記憶中，他是搬家最多，行業也更換得最多的一位朋友。剛聽說他編導電影，編導得相當有成績；等到見面時，卻又停止不前了。中間開過一次聖林咖啡館，過了些時候再去，咖啡館已經換了人。直到古典咖啡室開業後，在一段較長的時候中，才有一個經常見面之地。

　　他的古典咖啡室，可以說得上是名實相符的；古典的佈置，古典的音樂，帶有古典美的小姐；走進去，真使人有某種古典的感覺；所以我常常帶朋友到那裡去領取一點古典的感受。每去一次，我都要我的朋友認識深

*徐復觀（1904～1982），湖北浠水人。哲學家、國學家、散文家。發表文章時為東海大學中國文學系教授兼系主任。

切，而深切也幾乎和我的朋友談得來；並經常拿他的《里程碑》、《滿地紅》
（編注：應為《遍地紅》）等文藝作品送給我這些朋友。我這些朋友，因此
也更了解深切，以我有深切這位友人為幸運。但我常常為深切擔心他的經
營構想，無形中是以自己的生活情調作標準的。在一個以佛洛伊德的「潛
意識」為活動基底的社會中，哪裡有一批高人逸士，能和深切的古典情調
連結得上呢？所以我們每見面一次，總忍不住要問「近來生意怎樣？」「還
可以維持。」「要到某月便會轉好。」深切也常是這樣帶笑的答覆。在前兩
個多月，當我發現深切已經移出了他的古典咖啡室，由一個又黑又黃的招
牌取而代之的時候，我當下感到：這是社會向下沉淪的標誌，是深切的悲
劇，也正是時代的悲劇。

最近一年以來，我常和深切到附近的日本料理店中小吃；他每次都要
吃一點酒。但他已不斷訴說身體不舒服，經常要打針吃藥。大概在四個月
前，我去看他，他已經很憔悴，說背部常常發痛，可是我們依然一起到外
面去吃小館子，吃完後他堅決反對我付錢，連聲說「下次再吃你的。」誰
知過了兩個月，我懷著再一同去吃小館子的心情找他時，卻真正是「人去
樓空」，並得到他已赴臺北治病的消息。我在非常悵惘的情形下，寫了一封
安慰他的信，信中說明我看了《我與我的思想》後，覺得我們在思想上有
更多相同之點；希望他好好治病，並要他給我來一封簡單的信，使我放
心。他果然來了一封簡單的信，說醫生勸他要絕對休息。我推想，他的病
已是不輕了。再經繼續打聽，更知道可能是肺癌的絕症，而莊遂性先生，
也正是死於此一絕症。十月底接到洪炎秋先生來信說，深切的病，已沒有
希望，一兩天即回臺中；高興有朋友去看他。

我本月初第一次到他令弟所開的張外科醫院去看他時，他正在發熱，
但神志還清楚，要他的夫人拿橘子給我吃。第二次去看他時，眼睛用力地
望我；但望了兩眼後，隨即閉攏有如入睡。看到朋友最期的人，比在最期
的朋友，心裡更為痛苦，不到兩天，深切便不聲不響的死去了。

深切和莊遂性先生，是兩種不同的典型；莊先生使我欽佩，而深切則

使我欣賞。在他的作品中，在他的生活態度上，他自由地想像，自由地發揮；更以自由的心情，來看自己的成功、失敗。他並不是忘情於功利，但他似乎不肯做功利的奴隸。他的生活，是平淡中的多采多姿。但這是有個性的多采多姿；在多采多姿中，並流注著對社會的正義感，以及對自己民族的熱愛。這是我對深切的把握，也是我對一個自由人形象的把握。

　　我和深切年齡不相上下，這正是人生最寂寞的時期；我不斷希望能得到在功利韁鎖之外的真誠友誼，來潤澤即將枯萎的心靈。莊先生和深切的先後死去，在我殘餘的生命中，怎能不算是一種重大的損失呢？

民國 54 年 11 月 24 日於東海大學燈下

——選自陳芳明等主編《張深切全集‧卷 11‧北京日記‧書信‧雜錄》
臺北：文經出版社公司，1998 年 1 月

回憶文明批評家張深切先生

◎陳逸松[*]

深切兄！您已經離開這個世界，把您的遺骸留給您的家族朋友，世界所講的「三魂」已離了遺骸他去無錯，但漢民族獨特發明的「七魄」大概還在您的遺骸遺灰遺宅周圍旋轉，暫與這俗塵世界惜別，還在我們親友腦裡心內在作用著，在激動著，使我們一閉眼，您的哲人面貌就在眼前了。

深切兄！自日據時代我就與您有特別的神交。我一想起日據時代臺中方面的人物時，就想起您與陳炘先生，您二人是代表臺中所謂「文化城」的思想人物。林獻堂先生的存在確是長時間代表臺灣的人物，但是他的想法做法總不能存在於時代的先端，他是站在中流，穩坐四名轎伕抬的花轎，時時探頭看看地過去了。您與陳炘先生，雖有多少境遇的不同，但大部分時間都與臺灣的激流戰鬥，以獨立思考自決方向，以誠實愛臺灣民眾的心情、姿態經過了您們的一生了。這點，我是永念不忘，有心人會永遠懷憶您們，記錄在臺灣社會進步史的上面。

您前一段的歷史，我民國 22 年自日回臺後，才慢慢聽到的，不過我回臺後，多少參加各種的藝術社會運動時，都常會碰著您的存在。在理論方面您高人一籌，確是個思想有根底的文化人，可以說是「文明批評家」。這個「文明批評家」的頭銜是不容易領到的；是有深切兄的見識，有深切兄的膽量，有深切兄的行動力，有深切兄的藝術感覺才能做得到的。

以 62 歲離棄此世的「文明批評家」張深切先生，到底對他所生存的「臺灣的社會生活」抱了如何感想，採取了什麼態度？以如何之心情離開

---

[*]陳逸松（1907～1999），宜蘭人。律師、文人。發表文章時經營「二十一世紀畫廊」。

了他此世的生活？我們做為他的親友，不得不想，也不得不提。想到此，提到此，我就感覺他可以代表在臺灣日據大正昭和時代做過青年學生的人——約略現在五、六十歲左右的人——的普遍的良知。

　　大正元年就是民國元年。日本占據臺灣的約二十年，日人所稱臺灣的「土匪」大都平定壓服下來，這大正初年深切兄入了南投縣草屯公學校，大概我是遲了四、五年入宜蘭羅東公學校，可說同時期在同樣的「草地」受了初等教育。這個時期我們鄉下都是赤足上校，學生回家就把書包放在神桌上，不再複習，只靠記憶力與多少的天分與先生（老師）周旋外，就是打架胡鬧或「打干祿」取樂。經過我們這個時期的父母受了日人的直接欺侮凌遲的居大多數，雖不想再與日本帝國主義公然反對來受苦，但暗地裡總教兒子要對日本人警戒。深切兄在他的自傳《里程碑》首頁就寫「養母和余清芳的造反牽涉了什麼關係，被衙門傳去審問過好幾次，暗藏在家裡的一些符籙和什麼無字天書被警察查出來，同時也被扣押了」等等，這些大概都差不多。我們羅東小地方也是一樣，許多熟人親戚為西來庵事件走來走去的不少。如此環境下對日人是反感憎惡，一方面很畏怕恐怖。我記得上公學校一、二年時日本警察來查戶口，我母親就走到大厝後面竹腳邊隱住，叫我與日本人周旋。如此情形下深切兄在公學校五年時做了「囝仔頭」講了一番大話：「哼！我知道為什麼不能講臺灣話的理由了，因為臺灣是日本的殖民地，是日本的領土，所以我們要受他們管。將來要是我們征服了日本，拿日本來做殖民地的時候，我們不但禁止日人在校裡講日本話，連在學校外面也非禁止不可！」

　　這話被站在教室門口的老師聽去了，遂被開除，隨到日本留學。不久就到祖國上海留學，投入世事多歧的奔流了。

　　大正初年到昭和初年，這六十幾年，是他最敏感的青年時期，依據他的良知，代表了當時的臺灣青年與日本帝國主義鬥爭，用最巧妙的方法來周旋，但不得已時亦就勇敢地去入獄受刑。

　　祖國，當時對於臺灣人是無力的，愛莫能助的，這中間的事情，梁啟

超先生在奈良對當時（1907 年，明治 40 年）去找他的林獻堂、甘得中兩先生說：「中國在今後三十年，斷無能力幫助臺人爭取自由。故臺灣同胞，切勿輕舉妄動而作無謂之犧牲。最好倣效愛爾蘭人對付英本國之手段，厚結日本中央政界之顯要，以牽制臺灣總督府之政治，使其不敢過份壓迫臺灣人。」云云，可見祖國軍閥在蝸牛角上互爭，不務長進，受人宰割支配之局面下，臺灣人要如何生存？要如何才能與日人抗衡，求其不受人侮蔑與輕視？

臺灣的智識分子，一知覺自己受日人歧視時的苦悶煩惱，如山似海，舉頭看祖國無力、紛亂，看臺灣內部是經濟日日被日人侵占橫奪，失望落膽的不少，想獨善其身的當然很多，但也有如深切兄敢斷然負起十字架開始與日本人鬥爭的也不少。

他與林文騰、郭德欽、張月澄（**秀哲**）諸兄為廣東中山大學、黃埔軍校、嶺南大學的同學，在學中組織「臺灣革命青年團」，正要入臺開始活動時，被檢舉入獄三年，出獄以後不撓不屈繼續活動，潛到上海、北平等地，與祖國各方面採取連繫，實是表現臺灣智識分子最優秀部分的良智良心。

不過深切兄所活動的分野，到他三十歲以後就傾向於哲學和文學的部分為多。他與臺灣過去的政治黨派極力避免發生組織關係，只民國 23 年與張星建、賴明弘諸兄組織「臺灣文藝聯盟」時，他是組織該盟的主持者之一。

光復前他往還北平時，過臺北就來訪問我。談及時局互吐真情，話入骨底。他在北平編輯《中國文藝》月刊時，就時常寄來給我看，我在《臺灣文學》季刊上寫了一篇小說，他看了寫信激勵我。這些事情寫起來好不容易，不過他始終一貫為愛國家而思想而工作是一點都不錯的。光復後也互相時而通問，到了民國 45 年冬，他忽然來北投找我，談起臺灣話電影的事，他的熱心非常動人。他說臺灣話語的電影近來很多人亂拍一場，毫無文藝價值，敗風壞俗，表示臺灣人的無智殘忍，確是臺灣文化人不可置之

不問，要我與他協力來改造臺灣電影界。他來北之前，我親自看了二、三篇臺語片，其中有一篇是描寫一個中了狀元的無情郎，對其前來找他的糟糠之妻施與非人道的虐待，特別是把其舌根剪斷使其口血滴滴，哀慘之狀不忍卒睹，傷害觀眾之優美情感莫此為大，而該作片家為當時有名的人物，得意揚揚，以賺錢為目的，不顧其他。我就有意來做一部臺語片，叫人家不哭、不流淚、不殘忍，而能夠捧腹大笑的；正想的當時，深切兄來找我，要我協力拍片。不久他找了劉啟光、何永、林快青、郭頂順、詹木權等諸先生出資，我也參加組織了「藝林電影公司」，拍了一部深切兄編劇的《邱罔舍》。這一部《邱罔舍》確確實實不會令人感覺殘忍無情，不會使人誤會臺灣人是非文化的民族，我們的目的在這一點是成功了，但經營上卻失敗了，人也四散去了。

　　深切兄，他做文明批評家是成功的。他對人的生活有一套理論與解析，他對人的想法也有他一套主張，在臺灣這種環境下，能出現深切兄一樣的人已是很難得的了。

1965 年 12 月 4 日

──選自陳芳明等主編《張深切全集‧卷 11‧北京日記‧書信》
臺北：文經出版社公司，1998 年 1 月

張深切兄及其著作

◎王詩琅[*]

　　張深切兄於十一月初八日去世的第三天，筆者初接到噩耗時，並不感到驚駭，也沒有哀痛感，祇木然地呆了半晌，一種物傷其類的傷感在腦海裡縈繞終日。

　　這種異乎尋常的情感並不是沒有理由的。今年夏間，他來臺北，以電話告訴筆者說，他經營的「古典」咖啡室已經頂盤給人，供職臺北的他的公子孫煜君已買定了新屋，他也決定移居臺北；同時還說他近來身體不適，有點神經痛，也需要來臺北療養，日內返回臺中收拾來了雜事再來，以後大家便可以經常長聚久談，這次無暇相訪。他的「神經痛」，記得一年前，就曾聽過，所以也不大介意。到了《我與我的思想》再版，受其贈送，才知道他已經遷北養病，可是覺得他沒有如約通知必有緣故，於是和他通信，取得聯絡後，乃往其新寓所探視。他雖然仍健談如常，但顯然身體已經很衰弱，精神也很萎微。後來聽說他患的是肺癌，接著病情惡化，作氧氣吸入，返回臺中……這一連串事實的發展，筆者早已有種不吉的預感，他不久於人世已是意料中事。

　　11 月 21 日在臺中市慈光圖書館舉行告別式的那一天，在肅穆和哀感中，這位不願曲學阿世的硬骨漢的生涯和文章，猶如走馬燈一樣，一幕一幕浮現在眼前；同時對這位上半生與異族統治撲鬥，嚐盡酸苦的老友，晚年尚未能得到應得的酬報，感到無限的寂寞。

---

[*]王詩琅（1908～1984），臺北人。詩人、小說家、評論家、臺灣民俗家。發表文章時為臺灣省文獻委員會編纂組長。

　　深切兄的一生，雖然坎坷不平，但卻是多采多姿的；從各種的角度來看他時，他是革命家，也是思想家、哲學家、文學作家、批評家，而且又是戲劇、電影的劇作家、導演。以落伍的小小的臺灣文化界而言，他的成就是非凡的、燦然的，其貢獻是不可磨滅的。早年他是反日民族運動的急先鋒，「廣東臺灣革命青年團」的重要角色，臺中一中罷課運動的指導者，臺灣演劇研究會的領導人物，臺灣文藝聯盟的倡導人，《臺灣文藝》雜誌的主持人；光復後又是臺灣藝林電影公司的創辦人。這些運動和工作，他都搞得有聲有色，轟轟烈烈；尤其是他領導主持下的「臺灣文藝聯盟」和《臺灣文藝》雜誌，在日據時期曾創造了臺灣新文學運動高潮時期，建立了一個重要階段，寫下輝煌的一頁，其功業更是值得大書特筆的。

　　他是一個值得紀念的，不可多得的人。這一點，恐怕任何人都不會有異議。

　　至其著作，雖非等身，但卻相當可觀，而且其看法立論頗多獨創，言人之所不敢言，道人之所未道的。他的晚年，除了經營臺中的「古典」咖啡室外，幾乎傾注全副精神潛心從事寫作。據最近再版的《我與我的思想》（民國 54 年 7 月）乙書所附的〈張深切著作出版年表〉列有左記各書：

　　兒童新文學　1941 年（絕版）北京：新民印書館出版

　　日語要領　1941（絕版）北京：新民印書館出版

　　日本文學傑作集（翻譯）　19（絕版）北京：新民印書館出版

　　我與我的思想　1948 年（初版）臺中：中央書局

　　獄中記　1948 年（絕版）臺中：中央書局

　　臺灣獨立革命運動史略　1948 年（絕版）臺中：中央書局

　　孔子哲學評論　1954 年（絕版）臺中：中央書局

　　遍地紅　1960 年（初版）臺中：中央書局

　　里程碑　1960 年（初版）臺中：聖工出版社

　　談中國說日本　1965 年（刊載中）臺北：經濟世界

　　其他已完成之劇本：《邱罔舍》（獲第一屆影展最佳故事金馬獎）、《生

死鬥》、《婚變》、《荔鏡傳》。

　　上列大多是單行本，此外在報紙雜誌的文章，筆者的記憶中，在《臺灣文藝》發表的〈對臺灣新文學路線的一提案〉（《臺灣文藝》第 2 卷第 2 號，昭和 10 年 2 月 1 日發行），以及小說〈鴨母〉（《臺灣文藝》創刊號）等都是他的重要著作。

　　他早年在國立中山大學法學院念的是法律，可是他的著作中沒有有關法學的文章。

　　他在臺灣文化界前一輩中，算是著作較多的一人，而且其著作也多有分量和意義的。發表在《臺灣文藝》雜誌的上述論述是指示臺灣文藝應走的途徑；《孔子哲學評論》則是他研究孔子學說的巨著；《里程碑》不僅是他個人的自傳，也是文中所說的「天子自道的筆法」下的「臺灣社會運動史」，對這部書他有個目的，他於民國 51 年 4 月 25 日致筆者的私函中曾說：「……絕非為賣名而出版，不僅對利己主義之社會運動有所警惕，對一直趨於頹廢之青年男女，亦不無有所刺激……。」他的意圖是不難想像的。

　　他導演的唯一臺語片《邱罔舍》，不但劇本是他寫的，一切都是由他企劃設計的。據說因這一片虧了大本，世上對其成就也褒貶之一。不過我們平心而論，他能夠把這片段湊成的民間傳說貫穿起來，賦予血和肉，編成一篇有情節有思想的故事，其才能是不凡的，我們在片上處處都可以看他閃露的才華。他獲得臺灣影展最佳故事金馬獎，一點也不過分。他本來對影業有一般熱情和計畫，不幸其壯圖因此片營業成績不佳，中途挫折，未能充分發揮，竟賫志以歿，這是很可惜的。

　　這個具有獨到性的看法和思想的老友，構成他的思想的要素是很複雜的，他在《我與我的思想》再版序的開頭，曾說過：「我平素喜歡老莊學說，所以和老莊學說有關的刊物——無論國內外的著作，都涉獵不少……。」這當然並不是說老莊思想就是他的思想基礎，祇是他「喜歡」「涉獵」老莊學說而已。事實我們無法從他的言行中找到老莊的無為而治

的影子，他的言行也沒有老莊的消極性；因為他本是個戰鬥性的人物。

這個懷才不遇、倔強的野人，終於和我們永別了，這是臺灣文化界的一大損失！筆者原意是要寫一篇較有系統的文章，奈本刊不能久等，祇好匆匆草此，聊以塞責並悼念故友。

——發表於民國 54 年 12 月 31 日《臺灣風物》第 15 卷第 5 期。

——選自《王詩琅全集‧文藝創作與批評——夜雨》
高雄：德馨室出版社，1979 年 12 月

張深切・張文環與我

◎林芳年[*]

　　張深切與張文環是我的老友，如果以一個人的嗜好傾向來說，把二老稱為「文友」似較恰當，但「文友」不無僅局限寫文章小圈子的感覺，所處世界顯然有點狹窄。

　　光復前，二老與我並沒有顯著的過往，唯自光復後我任職臺糖公司時，曾經待過潭子及臺中糖廠，因此與二老的往來也就逐漸頻繁。那時候我並沒有把家眷帶到任地，待在廠裡的那段期間，即由公家分配一棟適宜的住屋，過著將近五年的準鰥夫生活。我每兩星期回南部省親一次，除此之外，大多盤桓於二老寓所之間。

　　年輕時，我以為二老是近親關係，因二人的過往與思想上的觀念形態（Ideologie）頗為接近，加以又是「臺灣文藝聯盟」的核心人物，雖寫作的類型稍微不同，但觀其密切的關係，因而被目為族親在所難免。其實，二老不僅非親非故，張深切生在南投草屯，張文環生在嘉義梅山的故鄉間，兩個人均處在風馬牛不相及的環境裡，僅係冠姓相同而已。

　　二老如今已作古多年，但他們的為人與言行學識還活在人間。回溯那段日寇統治下的臺灣，張深切以無比的毅力倡導組織「臺灣文聯」的構想是很難得的；「臺灣文藝聯盟」是繼「文化協會」、「農民組合」、「自治聯盟」之後，所成立的全島性文學活動機構。「文化協會」與「自治聯盟」的活動，使日本政府當局不得不考慮在臺灣實施半官半民的部分民意代表選

---

[*]林芳年（1914～1989），本名林精鏐，臺南人。詩人（日文）、鄉土文學作家。發表文章時為國際紡織股份有限公司常駐顧問。。

舉局面，雖係一種似是而非的民主的象徵性措施，但這一步棋卻能在島民的心窩裡刻鑄著濃厚的政治意識。

文學作品不像政治家在街頭挺胸吼喊，但作品的臥底裡卻流露著一股無從磨滅的痕跡，是一種挖掘人間瘍處的人間社會哲學；這些都使當時的日本官員感覺頭痛棘手。張深切能在艱巨的處境中急起領導「文聯」，孳孳不輟的培養後進，其構想與作法是值得欽佩的。

當二老先後作古的時候，我曾經備文悼念，其標題擬為〈張深切的人間像〉，及〈張文環的人間像〉，前者發表在《自立晚報》，後者發表在《張文環先生追思錄》。

要刻畫一個人的人間像，必需從一個人的為人、言論、思想及其他的條件，加以詳細而有條理的剖析。唯這兩篇追悼文章，我並沒有經過細膩的思考，就匆匆在一夜之間趕快車潦草湊成，所以在文裡沒有流露著故人的為人及言論思想的片鱗半爪。〈張深切的人間像〉約計四千字，而〈張文環的人間像〉也僅為二千多字的短文；回溯那時候的滿不在乎的傻勁兒，深覺汗顏不已。

我認識張深切係於民國 24 年 6 月 1 日「臺灣文藝聯盟佳里支部」成立之時。他以上級指導員身分翩然蒞臨佳里，那時候，他的年紀約為三十左右吧，是一個傲氣十足、談吐極具衝勁的青年。他不僅擅長座談，而且演講也有獨特的一手，唯他的一股傲氣，常會惹人反感，這是他無可彌補的缺憾。

「文聯佳里支部」宣佈成立，是夜即在佳里一所名餐廳宴客，與會人員多為當時極具盛名的士紳與作家，就中以林茂生為領導人物，他是當時的國立臺南高等工業專門學校（今之成大）簡待教授。林茂生是一位專攻英文文學的才子，因當時能放洋留學之人為數極少，只因他的家境原來就很不錯，加以戚友及時資助，使他畢業日本東京帝大之後，再往英國留學，順利獲得牛津大學文學博士學位。他是個道道地地的學人，就被日人拉攏在國立專科學校擔任教席，他很少在報章雜誌發表文章，但他的名氣

之大，卻非一些搖弄筆桿的小伙子所能比擬。

　　那時候，普羅文學正大行其道，作品幾乎沾染下層階級的生活實態，聲勢的浩大有如燎原之火席捲日本文壇，並把餘威掃蕩整個寶島。當時的臺灣文壇係寫實主義派（realism）當道，標榜「藝術應為人生而藝術」的口號，而張深切也是寫實派幕下的領導人物，他的作品與言談還是恪守「藝術應為人生而藝術」的大原則。而文聯佳里支部成立典禮結束，在餐敘時也以「應為人生而藝術，抑或應為藝術而藝術」之標題，忝為席間的話題。

　　也許寫實主義作品有涵蓋著普羅文學性格的一面，唯普羅文學與寫實文學並非完全相同，但日本官員卻視為一丘之貉，加以嚴格管束。寫實主義文學並非僅描寫下層階級的生活實態而已，而是針對整個國家社會各階層所發生的問題，如果僅描寫貧窮的生活狀況，那一些愛國行徑與革命故事是從何而來呢？局限於藝術而藝術，那豈不是充滿了吟風弄月的作品？

　　是夜張深切大力倡導「藝術應為人生而藝術」的高調，由於得不到林茂生的贊同，致有林茂生拍案吃喝的一幕。

　　我平常絕少與張深切互通信件，好像民國 26 年夏季間，我因要去潭子鄉找呂赫若之前，即先到張府拜訪他。是日中午即在張府用餐，與會人員好像是巫永福、張星建及我不認識的三、四位陌生人。後來呂赫若也趕來了，就這樣湊成一桌，邊用餐邊聽聽張氏的宏論。談話內容我現在還稍有點記憶，仍不離「為人生而藝術」的範疇外，均針對日本警察的蔑視人權；可見張氏是一位正義感、民族意識很濃厚的知識分子。他是先留學日本，後到祖國求學，其原因或許在日本目睹日本人的跋扈、黷武、英雄主義、欺壓善良的真面目；使一個還未被染過色彩的青年，不得不更改初衷另找棲息之所。

　　光復後，我有一段時間常到張家作客，當時他是任職臺中師範，擔任教務主任職務。

　　張家是南投一帶的望族，深切兄是宿儒張玉書由他家領養的獨子。他

本來可以渡著天真快樂的童年時代，但據他在《我與我的思想》的著作裡說：「童年時代並不快樂，雖然家庭經濟很好，但在小學時代因反抗禁止使用臺語，致被學校開除，後到東京讀書，也因言論過激，被日警注意監視……。」由此可見他生來就有一副叛骨。所以說，他的一副驕傲癖性，或許是由環境造成；他被日人歧視，使他的自尊心受到嚴重的損害，並產生反抗精神，因此使他發生強烈的自卑感，也許自卑的反面就是驕傲，兩者形影不離，相比為鄰。

張深切是小說家、劇作家、革命家。據洪炎秋的《廢人廢話》所載：「他（張深切）於民國十五年廣東臺灣革命青年團的臺灣獨立運動事發被捕入獄，禁錮三年有餘，十八年出獄，組織臺灣演劇研究會，從事啟蒙運動……。」

援引洪氏這段話，張深切是於民國 15 年為反抗日本而參加「廣東臺灣革命青年團」的革命工作而被捕入獄的。他雖係一個革命家，唯同時也是一個出色的小說家及劇作家，如依據他的思想與言行，還是稱他為革命家較為合適。他不滿日本人歧視臺灣同胞而革命，他不滿社會上存在的陋習，就為文大事抨擊。

以文學家及劇作家的立場說，深切兄的創作技巧也達到了相當程度的境界。小說〈鴨母〉，及《霧社櫻花遍地紅》、《邱罔舍》等劇作品，曾經膾炙一時，譽為有甚高的文學價值。〈鴨母〉是描寫一隻鴨母被偷竊所引起的案情處理不妥的情節，也是控訴日本統治下的社會所胚胎的矛盾實態，文章極為流利，布局與意境也甚成功。

《霧社櫻花遍地紅》的劇本，曾有拍成電影的構想，後來因資金無法湊成而作罷，如果能拍成電影，那段可歌可泣的花岡一郎兄弟抗日史實，必會使人有更進一步的了解。《邱罔舍》雖然搬上銀幕，因情節並不生動，收視率差，致不得不停止傳播。

深切兄一生中的傑作，應該推崇《孔子哲學評論》那一部著作了，這部洋洋三十餘萬言的哲學叢書，游彌堅曾經評為：「近三十年來，除了胡適

之、馮友蘭先生的《中國哲學史》的著作外，罕見有如張君這樣的大作……。」但這類型的叢書，並沒有太多的讀者，銷售狀況不理想，很是可惜。

深切兄的一生，除寫作及任教之外，少與政治圈內人士接觸，其實他的政治理想與見解確有獨特之處，所以被人譽為有見地的政論家。當時也有人要捧他出來參加競選南投縣長，但張兄畢竟是一位學者，不適合充任縣長候選人的角色。

我在〈張文環的人間像〉一文裡，載有下列的一段：「一個人的言行——尤其喜歡寫作的人——有兩道不同的傾向，作品裡所流露的是光芒的筆鋒，但其為人未必能似作品那樣侃侃暢敘。張文環的人物以至其作品，兩者甚為吻合，完全沒有兩樣，可以說，張文環的人物像酷似一篇的創作。他忙得團團轉時候，其談吐更諧謔輕鬆悅耳，頗像一位頑皮的大孩子在那裡撒謊……。」上述這段話，也有其他的人持著同樣看法，文環兄高興說說笑話，其人有如其文。

日據時代，張文環與《文藝臺灣》創辦人西川滿相處也很融洽。西川滿生在日本書香世家，接受良好的家庭與學校教育，是當時在臺灣的超現實主義派代表人物。他有一副濃厚 bourgeois（布爾喬亞，貴族）氣質的外貌，是一位典型的驕傲人物。唯逢到張文環時，卻能持著和和藹藹、咧開了嘴巴笑瞇瞇的打個招呼，這是他的一百八十度的性格轉變，使人不敢輕易置信；也許這是一種英雄識英雄，才子識才子的緣故，所以張文環才能受到禮遇及重視。

文環兄很風趣，有良好的人群關係，所以日據時代曾受日本學人的器重，而日本政府也給以官派的庄長（鄉長）職位，光復後又被我國政府邀請出任能高區長。再經一段時間，即為羅萬俥拉攏，出任彰銀西臺中分行副理、霧峰分行經理職位。羅氏逝世後，再被企業界邀去擔任「日月潭大飯店」總經理，以至逝世為止。

關於文環兄的作品，有人評他是一個粗線條的人，所以創出來的是一

連串粗線條的作品。但我的看法恰恰相反，文環兄是一位擅長思考的細線條人物，所以才創出一系列的細線條作品。〈父親的臉〉被選為日本中央公論佳作之後，繼續發表〈藝妲之家〉、〈夜猿〉、〈閹雞〉等好多篇力作，每一篇均有細膩的思想躍動，而此時也是張文環文學爬上爐火純青的文學燈塔頂峰時候。

　　這一系列的作品，我在年輕時均有涉獵過，但現在已經印象模糊，很難具體的談論。他那部《在地上爬的人》是近作，對我來說記憶較深，現在可以來談談這部作品。

　　《在地上爬的人》堪稱是一部臺灣的社會風俗史。他在作品裡刻意描寫臺灣的社會風俗，而其所挖掘出來的都是大家高興聽聽的故事情節；譬如一些民間盛行的俚諺，他都能讓它出現在作品裡。我在日據時代曾經讀過他的初期作品，在那篇舊作品裡有下面的一段：「你啊，井無欄，溪無蓋，要跳進去多方便，不妨跳進去嘗嘗滋味吧。」

　　這是鄉下的老一輩女人常掛在嘴巴上的俚諺，一些作家們都沒有注意把它搬到作品裡來，只有文環兄能讓這句俚諺獻身在小說的世界。這句俚諺以本省人而言並不覺得有什麼稀奇，唯日本人的眼光卻有不同的看法，他們覺得奇異而新鮮，讀起來極感開心舒服。

　　《在地上爬的人》描寫得很細膩翔實，他把那位由他家領養的陳啟敏描寫得像一個哭笑不得的唐·吉訶德。其描寫手法與構成有點類似《陳夫人》的作者庄司總一作風，庄司總一是一位日本作家，他以統治者的立場來描寫被統治者的一個富有家庭的生活實態。

　　當時有一位陳家的小爺到日本討回來一位日本太太，她就是「陳夫人」。這位日本太太進了陳家之後，在風俗與語言上均觸了礁，但她都能忍下去，她先把廚房上的工作，以至語言的障礙慢慢克服下來；當中最成功的就是在陳家設置洗澡間的構想，是最成功的創舉。以往的臺灣富有人家，吃穿都很有講究，但只有缺少洗澡的衛生知識。陳夫人自設置洗澡間以後，很能博到爺爺的歡心，因為老人家過去少有享受著洗澡的快樂，現

在之所以能嚐到洗澡的快樂滋味，當然是要歸功於那位日本媳婦。

　　《陳夫人》這部小說曾轟動一時，成為暢銷書。這部作品雖然寫得很特出，但裡面的情節不無侮蔑臺灣人的地方。雖然描寫技巧相當成功，但站在臺灣人的立場而言，確實有點不是味道的感覺。

　　《在地上爬的人》這部小說的構造與《陳夫人》略同，但情節完全兩樣。前者是在小說中刻畫著臺灣社會上的風俗習慣，以戲劇性的筆調描寫主角陳啟敏的生涯，展現養子生涯的可歌可泣一幕。而後者即以輕侮的筆調挑剔著臺灣人的缺點，小說的推演狀況自有不同，在風格方面兩者均屬於大眾小說。

　　《在地上爬的人》是文環兄封筆幾十年以後的結晶，如果僅談這部小說是不是成功的作品？答案是肯定的。如以文環兄的文學造詣而言，我們還是有點點奢求，那是奢望文環兄在思想方面能再進一步的躍進。這些奢望或許言之過早，因為文環兄是有三部出書的計畫，而《在地上爬的人》是當中的第一部，當大家刮目期待著第二部第三部作品的出現時，文環兄溘然逝世了，他的壯志未酬身已死，真是使人搓手嗟歎不已。

1983 年 3 月 10 日脫稿

（原載 1983 年 5 月 18 日、19 日《臺灣時報》副刊）

　　　　　　——選自陳芳明等主編《張深切全集‧卷 11‧北京日記‧書信‧雜錄》

　　　　　　臺北：文經出版社公司，1998 年 1 月

《張深切全集》序

◎巫永福[*]

　　民族社會主義者張深切兄大我九歲，如健在應是 94 歲的老人，再過幾年就是生誕 100 歲。他是 1965 年 11 月 8 日在臺中以 62 歲去世前，曾來北暫住其子孫煜家，與我暢談老子哲學及臺灣的前途。其時我就感覺他身虛說話無力請其保重，不料回臺中後不久就去世。告別式時我趕回臺中參加葬禮，落淚之外著實感慨萬千。他發表《孔子哲學評論》一書後曾對我表示，希望能再接再厲，出版「老子哲學評論」。他交給我的「黎明前」大綱的小說不但未寫，要寫老子哲學的大綱可能尚未擬好，致常掛在心，猶在去世前與我暢談老子哲學應是他終生的遺憾。

　　1927 年我入學「臺中一中」時，他儼然已是一個青年政治社會運動家。在廣州參加「廣東臺灣革命青年團」，高舉臺灣獨立革命運動的旗幟。四月他從廣州返臺，五月適逢「臺中一中」發生學生罷課事件，參與策動，因之他被捕入獄。1929 年我轉入日本名古屋五中。1932 年排除父親的反對考入東京明治大學文藝科，接受文豪山本有三、里見敦、橫光利一、評論家小林秀雄、戲曲家岸田國士、詩人荻原朔太郎的教誨。因為寫作發表希望能創刊文藝雜誌，即訪張文環於其本鄉寓所，一拍即合，在我八疊大的單身租房召集東京留學生商談，多次開會後排除左翼人士，由我與張文環、蘇維熊（東大）、曾石火（東大）、王白淵、吳坤煌、施學習（日大）、楊基振（早大）等組織臺灣藝術研究會，創刊臺灣第一部純文藝雜誌《福爾摩沙》。受此刺激，臺北市成立文藝科協會，創刊雜誌《先發部

[*]巫永福（1913～2008），南投人。詩人、小說家、評論家。

隊》，因名稱太戰鬥性被日當局注意，改為《第一線》。臺中市出獄後的張深切即與賴明弘、中央書局張星建聯合倡導組織全島性的臺灣文藝聯盟，並創刊《臺灣文藝》雜誌，由張深切任委員長，發行人兼總編輯由張星建擔任，楊逵等人擔任編輯委員。此時張深切大大發揮組織能力，動員全臺知識分子，如臺北詩人黃純青（黃得時教授父親）、霧峰臺灣第一漢詩人林幼春、臺灣新文學之父賴和醫師等的贊助，熱血青年的參加，並設立地區支部，如佳里支部、埔里支部等，轟動臺灣。1935 年我返臺加入聯盟後，東京臺灣藝術研究會則合流成立聯盟東京支部。其時臺灣的人口只有五百多萬人，參加人數的盛況遠超過戰後二千多萬人口的臺灣任何雜誌、文化團體的人數，即可知其影響之大。雖然中間起因於理念不合，在雜誌編輯上發生主編張星建與楊逵的磨擦，致楊逵脫離，另獲林幼春與賴和的資助，創刊《臺灣新文學》雜誌，張星建是民族社會主義者，楊逵是國際共產主義者，多與日本共產黨人連繫。

　　本來我已獲家父的允許，在明治大學畢業後仍留在東京繼續磨練，不幸我畢業的 1935 年 1 月，家父突然以 52 歲的英年去世，不得不 3 月畢業就返臺幫助家母，並為家父為教育眾多子女所舉相當數目的負債後，因臺中市也有家業必須管理，乃獲家母同意，參加臺中臺灣新聞社在市民館舉行的社會部記者考試，並獲採用。就任時即訪中央書局張星建後，一起拜訪初音町張深切，正式參加臺灣文藝聯盟，並參與雜誌的校正工作，從此與深切兄交誼。深切兄是資產家漢詩人張玉書的次養子，大養子張景源，親生獨女張碧珚是彰化高女、東京女子大學藥學畢業的藥劑師，也是臺灣早期的女作家，曾投稿於《臺灣文藝》雜誌。住家沿風景優美的柳川，有特殊造型的二層木造洋館。臺灣文藝聯盟的盛況使臺灣新文學運動從新聞副刊轉入雜誌時代，因之招致日政當局的忌憚，在中日戰爭開始的前夕強迫解散聯盟，停刊雜誌。深切兄被特高監視，不得不攜眷寂然遠走北京，另謀出路。《臺灣文藝》的財務也是張星建獨擔，財務並無困難，重要的支持者是大東信託公司陳炘、臺灣人的辯護士、開業醫師、代書及有識人

士。1941 年張文環主辦的《臺灣文學》雜誌回復了臺灣文藝聯盟的盛況，為臺灣新文學運動的主流，雖財務良好，卻因第二次世界大戰被迫停刊。與戰後臺灣文藝雜誌經營困難有所不同，真有隔世之感。

　　1939 年張深切在日本軍占領下的北京先謀得北京藝術專校的教職，後來創刊《中國文藝》雜誌，擔任發行人兼主編，我們常有書信往來。《中國文藝》因與日本軍方有密切關係，靠山堂／脇參謀被調至東京後，被日人特高山家亨強迫離職。這中間的事情深切兄有意以「黎明前」為題寫成小說，而先擬好大綱在臺北交給我，卻未寫成。後來我按照大綱以〈未寫的「黎明前」〉一文發表於雜誌。

　　1945 年日本戰敗，1946 年深切兄在北京與吳三連協助眾多華北同鄉返臺後，一家返臺回到臺中市初音町的老家，而任職臺中師範教務主任，我們又有重聚的機會。深切兄為人非常健談，堅決、冷靜，講起話來浩浩蕩蕩，有條有理，一絲不亂，有時為人結舌也讓人佩服，又活躍於文化界，從事文筆活動，與徐復觀深交。是時我任職臺中陳炘先生的大東信託公司，囑託幫助臺灣大公企業公司的創立募股工作，並擔任張星建分團長下的三民主義青年團臺中市第五區隊長，是年我被調至臺北擔任臺灣大公企業公司科長職，離開臺中市。1947 年二二八事件發生，永昌醫院巫永昌博士（家兄）逃亡國姓鄉柑仔林里長家中，時任臺糖公司臺中糖廠廠長的家兄巫永勝被捕，被監在臺中兵營。接家母電話，我趕回臺中，探望深切兄，研究營救之策。深切兄以中國人處事非常尊重老婦人為由，建議我千萬不要出面，只讓白髮蒼蒼的老母帶家姊去兵營，見兵營官長討人。我依其建議果然有效，十日後家兄無事回來了。我回臺北後不久，就聽聞深切兄逃亡於南投中寮山，加添我的煩惱。因我的公司董事長陳炘失蹤，又聽聞嘉義畫家陳澄波被殺，臺北市臺中一中先輩李瑞漢兄弟律師、臺中市三民主義青年團第一區隊長林連宗律師、第三區隊長林連城等的犧牲，使我意氣消沉憎惡。1949 年中國國民黨與共產黨的內戰結束，國民黨政府亡命遷臺，實行幣制改革，舊臺幣四萬元換新臺幣壹元下，臺灣人民生活非常

困苦，又有中國共產黨何時攻臺的不安，臺灣政局不穩。又有朝鮮戰爭，美國第七艦隊尚未協防臺灣海峽，感覺出外人在臺北的生活困難，於是決意搬回臺中老松町的老家。雖再有機會與深切兄暢談，卻因白色恐怖大家非常謹慎，少有相聚。1950 年末，為打開臺灣政局的鬱悶，楊肇嘉就任民政廳長後，實施省議員、縣市長、縣市議員的普選。因為我在臺中市任新聞記者多年，認識臺中市各界人士。臺中一中的大先輩無黨派楊基先律師要我扶助競選，而擊敗國民黨提名候選人林金標。1951 年 2 月即隨第一屆民選市長出任機要祕書、督學、市政府祕書，深切兄常提供市政建設助言。市長任期屆滿後，隨市長離開市政府後，1957 年 9 月上臺北就任中國化學製藥公司總經理，忙於業務，我們的往來就比較疏遠，但他上北訪問其好友立法委員洪炎秋、臺大哲學系主任洪耀勳、華南銀行高總經理、合作金庫張我軍等時也會找我暢談。此年他與劉啟光、何永、郭頂順、林快青等合組藝林電影公司，要拍攝他編導的《邱罔舍》。這是一部玩世不恭的諷刺劇，我反對說，邱罔舍的故事雖在部分知識分子間流傳，但在一般民間認為太放蕩，並不受歡迎，一般民間喜愛的是陳三五娘。自古以來，中國有二部家喻戶曉的愛情物語，一是北方的山伯英台，一是南方的陳三五娘。這陳三五娘的故事也相當受到日本人的喜愛。日本有名的作家佐藤春夫，曾以《星》為題，以日文發表陳三五娘的小說於日本。因此我建議改拍陳三五娘的電影。他卻執意拍攝《邱罔舍》，結果票房非常不良，導致「藝林電影公司」的解散，也嚴重地影響到他的經濟狀態。我常常可惜他不聽我的建議，如果拍攝陳三五娘，定會在全臺灣每個角落受歡迎。理想主義是不成的，稽考起來他是文人非生意人。後來再檢討邱罔舍的故事內容，感覺玩世不恭，有老子哲學的形影。或者以逆說來探討，或許這裡面含有深切兄本身的縮影也不可定。他的一生除臺中師範教務主任及北京的教職、《中國文藝》主編外，都是沒有薪水的生涯，這或者是現代式的陶淵明精神。

　　深切兄發表過的作品我大部分都讀過。其中《里程碑》（又名《黑色的

太陽》）與《我與我的思想》發表當時就很受注目。《孔子哲學評論》一出版就被禁，不受當局歡迎，但很受讀過的人注目。綜之，他是集作家、思想家、政治社會運動家於一身，也是臺灣新文學運動中重要人物，因他留學過日本、中國，兼之家學淵源，中文、日文都能寫的時代見證人。

　　深切兄父親去世後與兄景源、妹碧珚各繼承遺產三分之一。在臺灣於臺中師範任職外一直不就公職，只有支出家產之外沒有收入，夫妻又都不善理財，晚年曾往霧社作生意，開過「聖林」、「古典」的喫茶店都失敗，尤其所投資的藝林電影公司解散的影響，一直拖到他去世。他的兄景源也是邱罔舍式的人物，經濟早就不良。只有令妹碧珚是內人彰化高女的同窗，離婚後一直保持獨身生活，曾任臺中救濟院藥劑師，終生有收入，三人中最富裕的女人，也是深切兄最忠實的終生經濟後援者，前年以多病年老去世，由孫煜照料。所幸一子孫煜是臺灣大學畢業的高材生，事業有成。多年前聽從我的建議，一時曾託陳明台整理，卻不前進，幸有深切兄的外甥文經出版社老闆吳榮斌出來接力，極力索集散在北京、日本及臺灣早期《和平日報》等報紙的資料，實在不易，而今全集 12 卷將問世。有慰深切兄在天之靈之外，欣喜之餘特別感謝孫煜的用心，吳榮斌君的辛勞，特寫此文為序。

1997 年 2 月 16 日

──選自沈萌華主編《巫永福全集 18──文集卷》
臺北：傳神福音文化，2003 年 8 月

懷念我的父親張深切先生

◎張孫煜[*]

　　我的父親張深切先生，不僅是我的慈父，也是我的良師益友，是建立我個人人生觀的啟蒙者。他教導我「勿以善小而不為，勿以惡小而為之」這句座右銘，使我一輩子受益無窮。他撫養我，教導我，鼓勵我，鞭策我，把我塑造成一個平凡卻實實在在生活著的社會一分子。在人生的舞臺裡，我的存在，相信不是一個負數。在我內心深處，對父親充滿懷念與感激，他的教誨，將永遠銘記在我的心中，令我追思與反省。

　　家父可謂生不逢時，命運坎坷，雖具堅忍毅力，超人視野，有心逆流而上，但時不我與，終其一生無法展現深遠的抱負，憤怨而生，引恨而歿。

　　記得在我上小學的時候，父親曾問過我：「什麼樣的人，才是最強最勇的『無敵英雄』？泰山？楚霸王？還是……？」我一時無法作答。

　　父親看我陷入沉思，便笑著告訴我：「真正能成為英雄的人，其實是不樹敵的人。」道理很簡單，一個可以打倒十人、甚至百人的至強至壯之人，難道能夠打贏千人、萬人？唯有不樹敵——沒有敵人——大家都贊同你、心服你，甚而擁戴你，幫助你，才能成為以德服人、頂天立地的無敵大英雄。

　　我當時年紀雖輕，但其中道理卻深深銘刻在心，至今不忘。

　　隨家父於北京生活八年，民國 35 年返臺。不久發生「二二八事變」，當時任職臺中師範學校教務主任的父親，被推選為以林獻堂先生為主任委

---

[*]芳泉工業股份有限公司董事長，為張深切長子。

員的「臺中地方治安維持委員會」委員，家父主張保護那些善良而無辜的外省平民同胞，將他們集合在臺中師範學校的禮堂，以便於集中保護，因為當時唯有師範學校，才有炊事設備，以供應三餐。但這個動作，被當時臺中市官派市長黃克立密告臺灣省行政公署長官陳儀，誣指家父計畫將外省同胞，集中於臺中師範學校禮堂，欲行一網打盡，集體屠殺。不久，南京中央政府派軍來臺，在三月初的一個晚上，家父接到一位臺北朋友打來的緊急電話，要父親趕緊去鄉下避難。家父、家母與我三人，立刻連夜趕往南投匿叔公家，第二天一早，又深入中寮鄉深山鴻禧四叔家裡，隱居近一年之久。至民國 37 年年初，陳儀以親筆函託人輾轉帶到中寮深山家父手中（當時我看到信上抬頭書有「臺端」二字，便問其意，得知是對人的尊稱，因此印象深刻）。信中稱家父於二二八時期所作所為業已澄清，並非如人所誣，極希望與家父於臺北面談。家父經兩天思考，決定赴北面見陳儀。據家父事後轉述，陳儀當面向他表示，政府已調查清楚，家父在二二八時，並非想要欺壓傷害外省同胞，也了解他保護無辜百姓的用意，現希望他出來重新為國家政府做事。陳儀說，家父專長於文學研究，可在《中央日報》社長或《臺灣新生報》社長二職中任選其一。但家父認為，此次二二八不幸事件，無論臺灣同胞或外省同胞，皆蒙莫大之犧牲，現在他當初的用意既已獲當局澄清，更欲提拔重用，雖屬個人榮幸，然回顧二二八血淋淋的過去，實在不忍、也不願接受，因為這有如踐踏著同胞的血肉淚痕坐上高椅，將陷自己於「一將功成萬骨枯」的良心歉疚；是故他只想隱居寫作，致力於淨化人心，相信亦不失為貢獻國家社會的另一種方式。

回臺中後，家父陸續完成了《我與我的思想》、《孔子哲學評論》、《里程碑》（又名《黑色的太陽》）的出版，然出版不久，皆成禁書。家父過世後，我輾轉收到幾家美國大學圖書館的來函，希望獲得家父的著作，當時我便盡手上所有，如數寄往。

表面上家父在臺中過著平淡的寫作生活，但是為了生計，只得前後經營「聖林」及「古典」咖啡室，靠微薄收入餬口，可是咖啡室成了當時臺

中市文人藝術家集聚之處，也因此時時遭到情治便衣人員的造訪與監視。

當我考入臺大一年級時，因學校無宿舍可居，只得與同學在外租屋，並常遷移。可是不管如何，於搬遷一兩天後，管區警察一定會來探訪，並表示我若有問題，隨時皆可連絡。可見政府當時對家父的監視從未絲毫放鬆。家父雖退隱於市，也曾為實現對戲劇的理想投資藝林電影公司，自編自導了一部臺語片《邱罔舍》，頗受好評，獲得第一屆金馬獎最佳故事獎，卻因曲高和寡，賣座不佳，終究逃不過結束電影公司的命運。

在整理家父所有遺作時，更深切地發現家父一生處在兩個極為不同卻又同是極為橫逆的時代。

前半生，在日本殖民壓榨的時代，他起而鼓吹臺灣人的民族意識，熱心提倡臺灣文化及新文學運動，參與政治活動，鼓動學潮，反抗日本異族的歧視統治，為臺灣人的尊嚴平等奮鬥。在日本政府高壓下，無法伸張其志時，乃遠走大陸，在廣東組織臺灣青年會，在北京創立臺灣同鄉會，繼續致力臺灣「革命」、「獨立」的運動。

後半生，在蔣家統治的時代，不但回歸「祖國」夢碎，恐怖專制更猛更毒於日治時代。家父在絕望之餘，只有深居潛心於文藝創作，將內心滿腹的不滿和抗議，藉文字來喚起臺灣人的自由民主觀念。就連家父那麼高傲堅毅的人，即使只想託悲情於文字，也須小心翼翼，婉轉迂迴，不露痕跡，蔣家統治之恐怖可想而知。而家父堅決勸我不要讀政治、法律、外交等科系，改考有一技之長的農化系，勸我終生不涉政治，更可看出家父當時那種無力感與無奈、無助之情。

綜觀家父的一生，正是臺灣人在這兩個不同時代最佳的歷史見證。而家父一生的作為，更是當時臺灣有識有志之士的典型表現。我之所以全力促成家父全集的出版，除了要表達自己對家父深沉的懷念，更希望將家父終生的奮鬥，像一份紀念品般呈獻出來，讓臺灣人對家父一生的抱負思想、為人做事，有所了解。同時，也對想進一步研究家父言行的學者，提供可靠方便、可供查考的真實資料。

　　家父不是無政府主義者，也不是共產主義者，是一位道道地地的信奉
民主自由者，是一位永遠不滿於黑暗現實的戰士；日治時期，因為堅持抗
日，號召臺灣獨立民主自由而入獄；戰後以為宿願已償，可一展抱負，不
意更可怕的國民黨恐怖專政接踵而來。他一身傲骨，永遠是專制統治者的
眼中釘、肉中刺，是欲拔之而後快的角色。他終其一生，為臺灣的獨立民
主自由默默地付出，卻未能見到臺灣民主自由的茁壯，滿懷「出師未捷身
先死，長使英雄淚滿襟」的遺恨。

　　爸爸，安息吧，您的雄心壯志，在時代巨輪的推動下，終有實現的一
天。願天神保佑。

——選自陳芳明等主編《張深切全集》〔全 12 卷〕

臺北：文經出版社公司，1998 年 1 月

黑色的太陽
張深切的里程

◎林載爵*

　　日據時期，彰化籍的作家虛谷（陳滿盈），在臺灣志士所推動的政治社會運動遭受重重的壓制與打擊時，寫下了一首詩，激勵同胞的奮鬥意志，鼓舞堅忍的抵抗精神，那首詩是要臺灣同胞們在敵人來時要止住哭聲，不要讓他們聽見，他們聽見了，「就要誤會是在求憐憫同情」，「就要加倍冷笑驕橫」，因為「我們的事是全仗著我們自己的本領」，「我們便是滅亡在頃刻／也不願在敵人的眼前表示痛苦／表示苦情／是我們比死以上的可憎」；要臺灣同胞們在敵人來時要拭起眼淚，不要讓他們看見，他們看見了，「定要暗喜我們是受天責罰」，「定要惡罵我們是不知懺悔」，因為「我們的事解決盡在我們自己／用不著敵人來假慈悲／我們便是死屍遍野／也不願在敵人之前表示失意／表示失意／是我們比死以上的羞恥」。

　　就是以這種止住哭聲，拭起眼淚，不願在敵人面前表示痛苦，表示失意的堅忍精神，臺灣同胞進行了不絕如縷的抗日運動，在這些志士中，張深切（1904～1965）以一個有良心的進步知識分子，澈底的民族主義者，展開了光輝的革命事業，並將臺灣與祖國的革命運動緊密結合，尋求臺灣的光復。

一、覺醒的過程

　　張深切是南投草屯人，日據時代的南投廳是一個武裝抗日志士經常出

---

*發表文章時為《夏潮》雜誌編輯，現為聯經出版公司發行人。

沒，以致戶口牌子，全是用紅字寫的「紅甲家」危險區域，而在日本政府的加緊追剿下，「當時的抗日志士，從山上被騙下來，殺的殺了，押的押了，編入『匪誌』的也都被編上了」，有許多「匪徒」要被押解臺中受刑，手腳都被鐵絲串連著魚貫而行，滿身鮮血淋漓，慘不忍睹。(《里程碑》，頁3)

　　自幼接受從「上大人孔乙己」起到四書五經的私塾教育，可是連這一線文化命脈，在歷史潮流及帝國的強勢壓制下，也終被斷絕，一方面是臺灣在成為殖民地後，與近代世界發生了密切的關聯，日本政府也極力推行新式教育，一方面是日本政府認為臺灣人的祖國觀念，非澈底摧毀不可，於是辮子、漢文、臺灣話等均須一一加以破壞。民國2年，父親決定把他們弟兄的腦袋維新——剪掉辮子，並送他們上日本學校接受日本教育。「在要剃髮當兒，我們一家人都哭了。跪在祖先神位前，痛哭流涕，懺悔子孫不肖，未能盡節，今且剃頭受日本教育，權做日本國民，但願將來逐出了日本鬼子，再留髮以報祖宗之靈。跪拜後，仍跪著候剪，母親不忍下手，還是父親比較勇敢，橫著心腸，咬牙切齒，抓起我的辮子，使勁地付之并州一剪，我感覺腦袋一輕，知道髮已離頭，哇地一聲哭了，如喪考妣地哭得很慘。父親好像殺了人，茫然自失，揮淚走出外面，母親代為料理『後事』，叫一位年高德劭的阿婆，用剃刀剃掉剩下的半截兒，母親還吩咐她得給我們留凶鬃一撮，作象徵性的紀念」(《里程碑》，頁16)。中國文化的遺產，使臺灣人在日本統治初期仍保持著自尊心和驕傲，但是，到了現在，文化的外在形式都一一被摧毀了。

　　民族主義是殖民地革命者的最重要標誌，可是在這樣的時勢逼迫下，張深切的民族意識又是如何成長的呢？他自謂「我到十四歲的時候，還不曉得國家是什麼？民族是什麼？昏昏沌沌過了日子」，雖然，公學校時代曾有一次在同學間宣揚：「我們為什麼不能講臺灣話呢？鳥兒有鳥兒的話，猴猻有猴猻的話，牠們都能說自己的話，為什麼我們倒不如動物，不能說自己的話，說了便要受處罰，這太豈有此理！」(《里程碑》，頁43)，而因此

受到一頓毒打，並被開除，但對這種行為，他自認「並沒有鮮明的民族意識，只是率性而行，談不到什麼思想問題」，事實上，在隨後留學東京的期間，他更覺得「應該做日本國民，說日本話，讀日本書，學習日本人的民情風俗習慣」，乃至有一次因與擊劍教練發生衝突，引起兩位老師的爭執，從他們所對答的話中，才一句一針地點醒了他的民族意識。那位打他的擊劍教練說：

> 「你看，這個清國奴太驕養了，非教訓他不可……」
>
> ……
>
> 還是我們的級任忍得住，轉個口氣說：
>
> 「這位學生是由臺灣來留學的啊，我們得要好好關照他…」
>
> 「清國奴有什麼稀奇！」
>
> 「稀奇，從小學來這裏唸書，就算稀奇！」
>
> 「臺灣人也是支那人，你不顧日本人的面子，反要袒護他找我麻煩……」
>
> ——《里程碑》，頁 79～80
>
> 說來駁去，一個說清國奴，一個說臺灣人，竟沒有一個提到我是日本人，這使我想做日本人的一片熱心，直沈沒到冰冷的深淵去。
>
> ——《我與我的思想》，頁 12

到這時候，他才痛感到亡國之民的悲哀，想道：「你既然是亡國奴，你就是征服者的奴隸，無論你有什麼經天緯地的絕才，或出類拔萃的學識，都沒有用，亡國奴不應該和有國家的國民平等，奴隸不應該和主人站在同一的地位，一希望要平等，一想要同一地位，就是叛逆」，內心產生了與日本人不能並立的念頭。這次的覺醒是永遠的，不會再迷惑了，反日的基本思想漸漸形成，進入中學後又研讀了中國歷史，「纔明瞭中國的偉大，和認識了臺灣人就是中國人；覺得好像望見了自己的祖先，或進入了忠臣廟看

壁畫。我的思想急激地轉變，把愛日本改變為恨日本，進而又發展到仇日，終于演致和他們開始行動的鬥爭。」（《我與我的思想》，頁 13）。以這個強烈的民族意識，張深切開始他反抗日本統治的一生。

二、苦難的祖國

第一次世界大戰後，日本以武力為背景，培養資本主義，進而扶植帝國主義，加緊對中國的侵略，而中國卻在袁世凱的帝制，張勳的復辟，軍閥的割據等重重反動勢力中，益加危弱，可是，這樣一個處在內亂外侮中的祖國，對醒覺了民族意識，渴欲親臨河山大地的臺灣青年來說，仍舊是母親的懷抱。由於一心嚮往，民國 12 年終於中斷日本「青山學院」的學業，由臺灣啟程赴滬。「初踏著祖國的大地，覺得異常溫暖，滿腔的熱血沸騰了」。

可是，這個祖國是苦難中的祖國，在列強的長期侵凌下，民族的歧視，政治的混亂，社會的落後衰敗，都漸漸映入眼中：

> 每早晨附近一帶，臭氣薰天，洗馬桶的聲音，哩哩咧咧不絕於耳。至若到閘北的鐵路沿線一看，更呈奇觀，一清早人頭簇簇，排成長列的白屁股袒然展覽「大解脫」，這種醜態，實堪令人羞死。
>
> ——《里程碑》，頁 156

> 上海的社會現象，無一不使海外回來的僑胞觸目傷心。但當時的軍閥政府，還視上海若中國的天堂，只能夠住在租界裏或與其毗鄰，就算是無上的幸福。租界裡的闊人，住洋樓，使用西洋衛生馬桶，洋洋自得，看租界外的同胞，若異國人，若豬狗牛馬，絲毫沒有相憐的觀念。
>
> ——《里程碑》，頁 156

> 靠近白渡橋的這一小公園，夏天晚上，出入的人特別多，我們也跟洋人混進去，並沒有巡警阻擋，及走近江邊的時候，有個印度警察忽然要趕走蔡賴兩人，蔡（培火）說他是日本人，印度阿三不理他，喝道：「不

行，一等國民決不穿三等國家的衣服，不用說，走走！」我又羞又惱，和印度阿三吵起來，我說他們就是中國人也不應該干涉，印度和中國同是被壓迫民族，英美都是帝國主義，租借中國的土地，而不讓中國人涉足，太沒有道理，未免欺人太甚。

──《里程碑》，頁205

　　然而張深切並沒有失落絕望，他悲憤地感到「臺灣的智識青年，一看這罪惡淵藪，無不扼腕悲痛，恨不能一手擎天，掀起大革命，把一切的罪惡掃除乾淨。不論各人的思想傾向如何，要參加革命救國運動的熱忱是一致的。」（《里程碑》，頁 156）於是，他開始活躍了，與蔡惠如、彭華英、許乃昌、范本梁等志士密切交往，舉行了「國恥紀念日」的演講會，攻擊臺灣總督府政治，發表臺灣民眾的悲慘情形，宣揚革命。

　　民國 13 年國民黨改組，「黃埔軍官學校」成立，廖仲凱和蔣中正先生從蘇俄回國，前者負責黨政，後者擔任建軍，這個消息激動了愛國家愛民族的青年學生，紛紛前往廣州參加革命。張深切也以「臨難而無悔」的決心，轉赴廣州，考上中山大學法科政治系，接受革命的洗禮。

　　廣州是中國革命的策源地，所以革命團體的組織，和實踐運動的方式，顯得富有蓬勃朝氣。

　　「這時的青年們都好像生龍活虎，自由發揮其能耐，拼命出盡其實力，造成全市為一團革命的火球，光芒萬丈，輝煌燦爛，融化萬眾為一心；使惡者、叛國者，無立身之地，得遠走高飛，不走的得去邪歸正，成為忠貞愛國志士，凡呼吸著廣州空氣的人，沒有一個不革命，沒有一個不為國家民族效勞，⋯⋯在這種空氣之下，臺灣青年當然不能熟視無睹，大家都蹶然奮起了，為建立臺灣的抗日革命，為協助中國的北伐革命，我們幾乎天天開會討論方策」（頁 217）。最後他聯合了郭德欽、張月澄和黃埔臺籍軍官林文騰等人組織了「臺灣革命青年團」。

三、臺灣革命青年團事件

「臺灣革命青年團」成立於民國 16 年 3 月初旬，態度上肅清過去的妥協思想，如對議會請願的消極理論，完全加以清算，「重新樹立了臺灣獨立革命的旗幟，毅然向日本帝國主義者公開宣戰；一方面籲請世界的同情，積極的援助中國的革命，一方面實際的協力中國革命而求臺灣的解放」。民國 16 年 3 月 12 日發表「 孫中山先生逝世二週年紀念日敬告中國同胞書」，謂：正在喚醒東方弱小民族的是三民主義，三民主義的偉力，足使全世界的帝國主義者心寒膽戰，由於據此而奮鬥的中國民族革命發展，而愈加強了世界弱小民族的勢力。臺灣民眾與中國同胞同祖同宗，臺胞也應以三民主義為指導原理，共同參加祖國的革命，中山先生雖然逝世，但其偉大精神還在，希望中國民眾團結起來援助臺灣革命，認識「臺灣的民族是中國的民族，臺灣的土地是中國的土地！」（《廣東臺灣獨立革命運動史略附獄中記》，頁 27）

春末，適四國代表（英美法蘇）訪問廣州，鼓勵革命，各地弱小民族都派代表歡迎，並開大會舉行示威運動，青年團派張深切為代表參加講習，獲得各界聲援，自是國內革命先進均給予種種指導，如戴季陶應青年團之邀，以「 孫中山先生與臺灣」為題發表演講，指導臺灣民眾需要爭取獨立，方能獲得完全的解放，並需與朝鮮及東亞被壓迫民族站在共同戰線，聯合起來，打倒日本帝國主義。

革命青年團不僅為臺灣革命展開了熱烈的活動，對祖國的革命，也無役不參加，例如頭一次平定陳炯明的戰役，繼而隨軍北伐，再則為濟南事件，聯合各地革命團體打擊日本。因為他們深切體認：「中國革命的成功與全世界被壓迫民族的革命有密切的關係；所以中國革命不成功，同時處在日本帝國主義鐵蹄下的臺灣民眾的解放也絕對沒有希望。」（《廣東臺灣獨立革命運動史略附獄中記》，頁 28）。

這時候國民革命的北伐節節勝利，先後擊敗吳佩孚、孫傳芳，廓清江

南一帶，革命的成功指日可待，青年團為配合時局的進展，派張深切返臺工作，並籌募革命基金，以擴大組織。

返臺後，正值高雄印刷廠大罷工，臺中一中鬧學潮，臺灣的社會運動頓呈活躍。他首先南下觀察形勢，又北上領導學生罷課，擔任罷學作戰委員會的總指揮，策動戰略，「臺灣空前未曾有的大罷學開始了！校方狼狽周章，急請警察署和憲兵隊派大批憲警包圍學校示威；夜間警察提燈，憲兵騎馬巡邏，盡量製造恐怖緊張的空氣。勇敢的學生襲擊舍監和教員，伸張聲勢，學生和憲警的對立，漸趨尖銳」。

但此次學潮終被壓制，而此時，國民黨也開始了清黨運動，青年團受及「池魚之殃」，不得不解散，日本政府便乘這機會，在各地展開了羅網，開始緝捕「廣東臺灣革命青年團」的革命分子，張深切因受學潮的株連，首先被捕，開始了為期三年的慘苦牢獄生活。

四、臺灣文藝聯盟與文藝路線

張深切在祖國從事革命，在臺灣卻因「一向堅持不參加任何黨派，更不願意介入任何組織」，而少有直接參與，因此，便轉向於新文藝的推展。

出獄後不久，組織了一個「臺灣演劇研究會」的話劇團，這一劇團的組織，是根據他過去所主張「文藝大眾化，須從演劇做起」的理論來實踐的，他認為「只在文學上論文藝大眾化，舉不出多大效果，需要透過演劇，從舞臺上喚醒民眾和文盲，才能通俗普遍化」。當時臺灣還沒有所謂真正的話劇，只有亂彈、四平、九角仔（高腳戲）、採茶等的舊劇和改良戲及所謂「文化劇」，臺北方面雖也有話劇組織，卻未達水準，於是他從新劇方面打開新路線，糾合了四五十位青年男女，掀起了嶄新的演劇運動，所演劇目，都帶有濃厚的民族主義色彩，不做純藝術的演出。

民國 23 年，他看到「左翼組織已經被摧毀，自治聯盟也陷於生死浮沉的田地，生怕臺灣民眾意氣消沉」，於是決意帶動一個具有政治性的文藝運動，這就是在他倡導下組織起來的「臺灣文藝聯盟」，這個「骨子裡是帶有

政治性的」文藝組織也要糾正「過去臺灣的社會運動，常因領導者固執主觀，未能建立正確的路線，徒使親痛仇快，實際上未能給予敵人多大的損傷，是以同志間意見分歧，內醜外揚，甚則有的背叛而走入敵人的第五縱隊，形成可怕的對立，自腐、自侮、自辱，給予敵人有可乘的機會」（《里程碑》，頁 478）的弊病，因此，團結了全島文人，以文藝聯盟為中心，緊密地聯繫起來，一致對外。

5 月 6 日臺灣文藝聯盟成立，「團結了作家，團結了知識分子，更溶化所有反封建，反統治，富有民族意識的臺灣文學於一爐，展開了提高文學和文化水準的工作，並確保了臺灣精神文化的基礎，而對異族表示了堅毅不移的抵抗」。同時決議創刊《臺灣文藝》月刊，於民國 23 年 11 月 5 日開始發行，一直到民國 25 年 8 月 28 日被迫停刊為止，一共出了 15 期，為臺灣新文學運動中成績最輝煌的雜誌，「並註定了幾位作家能爬上日本文壇的命運」，像楊華、楊逵、賴和、呂赫若、朱點人、張文環、王錦江、翁鬧、吳希聖等都是著名的作者。是故，當時的作家賴明弘說：「臺灣文學運動，其具有意識性，形象性，具備性，實即由於臺灣文藝聯盟的成立而發韌而發展」。

這個帶有政治色彩的文藝團體，便這樣地集合了臺灣作家的力量，站在民族、民權、民生的立場上，反抗了加諸於他們身上的統治勢力。而此時臺灣的作家正在爭論路線問題，張深切也提出了他的看法，他首先叮嚀不要「因襲思想，因襲理論」，而要就實際問題「虛心、真摯底來審查」，認為「階級文學若祇為純階級的工具，則容易陷於千篇一律的毛病，若祇為個人的工具，則容易陷於造作的底無稽之談，兩者俱不稱善，故文學的新路線是要別開生面的」，這別開生面的文學就是「既非左派，又非右派」的道德文學，這個道德是經由「分析人類的生理組織與社會組織，及組織組織和地理歷史等」而產生出來的為臺灣人民服務的道德，也就是「把我們的鐵筆將社會的一切——高者抑之，下者舉之，損有餘而補不足」的道德，因為道德是活潑自在的，「這樣做去，新文學才不碰壁，才有海闊天空

的宇宙，才有千變萬化無窮的路線」，更進一步說，便是：

> 臺灣固自有臺灣特殊的氣候、風土、生產、經濟、政治、民情、風俗、
> 歷史等，我們要把這些事情，深切地以科學的方法研究分析出來——察
> 其所生、審其所成、識其所形、知其所能——正確底把握於思想、靈活
> 底表現於文字，不為先入主的思想所束縛，不為什麼不純的目的而偏
> 袒，祇為了徹「真、實」而努力盡心，祇為審判「善、惡」而研鑽工
> 作，這樣做去，臺灣文學自然在於沒有路線之間，而會築出一有正確的
> 路線。
>
> ——〈對臺灣新文學路線的一提案——未定稿〉

　　張深切的文學路線便是要排除口號、教條等「偏袒的、機械的、觀念
的、狹義的」語言，「真實」的面對、了解、分析臺灣，既生動活潑而又有
道德任務，「跟臺灣的社會情勢進展而進展，跟歷史的演進而演進」。

五、夾縫中的生存和奮鬥

　　由於「臺灣演劇研究會」所公演的《接木花》、《暗地》，諷刺臺灣的命
運，帶有濃厚的民族主義色彩，因而受到日警的阻撓干涉。在臺灣既無所
作為，而眼見祖國的情勢「滿洲可能完全失掉，中原也必陷於危險的境
地」，「也傷感由帝國主義者所造成的民族災難和政治腐敗」，便再度投身上
海，想「為國家民族盡點義務」。

　　此時日本已在東北發動戰爭，勢在必取東北，為使中國政府屈服，非
在南京的咽喉上海擬刀不可，上海情勢頓呈緊張，十九路軍開進了上海：

> 我和非光到北站及閘北一帶去視察了一番，我們所得的印象是十九路軍
> 參差不齊，武器不過是些三八式步槍，瞧不見什麼自動火器，這怎能抵
> 敵精銳無比的日軍？非光大失所望；但我們却在閘北的街頭巷弄，看見

了許多英俊的青年軍官在那裏踏查地勢，覺得差強人意，這些錦馬超玉
呂布的青年軍官，為民族國家，攜負劣等裝備要對付強敵，一轉眼得身
當日本帝國主義者的砲灰，馬革裹屍，看了這情景，我的眼眶都濕紅
了。

——《里程碑》，頁 420

　　濕紅的眼眶正是處在夾縫中的臺灣青年面對馬革裹屍的祖國英俊青年
軍官時，淒涼的映照，然而從濕紅的眼眶中，他看到民族的新生命正在成
長茁壯，「十九路軍以極粗劣的裝備，抵抗世界列強之一的日寇猛烈砲
火」，「以血肉之身，去和機械拼命至死而不退的肉搏衝鋒」，堅守閘北一
帶，任攻不退，使日本完全喪失了國際聲譽。

　　民國 23 年又返臺組織「臺灣文藝聯盟」。民國 25 年 2 月 26 日日本軍
閥唆使軍隊叛亂，大殺群臣，控制了政權，進入備戰的體勢，十月便在平
津一帶採取以演習為幌子的軍事行動，次年「七七」中日戰爭終於全面爆
發，張深切在臺灣「眼見日軍在大陸的佔領區日日擴大，身為漢民族的一
員，殊難忍看江山沉淪」，又決定身赴淪陷區北平，他認為「我們如果救不
了祖國，臺灣便會真正的滅亡，我們的希望只繫在祖國的復興，祖國一
亡，我們不但阻遏不了皇民化，連我們自己也會被新皇民消滅的！」（《里
程碑》，頁 502）

　　人抵北平，「出了車站，便看見雄峙在眼前的朝陽門，⋯⋯朝陽門通三
座門至天安門午門紫禁城一帶的佈景，規模壯麗，洋洋大觀。我觸景熱血
沸騰，流出激動的眼淚。十年前看了南京外城時，也曾以目睹故國城郭而
感懷流涕，但那時候所見的是敗垣斷墻，如今所看的是完整的城池。我們
有這麼偉大的文化，能使四夷賓服，異族同化，而現在城郭如故，人面已
非，在日寇鐵蹄下，故都人物盡是城狐社鼠了。」（《里程碑》，頁 509）

　　豈僅「城狐社鼠」，這時候北平的文化界「已陷於極端紛亂，滿目盡是
淫書，桃色新聞，和頹唐悲觀的論調；所有言論若不是諂媚日本，便是讚

揚新民主義的八股文章。漢奸流氓地痞藉日本勢力乘機打劫，橫行無忌，下流的政客跳樑跋扈，賣身賣國恬恬不知恥，陷害忠良，壓迫百姓，習以為常，恐怖空氣籠罩著故都……」（《里程碑》，頁 526）。

於是，他開始了夾縫中的求生存、求奮鬥，在日本出資而由他主編的《中國文藝》上鼓舞民心，「民心苟不死，不愁國家的命脈會至於斷絕，民族會至於滅亡……」。在敵人的槍刺刀下，發表議論，費盡心思，極欲告訴淪陷區同胞的是：「我們雖然戰敗，切不可駭怕，勝負絕不能決定國家的興亡，戰爭好像暴風雨，是短暫的，一過去就會恢復常態，只要我們能保持偉大的民族精神和傳統文化，自有復興的機會」；「在戰時狀態下，我們對於政治方面當然不能有所作為，但是我們不該逍遙圈外，袖手旁觀，也不該單以咒咀懊喪頹廢過日子，我們需要『行乎患難』地去應付亡國生活」；「認識我們民族的特殊性，發揮偉大的民族精神，從日常生活裡不斷的去和敵人戰鬥」。（《我與我的思想》，頁 100）

然而，在敵前舞文弄墨，容易遭致殺身之禍，果然，以違背大東亞共榮圈政策的嫌疑被迫離開執教的國立藝專；《中國文藝》主編易人，民國 34 年 4 月初，日寇一四二〇部隊逮捕，險遭槍決，終免於難，得見祖國勝利，臺灣光復。

六、孤獨的野人

民國 36 年「二二八」事件發生後，他退隱南投山中，埋首著述，完成《我與我的思想》、《獄中記》、《廣東臺灣獨立革命運動史略》三書，在《我與我的思想》一書中，他由「民族意識的萌芽」、「思想的反動」、「反動的反動」，「淘汰腦裡的舊思想──對耶穌的懷疑、儒學的功過、請教諸子百家，求道於老子與釋迦」等過程中，研析自己一生的思想歷程，他說：

　　回顧過去的環境，……據客觀的立場說：臺灣是中國割讓給日本的殖民

地；我是漢民族血統的一個日本國民，在日本所編成的法網下，過著被
統治的生活。我的身分是日本壓迫階級的被支配者，而所經過的程序，
是自臺灣封建崩壞期，而進到日本新資本主義生長期，復經日本資本帝
國主義發展期，和臺灣新文化的萌芽期，再轉變到日本帝國主義沒落期
而至於臺灣光復期。

——《我與我的思想》，頁 60

　　這一段興衰遞變，成長沒落交織而成的臺灣近代史，正是洶湧的浪
濤，政治的激盪，社會經濟的轉型，思想的潮流逼使一個有良心的知識分
子必須在洶湧的浪濤中翻滾、打轉、挺立，而對殖民地的知識分子來說，
翻滾、打轉更屬，挺立更難，因為負荷更重，他必須明白地覺悟，勇敢地
確立民族的立場來迎拒政治的激盪，然後揭開殖民統治的面具，正視社會
的壓力，經濟的型態，而掌握思想的動向，在這種心物合一的辨證性過程
中，成就個人的，也是群體的生命。

　　像張深切，他要經過「應該做日本國民」的負面階段的打擊，才醒覺
了民族意識，矯正「日本人的親切、謙讓、守公德，使我很想做一個真實
的日本人，同鄉的冷淡、刻薄、自私，迫我逐漸厭惡臺灣人，尤其不願意
被人認為我是『支那人』」的錯誤態度，然而，即使醒覺了民族意識，他也
還要超越昂揚的激情：

　　那一年暑假，我頭一次回鄉省親，草屯公學校特意開同學會歡迎，請
我演講。我一上臺就講：

　　臺灣是日本的科西加，科西加島既能產生了拿破崙，臺灣也一定會產生
　　一個新拿破崙來征服日本，這斷不是妄想……

——《我與我的思想》，頁

以理性的態度，觀察、認識臺灣的民族地位和民族條件，也只有這

樣，他才理解了在臺灣的中國人在近代歷史中的意義，然後成為一個澈底的民族主義者。

在思想上，既有舊社會的包袱，又有殖民地的枷鎖，因此，像許多尋找出路又苦無出路的青年一樣，張深切也經歷了一段煩悶、懊惱、猜疑、悲觀的年輕歲月，在失望、憤怒中翻滾、打轉：

> 民國十一年，我的思想復起一次重大的變化——煩悶、懊惱、猜疑、悲觀——因此曾經好幾次想要自殺。……因失望，遂遷怒於自己的家庭把對社會無可如何的悶氣，拿到自己的封建家庭來發洩。主張什麼即刻要解放奴隸（這時我家裡除正式用人外還有兩三個女奴），打破迷信，實行新生活等等。說這是要實行社會革命的前提的家庭革命鬧得滿家風雨，啼笑皆非。
>
> ——《我與我的思想》，頁14

社會是需要改造的，但社會的改造是與政治、經濟的變革共同進展，認識了這點以後的張深切乃投身於政治上的革命運動，民國 13 年他在廣州接受革命的洗禮，「自以為能適應當時的思潮，自鳴得意，跟人家附和雷同」，翻滾、打轉一番以後，「詎料經過十四年至十五年的實際經驗，逐漸對自己的主義思想，生起很大的懷疑，痛感：『主義是偏於一方的主觀。』所以想要提倡：「『國家民族高於一切。』『國家民族為主，主義思想為從。』『主義思想應規定於國家民族，不得規定國家民族』。」自從得到這個信念以後，便「發誓願做一個孤獨的野人，去和真實為國家民族盡力的人共同奮鬥」。（《我與我的思想》，頁 16）「孤獨的野人」成了他思想上、行動上的標誌。

就是「發誓願做一個孤獨的野人」吧，他堅守不加入黨派的原則，他說：「我能了解臺灣革命志士們的思想，但我決不信奉任何主義，參加任何黨派」。因此與臺灣當時蓬勃進展的政治社會運動是隔離的，他批評林獻

堂、蔡培火，側目地方自治聯盟，旁觀民眾黨，冷眼分析運動的實質，然而他也積極行動，從這方面看，「孤獨的野人」難免也帶上了個人英雄主義的色彩了。反過來看，與他同時代的革命者，又如何看這位「孤獨的野人」的行動呢？又如何了解他在夾縫中求生存、求奮鬥之道呢？這恐怕也是一個很重要的歷史問題。

今天，在張深切的事蹟隱沒了那麼長一段時間後，我們再來追思他，必然發現「徹底的民族主義者」是他最光輝燦爛的一面，通過民族意識的覺醒，他深深理解了民族的地位，站穩了民族立場，在這個基礎上，他更近一步堅毅的認同了祖國，以為祖國的革命成功必能提攜臺灣的革命成功，一體同心地密切結合臺灣與祖國的共同命運，認清共同敵人，從事絕不妥協的反抗行動。所以，我們看到，在他初臨祖國的河山大地時，並不失落於祖國的落後、窮困、腐敗，反而悲憤地投身於奮鬥行列，因為他理解了近代中國落後、窮困、腐敗的歷史意義，故國城郭文物就這樣讓他感懷流涕著，民族新生命的成長茁壯就這樣讓他眼眶濕紅著，「濕紅的眼眶」，正是這位「徹底的民族主義者」所流露出來最真摯的民族感情。

晚年的張深切淒涼的脫離了政治活動，致力於影劇藝術的創作、提倡，所編導的《邱罔舍》獲得第一屆影展最佳故事金馬獎。並沉浸於古代思想的研究中，民國 43 年出版《孔子哲學評論》，又遺有未完成的「老子哲學評論」手稿，民國 49 年寫成自傳《里程碑》（又名《黑色的太陽》），回顧一生。民國 54 年 11 月 8 日死於肺癌，徐復觀先生輓之曰：

寥落暮年欲盡交期傷木壞
栖皇行跡偶過陋巷嘆才多

——選自林載爵《臺灣文學的兩種精神》
臺南：臺南市立文化中心，1996 年 5 月

臺灣的黑色太陽

◎莊永明*

> 「台灣是日本的科西加，科西加島既能產生拿破崙，台灣也一定會產生一個新拿破崙來征服日本，這斷不是妄想……」

有一年，張深切返鄉省親，母校——草屯公學校特開同學會歡迎，並請他演講，一上臺，他便大放厥辭，說下如此「駭人聽聞」的言辭。

張深切曾從「日本人的親切、謙讓、守公德，使我很想做一個真實的日本人，同鄉的冷淡、刻薄、自私，迫我逐漸厭惡台灣人，尤其不願意被人認為我是支那人（中國人）」的痛苦掙扎中，蛻變成一位澈底的民族主義者，其一生，就像洪炎秋為他所做的一副輓聯：「生來就帶反骨，老跟惡勢力爭鬥；死去長留正氣，永供好朋友懷思。」

張深切出生於 1904 年，南投草屯人，「公學校」時，因向同學宣揚：「我們為什麼不能講臺灣語呢？」遭受毒打，並被開除。後赴日就讀青山學院，因接觸中國歷史，嚮往祖國山河，乃輟學赴滬；苦難的祖國，並沒有使他失落絕望，開始熱烈獻身民族運動，轉赴廣州，進入國立中山大學法科政治系，和同學郭德欽、嶺南大學張月澄、黃埔軍校林文騰等臺籍青年為「建立臺灣的抗日革命，為協助中國的北伐革命，我們幾乎天天開會討論方策。」他們先組織「廣州臺灣學生聯合會」，繼成立「臺灣革命青年團」，張深切因返臺領導「臺中一中」罷課學潮，而被捕入獄，服刑三年。

出獄後，他將其「文藝大眾化，須從演劇做起」的理論，付之實踐，

*發表文章時為臺灣通信工業公司會計，現為文史工作者，史料蒐藏家。

組織「臺灣演劇研究會」；1934 年，倡導成立「臺灣文藝聯盟」，並推展他的主張「跟臺灣的社會情勢進展而進展，跟歷史的演進而演進」的文藝路線。

張深切因「發誓做一個孤獨的野人」，所以不加黨派；光復初，擔任「臺中師範」教務主任，因被誣陷，亡命南投縣中寮鄉，隱居埋首寫作。

炙熱、燦爛的光芒，因而隱去，成為「黑色的太陽」。此後，他改以從商，1956 年，投資「藝林電影公司」，自編自導一部影片《邱罔舍》，得了第一屆影展最佳故事金馬獎，但是叫好不叫座；晚年，為了維持生活，在臺中陋巷開了一家「聖林古典沙龍」「純喫茶」咖啡廳，也因生意清淡而關門。

這位被徐復觀稱為具有「古希臘自由人」形像的鬥士，1965 年今日病逝。他的著作有：《我與我的思想》、《孔子哲學評論》（查禁）、《遍地紅》、《里程碑》（又名《黑色的太陽》）、「老子哲學評論」（未完稿）等。

——選自莊永明《臺灣紀事——臺灣歷史上的今天（下）》
臺北：時報文化出版公司，1993 年 4 月

張深切的政治與文學

◎黃英哲[*]

序言

　　張深切（1904～1965）是臺灣日據時期活躍的政治運動家之一，1924年於上海參加「臺灣自治協會」，1927 年在廣州組織「廣東臺灣革命青年團」，從事抗日運動。後來轉向文化運動，1930 年組織「臺灣演劇研究會」，1934 年擔任「臺灣文藝聯盟」委員長，發行《臺灣文藝》。中日戰爭期間再度前往中國，1939 年在淪陷區的北京創刊《中國文藝》。日本戰敗後返回臺灣，就任臺中師範學校教務主任。1947 年「二二八事件」發生時，因被誣告為共產黨首腦而避難於山中。雖然後來證實無辜，卻對公職喪失興趣，之後就專注於著述。他於戰前戰後留下的許多著作，現已成為研究戰前臺灣政治運動及文化運動之珍貴資料。

　　眾所周知，民族意識可以說是顯示殖民地統治下知識分子立場的重要標幟，張深切曾承認自己是一個民族主義者；另一方面，日本學者木山英雄也曾指出，文藝對張深切而言，似乎始終止於是政治運動之外衣。然而，政治與文學對張深切而言，到底是什麼呢？這是頗耐人尋味的，本文試圖加以解釋。

---

[*]發表文章時為日本追手門學院大學大學院文學研究科碩士生，現為愛知大學現代中國學部暨大學院中國研究所教授、國際問題研究所所長。

一、張深切在日據時期臺灣知識分子中之定位

日據時期之臺灣知識分子，因當時之教育背景，可以分為兩種類型。其一為傳統型知識分子，即受中國之傳統教育的人。日本據臺初期主要教育機關的書房，即是培養傳統型知識分子的地方。書房教師多數受過中國傳統教育，因此，書房學生當然也受中國之傳統教育。1898 年是書房的全盛期，當時臺灣共有書房 1,707 所，教師人數為 1,707 人，學生人數為 29,876 人。臺灣總督府於同年發布公學校令，在各地設立公學校，收容臺灣學生，其學生人數至 1904 年始超過書房之學生人數。

傳統型知識分子基本上是受中國傳統教育，在根深柢固的中華思想。因此，他們對日本人之統治自然懷有不滿，卻沒有反抗的勇氣。他們所受的傳統教育，似乎也不使他們有具備從事政治運動的能力和動機。因此，他們都將自己置身於政治運動之外。

臺灣知識分子之第二種類型為新興知識分子，即其大多數接受日本教育，與以往知識分子不同類型，他們是具備近代化教養之知識分子。

新興知識分子是殖民地新教育所孕育的階層，一般而言，都是覺醒於民族意識的人。在抗日運動中，他們都充分發揮了知識分子的文化性、社會性、政治性功能。1920 年以後，臺灣抗日運動的主要旗手正是這群新興知識分子，張深切即是屬於這種新興知識分子。

二、關於民族意識之覺醒

張深切於 1904 年出生於南投。五歲過繼給南投廳草屯支廳經營樟腦館的詩人張玉書，張家是土著地主資產階級。1914 年，臺灣民族運動開路先鋒的臺灣同化會成立，這是曾擔任自由黨總裁的板垣退助，接受林獻堂等人之邀請來臺，大論特論「日支親善之橋樑」，主張內臺同權而誕生的組織。張深切之父親亦是臺灣同化會之一員。

張深切七歲屆學齡時，他的父親依照傳統送他入書房，使他接受中國

傳統教育，到十歲時才把他送到公學校。晚年的他曾經有如下之語：「我到十四歲的時候，還不曉得國家是什麼？民族是什麼？昏昏沌沌過了日子。」（見《張深切全集・卷3・我與我的思想》，頁64）

當時日本在臺灣採取的初等教育政策是雙軌制的教育制度。也就是，學校分為只收臺灣人之公學校與只收日本人的小學校。直到1941年發布「國民學校令」後，小學校與公學校始被合併而改稱為國民學校。初等教育畢業後，日本人與臺灣人間之教育依舊有差別，以臺灣人為對象的中等教育之學校，為數極為有限。當時的臺灣人有產階級望子成龍之風氣極盛，因為聽到「在內地之母國人對遠來之人非常厚遇」的風聲，所以將子弟送往日本留學，一時蔚為風氣。

1917年8月，張深切的父親聽從好友林獻堂之建議，讓他負笈日本（東京）。在東京，他被編入傳通院礫川小學校，並且寄寓於礫川小學校教務主任長塩的家。入學礫川小學校後的張深切，在親切的老師和同學們的圍繞之下，不到半年之間，不要說外觀，連精神上都變成了道地的日本人。晚年的他自己也承認：「自民國六年至八年之間，不但在形式上做過日本人，就是在精神上，也確實忘掉了我是個黃帝的子孫。」「我覺悟我應該做日本國民、說日本話、讀日本書、學習日本人的民情風俗習慣，除此以外，不能有別的奢望。」（《我與我的思想》，頁74）當時的張深切可以說相當受到日本民族意識的浸透。

1919年，張深切升入豐山中學，這次也是寄寓於日本老師的家。當時日本的臺灣學生逐年增加，到1915年時已達三百餘人。自1916年春起，以治療胃病為目的，前來東京長期居留的林獻堂，開始與這群留學生有所接觸。1918年夏天，期望撤廢六三法的留學生組織了啟發會，推舉林獻堂為會長。1919年時，韓國發生三一獨立運動，中國則發生五四運動，對東京的臺灣留學生有極大刺激和影響。當時張深切只有14歲，而且一直都是住在日本老師家中，因此，他與當時東京的臺灣留學生界是有一段距離，如果說他會參加學生運動，倒是令人匪夷所思。他自己也於晚年承認當時

「事實上什麼都不懂得」。（見《張深切全集・卷 1・里程碑（上）》，頁
182）但是，不久即發生使他在思想上產生極大轉變的事件。

　　這一年的某日，正在學校練習劍道時，他與教練發生爭執，並且被罵
為「清國奴」。此外，中學有東洋史這門課，使他有了認識中國史的機會。
他回憶當時的情況說：「我讀了祖國的歷史，好像見著了未曾見面的親生父
母，血液為之沸騰，漠然的民族意識，變為鮮明的民族思想。」（《里程碑》
（上），頁 166）

　　1920 年，張深切由日本人家庭遷移到高砂寮，高砂寮位於東京小石川
區的茗荷谷，是臺灣總督府於 1912 年為臺灣留學生蓋建的宿舍。高砂寮是
臺灣留學生時常聚集的地方，也可以說是當時東京臺灣學生運動的搖籃，
張深切在這裡認識了學生運動中的活躍型人物。當時對東京臺灣學生運動
贊助資金的人，除了林獻堂以外，尚有蔡惠如。蔡為漢民族主義者，對當
時的留學生有相當大的影響力。他時常規勸留學生學北京話，使用中國年
號以及將中國稱為祖國。張深切也是受其影響的留學生之一。

　　1922 年，張深切轉學至青山學院中等部。晚年的他承認，當年自己已
經算是個民族主義者了。那時正是臺灣議會設置請願運動如火如熾展開激
烈活動的時期，此外，以推進文化啟蒙面之實踐活動為目的的臺灣文化協
會，也於一年前成立。臺灣議會設置請願運動與臺灣文化協會之活動，除
了提高臺灣青年關心民族問題與社會問題之外，更帶動了前赴中國大陸留
學的熱潮。1920 年赴中國之臺灣留學生只有 90 名而已，但是到 1923 年則
激增為 273 名。臺灣總督府警務局分析其原因是：

　　　文化協會活動之結果，（使台人）將中國思慕為民族祖國，以中國四千年
　　　之文化傳統為傲且對之憧憬，期待文化協會、臺灣議會設置請願運動之
　　　發展與成功，並且普遍瀰漫著臺灣脫離日本統治之日將為時不遠的見
　　　解。此一情勢徵諸彼等之言動甚為明顯，而此風氣之抬頭為其最有力之
　　　原因。

——《臺灣社會運動史》，頁 174

張深切由於受到當時中國留學熱潮之影響，以及他本身在日本的學業並不順利，因而認為回歸祖國中國才是最佳途徑。

三、「臺灣自治協會」時期

1923 年年底，張深切懷著對祖國中國之憧憬，由臺灣前赴上海。張深切對初抵上海一事，晚年做如下之述懷：「初踏著祖國的大地，覺得異常溫暖，滿腔的熱血沸騰了。」（《里程碑》（上），頁 242）

當時上海有許多臺灣青年，其中最為活躍者有蔡惠如、謝廉清、彭華英、蔡孝乾、許乃昌等人。1923 年 10 月 12 日，蔡惠如、許乃昌、謝廉清等人聯合居住上海的十餘名臺灣留學生創立「上海臺灣青年會」，其會員人數不久之後就達 50 名。「上海臺灣青年會」高唱「臺灣獨立」及「打倒日本帝國主義」。1924 年 3 月，寄寓在中國共產主義者羅豁家的彭華英等人與朝鮮人呂運亨等人，匯合許乃昌等人創立共產主義系統之「平社」。另一方面，活動一段時期後陷於停滯的「上海臺灣青年會」，自 1924 年 5 月起以蔡孝乾為中心開始致力重建。同年五月，與「上海臺灣青年會」之重建平行，該會一部分幹部與「平社」之臺灣人聯合創立了揭櫫「臺灣民族」獨立自治的「臺灣自治協會」。

張深切是「臺灣自治協會」創始者之一。該會重要幹部，除了張深切以外有蔡孝乾、林維金、洪緝洽、謝雪紅等人。6 月 17 日是臺灣始政紀念日，張深切和上述同志在上海務本英文專科學校舉辦演講會，批判臺灣總督府政治。同年六月，「臺灣自治協會」、「上海臺灣青年會」及朝鮮臨時政府人員約一百三十名，聚集舉行「臺韓同志會」成立儀式，高喊「臺韓民族」之自決。

如上所述，當時在上海的臺灣人組織可以說相當激進。綜觀臺灣人這些團體，他們無論是哪一個組織，全都反對臺灣議會設置請願的消極運

動，主張臺灣獨立與自治。對上海時代之經驗，張深切雖然自道「我逗留上海的時間，沒有讀過什麼書，研究過什麼學問，胡鬧胡混，只跟青年們參加一些運動，學會了社會運動第一課。」(《里程碑》(上)，頁 268)，但是，他確實在上海踏出社會運動之第一步。

四、「廣東臺灣革命青年團」時期

張深切於 1924 年 10 月間，暫時回到臺灣從事演劇活動，到 1926 年才再度前赴上海。此時的張深切以經商為目的，曾經往來南京、蘇州等地，似乎沒有投入任何政治運動。但是，他的生意不久即血本無歸，身無分文，遂前往廣州投身革命。「身上金盡，又沒有面目重返家鄉，歸不得，也留不得，迫不得已只好投廣州去參加革命」(《里程碑》(上)，頁 309)，他曾經有如此之述懷。

張深切抵達時的廣州，是中國國民黨之根源地，且是第一次國共合作時期。當時聚集於廣州的臺灣青年只有 40 人而已，他們大部分就讀於黃埔軍官學校或中山大學。

張深切與當時臺灣青年中較為活躍的張月澄、郭德欽等人，合力組織「廣東臺灣學生聯合會」。但是，不久後由於內部日趨複雜化，且發生主導權之爭奪，因而在張深切的提案之下，於 1927 年 3 月 27 日將聯合會改組為「廣東臺灣革命青年團」。這個新團體澈底批判臺灣議會設置請願活動之消極理論，並且排斥對日本帝國主義之任何妥協，逐漸顯露臺灣獨立之主張傾向，其後更揭起了臺灣獨立革命運動之旗幟。

1927 年 4 月，張深切返回臺灣籌措資金時，適逢臺中第一中學校發生學生運動。他參與這起學生運動，成為學生運動作戰委員會之領導者。另一方面，蔣介石於這一年的 4 月發動清共，青年團於 6 月間被認定為左翼團體，遂被命令解散。據說，當時日本官憲準備於 1927 年春進行檢舉，因而派特務人員到廣州。6 月，日本官憲等到廣東當局對青年團命令鎮壓後，於臺灣、上海、門司等地大肆檢舉四散的青年團成員。此際，張深切

也因參與臺中一中學生運動事件而遭逮捕。至 8 月時又有一次大檢舉，而這一次被檢舉的人數達 64 人。1928 年 2 月 21 日，張深切等人以觸犯治安維持法罪名被起訴。同年 12 月 4 日，張深切於一審被判三年徒刑，後來於 1929 年 4 月 15 日二審改判為二年徒刑。他於戰後說，雖然於繫獄期間曾經被要求「轉向聲明」（聲明思想轉變，特指有左翼思想者），但他斷然拒絕。

戰後，張深切回顧廣州時代的往事，承認「在廣州所醞釀的思想，雖然很幼稚，而且還帶有許多複雜的因素。尤其是各種主義與馬克思主義的殘渣留存不少」（《我與我的思想》，頁 80～81）。

張深切的上海、廣州時代，參與了他一生中最初且實際的政治運動。然而，他為何人在中國而主張臺灣獨立呢？關於這一點，他後來所做的說明是：「因為當時的革命同志，目睹祖國的革命尚未成功，做夢也想不到中國會戰勝日本而收復臺灣，所以一般的革命同志提出這句口號的目的，第一是要順應民族自決的時潮，希求全世界的同情；第二是表示臺灣人絕對不服從日本的統治，無論如何絕對要爭取到臺灣復歸於臺灣人的臺灣而後已。」（《在廣東發動的臺灣革命運動史略》，頁 95），意即因為臺灣「回歸祖國」是絕無希望的事情，因而退而求其次地主張臺灣獨立。

五、戲劇活動與政治運動

1930 年 8 月，張深切出獄後，創立了「臺灣演劇研究會」戲劇團體。依據統計，1923 至 1936 年之間，由臺灣人設立的戲劇（新劇）團體約有十多個，其中當然含有不以政治活動為目的的純粹劇團。

「臺灣演劇研究會」會員共有 27 名，由陳新彬擔任研究會委員長，張深切雖然只擔任委員，實質上卻是指導者。依據他自己的說法，「臺灣演劇研究會」創立之動機是：「這一劇團的組織是根據我過去常在報紙上主張『文藝大眾化，須從演劇做起』的理論拿來實踐的；因為只在文學上論文藝大眾化，舉不出多大效果，需要透過演劇，從舞臺上喚醒民眾與文盲，

才能通俗普遍化。」(《里程碑》(下),頁 524)。「臺灣演劇研究會」成立
這一年的 11 月,他在臺中樂舞臺上演出自己編寫劇本的《暗地》和《接木
花》。依據張深切的回顧,當時的狀況是:「開幕前,便擠滿了觀眾,警察
署加派警察和『臨監官』各帶劇本嚴陣以待,警告我們不得超出劇本臺
詞,否則即時中止。我們演出的有《暗地》、《接木花》及其他數齣節
目,⋯⋯演完後第二天警察署傳我到高等課說話,問我編《暗地》和《接
木花》的用意何在?⋯⋯他們看穿《接木花》帶有濃厚的民族主義色彩。」
(《里程碑》(下),頁 526)由此可見他成立「臺灣演劇研究會」,並不是
完全出自於藝術至上主義。遺憾的是這些戲劇迄今未見傳本,因此無法做
較深入之分析。

　　張深切對戲劇產生興趣是於留學日本期間。依據他在 1935 年及 1961
年的前後回顧,他說:「彷彿記得,當在一九二一、二二年的時候吧!我們
曾在東京發表過一次遊藝程度的演劇。⋯⋯演《金色夜叉》,到這時候我的
印象還異常深刻。我也記得那時我們最受日本文學的刺激,大概是《金色
夜叉》與《不如歸》兩作品,或德田秋聲、德富蘆花與有島武郎、夏目漱
石等一些作品的程度耳。」(〈對臺灣新文學路線的一提案——未定稿〉,
《張深切全集·卷 11·北京日記·書信·雜錄》)「我得了這次(上述於東
京之戲劇活動)的經驗,對演劇漸感興趣,後來在故鄉組織文化劇團,配
合文化運動巡迴公演。又十九年(1930 年)出獄後,在臺中創辦臺灣演劇
研究會。⋯⋯這一連串的演劇關係,究其淵源,可以追溯東京中華青年會
館的演劇為濫觴。」(《里程碑》(下),頁 200)。

　　由以上敘述得知,張深切對戲劇產生興趣,應該是 1921、1922 年時,
也就是他轉入青山學院中等部以後的事情。關於青山學院時代,他晚年曾
回憶說「平時我上課的時間,很少聽講,只是垂頭讀文學作品,很想把所
有的文學作品讀破為快。」(《里程碑》(上),頁 232)由此可見他當時對
文學極大關心。當時亦是他民族意識覺醒的時期,他的民族意識與文學、
戲劇興趣之覺醒,在時期上可以說互為相通。

　　而在當時的臺灣，利用戲劇活動從事文化啟蒙工作，意味的是利用戲劇活動從事政治運動。1921 年 10 月成立的「臺灣文化協會」，是以從文化啟蒙面推進實踐活動為目的，成立大會舉行時，參加人數有 1,022 人。文化協會廣收各派系之人才，巡迴各地舉辦演講會。「臺灣文化協會」於 1923 年 10 月舉行第三屆定期總會時，曾經決議「為改弊習，推展高尚趣味起見，特開活動寫真會、音樂會及文化演劇會。」（《臺灣民族運動史》，頁 294）暫時由上海返回故鄉草屯的張深切，立即與同鄉前輩、臺灣文化協會理事洪元煌合力組織文化協會外圍團體「草屯炎峰青年會」，又於翌年七月創立以利用戲劇啟發民眾思想為目的之「草屯炎峰青年會演劇團」。該團曾經演出由張深切編劇之《改良書房》、《鬼神末路》、《愛強於死》、《舊家庭》、《人》等劇。但是，遺憾的是迄今無法取得劇本，因而無從知道其內容如何。

　　由以上敘述可以窺知，張深切於 1930 年組織「臺灣演劇研究會」，絕對不是偶然的。至少在 1924 年前後，他應該已經思考到文學活動亦可以做為政治活動的手段。

六、「臺灣文藝聯盟」時代

　　1920 年代後半，臺灣的共產主義運動急速高漲，1927 年，「臺灣文化協會」也轉向共產主義，被「臺灣文化協會」逐出的民族主義左派與右派人士遂組織「臺灣民眾黨」。1928 年「臺灣共產黨」成立，翌年，「臺灣民眾黨」內部之穩健派重新組織了「臺灣地方自治聯盟」。處在這種情勢下，農民組合以及勞動組合之組織化也有所進展，但是在臺灣總督府的鎮壓下，「臺灣文化協會」和「臺灣共產黨」都陷於潰滅狀態，「臺灣民眾黨」也於 1931 年 2 月被禁止結社。在這種狀態下，到九一八事變爆發的 1931 年時，臺灣之政治、社會運動完全潰滅了。

　　但是，從「九一八事變」至「七七事變」之數年間，卻是臺灣人文學成果極為豐碩的時期。在「日本無產階級作家同盟」（NAPF）的影響之

下，臺灣人與日本人於 1931 年合作組織「臺灣文藝作家協會」，並且創刊機關雜誌《臺灣文學》。1932 年則有完全由臺灣人成立之文藝組織「南音社」，同時創刊雜誌《南音》。許多文學藝術團體以此為契機，陸續成立。1933 年，在東京之臺灣人留學生組織「臺灣藝術研究會」，並且創刊雜誌《福爾摩沙》。受其觸發之居住臺北的學生團體，遂於臺北成立「臺灣文藝協會」，並且創刊雜誌《先發部隊》。至 1934 年時，做為全島性組織之「臺灣文藝聯盟」更於臺中成立，同時創刊機關雜誌《臺灣文藝》。

　　「臺灣文藝聯盟」成立後，「臺灣藝術研究會」與該聯盟合流而改名為「臺灣文藝聯盟東京支部」，「臺灣文藝協會」也准許會員以個人身分參加聯盟，因而不久就被聯盟吸收。

　　關於「臺灣文藝聯盟」之結成，根據張深切的回顧：「民國廿三年（1934 年），賴明弘和幾位朋友勸我組織一個文藝團體來代替政治運動。我看左翼組織已經被摧毀，自治聯盟也陷於生死浮沉的田地，生怕臺灣民眾意氣消沉，不得不決意承擔這個帶有政治色彩的文藝運動。」（《里程碑》（下），頁 609）。因此，由當時的政治狀況來看，「臺灣文藝聯盟」可以說是臺灣之政治、社會運動破壞後，做為最後之據守點的統一陣線吧！

　　「臺灣文藝聯盟」成立時，當初是推賴和當委員長的，但賴和沒有接受，因而改推張深切為委員長。從參加臺灣文藝聯盟的名單來看，當時傑出的臺灣作家，幾乎全都聚集在這個統一陣線的旗幟之下。「臺灣文藝聯盟」成立後發表的宣言，充分顯示他們成為文學運動發起人之主要動機：

> 自從一九三〇年以來席捲了整個世界的經濟恐慌，是一日比一日地深刻下去，到了現在，已經造起舉世的「非常時期」來了。看！失工的洪水是比較從前來得厲害，大眾的生活是墜在困窮的深淵底下；就是世界資本主義圈的一角的咱們臺灣，也已經是受著莫大的波及了。大家若稍一回頭去把咱們臺灣過去的文化狀況一看，便得明白多麼的落伍了。
>
> ──賴明弘〈臺灣文藝聯盟創立的斷片回憶〉

這個宣言反映的是，當時臺灣作家對臺灣本身之認識。他們認為在世界經濟大恐慌衝擊之下，臺灣已經淪於谷底。臺灣社會陷於大變動時，臺灣的文學活動腳步已經遠遠落於人後了。

「臺灣文藝聯盟」同時提倡臺灣作家之創作精神，必須以臺灣社會為主體，張深切就極力主張：「臺灣文學不要築在於既成的任何路線上，要築在於臺灣的一切『真、實』（以科學分析）的路線上，以不即不離，跟臺灣的社會情勢進展而進展，跟歷史的演進而演進。」（〈對臺灣新文學路線的一提案〉，《張深切全集・卷11》）

然而，統一陣線之「臺灣文藝聯盟」卻於1936年分裂。這是張深切與楊逵在意識形態上之不一致所帶來的結果。《臺灣文藝》創刊後，楊逵成為日文部門之編輯。張深切在意識形態上是民族主義者，認為臺灣社會之不公平，全都起因於日本帝國主義之壓迫。此外他主張的是，所有的作家必須站在同一聯合陣線上。而楊逵在意識形態上是社會主義者，他所看到的是臺灣社會內部之結構性矛盾，階級壓迫遠在民族壓迫之上。因此，他主張的是，必須支持農工運動，文學作品則必須以無產階級為立足點。楊逵後來退出「臺灣文藝聯盟」，創刊《臺灣新文學》。以楊逵、賴和、賴明弘為首的許多左派有力文學者退出後，「臺灣文藝聯盟」遂逐漸弱化，《臺灣文藝》於1936年8月出完第3卷第7號、8號合併號（通算第16號）後，停止發行，聯盟本身之活動也趨於消滅。

七、《中國文藝》時代

《中國文藝》是1939年9月於日軍占領下，在北京創刊的雜誌。這本雜誌雖然是由日本軍方出資，擔任主編和發行人的卻是張深切。

1937年爆發的中日全面戰爭，對臺灣人而言具有雙重意義。大部分臺灣人的祖先都是由中國大陸移住臺灣的，在這場戰爭中，臺灣人應該為哪一方出力呢？另一方面，日本人不會因中日戰爭而敵視臺灣人嗎？臺灣人可以說陷於進退兩難的處境。中日戰爭爆發後的張深切，大概多多少少也

面臨這種處境吧！

　　「廣東臺灣革命青年團」事件後，張深切於臺灣的一切行動都被特高（特別高等警察的簡稱，專門取締思想犯）監視。他即使表面上放棄政治活動，從事「臺灣演劇研究會」以及「臺灣文藝聯盟」之文藝活動，仍然無法逃脫特高之監視和干涉。中日戰爭爆發後，日本當局對臺灣的文化活動之取締更趨強化，張深切在臺灣可以說絲毫沒有動彈的餘地。結果，他只好決心離開臺灣前赴「淪陷區」的華北。由於當時臺灣人擁有日本國籍，因此，前往日軍占領下之「淪陷區」，實際上沒有什麼困難。何況在當時的「淪陷區」，屬於「漢族出身之日本帝國臣民」這種特異存在的臺灣人身分，因為被視為「中日橋樑」的關係，所以在謀職上相當容易。1938 年 3 月，抵達北京後的張深切，很快就謀得北京國立藝術專科學校教授兼訓育主任的職位。

　　關於《中國文藝》的創刊，依據張深切之回顧，他是經由日本美術評論家一氏義良之介紹，而認識華北最高司令部高級參謀堂／脇光雄中佐。堂／脇有出版文藝雜誌之計畫，有意讓張成為其副手。張深切與軍方之關係始自何時，這一點無從查考。但是，此事可視為日本當局在「滿洲國」所行的文化工作之延長線，因此，如同「滿洲國」各機關之起用臺灣人，張深切由於有能力扮演「中日橋樑」的角色，而且又是一有文筆才華的臺灣人，因而被重用。

　　依據張深切的回顧，當時他曾經對堂／脇提出四個條件：

1.編輯方針和內容不受任何干涉。

2.雜誌裡絕對不刊登任何宣傳標語。

3.保持純文藝雜誌的形態，不作主義思想的宣傳。

4.不加入其他新聞雜誌社所結成的團體做政治活動。

　　據說，堂／脇對之全部允諾。事實上，張深切主編時期的《中國文藝》儘刊登散文、隨筆、小說、詩以及有關中國戲曲、繪畫文章，是一綜合性文藝雜誌，幾乎沒有任何政治色彩。此外，張深切回憶說，《中國文

藝》創刊之際，周作人曾經暗中有所干預。張與周作人結識，似乎是經由在周作人周邊的臺灣同鄉張我軍以及洪炎秋等人之介紹。周作人和張我軍後來每期都發表文章於《中國文藝》。

　　張深切在《中國文藝》創刊號「創刊詞」上宣稱：「水雖善能活人，同時也善能殺人，文化也是一樣，苟不善融洽而治理之，即文化之流毒也不下於洪水的禍害。整理舊文化和創造新文化的確是目前的急務，但是這並非空談得以實現，必須要有實踐而後能見效的。吾人創立本刊的意義與目的也只在此而已！」於創刊號〈編後記〉中又說：「吾人不怕國家的變革，祇怕人心的死滅，苟人心不死，何愁國家的命脈會至於危險，民族會至於淪亡？」從上述能夠理解，張深切雖然有自民族主義本身退後一步的姿態，同時也有絕對要固守文化這個民族最後一線的決心，但是，對張深切而言，編輯《中國文藝》其實是其精神苦悶的象徵，這可以由他所發表的〈戰爭與和平〉短文中看出。他在這篇短文中說：「……據過去與現在的情勢觀之，戰無甚益，和無甚損。我們何必執拗抗戰徹底？……我們從今須知和平才是建國的唯一方略，尤其是我們文化人，須本我們的天職來為東亞與世界的和平繼續奮鬥努力的。」大力主張中國必須謀求和平，這好像是站在日本人立場而言的話。

　　1940 年，具《中國文藝》監護人身分的堂ノ脇參謀奉調至東京參謀總部，張深切成為北京出版界內部中傷以及占領軍當局懷疑之對象，因而被貼上「御用」、「反日」等等標籤。8 月於發行《中國文藝》第 2 卷第 6 期後，他被當時華北出版界之黑幕，特務出身的山家亨強迫辭職，《中國文藝》在逼迫下被受山家庇護之中央公論社接收而繼續發行。由張深切負責編輯的部分，前後共有 12 期。1945 年 4 月，張深切被密告為抗日分子，遭日軍一四二〇部隊三谷支隊逮捕，險遭不測，幸得助脫險。

八、返臺與歸隱

　　1945 年 8 月，日本戰敗；1946 年，張深切返回臺灣。時洪炎秋出任臺

中師範校長，請他去擔任教務主任。戰前，張深切即活躍於中部地區，戰後，重返臺中後，除擔任教職外，同樣也活躍於文化界，從事文筆活動，當時中部的大報《和平日報》即偶有其評論與追憶文章登出。1947 年，二二八事件發生，洪炎秋被免職，張深切因其上海時代與謝雪紅相過從及係活躍分子之故，被當時臺中市長黃克立指為共黨首腦，乃逃亡隱匿於南投中寮山。其後真相查明，被確定與共黨無關，始結束將近半年的逃亡生活。但也從此對於公職不再感興趣，遂完全脫離政治活動，沉溺於中國古代哲學世界與文藝創作、著述活動。

張深切晚年的活動中，值得注意的仍是他的戲劇活動，這是他一生從早年到晚年，始終未能忘情的活動。

1957，他與劉啟光、何永、郭頂順、林快青等人合組藝林電影公司，取材閩南一帶及臺灣地方家喻戶曉的人物邱罔舍，拍攝他自己編導的電影《邱罔舍》。當時臺語片還只是在起步階段，由舊劇（歌仔戲）與新劇（改良戲）轉變而來，在編導《邱罔舍》時，張深切即在報上公開表示：「我改編邱罔舍的故事，卻另有動機和目的。不單介紹邱罔舍的幽默哲學，纔執筆的。台灣的所謂台語片，可以說是以華興廠攝製（由何基明先生導演）的《薛平貴與王寶釧》為嚆矢，自這部片子拋磚以後，纔引出了許多片子來，形成了今日台語片的製作狀態。就中最值得記錄的是《雨夜花》，因為《薛》片如果可以說是歌仔戲搬上銀幕的第一部片子，那末《雨》片也可以說是改良戲轉變為電影的第一部，⋯⋯，自《薛》、《雨》兩片出現以後，一般的台語片大體都模倣著這兩部片的樣子製作出來，造成了台灣特殊的影劇。台灣文化界為了臺語片的特殊作風，異常悲觀憤慨，認為長此以往，勢若有不堪設想的後果將要發生，有的竟以看台語片引為恥辱，極端厭惡台語片的出現。⋯⋯我編導《邱罔舍》的動機，是妄想要改革台語片，使台語片納入電影的軌道為目的。⋯⋯我們的目標是：1.戲不隨便做。2.話不隨便講。3.服不隨便穿。4.樂不隨便配。5.歌不隨便唱。6.景不隨便採。」（附錄：〈我編導《邱罔舍》一片的動機與目的〉，《張深切全

集・卷 7・邱罔舍》）

　　張深切明確反對將電影事業只讓歌仔戲班和改良戲班去經營，故自組公司，自己編導電影，以實現自己的理想，由此也可知其對戲劇的熱情與「寓教於樂」的信念，始終有其一貫性。《邱罔舍》的劇本獲得臺灣第一屆影展最佳故事金馬獎。但電影卻是叫好不叫座，未幾，藝林電影公司因人事糾紛與影片賣座不佳，結束營業。此一時期張深切還完成有《人間與地獄》、《生死門》、《婚變》、《荔鏡傳——陳三五娘》等劇本。

　　晚年，張深切在臺中市開設一家純喫茶的「古典」咖啡沙龍。1965 年 11 月 8 日，在鬱鬱中死於肺癌，享年 62 歲。

結語

　　張深切的民族意識覺醒，前赴中國之動機以及對文學興趣的萌芽，都是於留學日本期間形成的。而且他的民族意識與文學興趣在其覺醒萌芽階段就有連帶關係，換言之，其民族意識與文學關懷是緊緊結合在一起的。對張深切而言，最遲在 1924 年以後，他是絕對相信文藝有可能鼓舞人心以及啟蒙民眾的，這也是他終其一生的信念。因此，在客觀環境無法從事政治運動時，他自然轉向文學活動。結果，張深切之文學活動始終沒有超出做為政治活動代替品之範疇。

　　而日本統治臺灣期間，臺灣政治運動家之國家認同（national identity）可以說是極為微妙。他們的想法是：「台灣住民因是在日本統治之下，所以是日本帝國之臣民或國民。但是，同樣是日本國民，日本人是統治者，台灣人卻是被統治者。就另一方面而言，台灣人是存在於中國的漢民族之一支流；雖然中國為台灣人之祖國，台灣人卻非中國國民。」張深切也和其他臺灣政治運動家一樣，其國家認同並不十分確立，充其量只算是一位漢民族主義者，這對他的政治活動與文學活動雙方面帶來極大陰影，結果，他似乎唯有走上文化至上主義之途了。

——選自陳芳明等主編《張深切全集》〔全 12 卷〕

臺北：文經社出版社公司，1998 年 1 月

張深切的生命歷程[1]

◎林純芬[*]

一、性格形塑與教育養成期

張深切[2]出生於南投廳南投堡三塊厝，生父張獅，為人豪爽，常仗義疏財，一生窮困，生母生性樂觀。張深切從事社會運動巔簸流離，不氣不餒，在監獄中與人分享食物、視監獄為學校之性格特質，均是來自生父生母的遺傳。

1908 年 9 月，張獅因母親過世無以為葬，將四歲的張深切過繼給南投廳北投堡草鞋墩街姑表兄弟張玉書。養父張玉書，從事樟腦工作，於草屯開設腦館。養母能幹持家，對內儉約嚴格，對外和藹慷慨。

張深切六歲進入李春盛公館，受私塾教師洪月樵之啟蒙。1913 年，進入「草鞋墩公學校」就讀，五年級時，學校禁止講臺灣話，張深切被誣告犯禁受罰，演變為「講臺語遭開除事件」。

1917 年 8 月，張深切進入「礫川小學校」就讀五年級。小學畢業後進入「豐山大學附屬中學」。1922 年，插班「青山學院」中學部三年級，次年九月初發生關東大地震，學校嚴重受損，遂計劃前往上海求學。張深切

*發表文章時為朝陽科技大學通識教育中心兼任講師，現為勤益科技大學博雅通識教育中心兼任講師。

[1]本文原撰稿長一萬兩千多字，限於「2008 南投文學學術研討會」大會規定，綜合座談討論人之文稿不得過長，故濃縮成論文集內之稿長，亦省略多處參考資料出處之說明，本文為符合轉載原則，僅做必要之修訂，未變動主體架構。請詳參文經版《張深切全集》及筆者碩士論文〈張深切及其劇本研究〉（臺中：靜宜大學中國文學系碩士班，2003 年 7 月）。

[2]張深切（1904 年 8 月 19 日～1965 年 11 月 8 日），其出生年有 1903 年、1904 年及 1905 年三種說法，本文採 1904 年之說。

在日本期間，結識林呈祿、范本梁及羅萬俥等人，強化其既已醞釀的民族
思想。

二、社會運動與文藝活動期

（一）深具民族意識的社會運動

　　1924 年張深切抵達上海，進入「上海商務印書館附設國語師範學校」
就讀，並順利畢業。是年五月，與友人創立主張臺灣民族獨立的「臺灣自
治協會」，但一年後該會即銷聲匿跡。

　　1926 年年底，張深切與友人於廣州「中山大學」成立「廣東臺灣學生
聯合會」，並擔任該會委員，積極策劃活動。次年年初，再結合林文騰、
張美統等社會人士，成立「廣東臺灣革命青年團」，後考入「中山大學法
科政治系本科」二年級，三月底擔任「廣東臺灣革命青年團」宣傳部部
長。四月底，奉命返臺籌募活動基金，五月因領導「臺中一中罷課事件」
遭扣押。八月初，因「廣東臺灣革命青年團」案件再被提審，後被起訴、
判刑，迄 1930 年刑期期滿出獄。

（二）擔負文化啟迪的演劇活動

　　1924 年 10 月底，張深切與友人成立「草屯炎峰青年會」，並且演出
《辜狗變相》和《改良書房》二劇。次年七月，成立「草屯炎峰青年會演
劇團」。1926 年 3 月初，該團於竹山演出《改良書房》、《鬼神末路》、
《愛強於死》、《舊家庭》、《浪子末路》、《啞旅行》、《小過年》及
《人》[3]等劇，大多為張深切之作。

　　張深切為實踐「文藝大眾化，須從演劇做起」的主張，於 1930 年 8
月，與友人成立「臺灣演劇研究會」。是年十一月，在臺中市公演《中秋
夜半》、《方便》、《為誰犧牲》、《暗地》、《論語博士》及《接木
花》[4]等劇，劇本多由張深切編寫。該會演出頗受歡迎，但遭受嚴格監視，

---

[3]《人》劇編者存疑。
[4]筆者碩士論文〈張深切及其劇本研究〉，頁 233，應訂正為《接木花》。

劇團也有經費、制度等問題，不久即劃下休止符。

（三）錘鍊身心思想的獄中生涯

張深切在「未決監」期間，閱讀書籍包括社會科學、宗教及諸子百家，雜誌有《中央公論》、《改造》、《文藝春秋》、《紅旗》及《納布》等，左右兩派書籍均閱讀，建立自己的理論體系。

（四）實踐文化理念的編務工作

1932 年 1 月，張深切抵上海，完成電影劇本《女人》及《冷血英雄》。三月，張深切因經濟困難，進入一度婉拒日人山田純三郎所主辦的「江南正報社」擔任時評兼副刊主編。1933 年《江南正報》便因營運問題而宣告停刊。

1933 年年底，日臺合作成立「東亞共榮協會」，次年張深切進入該協會機關刊物《東亞新報》[5]擔任記者，後來負責中部報務。張深切任職該報期間，遭日本政府監督，日本右翼人士對該報採取離間、圍勦。1936 年下半年日本政府主控《東亞新報》，刻意使之停刊。

1934 年 5 月，「臺灣文藝聯盟」成立，張深切擔任該聯盟委員長兼常務委員。該聯盟宗旨是聯絡臺灣文藝同志，振興臺灣文藝。發行刊物、書刊、舉辦文藝講演會及召開文藝座談會等，均是落實理念的具體辦法。後因經費、業務推展及意見歧異等問題，機關刊物《臺灣文藝》於 1936 年 8 月底出刊後即停刊，該聯盟隨之解體。

1939 年，華北最高指揮部高級參謀堂脇光雄中佐計劃在北平市創辦《中國文藝》，張深切對堂脇光雄提出要求，獲得允諾後遂擔任發行人兼主編。條件包括：1.編輯方針與內容不受任何干涉；2.雜誌裡絕對不刊登任何宣傳標語；3.保持純文藝雜誌的形態[6]，不作[7]主義思想的宣傳；4.不加入其他新聞雜誌社所結成的團體做政治活動。

---

[5]《東亞新報》初名《臺中新報》。
[6]原載作「形態」，不作「型態」，參見張深切著，〈鬪龍〉，《里程碑　又名黑色的太陽》（《里程碑　又名：黑色的太陽》）（臺中：聖工出版社，1961 年 12 月），頁 524。
[7]原載作「不作」，而非「不做」，引用資料同前註，頁 524。

1940 年堂脇光雄奉調至日本參謀總部，且《中國文藝》業務蓬勃發展，引起「山家系統」各雜誌社反感，或謂該雜誌是日本軍部出資的御用刊物，或稱其為反日雜誌。是年八月出版第 2 卷第 6 號之後，《中國文藝》便由統轄華北出版事務的「山家系統」接收。

1941 年，張深切進入日本社會運動家安藤更生經營的「新民印書館」擔任編輯。1942 年 8 月，張深切與友人共譯《現代日本短篇名作集》，同年並由該館發行其著作《兒童新文庫》及《日語要領》。

1943 年年初，日軍華北指揮部要求張深切籌辦《新文藝》雜誌，徵得「新民印書館」同意後，張深切擬邀周作人參與。三、四月間林房雄邀張深切另出版雜誌。之後周作人研議共組「藝文社」，出版《藝文》雜誌。後因林房雄與沈啟无作梗，「新民印書館」施壓力促須與周作人合作，張深切遂於四月底辭去該印書館代理課長，並辭「中國文化振興會」常務理事。

（五）展現教育風格的學校生活

1938 年 4 月，張深切獲聘至「國立北平藝術專科學校」擔任訓育主任兼教授，未久又於「國立新民學院」擔任本科日語教授。1940 年「國立北平藝術專科學校」伊東與郭柏川在教授法上意見不合；張深切受牽連，被伊東控告煽動學生反日。張深切在「國立新民學院」也因與日野成美產生齟齬而遭陷害。在「興亞院」壓力下，被迫辭去兩校教職。

1946 年秋，張深切獲聘為「臺中師範學校」教務主任。次年「二二八事件」後不久，臺中地區成立「臺中地區時局處理委員會」，張深切出任委員。在此期間，國民黨臺中市黨部向南京政府提報調查報告，指出張深切「提議將外省人集中於臺中師範加以保護，甚且意圖抵抗政府軍隊。為暴動首要分子，屬謝雪紅派系下之主要幹部」[8]，張深切因此遭到通緝。究其遭受通緝的部分原因，係上述所謂「加以保護」之解讀遭到扭曲。張深

---

[8] 參見張深切著，陳芳明等主編，《張深切全集・卷 2・里程碑——又名：黑色的太陽（下）》，附錄，張志相編，莊永明、黃英哲校訂，〈張深切年譜（1904.8.19～1965.11.8）〉，頁 30～31。

切主張將外省平民同胞集中於有炊事設備的「臺中師範學校」，以便供應三餐；遭臺中市官派市長黃克立密告，誣指張深切企圖將外省同胞集體謀殺。三月中旬，張深切獲友人通報其遭到通緝消息，遂攜家眷隱匿於中寮鄉山中。至同年六、七月間，張深切獲省黨部委員、少將參謀蔡繼琨之協助，得以洗脫罪名，撤銷通緝令[9]。

（六）載沉損益無常的經商之道

1926 年，張深切與李某合資到虹口市場擺攤販賣香蕉，但張深切支付攤位租金後發現另有使用人，李某並請江某前來領取「分紅」，張深切遭受雙重詐欺。

1943 年至 1945 年之間，張深切獲同鄉宋維屏及黃烈火資助棄文從商，但根據洪炎秋敘述張、黃當時經商概況，因不願與敵偽惡勢力勾結，不但虧本，並因有接濟抗日人士之嫌，張深切被敵方特工組織一四二〇部隊拘捕。

三、退隱‧潛心著述的晚年時期

「二二八事件」後，張深切轉而以隱居寫作方式淨化人心。1947 年 4 月，完成《在廣東發動的臺灣革命運動史略附獄中記》。是年十二月由「中央書局」出版[10]；1948 年 1 月，「中央書局」出版其著作《我與我的思想》。

1949 年中國淪陷前，張深切曾為「西北影片公司」完成電影劇本《霧社櫻花遍地紅》。1954 年 12 月，「中央書局」出版其著作《孔子哲學評論》，遭國民政府查禁。1957 年張深切與友人合組「藝林影業公司」，擔

---

[9]同前註。
[10]該書是兩大部分之合輯，歷來相關資料所載出版年及書名略有不同，本文據張深切著，陳芳明等主編，《張深切全集‧卷 12‧張深切與他的時代（影集）》，頁 187，書影所載出版年及書名。筆者碩士論文〈張深切及其劇本研究〉，頁 55、271、275～276，亦應修訂為 1947 年出版《在廣東發動的臺灣革命運動史略附獄中記》。從各項資料的差異顯示，此書名應是經由數度修改而成。

任導演及編劇。張深切推出民間故事《邱罔舍》[11]，叫好不叫座，導致電影公司嚴重虧損。1957 年，張深切完成電影劇本《邱罔舍》（第二部）及《再世姻緣》。次年完成電影劇本《人間與地獄──李世民遊地府》。《生死門》劇本，據推估是 1958 年至 1961 年之作。《婚變》及《荔鏡傳──陳三五娘》兩部電影劇本，據考證完成於 1961 年。

　　1961 年年底，由「聖工出版社」分四冊出版《里程碑　又名黑色的太陽》（《里程碑　又名：黑色的太陽》）[12]，係張深切之自傳性作品。1966 年 6月，由「泰山出版社」發行其遺稿《縱談日本》[13]。1998 年 1 月，「文經出版社有限公司」出版《張深切全集》，共 12 卷，為歷來最完整收錄張深切作品之結集。

　　張深切晚年曾在臺中市開設「聖林咖啡廳」，為一古典音樂茶室，是文化界人士聚會之所，後因經營困難而轉至霧社從事木材生意，但不久後又返臺中市經營「古典咖啡廳」。

四、結語

　　張深切自 1924 年赴上海求學開始，迄 1946 年春天返臺，期間多次往返於臺灣、中國，參與或創辦過許多短暫的政治、社會團體及文化團體，其過程顛沛流離卻又豐富多采。他所投入的政治團體有「臺灣自治協會」、「廣東臺灣學生聯合會」、「廣東臺灣革命青年團」；由於其活動積極，並因領導「廣東事件」及「臺中一中罷課事件」遭到日本殖民政府逮捕，繫獄數年。

　　張深切以演劇、辦雜誌、演講會及討論會等藝文活動來推行文藝大眾

---

[11]該片榮獲第一屆臺語片影展金馬獎最佳故事獎（金馬獎特別獎──故事類）。
[12]聖工出版社該書原載書名為直排兩行，第一行大字為「里程碑」，第二行小字作「又名黑色的太陽」（又作「又名：黑色的太陽」），書名兩行之間無「──」符號，因此書名宜記作《里程碑　又名黑色的太陽》，或作《里程碑　又名：黑色的太陽》。
[13]另據巫永福指出，張深切生前曾計劃撰寫小說「黎明前」及「老子哲學評論」。廖仁義採訪張深切家人，指出「老子哲學評論」曾寫成手稿，但已遺失。

化、反映社會現實以及為人生而藝術等文學主張，與友人成立「草屯炎峰青年會」、「草屯炎峰青年會演劇團」、「臺灣演劇研究會」及「臺灣文藝聯盟」等團體，並推動《臺灣文藝》，主編《中國文藝》，期望對當時臺灣和北京的藝文界有所貢獻。張深切曾參與《江南正報》、「東亞共榮協會」、《東亞新報》和北京「新民印書館」編務工作。雖《中國文藝》、《江南正報》、《東亞新報》和「新民印書館」都與日本人有密切關係，但基本上張深切均有現實上、文化上及民族上的種種考量，並不減損其於臺灣獨立運動史、文化上的努力和貢獻。

　　一生挫折不斷的張深切，堅持理想，創立政治、社會團體及文化團體，鼓吹民族獨立，致力啟迪民智，以演劇推行文藝大眾化；並藉由各類文章、劇作來反映其政治、思想及文學主張，可謂集革命家、劇作家、文學家、思想家、先行者及人格者於一身，其奮鬥與奉獻之層面相當多元。

──選自陳振盛、鄭邦鎮總編輯《2008 南投文學學術研討會論文集》
　南投：南投縣政府文化局，2008 年 4 月
──修改於 2014 年 10 月至 12 月

回看張深切

◎向陽[*]

　　春節過後，綿密的冷雨逐步離去，陽臺前吐出新蕊的杜鵑，迎風招喚春天的來臨。這樣的感覺真好，冷肅的寒雨終有停歇之際，和暖的陽光也有破雲之時。人生以及人的命運如果也能如此，則冬去春來、暑盡寒至，沒有突來乍至的悲歡離合，不受命運的播弄，該有多好？

　　然則，真實的人生畢竟不是四季，命運比起天地間的風雲尤其不可捉摸。這種無奈，正是常人所以脆弱、徬徨的病灶。青年時代壯志騰雲，晚年可能潦倒落魄、抱恨以終；年輕時代的夢和理想，往往換來一生烏暗晦淡。人生遭遇，不可預期，對於在黑暗困苦年代中尋求光明的一代，尤其冷酷。

　　這使我想到日治時期臺灣作家的人生之路，他們生於異國殖民統治下，年輕時企圖透過文學之筆、改革之血扭轉臺灣命運；他們寫作，參與政治、社會與文化運動，在受到極度擠壓的荊棘路上，用鮮血開出希望的花蕊，並且相信，只要異族統治不再，寒冬必會過去。無奈的是，歷史並不根據他們的夢運轉。日本政府投降撤離後，他們迎接到的是更冷酷的雨雪紛飛。因為他們的反抗精神，因為他們的創作與思想，這一批日治時期的臺灣菁英，死亡流離、伶仃孤寂、噤聲難言者，十之八九；即使在他們離開人世之後，一樣不為奉獻過的臺灣所知。

　　連同曾經湧動他們熱血與精神的作品，往往也數十春秋，掩埋塵灰，

---

[*]本名林淇瀁。詩人、評論家。發表文章時為吳三連臺灣史料基金會祕書長，現為臺北教育大學臺灣文化研究所教授兼圖書館館長。

不被後代重視。他們的人生，以冷雨始、以冬夜終，他們在作品中熱切寄望臺灣之春，卻在人生路途上備嘗霜雪。張深切，就是其中的一位。這位在日治時期用熱血抵抗殖民統治的作家，他的一生，就走上了這種未見春陽的坎坷旅路。張深切在日治時期參與反殖民運動、鼓吹臺灣革命、組織臺灣文藝聯盟、推動臺灣演劇，流離奔亡，受盡抑壓；戰後國民政府來臺，他並未因此見到陽光，反而因為他日治時期的奮鬥紀錄，在二二八以及更漫長的白色恐怖中，陷入了幽暗、苦悶與幻滅交織的心靈苦牢，直到1965 年以 62 歲過世為止。

　　不過，張深切留下了 150 萬字的作品，刻繪了他一生的思想、愛以及血淚，張深切一生見證兩個年代三個國度，他的作品標誌了臺灣作家終究不被擊倒的風格。在他過世 33 年後的此刻，這些作品終於在他的哲嗣張孫煜、外甥吳榮斌以及眾多學者的協力下，結為《張深切全集》12 卷由文經社出版。張深切一生的所有作品，才在他一生摯愛的臺灣正式問世。張深切的冬寒人生這才真正結束，而透過全集映現的張深切孤獨而不屈的精神，方才放晴。

　　元宵夜裡，捧讀張深切，痛前賢、敬哲人，忽然生出遙看天燈遠颺的感覺。

　　春天已然來臨，鬧熱滾滾的臺灣社會一逕虛華著，誰知道張深切？張深切是誰？恐怕還是絕大多數人的答案。願以這篇蕪文，追念張深切，籲請臺灣社會回過頭看看張深切，以及那些走過同一條荊棘之路的臺灣前輩作家。

——選自向陽《日與月相推》

臺北：聯合文學出版社，2001 年 3 月

追尋張深切

◎陳芳明[*]

　　《張深切全集》即將在今年夏天出版。這部全集的完成，是現階段臺灣文學研究者通力合作所獲得的一個成果。散佚在天涯海角的張深切作品，或深埋於異域圖書館的陰暗角落，或隱蔽於私人藏書的木櫃架上，幾乎都已陷入遺忘的狀態。這次以 12 卷的完整面貌重見天日，意味著張深切的魂魄再次回歸臺灣歷史的記憶之中。從北美、日本、中國、臺灣收集的資料，終於能夠重建張深切的歷史圖像，應可視為 1997 年的文壇大事。

　　張深切（1904～1965），是南投草屯人。他的重要性，在於參加了反日本殖民體制的政治運動與文學運動。在政治運動方面，他介入了 1927 年的廣東臺灣革命青年團事件，呼籲中國應支持臺灣革命。張深切因而被捕，入獄三年。在文學運動方面，他領導 1934 年臺灣文藝聯盟的組成，開啟臺灣新文學史上的恢宏格局，並創辦了作家陣容極為整齊的《臺灣文藝》。

　　凡是熟悉文學發展的人都知道，臺灣文藝聯盟的出現，代表殖民地作家的一次大覺醒。為了抵抗不公平的帝國主義體制，作家覺悟到必須集合多數人的智慧，並且以大眾文藝的策略，喚醒更多的民眾。這個運動的幕後推手，無疑是來自富有高度批判意識的張深切。他的文學信念，充分表達於一篇論文〈對臺灣新文學路線的一提案〉：「臺灣固自有臺灣特殊的氣候、風土、生產、經濟、政治、民情、風俗、歷史等，我們要把這些事情，深切地以科學的方法研究分析出來——察其所生、審其所成、識其所形、知其所能——正確底把握於思想、靈活底表現於文字……。」這樣的

---

[*]發表文章時為靜宜大學中國文學系副教授，現為政治大學講座教授。

見解，無疑為殖民地臺灣的文學，賦予極為明確的定義。

　　基於對大眾文學的執著，張深切也投入了演劇運動。在 1930 年代，他組成了「臺灣演劇研究會」，實踐了他信奉「文藝大眾化，須從演劇做起」的理論。張深切在日據時期對演藝運動所下的功夫，就成為戰後從事電影運動的張本。

　　張深切在文學史上所代表的意義，尚不止於臺灣文藝聯盟的活動。1939 年他遠赴北京，並與周作人同時創辦《中國文藝》。戰爭期間，張深切是少數幾位臺灣作家與周作人有所過從。周作人投靠日本文學陣營的經過，很少有人能夠理解。張深切在其回憶錄《里程碑》有很貼切的說明，是了解周作人的一條重要線索。

　　到目前為止，張深切的《里程碑》，恐怕是臺灣作家中規模最大的一部回憶錄。這部又名《黑色的太陽》的作品，橫跨 20 世紀初期到中葉的歷史。凡有關臺灣知識分子的政治主張與人文理想，都可在這部書找到印證。這是一部完整的心路歷程的紀錄，澈底反映了臺灣知識分子的抵抗與挫折。臺灣社會遭逢帝國主義、殖民主義、資本主義等等的侵襲從而島上住民的心靈也受到扭曲與傷害，使他們找不到自己的國家認同與文化定位。張深切窮畢生之力，追求生命與人文的理想目標，最後卻都宣告幻滅，而不得不以「孤獨的野人」自況。他的心情，幾乎可以與吳濁流的《亞細亞的孤兒》相互輝映。

　　在全集出版之前，特地擷取若干未為民間發現的張深切作品。其中他在 1924、1925 年分別發表的兩篇小說〈總滅〉與〈兩名殺人犯〉，係日本學者中島利郎教授在發行量極為稀少的雜誌《櫻草》中發現的。這兩篇小說，無論在遣詞用字，或在創作技巧上，都已粗具現代小說的形式。對文學史的理解，此二作品有很大的幫助。論者恆將 1925 年劃入臺灣文學運動的萌芽期。在奠基階段，能有這樣的作品出現，已屬極為可貴。

　　另外兩篇文字，選自張深切的劇本《邱罔舍》與回憶錄《里程碑》。從這些文字，當可窺見張深切之關心所在。他的作品頗為豐富，有政治評論

與哲學研究，更有文學創作與劇本撰寫。《張深切全集》還收納了他的日記、書信，以及珍貴異常的寫真相片。全集出版時，追尋張深切的歷程當可告一段落。不過，對於張深切歷史意義的挖掘與探索，現在才只是一個起點。

1997 年 4 月 15 日臺中

——選自陳芳明《深山夜讀》

臺北：聯合文學出版社，2001 年 3 月

亞細亞孤兒的聲音

張深切與《里程碑》

◎陳芳明

臺灣知識分子心影錄

在臺灣抗日運動陣營裡，有兩位歷史人物曾積極從事於政治與文學的結合工作，其成就對日後臺灣文化的發展都產生巨大衝擊。他們是楊逵與張深切；前者在島內參加抗日的農民運動，後者則遠赴中國發起臺灣獨立革命運動。在政治運動凋零之後，這兩位歷史人物都團結在臺灣文藝聯盟的旗幟下，為臺灣新文學運動寫下精采動人的篇章。

如果楊逵是中間偏左的運動者，那麼張深切就是中間偏右的行動家。楊逵的政治理念建立在社會主義之上，終生堅守不渝。張深切則在早期與無政府主義有所接觸，與范本梁一度過從甚密；不過，張深切在後來就放棄任何意識形態。他們會以臺灣文藝聯盟做為結合的據點，便是鑑於日本殖民高壓的統治下，所有的政治活動都宣告停頓。為了在精神上尋找出路，他們都決心奉獻最美好的時光給文學運動。然而，他們在思想上的分歧，最後導致臺灣文藝聯盟的分裂。這兩位代表左右文化路線的作家，高度象徵了殖民統治下臺灣知識分子的苦悶。他們都努力在追求歷史命運的答案。但最後都困惑於政治問題之中。

楊逵在晚年克服了白色恐怖所帶來的心理障礙，有意撰寫回憶錄。只是天不從人願，當他開始進行口述記錄時，僅及兩章，便溘然去世。他的自傳沒有完成，等於是為現代臺灣歷史留下無可彌補的缺口。相形之下，張深切是幸運的，他寫下了他的回憶錄《里程碑》，清楚描繪了日據時代潮

流的起伏。倘若張深切沒有完成這部自傳，後人要了解殖民地臺灣社會的演化，恐怕就更加困難了。歷史的幸與不幸，由此判然分明。

張深切的《里程碑》，是一位臺灣知識分子的心影錄。全書涵蓋的時間，前後綿亙 40 年，亦即始於 1904 年作者張深切的誕生，止於 1945 年太平洋戰爭的結束。他寫成這部自傳，是在 1961 年，當時已屆 57 歲。然而，整部回憶錄卻僅集中於中年以前的事蹟，可以說是一部「四十自述」。對於戰後的臺灣，他隻字不提，其中的微言大義，就只能在淡漠的無聲裡去揣摩推敲了。

所以，《里程碑》以嚴格的傳記來看，其實是截斷成一半的里程碑，因為這本書並沒有觸及後半生的經驗與心境。縱然如此，這部傳記置於臺灣史料的行列裡，也是令人不能不注意的。透過張深切的文字，可以看見日本帝國主義在島上的確立鞏固與臻於極盛，並且也可見到殖民統治是如何盛極而衰，以至走向崩潰。在帝國主義統治的升降過程中，一位知識分子如何自處，如何鍛鍊意志，如何思想武裝，都跟隨年齡的成長與環境的改變而有所調整。臺灣作家的日本經驗、中國經驗與臺灣經驗，都在張深切的心路歷程上交疊浮現。

張深切的早年，有三大活動標誌著他對臺灣前途出路的追求，那就是 1927 年在廣州成立的「臺灣革命青年團」，1934 年在臺中成立的「臺灣文藝聯盟」，以及 1939 年在北京創辦的《中國文藝》。在這三大活動裡，張深切分別接觸了當時臺灣與中國兩地的領袖人物，包括在政治與文化運動方面。《里程碑》的重要性，就在於觸及運動中的事件與人物，並觸及時代潮流裡的周邊與側影。

困頓於母國與祖國之間

《里程碑》，另一書名是《黑色的太陽》，作者的用意極為清楚。太陽，係指日本統治而言，太陽呈黑色，自然是指殖民地臺灣的黑暗社會。全書結構，便是以上述三大活動做為主要分期。《里程碑》初版第一冊（編

者按，現全集為〔卷 1〕1 章～42 章），專述幼年生活到青年時期思想的形成，時間橫跨 1904 至 1925 年。這段時期，正是張深切受完基礎教育之後，又遠赴日本與中國去留學。一位臺灣知識分子，親身經歷了兩個「內地」社會，在內心起了強烈震撼。日本，是殖民地的「母國」；而中國，則是半封建的「祖國」。在母國與祖國之間，張深切第一次嚐到島嶼歷史的苦澀滋味。

回憶錄初版的第二冊（〔卷 1〕43 章～〔卷 2〕51 章），集中於描寫他在廣州參加臺灣革命青年團的始末。有關這次政治經驗，張深切已寫過數次的專論與專書。包括發表於 1931 年《臺灣新民報》的〈鐵窗感想錄〉，以及 1948 年在臺中出版的《獄中記》與《在廣東發動的臺灣革命運動史略》。不過，有關這個政治事件，敘述最為完整的，當推《里程碑》的第 47 至 63 章。從 1926 至 1930 年，張深切介入了他生平中的第一次政治運動。也在那次運動中，他體會到臺灣與中國的命運是不同的。

從來有一種歷史解釋，堅持臺灣人的抗日運動是受到中國抗日運動的領導，甚至還解釋成臺灣的抗日是中華民族運動的重要一環。然而，張深切的親身經驗，否定了這樣的歷史解釋。倘若臺灣的抗日運動是屬於中華民族主義的一部分，為什麼知識分子千里迢迢奔赴「祖國」之後，竟然從事獨立運動，而不直接加入中國的抗日組織？

張深切在書裡說得極為清楚：「臺灣和朝鮮的民族革命，必須先藉國際力量打倒日本帝國才有辦法。因此臺灣的革命志士多走國際路線，是出於欲達目的所必擇的手段，絕不是真正信奉什麼主義而有所偏袒，讀者預先了解這個事實，才能夠理解臺灣革命志士的思想。」這是他總結 20 世紀以來臺灣革命運動的一個觀點。企圖以中華民族主義來解釋這樣的歷史過程，往往不免產生錯覺與曲解。臺灣知識分子到中國從事政治運動，乃是「走國際路線」的一個實踐，而並非是接受中國抗日運動的領導。

張深切更進一步指出，他在廣州從事臺灣獨立運動，超越了中國內部的黨派之爭。他特別強調：「統治臺灣的國家只有一國，蹂躪中國的國家是

世界列強，臺灣的處境和祖國不同，自然我們的鬥爭方策也和祖國不同。
我不反對同志們加入任何團體，但反對有礙我們自己組織的一切言行。我
們需要援助祖國的革命，但不能相信祖國革命的成功，就等於臺灣革命的
成功，所以我們不需要參加任何派別的鬥爭。」這段話足以說明，臺灣與
中國的民族解放運動固然都是以反抗帝國主義的壓迫做為出發點，但是，
雙方的反抗運動領導權，是平行的，也是自主的。只有從這個觀點來看，
才能清楚解釋臺灣知識分子在中國境內發起臺灣獨立運動的思想基礎。

掙扎於政治與文學之間

　　《里程碑》下冊〔卷 2〕，筆鋒急轉，描寫張深切從政治監獄走出後，
如何又跨入文學運動的道路。現在回顧起來，張深切在文學運動上的成
就，可以說遠超過政治運動方面的業績。因為，廣州臺灣革命青年團的活
動，實際上基於臺灣本島並沒有產生直接的影響，而張深切回到島內所發
動的全島作家大團結，對於臺灣文學發展的衝擊可謂至深且鉅。

　　1934 年 5 月 6 日，全島的文學作家齊集臺中，正式組織完成臺灣文藝
聯盟。從這個團體的成員來看，聯盟是由三個作家集團結合起來的。一是
以《福爾摩沙》雜誌為中心的臺灣藝術研究會成員，這個組織成立於 1932
年的東京，是臺灣左翼文學的最早組織。一是以《先發部隊》為主的臺灣
文藝協會成員，這個組織建立於 1933 年的臺北，其精神在於強調寫實與批
判。另一是以臺南鹽分地帶為中心的平民作家，他們雖然沒有發行刊物，
但是他們作品所凸出的社會寫實色彩，為臺灣文學開創新的境界。

　　為什麼臺灣作家會團結在文藝聯盟的組織之下？這可以從兩個客觀的
條件來觀察：第一，自 1929 年世界經濟大恐慌爆發以來，一般知識分子對
於日本帝國主義的崩潰，都具有一定程度的期待。在殖民統治開始產生動
搖之際，臺灣作家已普遍認識到精神抵抗的重要性。以文學做為反抗的武
器，是當時全世界殖民地社會的共同潮流。第二，臺灣的政治運動，在
1931 年後受到高度的鎮壓，激進的工人運動與農民運動不僅被迫解放，即

使是最溫和的，贊成體制內合法改革的臺灣地方自治聯盟，也受到日本當局的監視與阻撓。當整個客觀形勢有利於殖民地革命之際，政治運動反而消沉下去，臺灣知識分子不能不另尋出路。臺灣文藝聯盟宣告結盟，便是以集體力量，藉文學形式探索臺灣前途的一項努力。

　　加入聯盟的三個作家集團，在創作精神上都是以臺灣社會為主體，誠如張深切在《臺灣文藝》發表的〈對臺灣新文學路線的一提案——未定稿〉所說：「臺灣固自有臺灣特殊的氣候、風土、生產、經濟、政治、民情、風俗、歷史等，我們要把這些事情，深切地以科學的方法研究分析出來——察其所生、審其所成、識其所形、知其所能——正確底把握於思想、靈活底表現於文字」張深切所主張的，也正是《臺灣文藝》作家所實踐的。臺灣新文學運動的成熟結實，無疑是以《臺灣文藝》為重要里程碑。

　　《臺灣文藝》的分裂，則是由於張深切與楊逵在意識形態上的強調有所歧異。張深切側重的是臺灣民族主義，認為臺灣社會的不公不義，全然肇源於日本帝國主義的壓迫，因此主張全體作家應該站在同一聯合陣線上。楊逵則比較主張臺灣社會主義，他看到的是臺灣社會內部的結構性矛盾，認為階級壓迫遠超過民族壓迫，所以他支持工農運動，並且以文學作品建立在無產階級的立場上。在一個殖民地社會裡，民族壓迫與階級壓迫是密不可分的；因此在反抗日本帝國統治的運動上，臺灣民族主義與臺灣社會主義也是無可分割的。然而，張深切與楊逵未能深入剖析臺灣社會的性格，終為各自堅持的意識形態所困惑，而造成分裂的局面。雖然張深切仍繼續支持《臺灣文藝》，楊逵則創辦《臺灣新文學》，雙方都是以文藝聯盟的成員為骨幹，但是力量分散已成定局。

從《臺灣文藝》到《中國文藝》

　　《臺灣文藝》創辦兩年後，就宣告停刊，臺灣文藝聯盟的活動也隨著消失，在其存在的兩年期間，臺灣作家陣容日益雄厚，後人豔稱的作品大

多產生於這段時間；楊逵、王詩琅、楊雲萍、吳天賞、劉捷、吳新榮、陳虛谷、楊華等作家，大多在這段時期奠定他們在文學史上的地位。對張深切個人而言，他在寫回憶錄時，似乎並未能正確評估這份成就。因此，《里程碑》對於臺灣文藝聯盟的檢討並沒有占用太多的篇幅。

在那個苦悶的時代，張深切即使放棄政治活動而從事文藝工作，仍然未能擺脫統治者對他的監視訪談與干擾。在廣州臺灣青年革命團的事件中，他坐過將近三年的政治牢，日本當局對於他的出入活動格外注意。因此，他參加臺灣文藝聯盟後，始終受到殖民者鷹犬的騷擾。這也是他決定離開臺灣到華北的主要原因。

1938 年他抵達北京，翌年便創辦了《中國文藝》。當時中國抗日戰爭已經爆發，日本軍閥占據了大部分的華北地區，北京自然也在日本人手裡。做為一個臺灣知識分子，張深切遠赴北京，也沒有解除他的苦悶。當他被慫恿出來主持《中國文藝》時，他個人的主觀願望，便是希望保留一些中國文化的遺產；但是，客觀環境卻不容他對於時局有所議論。他的尷尬立場，具體表現在這份文藝刊物上。

《中國文藝》被當時的中國抗日作家視為「日偽雜誌」，因為出資創辦的，是日本軍事機構。張深切會接受這個刊物的編輯職位，乃是鑑於日據下的文化古都充斥著誨淫頹廢的書刊，而希望利用文藝雜誌使淪陷區的中國「不要灰心」。

對張深切來說，《中國文藝》的編輯，其實是精神的苦悶象徵。從雜誌的內容來看，其中有中國人的立場，也有日本人的立場，卻完全沒有臺灣的立場。最清楚的例子，便是他在《中國文藝》發表的一篇〈戰爭與和平〉。在短文裡，他主張中國必須求和，這是日本人的立場；中國在和平的狀態下，才能保持中國文化的傳承，這又是中國人的立場。這種矛盾的現象，無疑是張深切的迷惑。事實上，他也知道戰爭是由日本人發動的，他應該是呼籲日本人止戰，而不是主張中國人求和。

還是他發表了這篇文章，才更完全呈露做為弱小民族知識分子的悲

哀。然而，寫出這樣一篇站在日本人立場的文章，也還是擺脫不掉政治的干擾，最後他也被迫離職而去。張深切對於這段經歷，在《里程碑》裡有極其痛苦委婉的描述。那種內心的自我煎熬，恐非外人能夠理解。從現在的觀點來看，以簡單的中華民族主義或臺灣民族主義去責備求全，是不公平的，也是不正確的。

在戰爭末期，張深切不但放棄政治，而且也放棄文學，終於從商去了。這樣曲折的道路，大約是他僅能抉擇的吧。留在北京的張深切，也並沒有獲得平靜的生活。就在日本投降前夕，他突然又遭牢獄之災，日本軍國以莫須有罪名逮捕了他。

亞細亞孤兒的哀歌

《里程碑》是以日本投降做為回憶錄的結束。然而，書的結束卻是整個臺灣人歷史命運的巨大象徵。當一般人因日本戰敗而喜悅歡呼時，張深切反而陷入哀傷情緒之中，躲在後院的角落悲泣。他的最後一段說：「祖國勝利了，臺灣光復了，恨其不倒的敵國都垮下去了，誰不歡喜？誰不高興？但我呢？養育我的父母，生我的兩親都死了，他們臨終時沒有一位見著我，如今我又拿不出什麼可以安慰他們在天之靈，這不孝的大罪如何贖得？怎麼叫我不哭！」

以慟哭做為結束，是這冊回憶錄最令人震撼之處。張深切寫回憶錄時，已是戰後 20 年了。處在一個全新的時代，他並沒有透露絲毫喜樂之情。對他來說，太陽畢竟還是黑色的。

他的心情，可以從另一個角度來觀察。在二二八事件發生後，張深切也被通緝而逃亡，這段草木皆兵的日子，必定帶給他無比的幻滅。臺灣社會脫離了殖民地「母國」的控制，過渡到「祖國」的懷抱，卻反而見證更為粗暴殘忍的統治。站在時代交錯的關口，張深切的滿腔控訴，只能代為高度的沉默。《里程碑》終止於悲泣，並對於往後的日子一語不發，恰恰是由於他變得瘖啞無聲，他內心的控訴才益發顯得震耳欲聾。

　　《里程碑》是一個破碎時代的完整紀錄，也是一位知識分子的精神流亡史，張深切回憶自己曾經多次進出監獄，從來沒有表現絲毫挫折；但是，他的堅強反抗卻屢屢失敗，一股看不見的哀傷，沉澱在他精神最深處。在異族的統治下，縱然踏在自己的土地上，精神與思想總是找不到歸宿。他奔走於中國的大地，內心始終停留在自我放逐的狀態。他的境遇，不能不使人聯想到吳濁流的《亞細亞的孤兒》。這部長篇小說，正是刻畫臺灣知識分子在島上、在日本、在中國的困頓遭遇。《亞細亞的孤兒》中的胡太明，在索求精神出路而不可得時，終於發瘋了。無論他的發瘋是佯裝，或是事實，都可以反映出臺灣知識分子的迷惘與困惑。張深切並沒有像胡太明那樣，被逼成瘋；不過，他的幻滅與落空，毫不遜於胡太明。張深切的自由，等於是唱出一支歷史上最深切的哀歌。

　　從來沒有一位臺灣人，寫成這樣巨幅的回憶錄。張深切的自述，當不只發抒他個人的哀痛，他同時也道出那個時代知識分子的刻骨情感。在《里程碑》裡，可以看到他與臺灣、中國兩地讀書人的交往情況。在臺灣人中，他寫出對謝雪紅、蔣渭水、范本梁、陳炘、林文騰等無數領袖人物的觀感。他也寫出對中國文人的看法。其中最值得注意的，當推魯迅與周作人。尤其是周作人留在淪陷區的北京，從抵抗到投降的經過，《里程碑》都有第一手資料的交代。因此，這不是個人的歷史，而是一個時代的投射。要了解日據下的臺灣，要研究抗戰時的中國，《里程碑》是一部分量極重的史料。

　　從這部回憶錄，我們看不見張深切的後半生。他的晚年，沉溺於電影與話劇，幾乎把大部分時間都投注於劇本的撰寫。他在這方面的興趣，卻是根植於他年少時流亡於中國的期間。《里程碑》對於他在藝術方面的關切，提供了脈絡清晰的發展軌跡。事實上，電影與劇本的工作，也是他精神流亡的一個反映。二二八事件以後，張深切已完全從政治與文學的領域退出。他在 1954 年，完成一部《孔子哲學評論》，此書在字裡行間因對時局有所針砭，終於遭到查禁。從此，他也放棄思想的工作。1965 年他去世

之前，更是對世事不聞不問。這是最澈底的自我放逐，是白色恐怖下的最大受害者。

　　《里程碑》，終究只是一冊沒有寫完的里程碑。然而，他後半生所留下的空白，正好可以證明他的存在，並且可以證明他所處時代的險惡。張深切的孤兒時代已經過去了，但是，真正評價他的時代卻還未到來。當臺灣社會仍然還未超越受害受傷的階段時，張深切和他的時代，就難以得到正確的看待。從這個意義來看，屬於臺灣人的歷史里程碑，還是有待塑造完成的。解開精神的枷鎖，卸除思想的束縛，是建立莊嚴碑石的第一步。

（原載 1990 年 1 月 21 日《自立早報》）

　　　　──選自陳芳明等主編《張深切全集・卷 2・里程碑──又名：黑色的太陽（下）》

　　　　臺北：文經出版社公司，1998 年 1 月

《我與我的思想》解說

◎黃英哲

　　《我與我的思想》於 1947 年 4 月 20 日完稿於「蕃仔寮坑山寮」，當時作者正因二二八事件，被當時臺中市長黃克立指為「協助謝雪紅煽動學生強調排外，推翻國民政府，打倒國民黨。參與暴動。抵抗國軍。」（楊亮功、何漢文〈關於臺灣「二、二八」事件調查報告及善後辦法建議案〉附件），過著逃亡藏匿山中的生活。這段山中逃亡生活，作者先後完成了《我與我的思想》和《在廣東發動的臺灣革命運動史略──附獄中記》（以下簡稱《史略》），從《史略》自序二「在起草《我與我的思想》之後，一邊推敲舊稿〈鐵窗感想錄〉，一併也將已成為懸案的〈廣東臺灣獨立革命運動史略〉完成」（原文日文），可知《我與我的思想》的寫作時間稍早於《史略》。

　　《我與我的思想》是在完稿後的隔年 1948 年 1 月，由臺中中央書局出版，寫作動機是「最近為了自己常被人誤會誤傳，因是吃了不少的虧，生恐再遭『讒生投杼』之禍；不得已，乃決定藉這韜晦的時期，寫一篇表白我與我的思想。動機原非出自本意，自然免不了有些牽強和不純的因素；但我卻以十二分的誠懇，毫無隱諱地從生活中，把我的思想循著記憶給它描寫出來的。彷彿很像一篇自敘傳，事實絕非這種用意（自序）」。可見本書的寫作動機與《史略》一書是異曲同工，都是為自己辯白而寫作的。因此，書中屢見作者再三表白「我的思想早已完全轉向，不但不能肯定馬克思哲學，並且既變為他的反對者了。」「我過去所發表的各種文章，多已鮮明地表白了我絕不是馬克思主義者，也不是什麼主義者了。」「馬克思的唯

物史觀，我覺得過於牽強附會，而缺乏實際性。」作者一方面必須做上述的表白，可是另一方面卻又對自己的表白顯得心不甘、情不願，於是在自序中又誠實、婉轉透露自己的寫作動機「原非出自本意」、「有些牽強和不純的因素」，內心交雜著矛盾。

張深切是否為一馬克思主義信仰者？此一問題，留待專家學者研究。但是，從張深切的告白，能夠得知在二二八事件後，臺灣知識分子處境的艱難，為了苟全性命，往往必須對自己的信仰做自我批判與自我扭曲，字裡行間顯示的無奈，讀之令人心酸。

本書於 1948 年 1 月初版，1965 年 7 月又再版，兩種版本的內容目錄如下：

1948 年版本	1965 年版本
自序…………………………………	再版序……………………………
	序
民族意識的萌芽…………………	民族意識的萌芽…………………
思想的反動………………………	思想的反動………………………
反動的反動………………………	反動的反動………………………
確立自己的思想…………………	淘汰腦裡的舊思想………………
1.耶穌教的再檢討	1.對耶穌的懷疑…………………
2.我的儒教觀	2.儒學的功過……………………
3.諸子百家給予我的影響	3.請教諸子百家…………………
4.我所理解的道教與佛教	4.求道於老子與釋迦……………
環境與思想	環境與思想………………………
副篇	副篇
吃與性的問題	吃與性的問題
一　吃與民族性……	一　食物與民族性……
二　吃東西雜感……	二　吃東西二三事……

三　色在人生的地位……	三　色在人生的地位……
四　戀愛雜感……	四　現身說法談戀愛……
（以上寫於 1947 年 4 月間「蕃仔寮坑山寮」）	
	槍刺刀下的幾篇小議論
關於意識・戰爭・文藝（原載《中國文藝》第 1 卷第 2 期　卷頭言　1939 年 10 月）	1.關於意識・戰爭・文藝
整理舊文化與創造新文化（原載《中國文藝》創刊號創刊詞　1939 年 9 月）	
振興中國文化的意義（原載刊物不詳）	2.振興中國文化的意義
點・線・面的關係（原載《華文每日》第 106 號　1943 年 3 月）	3.點・線・面的關係
理性與批判（原載《華文每日》第 112 號，1943 年 6 月）	4.理性與批判
民族精神與民族性的概念（原載《中國文藝》第 1 卷第 4 期　卷頭言　1939 年 12 月）	5.民族精神與民族性的概念
民族精神與民族性（原載《華文每日》第 123 號　1943 年 12 月）	6.民族精神與民族性
廢言廢語（原載《中國文藝》第 2 卷第 2 期～6 期　1940 年 4～8 月）	
中國哲學的路線（原載《華文每日》第 140 號～？　1945 年 4 月～？）	7.中國哲學的路線
	外雜篇
	a 教育革新芻議（原載《進步論壇》

	第 2 卷第 2 期　1950 年 3 月）
	b 泛論政治理論與實際（原載刊物不詳）
	c 殺犬記（原載《臺灣文藝》第 3 期　1964 年 6 月）
	d 記范烈士本梁（原載《和平日報》1946 年 12 月 27 日）
	e 悼張我軍（原載《民聲日報》1955 年）
	f 四篇小誄詞（原載《和平日報》1946 年 11 月 16～18 日）
	g 如是我觀──戲劇與歷史（原載《民聲日報》1962 年 4 月）
	h 梁祝觀後感──批判再批判（原載《民聲日報》1963 年 6 月 24 日）

　　初版內容分成兩個部分，一即是寫於戰後 1947 年 4 月間「蕃仔寮坑山寮」的「自白」，另一即是寫於中日戰爭期間，寓居淪陷區北京時代的評論文章。

　　而再版內容則分成三個部分，一仍是二二八事件以後寫的「自白」，和初版相校，文章標題略加更改，內容沒有變動。二仍是北京時代的評論文章，但是再版將這個時期寫的文章，加上大標題「槍刺刀下的幾篇小議論」，並抽掉了〈整理舊文化與創造新文化〉、〈廢言廢語〉兩篇文章，餘則照舊。三是初版所沒有收錄的文章，有評論、追悼文。除了〈泛論政治理

論與實際〉，有可能寫於戰前以外，其餘都是戰後從北京返回臺灣後寫的文章，作者加上了「外雜篇」的大標題。此次的重新編排是根據 1965 年再版的版本，再版時未收錄的兩篇文章〈整理舊文化與創造新文化〉（《中國文藝》創刊號創刊詞）、〈廢言廢語〉則一併收入全集第 11 卷的《北京日記、書信、及雜錄》。

關於作者寫作「自白」時的心情，前面已有介紹，而淪陷區北京時代作者的寫作心情又是如何呢？他活躍於北京文化界，並主編《中國文藝》，對作者而言，這又具有何種意義呢？

1937 年，中日戰爭全面爆發後，當時的臺灣人可說是處於兩難的困境。在這場戰爭中，做為日本帝國臣民的漢民族──臺灣人到底應為哪一方效勞呢？日本帝國會不會因這場戰爭而仇視臺灣人呢？

作者自 1930 年「廣東臺灣革命青年團」事件出獄後，在臺灣的一舉一動依然受到日本當局注意，即使從事「文藝性」的「臺灣演劇研究會」、「臺灣文藝聯盟」活動時，還是無法逃脫監控。更何況中日戰爭爆發後，臺灣的種種管制也比以往更加嚴厲，對好動的作者來說是相當苦悶的。於是決定離開臺灣，前往淪陷區北京一試，至少中國對作者而言，不是一個陌生的環境。而且，當時具有日本帝國臣民身分的臺灣人到淪陷區覓職並非難事。

1938 年 3 月，作者抵達北京，隨即在北京國立藝術專科學校任教並兼任訓育主任。稍後，經由日本美術評論家一氏義良的介紹，認識日軍華北最高司令部的高級參謀堂ノ脇光雄中佐，當時一部分的軍部參謀正想插手華北的文化界。因此，在堂ノ脇的支持下，請作者創刊主編《中國文藝》，所以找上作者，我想除了作者自己說的「他們覺得我是一個難得的『日本通』」（見《里程碑》）之外，應該也與他具有日本帝國臣民的身分不無關係吧！作者即是藉著《中國文藝》主編的身分，活躍於華北文化界（詳細請參考〔卷 11〕本山英雄〈讀張深切北京日記〉），「槍刺刀下的幾篇小議論」即是作者此時期的作品。

　　到了北京後的作者，其心情的苦悶並沒有獲得解脫，主編《中國文藝》時，他的心情毋寧是更為苦悶。當時作者的處境並沒有因空間不同而有所改變，仍然落入兩難的困境中。根據作者晚年的透過，他主編《中國文藝》是希望在淪陷區保留一些中國文化遺產，並利用文藝雜誌鼓舞淪陷區的人心（見《里程碑》）。當時作者確實做了如下的呼籲：「吾人不怕國家的變革，只怕人心的死滅，苟人心不死，何悲國家的命脈會至於危險，民心會至於淪亡？」「國可破，黨可滅，惡可除，文化不可滅亡也。我們可以一日無國家，不可一日無文化，因為文化是國家的命脈。」（《中國文藝》創刊號〈編後語〉）。短短幾句，除了彰顯作者具有文化至上主義的傾向，同時也能看出作者其實是一位「隱性」的民族主義者。但是，言猶在耳，在同一時期，作者卻又公開做如下的呼籲「……據過去與現在的情勢觀之，戰無甚益，和無甚損，我們何必執拗抗戰徹底呢？……我們從今須知和平才是建國的唯一方略，尤其是我們文化人，須本我們的天職來為東亞與世界的和平繼續奮鬥努力的。」（〈戰爭與和平〉，《中國文藝》第 2 卷第 3 期）。明顯的站在日本人的立場發言，也許是為了應付《中國文藝》背後的日本老闆才故意做此發言，但也顯露作者內心的無奈與矛盾。當時與作者一起寓居北京的張我軍、洪炎秋，所處的困境與心情也與作者極為類似吧！如果將作者最初發表在淪陷區北京時代的文章，和戰後收錄於本書的當時發表文章做一對照校勘，可以發現作者將讚美日本、讚美東亞共榮圈的部分全部刪除，可見北京時代作者的內心是何等苦悶。相當諷刺的是，即使作者已做了立場上的「表態」，《中國文藝》在出完第 2 卷第 6 期後，作者終於還是被冠以違反大東亞共榮圈的嫌疑，被迫解除主編職務，證明了做為一個臺灣人在夾縫中求生存是沒有用的。

　　〈槍刺刀下的幾篇小議論〉能夠提供我們線索，理解中日戰爭期間活動於淪陷區的臺灣知識分子之思考，極具史料價值。至於「外雜篇」則如同上述是戰後作者從北京返臺後的作品，特別其中的追悼文章也是極具史料價值，可信度高。

　　作者在 1965 年 7 月整理本書出版，對自己「童年的回憶，青年時代的煩惱，中年期的思想言論，及最近二三主張」（**再版序**）做一交代後，同年11 月即病逝臺中，本書可以說是作者最後的「遺書」吧！

　　　　　　　　——選自陳芳明等主編《張深切全集・卷 3・我與我的思想》
　　　　　　　　臺北：文經社出版公司 1998 年 1 月

從文化劇到臺語片
張深切的影劇人生

◎邱坤良*

一、前言

　　1920 年代,「臺灣文化協會」成立之初,便標榜「為改弊習,涵養高尚趣味起見,特開活動寫真會、音樂會及文化演劇會」,顯示電影、音樂、戲劇皆為文協教育民眾的重要媒介。[1]在 1920～1930 年代之間,新劇運動風起雲湧,大致有思想啟蒙與劇場改革兩種類型,前者以「臺灣文化協會」領導的文化劇為中心,後者則以張維賢領導的「星光演劇研究會」為代表,皆與當時臺灣的政治運動有強烈的互動關係。不過,所謂思想啟蒙或劇場改革,其實是一體兩面,當時也很難截然劃分,而且理念、口號居多,少見劇場藝術的具體成就。

　　另外,1920 年代中期,在臺日本人以及本地人的新劇運動,頗受東京築地小劇場影響。中山侑(志馬陸平)曾在〈青年與臺灣〉系列文章中,提到大約大正 14(1925)年初,出現由幾位本島人組成的新劇研究團體「炎峰劇團」,「據說是為了迎接創立二週年,新興氣勢如虹的『築地小劇場』,在東京接受戲劇洗禮的本島人留學生們,回到自己的故鄉霧峰,想要靠自己的雙手達成公演戲劇的心願」。[2]

---

*發表文章時為國立藝術學院戲劇系教授兼主任、劇場藝術研究所所長,現為臺北藝術大學戲劇學院教授。

[1]吳三連、葉榮鐘等,《臺灣民族運動史》(臺北:自立晚報社,1971 年),頁 294。
[2]中山侑〈青年與臺灣(二)——新劇運動的理想與現實〉,收入黃英哲主編《日治時期臺灣文藝評論集(雜誌篇)》第一冊(臺南:國家臺灣文學館籌備處,2006 年,10 月),頁 468～469。

中山侑這篇文章似乎把霧峰文化劇與草屯炎峰視為同一團體，在這位灣生作家印象中，臺灣人的演劇活動，戲目都採用支那劇的劇本，而在劇本的選擇和技巧的拙劣上，似乎只有業餘戲劇的水準。中山侑心目中「真正像新劇運動的劇團公演」，是在這個炎峰劇團公演的大約二個月後，才在島都臺北出現，這是指在臺日本文化人或高校生的新劇祭。

臺灣人的新劇運動目標、策略與運動成果自然與日本人（包括灣生）不同，在近代民族運動史上，領導臺灣新劇者多半信仰無政府主義，他們在當時的政治環境中與共產主義者同被視為左派。臺共 1930 年掌控「臺灣文化協會」之後，排斥「封建思想的文化劇」，認為這是「小產階級的遊戲，是會消失青年鬥士的意志」，而後，日本統治者大肆逮捕臺共與左派人士，陳崁、張維賢等人皆以違反治安法被偵辦，新劇運動受到摧殘，一蹶不振。[3]

新劇不僅戰前、戰中活動空間受到限制與監視，戰後國府統治時期也受到相當嚴密的抑制。戰後初期新劇運動者曾經再組劇社，演出極具社會批判的新劇，但在歷經「二二八事件」及白色恐怖時期的政治整肅，多數的新劇運動者逐漸消沉，除了偶爾演出古裝劇之外，已無復昔日的意氣風發了。[4]1950 年代中，臺語電影興起，再度激起新劇運動者的熱情，紛紛投入方興未艾的電影事業，儘管他們小心翼翼地避免碰觸禁忌，但在當時的大環境中，所有涉及臺灣文化、使用臺灣語言的戲劇、電影仍然顧忌甚多，一方面任其自生自滅，不能在經費、設備、表演上給予援助或輔導，再方面卻又透過嚴密的檢審程序多方壓制，於是在臺灣電影史的短暫風潮中，一些具有新劇經驗與藝術理念的臺籍文化人終究不敵利益取向的低俗影片，落得血本無歸。[5]

[3]邱坤良，《舊劇與新劇：日治時期臺灣戲劇之研究（1985～1945）》（臺北：自立晚報社文化出版部，1992 年 6 月），頁 316。
[4]邱坤良，〈戰後初期臺灣劇場的興衰起落（1945～1950）〉，「百年來的臺灣研討會」，臺灣研究基金會主辦，1995 年 1 月 7～8 日。
[5]黃仁，〈自序〉，《悲情臺語片》（臺北：萬象圖書公司，1994 年 6 月），頁 3。

　　張深切一生「自由人」的形象，[6]曾謂「人生劇場中，一切都是鬥……
賭，」[7]他不但賭個人的命運，並且「以生命賭國運」，雖然縱橫一生，充
滿鬥志，卻也充滿無奈。1920 年代在「臺灣文化協會」主導民族運動時
代，張深切反對文協的溫和路線，而主張「臺灣獨立」，他所倡導的「臺灣
獨立」走的是國際路線，而在中國的革命經歷，被同時代的民族運動人士
視為「祖國派」。但是，戰後他的「祖國派」背景並沒有使他飛黃騰達，反
而因為左翼及「淪陷區」的日本經驗使他備受牽制，終其一生扮演政治邊
緣人的角色，而他所參與的戲劇、電影在戰前、戰後的政治文化結構中，
也一直處於非主流、弱勢、邊緣的位置。

　　張深切一生漂泊，曾是革命家、哲學家與作家，也是一位戲劇及文藝
運動者、電影編導；早期的戲劇經驗充滿熱情，與他的政治理念相呼應，
而晚期的投身電影事業雖仍帶有社會教育的理想，卻也是歷經政治劫難之
後的自處之道。從張深切的戲劇與電影生涯頗能反映其一生糾葛不清的逆
境，不盡然來自專橫霸道的統治者，有時必須面對的反而是個人內心的掙
扎，與來自同志之間永無休止的戰鬥。然而，張深切關懷社會面相極廣，
或因經常更變志趣，他在革命、新劇、寫作、電影各方面，雖都留下痕
跡，但除了「作家」的張深切留下較多的作品，新劇、電影的創作劇本不
多。本文仍據現存有限的戲劇、電影成品，探討張深切的影劇人生。

二、戰前張深切的演劇經驗

　　1904 年張深切出生於南投廳南投堡三塊厝的貧寒家庭，五歲被過繼給
南投堡草鞋墩的族親張玉書。張家因經營樟腦致富，與霧峰林家交往密
切，並成為「櫟社」成員，漢民族精神根深蒂固。張深切在自傳體的《里
程碑》記其入學，剃頭當兒，一家人痛哭流涕，跪在祖先牌位前，「懺悔子

[6]徐復觀，〈一個自由人的形象的消失——悼張深切先生〉，《臺灣風物》第 15 卷第 5 期（1965
年 12 月）。
[7]見七月十二日家書。見《張深切全集・卷 11・北京日記・書信・雜錄》（臺北：文經出版社公
司，1998 年 1 月），頁 394。

孫不肖，未能盡節，今日剃頭受日本教育，權做日本國民，但願將來逐出
了日本鬼子，再留髮以報祖宗之靈。」[8]

　　張深切接觸新劇是在留學日本的青少年時代，他於 1917 年赴日，此行
與林獻堂有關。《里程碑》有一篇標題為〈林獻堂〉[9]的小節中，特別記述
他如何與林獻堂見面，如何被鼓舞前往東瀛的往事，而他與霧峰林獻堂、
猶龍父子也建立了友誼。張深切先入小學五年級就讀，而後進豐山中學，
當時他與張暮年、張芳洲同住在東京的臺灣留學生宿舍──高砂寮，每逢
年節，留學生都有慶祝活動，也常表演節目助興。1922 年，高砂寮的留日
學生在中華會館舉行演劇活動，當時主導演出的是就讀中學四年級的張暮
年，參與者還有張芳洲、張深切這幾位中學生之外，以及已就讀大學的吳
三連等人，演出劇目有《金色夜叉》、《盜瓜賊》。

　　張暮年選擇《金色夜叉》是因為他熟讀尾崎紅葉的原著，也看過許多
日本劇團的演出，對此劇的呈現已有基本的概念。[10]在《金色夜叉》這齣戲
裡，張暮年擔任男主角貫一，女主角御宮由張芳洲反串，依張深切的印
象，張暮年「演技優異」，張芳洲則「體格胖肥，姿態既不婀娜，又發不出
女人聲音，演來有點滑稽。」張深切在這齣大戲中沒有角色，但在獨幕劇
《盜瓜賊》中則飾演盜瓜賊，而由吳三連演農夫。當時演出者都為業餘演
員，也沒有正式的導演，劇場效果自然「幼稚可笑」；[11]張深切在《里程
碑》記載他的啟蒙老師是張暮年，「張暮年是一位多才多藝的人物，一手劍
術打得相當漂亮，他很雄辯，說話直截了當，對演劇甚有興趣，我跟他學
習些演出法，就和他合作；編了幾齣獨幕劇，到中華會館去表演」。[12]當初
參與演出的吳三連等人在後來的相關著述或回憶錄中不提此事，[13]張暮年隨

[8]張深切，〈剃頭〉，《張深切全集‧卷 1‧里程碑──又名：黑色的太陽（上）》（臺北：文經出版
社公司，1998 年 1 月），頁 84。以下簡稱《里程碑》。
[9]張深切，〈林獻堂〉，《里程碑（上）》，頁 121～130。
[10]張暮年先生口述，1997 年 2 月 24 日於仁濟醫院。
[11]張深切，〈金色夜叉〉，《里程碑（上）》，頁 200。
[12]同前註。
[13]吳三連與葉榮鐘等人合著的《臺灣民族運動史》，頁 316～317，有敘述文化協會演劇活動，但未

後進入慈惠大學習醫,展開其醫療生涯,未再參與戲劇活動;反倒是張深
切把這次的演出視為臺灣「文化劇」的起源,也是他從事戲劇的「濫觴」,
從此一生與戲劇、電影結緣。

　　1923 年,張深切結束日本的學業返臺,不久又轉赴上海,與同學林文
騰、郭德金等人組織臺灣革命青年團,展開他在中國革命事業。他結識無
政府主義者范本梁等人,[14]隨後至廣州,曾參加臺灣學生聯合會,並考入廣
東中山大學政治系,旋脫離學生會,和出身黃埔軍校的林文騰、軍醫張美
統等人組織廣東臺灣革命青年團,學生會與青年團也漸合而為一,並醞釀
改組為革命黨,但在進行中「突遭日本政府的檢舉,和清黨運動的影響,
同志四分五裂,陷於無形、解散的狀態。」[15]而後,張深切潛回臺灣,因領
導學生罷課被捕。

　　回臺之後的張深切,在草屯老家與「臺灣文化協會」會員洪元煌、李
春哮洪錦水、林金釵等人共組「草屯炎峰青年會」,張深切說在其創會式
中,曾演出《辜狗變相》、《改良書房》等劇,1926 年該會成立文化劇團,
由張深切主其事,希望「透過演劇以推進文化運動」,曾先後於臺中、竹山
公演。《臺灣民報》有一則新聞報導「草屯演劇團之活躍」:

> 草屯炎峯青年會演劇團,一行二十八名前往竹山開演,受竹山諸同志十
> 分歡迎,到郡役前,爆竹連天,屆時開歡迎會,約四十名會員。第一夜
> 鐘鳴七下,座席已告滿員,受入場券約二百名不能入場叁觀,甚然遺
> 憾,不能不待第二夜。第一夜所演──《改良書房》、《鬼神末路》、《愛
> 強於死》,第二夜所演《舊家庭》、《浪子末路》、《啞旅行》、《小過年》。

提及東京的演出。

[14] 張深切在《里程碑》裡記述范本梁,「老范是一個無政府主義者,他的見解往往過於偏激,和我
　　雖然是很要好的朋友,我卻不贊同他的思考和行為」范本梁於 1945 年 4 月不堪日寇的折磨,死
　　於臺南監獄,參見《里程碑》,頁 208。有關范本梁事蹟,《里程碑》,〈鐵牛傳〉亦有詳細介
　　紹,《里程碑》,頁 256～275。
[15] 張深切,〈革命〉,《里程碑》,頁 317。

第一夜被警官注意一次，其他無事通過。[16]

當時新劇（文化劇）運動已在臺灣各地次第展開。張深切曾在「炎峰青年會演劇團」成立時云，「當時霧峰已有文化劇……他們的戲劇是屬於宣傳為主，藝術為副；我們（指炎峰）的是屬於以藝術為主，宣傳為副，所以我們的劇團比較受歡迎」[17]。言下之意，頗以炎峰的藝術取向為榮，不過，這種藝術／宣傳的分際並不易掌握，參與文化運動的鼎新社後來分裂成兩派（宣傳與藝術），張維賢雖亦參與反日文化運動，但常標榜他領導的新劇運動，特別注重劇場藝術的提昇。而在中山侑眼中，當時的臺灣新劇都是空有理念，缺乏藝術的實踐。[18]

前述《改良書房》、《鬼神末路》、《愛強於死》、《舊家庭》、《浪子末路》、《啞旅行》、《小過年》等劇劇本多為張深切所編寫，沒有傳本，因此無法了解演出內容，不過，從劇目來看，應與當時的文化劇一樣，以揭露社會弊俗，激發民眾民族意識為要旨，表演上採隨興方式進行，在劇本、表演、舞臺裝置方面恐無力顧及。「炎峰青年會演劇團」在很短時間內就解散，一方面因有些團員具公務員身分，在地方行政機關的壓力之下，被迫退出劇團，加上張深切正計畫前往廣州參與革命，劇團在無形之中瓦解。

1927 年張深切因為介入臺中一中罷課事件被捕，而後雖無罪開釋，卻又因「廣東事件」入獄二年。[19]1930 年，剛結束牢獄之災的張深切為了「文藝大眾化，需從演劇做起」的理念，與何集璧、林庚中、陳朔方、陳再添等人發起「臺灣演劇研究會」。張深切熱愛戲劇，而從他的經歷及著作中，幾乎看不出他受過何種劇場訓練，除了年少時期所看過的鄉村戲曲，

---

[16]《臺灣民報》第 95 號（1926 年 3 月 7 日），頁 4～5。

[17]〈苦行〉，《里程碑（上）》，頁 278。

[18]中山侑〈青年與臺灣（二）——新劇運動的理想與現實〉，收入黃英哲主編《日治時期臺灣文藝評論集（雜誌篇）》第一冊（臺南：國家臺灣文學館籌備處，2006 年 10 月），頁 468～469。

[19]參見《臺灣總督府警察沿革志》第二編《領臺以後治安狀況——臺灣社會運動史》第六〈廣東臺灣革命青年團〉（1939 年）。

他的戲劇經驗是留日時期參與《盜瓜賊》的演出，他自認「演起來有點像樣」，卻沒交代他如何揣摩及呈現這個角色。

　　儘管劇場經歷不多，張深切本身卻對劇場要求甚高，他認為「臺灣還沒有所謂真正的話劇，只有亂彈、四平、九角仔（高腳戲）、採茶等的舊劇和改良戲及所謂『文化劇』。臺北方面雖然也有話劇組織，卻還未達到『本格化』的水準。」[20]所謂話劇的「本格化」為何？標準何在？張深切並未明言，但指的應是劇場要素，而這方面顯然與他的漢民族主義本位思考環環相扣，他不贊成臺灣新劇界從日本劇場吸收經驗的做法，認為「臺灣的演劇要演給臺灣人看，所以得要到上海去觀摩，參觀現代劇的演出法，和臺詞的發聲法，並買些參考書和劇本回來」。[21]

　　《臺灣新民報》第 321 號有一篇〈有一線光明的新劇運動抬頭　臺中組織研究會　近日要舉發會式〉的報導，開頭就云，「臺灣的舊劇已經是太沒有存在的價值了，其所表演的齣目都是封建制度的舊態，口白又聽不出說什麼，表現又太不成體統，有了這樣的舊戲存在於臺灣一日，都是臺灣人多受一日的恥辱了」。[22]「臺灣演劇研究會」的「趣意書」大意云：

> ……演劇是社會的內幕生活表演於舞臺上出來的……，我們欲組織研究會，簡直就是研究人生的內幕生活了……但是鑑於臺灣各地方的新劇運動的結果，我們不得不取慎重的態度，以期由理論上達至於實際上的成功。尚且我們的最終目的在著專門上的研究，進行到劇場組織和影片公司的組織……。[23]

　　1930 年 8 月 10 日，臺灣演劇研究會在「臺中市興業組合」樓上舉行

---

[20]張深切，〈演劇〉，《里程碑（下）》，頁 525。
[21]同前註，頁 529。
[22]《臺灣新民報》第 321 號（1930 年 7 月 12 日），頁 4。
[23]同前註。

「發會式」,有 27 名會員及洪元煌、葉榮鐘、莊垂勝等三十多名來賓出席。[24]這個演劇團體採委員制,由醫師陳新彬任委員長,張深切等三人任委員,所有演出事宜由張深切主導,他糾集了四五十位青年男女,希望「從舞臺上喚醒民眾和文盲」,以「掀起一個嶄新的演劇運動」。

「臺灣演劇研究會」對於傳統戲曲的看法,今日視之,固然矯枉過正,卻與當時新劇運動者(如張維賢)如出一轍,張維賢於 1936 年在《臺灣新文學》發表談臺灣戲劇的文章,認為非以新劇取代舊的戲劇形式,則社會改革無望。張深切倡導戲劇,也希望在劇場效果上有所發揮,「臺灣戲劇研究會」演出時,著重排演過程與舞臺布景,並強烈要求男女演員同臺,張深切還因為參與演出的女性人數太少,及演技不太理想而大傷腦筋。後來經過了幾個月的訓練,「演員們把劇本都背得滾瓜爛熟⋯⋯,演技也有相當進步。」這些都可反映張深切對戲劇的認知。[25]

林獻堂在 1930 年 7 月 25 日的日記提到張深切與他談到演劇之事:

> ⋯⋯十一時深切來別墅,余見之頗為不快,知其有事來煩擾也。午餐後他始歷陳近日組織一臺灣戲劇研究會尚未能立,恐將來有困難之處,故欲先組織一後援會,請余為發起人。余笑之曰:研究會未成立而先成立後援會,何其顛倒乃爾!他仍極力要求,余許以雲龍為代,即同下山⋯⋯。[26]

這段記錄透露少年時期跟隨林獻堂赴東瀛求學的張深切,與林獻堂家族相當熟稔,所以能到林獻堂別墅共進午餐。[27]張深切發起「臺灣演劇研究會」,要求林獻堂擔任後援會發起人。林獻堂一聞張深切來,「余見之頗為

---

[24]「發會式」原訂 8 月 3 日舉行,「因為大風雨的阻礙」,延到 8 月 10 日舉行。《臺灣新民報》第 326 號(1930 年 8 月 16 日),頁 4。
[25]張深切,〈演劇〉,《里程碑(下)》,頁 525。
[26]林獻堂,《灌園先生日記》。昭和五年(1930)7 月 25 日。
[27]同前註。

不快，知其有事來煩擾也」，他對「臺灣演劇研究會」還沒有正式成立，就恐怕將來有困難之處，因而預先組織後援會，並請他任發起人，頗不以為然，遂給張深切潑了一盆冷水，笑曰：「**研究會未成立而先成立後援會，何其顛倒乃爾！**」雖然如此，林獻堂仍派其子雲龍代他擔任發起人，並一起下山。可見張深切與林家十分熟稔，而獻堂對這個晚輩仍然有些愛惜，尤其一年多前，張維賢前來求見，「**商他們新組織一演劇團，請余援助。余不知其底蘊，辭之**」，[28]對這樣的新劇運動家，林獻堂竟然以「**余不知其底蘊，辭之**」，不願援助張維賢新組織的劇團。[29]

　　「臺灣演劇研究會」於 1930 年 11 月 1、2 日在臺中「樂舞臺」公演《暗地》、《接木花》，據張氏回憶，二天的演出十分成功，「熱誠擁護」的觀眾擠得水洩不通，因而引起日警注意，不得不把計畫中第二次演出取消。《暗地》、《接木花》劇本亦已不流傳，僅知前者「帶有濃厚的民族主義色彩，諷刺臺灣的命運」，後者「描寫社會的黑暗面」，如何呈現仍缺乏資料可尋。[30]

　　「臺灣演劇研究會」成立不久，即因為會員對排戲的問題見解不同而告分裂，一些會員另組劇團與張深切分庭抗禮，使張深切的排演備受困擾，而在公演之後，一名署名「曝狂鐘」的作者在《臺灣新民報》發表〈張深切所引導的臺灣演劇研究會將走入那一條路？〉批判張深切「為藝術而藝術」的戲劇態度及霸道的領導作風，措詞相當嚴厲；這篇文章的作者以《暗地》為例，指責張深切雖然描寫農民卻不敢使他們認清敵人，而把他們的困苦全部歸罪於天。[31]「曝狂鐘」真實姓名不知，但應為與張深切見解歧異的新劇人士。張深切後來在《里程碑》中有所辯解，他認為《暗

---

[28] 林獻堂，《灌園先生日記》。昭和四年（1929）1 月 18 日。
[29] 不過，張深切後來因江亢虎來臺巡迴演講事與林獻堂，「發生隔膜，終至斷絕來往」，〈演劇〉，《里程碑（下）》，頁 524。
[30] 張深切，〈演劇〉，《里程碑（下）》，頁 526。
[31] 《臺灣新民報》第 335 號（1930 年 10 月 18 日），頁 1。

地》被日本軍警禁止，證明他隱含民族主義的立場，而非為藝術而藝術。[32]
他在 1935 年發表的〈對臺灣新文學路線的一提案〉結尾有一段話談他的文
藝觀，亦可為他的戲劇觀做註解：

> 科學分析是作家應有的常識，而使用文學工具表現出來的是作家曾在腦
> 裡整理過、解剖過、分析過、淨濾過、消化過，而以藝術性潤色過的東
> 西，所以斷不會公式式、機械化，或墮於科學化。[33]

　　同時期的陳逸松，曾就張深切的人生活動，三十歲是重要分野。三十
歲之後（1934）就「傾向於哲學或文學的部分的多。他與臺灣過去的政治
黨派勢力避免發生組織關係。這一年，他還與張星建、賴明弘諸兄組織臺
灣文藝聯盟時，他是組織該盟的主持者之一。」[34]

　　張深切對新劇一直有所期待，「臺灣演劇研究會」雖然半途而廢，卻又
於 1934 年與黃純青、巫永福、賴明弘等人組織「臺灣文藝聯盟」，希望
「臺灣文學立足臺灣一切真實的路線上，與臺灣社會、歷史一起進展。」
成立大會時，張深切提出「提倡演劇案」，強調「唯有演劇才能達到文藝大
眾化，如果閉卻了演劇，則臺灣的文化是難能進展。」不過，這項提案最
後被擱置。[35]

　　目前所能看到的張深切劇本創作，是寫於戰前 1935 年的《落陰》，一
幕二場，篇幅極短，全本刊於當年的《臺灣文藝》第 2 卷第 7 期，現收錄
於《張深切全集》卷 11〈北京日記・書信・雜錄〉之中。[36]劇情敘述臺中
州的一位鄉下孤女受到後母虐待，思念死去的生母，偷偷地去找法師「扛

---

[32]〈演劇〉，里程碑（下）》，頁 526～527。

[33]張深切，〈對臺灣新文學路線的提案（續篇）〉，《臺灣文藝》第 2 卷第 4 號（1935 年 4 月）。

[34]陳逸松，〈回憶文明批評家張深切先生〉，《臺灣風物》第 15 卷第 5 期（1965 年 12 月），頁 10。

[35]〈臺灣全島文藝大會記錄〉，《臺灣文藝》第 2 卷第 1 號（1934 年 12 月）。

[36]張深切，《落陰》，《張深切全集・卷 11・北京日記・書信・雜錄》，頁 197～209。

落陰」，希望能見到陰間的母親，結果遇到神棍，徒然鬧劇一場。

　　張深切寫這齣戲有強烈的反迷信意味，這跟他童年的生活經驗有關。他的母親十分相信鬼神，家裡有任何風吹草動，就叫道士、「紅姨仔」、「觀落陰的」到家裡來畫符唸咒，而這些神棍乘機恐嚇敲詐、驅神使鬼，因而他「一生最痛恨神棍，恨不得把他們掃數撲滅，消除社會的禍害。」[37]《落陰》的主旨便是要「曝露扛落陰的祕密及扱（擊）破迷信。」他對這齣劇本似乎有很深的期許，所以在劇本前有一些「本劇排演上的注意」，強調「本劇著重在舞臺效果，對舞臺裝置和演員的動作，須加以注意。」由於張深切其他戲劇作品並未傳世，《落陰》在張氏作品中，便成為最值得討論的一個劇本。

　　《落陰》在短短的「演出」中，孤女用辛苦工作和賣掉生母戒指所得來的錢去參與這個連主事者都自認是一種催眠術的「扛落陰」，幾個作法事師父，狀況連連，窘態百出，不但在「扛落陰」之前就「排演」得不太靈光，毫無應變之能力，原來神祕、莊嚴的儀式也因而帶有濃厚的反諷意義。《落陰》利用戲劇的方式描寫「觀（扛）落陰」的過程及荒謬性，舞臺上呈現了「觀落陰」的民俗過程。但是，這樣的民俗敘述並不等於一齣戲，能從這個劇本中發現這些事情，也不表示這個劇本已為這件事做了完整的交代，劇本所能分析、整理出來的「主題」或者「動作」，不能替代劇本的任何部分。

　　因此，這齣意旨單純，情節簡單的劇本，要同時負擔：1.想要為新劇嘗試一種較易了解的編劇法；2.破除「扛落陰」的迷信；3.鋪陳女主角的悲劇；4.顯露後母的蠻橫，5.展現舞臺技術和聲光變化的可能性，當然力不從心。因此《落陰》雖然表現了劇作者的社會批判力，但就戲論戲，單薄的篇幅只有骨幹而無血肉，缺乏動人的戲劇力量。張維賢曾經對這個劇本有嚴厲的批評：

---

[37]張深切，〈倒楣〉，《里程碑（上）》（臺北：文經出版社公司，1998 年 1 月），頁 91。

張深切的〈落陰〉(《臺灣文藝》第 2 卷第 7 號)這篇作品，因為作者想要上演的意圖很清楚，所以詳細檢討後，發現有許多值得研究之處。

首先，第一個疑問是一幕戲分兩場的處理方式。從第一場換到第二場時，儘管時間上沒有一點區隔，場所也沒有一點改變，完全連續下來，卻突然換成另一場，實在非常奇怪……。

其次是主題過度僵化。作者自己在導演的注意事項中這麼寫著：「本劇的第一義，是藉在新劇運動的道程上，欲使其比較容易瞭解的編法！第二義，是暴露扛落陰的秘密及打破迷信……」。

「第一義」寫著「欲使其比較容易瞭解」云云，其實這篇作品根本就沒有那種必要。即使不這樣降低水準，其他還是有很多好劇本，也有很多好的主題……。

「第二義」的「打破迷信」，只能說實在是造成了反效果。扛落陰師進發說：「扛落陰這事實是一種的催眠術」，暴露了扛落陰的秘密；相較之下，作者苦心營造的奈何橋（地獄入口）的幻影，以及青薇和亡母的會面，再加上牛頭馬面的上場，都會把大眾導向迷信，這是企圖教化大眾的反效果……。

證據就是作者又在導演的注意事項中寫著：「本劇致重在舞臺效果……」。

究竟有哪一位作家寫劇本不考慮舞臺效果的？那還能算是作家嗎？導演身為作家的代理人，誰不會考慮舞臺效果呢？舞臺效果是一種輔助機制，如果特別強調與重視，就已經無法顯現出它的效果了……。[38]

但是，這樣一個劇本，對於 1935 年的新劇界來說，張深切使用觀眾「比較容易了解」的編劇方法，可說是新穎的嘗試，這一企圖在短短的劇

---

[38] 耐霜（張維賢），〈劇本評〉，原刊《臺灣新文學》第 1 卷第 8 期（1936 年 9 月）。參見涂翠花中譯，蒐入黃英哲主編，《日治時期臺灣文藝評論集（雜誌篇）‧第二冊》（臺南：國家臺灣文學館籌備處，2006 年，10 月），頁 150～151。

本中也的確有了小小的成功。這個成果或許是表現在劇作者大膽的不去鋪陳個人（角色）的歷史和做太多的額外解釋，而放任觀眾從自我的觀點與劇場環境共同建構戲劇張力。在《落陰》中，除非直接閱讀劇本，觀眾看不見青薇這個鄉村孤女的身世，看不見後母的身分，戲開始時，恐怕也不會曉得舞臺上在進行什麼儀式，但當戲劇結束，觀眾或許都能自行組合劇情的前因後果，而逕自「看懂」整齣戲，這種敘事手法到今日都可能還有創作者會嘗試。另外，舞臺上對於陰間、陽間場景的佈置及空間變化，尤其是演員穿越時空的表現手法，的確都是令人印象深刻的創新，如果這個劇本能在人物、情節方面發展得更完整，成就必定更可觀。

三、張深切的電影生活

日治初期的臺灣文化運動人士重視新劇，作為啟迪民智的社教媒介，除了演劇，面對當時新興的電影事業，新劇及文化運動人士也相續投入，成立電影巡迴班，購買影片、放映機，巡迴各地放映並由辯士講解。[39]早期的電影團體包括原彰化「鼎新社」的陳崁、周天啟、陳煥圭等人出資組織的「旭瀛社」，以及文協幹部蔡培火等人支持成立的「美臺團」，其目的在以放映電影來進行民眾的思想改造。不管是文化劇的演出，或影片的辯士解說，常因批評時政與宣揚民族主義，備受殖民地政府壓制與監視。

1930 年代以前，張深切就明瞭電影的重要性，「臺灣演劇研究會」成立時，即有計畫組織影片公司，與劇場同時並進，這個計畫隨著「臺灣演劇研究會」的解體而胎死腹中，因此一直沒有跳入電影業的製作或演出。不過，他在大陸時期仍然注意電影業的發展，當時在上海的幾位臺灣籍電影演員如何非光、羅朋、張芳洲都是張深切熟識的朋友，常相互討論，在北京時，他也與當紅的電影明星李香蘭、白光交往密切，這些經驗使他對電影有較多的認識。[40]

---

[39]吳三連、葉榮鐘等，《臺灣民族運動史》（臺北：自立晚報社，1971 年），頁 317～318。
[40]張深切晚年曾有續寫回憶錄計畫，書名《黎明前》，內容大綱也已擬定，其中有一節〈白光李香

　　1934 年，張深切進入臺中日臺仕紳組成的「東亞共榮協會」機關刊物
《東亞新報》（原名《臺中新報》）擔任記者，1939 年的第二次中日戰爭期
間，張深切再度前往中國，在「淪陷區」北平創辦《中國文藝》，這是日方
出資的雜誌，深具民族主義思想的張深切彼時的身分角色自有難言之隱，
是站在日方立場？或站在中國人、臺灣人立場？張深切曾經在其主編的
《中國文藝》第 2 卷第 3 期發表〈戰爭與和平〉一文，[41]大力主張中國必須
謀求和平，而刊物之中的〈隨便談談〉、〈編後記〉專欄，戰後也被人認為
有替「敵偽」宣傳之嫌。[42]

　　戰後張深切由中國回到臺灣，在舊友洪炎秋擔任校長的臺中師範學校
當教務主任。二二八事變中，張深切被列為暴動首要分子之一，罪名是
「協助謝雪紅煽動學生強調排外，推翻國民政府，打倒國民黨，參與暴
動，抵抗國軍。」[43]在當時蕭殺的氣氛中，張深切渡過一段山中的逃亡歲
月，後來經人疏通，撤銷通緝，從此致力文化工作，不再涉足政治。

　　1954 年張深切完成了《孔子哲學評論》，打算展開他計畫已久的以科
學精神研究中國哲學，但書出不久，即遭查禁，使他不得不放棄哲學研究
計畫，而把注意力轉至電影事業，希望能深入民間，以實現他的社會教育
理念。1956 年初，何基明導演、麥寮拱樂社演出的《薛平貴與王寶釧》問
世，受到民眾的熱烈歡迎，賣座奇佳，刺激臺語片的發展，短短一、二年
之間，影業公司林立，到處都在拍攝臺語片，許多文化界也紛紛介入。日
治時期曾與張深切共組「臺灣文藝聯盟」的賴明弘結合呂訴上等人合組
「臺灣影業公司」，拍攝《愛情十字路》。[44]

　　張深切也不甘雌伏，希望在電影事業方面有所發展，他認為當時的臺

蘭與妻同行〉，寫這兩位明星與張深切夫妻的交情。可惜尚未動筆，張氏即因病去世。
[41]《中國文藝》第 2 卷 3 期（1940 年 5 月）；另參見《張深切全集‧卷 11》，頁 252。
[42]劉心皇，〈抗戰時代落水作家述論〉，《反攻》第 384 期（1974 年 3 月），頁 29～30。
[43]參見張志相，〈張深切年譜〉，〈張深切及其著作研究〉（成功大學歷史語言研究所碩士論文，
　　1990 年 6 月），頁 154。
[44]呂訴上，《臺灣電影戲劇史》（臺北：銀華出版部，1961 年 9 月），頁 80。

語電影拍的不是《薛仁貴與王寶釧》這類歌仔戲電影，就是《雨夜花》這類「改良戲」轉型的愛情文藝片，都缺乏深刻的文化力量，因而「不自量力地闖入電影界」，與若干商界、文化界人士合組「藝林影業公司」，股東除了張深切本人之外，還包括陳逸松、劉啟光、莊垂勝等人，招募新人 30名，給予專業訓練，目的在促進臺語片的轉變。「藝林影業公司」的創業作品是《邱罔舍》，由張深切編導，演員都是新人，包括呂真玉、陳力雄等。《邱罔舍》問世之後，當時的電影業評價甚高，據當時熟識張深切的中國大陸籍導演李嘉回憶：

> 張深切是談台語影片很具價值的人物，他拍攝的《邱罔舍》很優秀，表面上是一部喜劇電影，實際上是一部上乘的諷刺劇，將人性的弱點披露出來，等於在教育人，我覺得很好。我在農教時，他開了一間咖啡室，他的咖啡室不放流行歌曲，只放古典音樂，我常到這兒來，一方面休息，一方面和他聊天，他很有文人氣質，台灣話很道地，用的語彙相當精準。《邱罔舍》完全是他獨資拍攝，下決心要拍，由於不諳影片的發行和經營，成本難以回收，就沒有再繼續投入。[45]

在 1957 年底舉行的首屆臺語片影展中，《邱罔舍》獲得最佳故事獎，儘管如此，《邱罔舍》的賣座不佳，導致張深切負債累累，深受打擊。呂訴上《臺灣電影史》在敘述張深切的「藝林影業公司」時說：

> 以股東論之，藝林影業公司可算全省首屈一指，陳逸松、劉啟光、林快青、何永、詹木權、賴德欽、莊垂勝等均為銀行界、工商界、文化界名流，資力雄厚，募集新人三十名（以呂真玉最有前途），講師以張深切為主，並計畫擬請全省文藝界名人助講。後來因內部情形所影響，致使只

---

[45]謝潛整理，〈我的字體（1960 年代中期之前）——李嘉訪談錄〉，《臺語片時代》，（臺北：國家電影資料館，1994 年 10 月），頁 166。

出品「邱罔舍」（顧問何基明，攝影劉立意）到今再無第二片問世，本省
文化界的人士咸認為可惜！[46]

　　從結束電影公司業務到 1965 年逝世之前的七、八年間，張深切生活鬱
悶潦倒。在徐復觀記憶中，「他是搬家最多、行業也更換得最多的一位朋
友」，[47]先後開了「聖林咖啡館」與「古典咖啡室」，聊以餬口，在困頓時
期，這裡也成為他精神寄託的地方，並寫了幾部電影劇本和舞臺劇，「藝林
影業公司」由多人投資到最後被認為是張深切獨資，過程曲折、複雜，他
在給其子孫煜的家書提及：「藝林欠我薪金與借款約二萬元均付諸泡影，只
好自認倒霉⋯⋯此百無聊奈（賴）之時，我唯一的忘憂辦法就是寫稿。」[48]
家書中也一再提到「古典咖啡室」對他的幫助：

　　免屈膝折腰，或亡命於首陽，就該向命運叩頭謝恩了。
　　有許多人在看「你張深切有何本領」，有許多人在拭目要看我投降，但我
　　已能躲過十數年了。⋯⋯你莫看「古典」只有賠錢而沒有價值的存在，
　　因為「古典」對我個人是有相當的貢獻：第一、它使我每日浸淫在藝術
　　的氛圍靄氣裡生活。第二、我在這裡寫了幾部電影劇本和舞臺劇本，並
　　完成了幾部原稿。第三、我在這裡結識了不少有為的青年與學生，受到
　　了他們的尊崇。所以我對「古典」覺得還有可愛的地方，有「古典」的
　　冷氣，我夏天才能繼續寫作，有「古典」的音樂，我的腦筋常能起新陳
　　代謝的作用。[49]

[46]呂訴上，《臺灣電影戲劇史》，頁81。
[47]徐復觀，〈一個「自由人」的形像的消失──悼張深切先生〉，《臺灣風物》第 15 卷第 5 期
　　（1965 年 12 月），頁 7～8。
[48]見《張深切全集・卷 11・北京日記・書信・雜錄》，頁 400，致其子孫煜家書（以下簡稱家
　　書），信末記 4 月 12 日，年代未記，應為 1962 年。
[49]同前註，9 月 22 日家書，頁 409。

　　然而，古典咖啡館也沒幾年好光景，徐復觀與他見面時總忍不住要問：「近來生意怎樣？還可以維持，要到某月便會轉好，深切也常是這樣帶笑的答復。在前兩個多月，當我發現深切已經移出了他的古典咖啡室，由一個又黃又黑的招牌取而代之的時候，我當下感到：這是社會向下沈淪的標誌，是深切的悲劇，也正是時代的悲劇。」[50]

　　張深切經營電影遭受挫折，但卻沒有打消他繼續拍電影的念頭，在《邱罔舍》之後，他寫了不少的劇本，有些劇本甚至已完成分鏡。他一直希望這些作品能夠待價而沽，可以實現他的理想並改善他的生活；可是在當時的電影環境中，臺語片已因一窩蜂搶拍而流入粗製濫造，影片的水準更加惡化，觀眾也逐漸流失。當時政府大力扶植國（語）片，抑制臺語片，金馬獎由原先的臺語片轉向國語片，臺語片不得參加，在惡劣的環境下，無論製片、導演、演員，工作態度多不嚴謹，一支影片長則一、二十天，短則一周，即可殺青，臺語片因而成為低俗影片的代稱。[51]張深切這些「待價而沽」的電影劇本乏人問津，可以理解，除了《遍地紅》尚能感受到他的氣勢之外，其餘作品銳氣盡失。不過，從劇本語言仍可看出他的生活品味與人生態度。

四、張深切電影劇本評介

　　張深切的電影作品包括劇本《邱罔舍》（兩部）、《婚變》、《生死門》、《再世姻緣》、《人間與地獄》、《荔鏡傳》和電影小說《遍地紅》等。這些作品都以中文書寫，但運用甚多臺語（福佬語）用法，尤其是對白部分，臺語味道更重。除了《邱罔舍》第一部拍成電影在銀幕出現之外，其餘作品都未拍攝。[52]

---

[50]徐復觀，〈一個「自由人」的形像的消失──悼張深切先生〉，《臺灣風物》第 15 卷第 5 期，頁 1。

[51]有關臺語片的滄桑，可參見呂訴上，《臺灣電影戲劇史》；國家電影資料館，《臺語片時代》；黃仁，《悲情臺語片》。

[52]《邱罔舍》（第一部）原劇本鋼板油印，內頁「序幕」之前有「電影腳本」、「邱妄舍」字樣。

（一）《邱罔舍》（第一部）

　　《邱罔舍》是張深切 1957 年的電影編導作品，這是他的第一部，也是唯一拍製成功的電影作品。故事的主角邱罔舍是一個聰明、幽默、促狹的傳說人物，他「放大砲」的趣事在民間廣為流傳。張深切的電影擷取邱罔舍的片斷故事綴連而成，由於這支影片已經不存，無法從電影導演、表演及影像效果探討，只能從劇本分析張深切的編劇觀念與手法。《邱罔舍》主要是以誇張、滑稽、諷刺的手法，呈現邱罔舍這位傳奇人物的多面性：全村莊的人沒有一個人能免於被他捉弄，尤其是官位高、學問大或家族長輩愈被捉弄，愈有「笑」果。

　　全劇就以邱罔舍如何「蒙」過村人為重心，像極了另一位民間傳說人物白賊七，他無所不「蒙」，從三叔、三嬸到盲相士、理髮師、轎夫、柴夫無一倖免，不過，他「蒙」人沒有太大的惡意；有的受「蒙」者咬牙切齒，有的卻一笑置之，笑鬧中，臺灣人的質樸但自私的劣根性無所遁形。在這隻影片裡，劇作者對邱罔舍的情感有一絲尊重，他一生捉弄人，但面對喜雀——一位勤勞、有個性的賣雞蛋與鮮花的少女，邱罔舍剎時間促狹性格消失，表現深情的一面。整齣《邱罔舍》劇情活潑熱鬧，充滿生活情趣，尤其是他懼內的三叔因無子嗣，有意娶二房，卻又擔心老婆責怪，在邱罔舍設計下，三嬸還得央求他代為三叔娶偏房，這一場景把民間觀念中的兩性關係誇大、細膩、有趣地表達出來！

　　本劇拍成電影時片名為「邱罔舍」，故從片名。劇本已分鏡，共 107 場，（總場數由本全集編者依序編成，下同）。《邱罔舍》（第二部）原劇本裡由作者以六百字稿紙手寫。封面有「電影劇本」、「邱罔舍」、「張深切編著」等字樣。分好鏡，共 72 場。
《遍地紅》原由臺中中央書局在 1961 年 8 月初版。封面註明「電影小說霧社事變」，內有分鏡記號標示。
《婚變》原劇本係張深切手稿，已分鏡，定鏡頭時間。共 104 場。《生死門》劇本係由鋼板油印，封面有編號「30」，張深切手題「生死門」「張深切初稿」字樣。分鏡完成。末頁註明「1957.11.30」，共 179 場。《再世姻緣》劇本係以六百字稿紙抄寫。封面有「原本」字，編號「15」，內有「于凡編劇」，另有鋼板油印本，作《兩世姻緣》，已分鏡，內容同。共 52 場。
《人間與地獄》劇本係鋼版油印本，封面編號「012」，內頁註明「編劇：雲羽」，並有「廖燕山珍藏，民國肆拾柒年陸月參拾日」，末頁「劇終」之後註有「1958, May, 31th 完稿于藝林」字，共 46 場。《陳三五娘》劇本係張深切手寫原稿，封面有「張深切改編」字，已分鏡，共158 場。

　　這個劇本保存張深切一貫的語言本色，極為有趣，例如：邱罔舍理髮時，告訴師傅「不剃留著要享福」與「不剃，留著要享福！」同樣的一句話，在臺語音調變化下，就產生不同的語意，因此剃頭師傅也被白白地捉弄了。除了巧妙發揮民間生活語言的特性之外，用民俗節慶、山歌對唱以及市井小民的生活點滴做場景，來製造「笑」果，也是本劇獨特的編劇手法。不過，這齣戲對於角色人物的塑造顯得單純而刻板，劇作者用了五分之四的篇幅敘述邱罔舍這個人的調皮機智，卻沒有彙集他的機智舉動完成一有意義的事件，結構也就顯得鬆散無力。全劇讀完，讀者大概只知道邱罔舍是個愛開玩笑的公子哥兒，劇作者所欲強調的諷刺意義就無從領略了。

（二）《邱罔舍》（第二部）

　　除了拍成電影《邱罔舍》之外，張深切另有一個與邱罔舍有關的電影劇本傳世，也是以誇大的手法，凸顯邱罔舍這個人物的機智與狡猾。第一部《邱罔舍》中相關的人、事，如三叔、大伯、喜鵲也繼續在這個尚未被拍攝的劇本出現；張深切可能有意拍攝邱罔舍系列電影，只不過這第一支影片之後，即因虧損不堪而無以為繼。

　　這個《邱罔舍》劇本的劇情架構仍然是由一連串的笑鬧事件湊成，但有著沉重的歷史背景與強烈的諷刺意味，「**全世界的人都有邱罔舍的性格，無論做啥貨仔事，人都是以罔開始，以成敗做結束，成功的時瞬，就講是努力做成功，失敗的時候，講是七罔八罔，罔害去⋯⋯。**」[53]而臺灣近代史所經歷的重大事件，如日軍侵臺及貪官汙吏藉機搜刮的種種醜態，也在邱罔舍促狹玩弄的過程中，一覽無遺。除了「創治人」的天性之外，劇作者賦予邱罔舍另外性格──一位不貪錢財、深具民族意識，為爭取國家的獨立自主而加入抗日活動的知識分子。所以這個劇本中的邱罔舍性格與民間流傳專以「創治人」為樂的邱罔舍不盡相同，他有時變成一個俠士，在捉

---

[53]《張深切全集・卷7・邱罔舍（1）、（2）》，頁193～194。

弄村民的同時，還會感慨村民的勢利與短視。

　　張深切這個劇本仍大量用臺語書寫，保留許多民間用語，例如：「愓」這個字，在劇中的運用便有三種不同的意義：「愓你的死人，愓你的腳倉」，「愓」字在此有觸摸的意思；「我干擔要看你愓耳耳，你趕緊愓，快！」「愓」字指的是迷愓的；「規庄的人都攏乎伊愓到要了去」，「愓」字則有捉弄的意思，類似這樣的語音、文字運用，在張深切作品中常見。[54]

　　就編劇技巧而言，張深切對這個流傳甚廣的民間故事的處理方式，在前幾個場次裡就顯露了以喜鬧劇為重點訴求的方向；幾個標準的橋段如踩香蕉皮滑倒、烈日下穿皮大衣等，看得出劇作者的意圖，但是，這種爆笑式的戲劇效果，以現代電影觀點來看，缺乏深度的喜感，難以維持；觀眾在看到人踩香蕉皮可以引起發笑，在打破缸時可以發笑、到了邱罔舍跌入田泥中便顯露疲態了，當邱罔舍與挑糞人在小橋上的對決，又再一次讓我們看到編故事者的窘境，與邱罔舍應有的機智不成正比。除卻這些點的鋪述無法累積成狂熱的笑果之外，整個情節失去主線（題），場與場之間成了小故事與小故事的拼盤，劇中五分之一的情節牽扯上乙未割臺一事，似乎可以大作文章，但在這個劇本裡，只能看見官兵和突然出現的義勇兵一陣廝殺，所有邱罔舍的機智逗趣都捨卻不用了。

（三）《遍地紅》——霧社事變

　　《遍地紅》是張深切於 1949 年完成的電影小說，或作《霧社櫻花遍地紅》，曾於《旁觀》雜誌連載。《遍地紅》篇幅龐大，是個極具時代意義的歷史電影小說。張氏自述作品，「描寫霧社事變之遠因近果，來龍去脈，故事相當精彩。」[55]可惜一直未改成電影劇本，也一直沒有拍攝的機會。這部作品闡述日治時期日軍侮虐臺灣人的種種惡行，尤其是對原住民的凌虐，迫使原住民憤而抵抗，終至全族慘死的悲劇。

　　這部電影小說一開場，日本孩童欺侮原住民小孩，而引起臺灣孩童的

---

[54]《張深切全集・卷 7・邱罔舍（1）、（2）》，頁 199、202、220。
[55]四月十七日家書。見《張深切全集・卷 11・北京日記・書信・雜錄》，頁 391。

憤慨，這是作品全劇的宗旨。劇作者成功地運用隱喻技巧，顯露原住民的抗日活動受到漢人的同情，卻得不到實際的贊助。在劇情的推展中，劇作者也強調日軍對於山地經濟資源的掠奪及對山地婦女的侮辱。透過日本警員近藤對於山胞婦女的強迫婚姻，以及原住民景仰的馬赫步社頭目莫那道遭受交易所日人的欺騙與羞辱，迫使原住民的民族意識抬頭，到最後「只要我們不怕死，什麼都幹得來」，由頭目帶領，用血肉之軀投入這場註定要失敗的戰爭。在這樣的一場戰爭中，張深切也不忘指控日軍非人道的引用毒瓦斯，使得原住民走投無路，終於集體自殺，以維護了生命尊嚴。

　　這部作品劇本最後有段話頗能反映劇作者的歷史觀點：「這次抗戰，不但對我高砂族有很大的貢獻，就是對臺灣，對全世界也有相當大的貢獻。第一，能使他們不敢再藐視弱小民族無力。第二，使他們明瞭暴政的結果會激起民眾的反抗……第三，使全世界知道日本的實力不過如此，他們打不過我們，竟使用慘無人道的毒瓦斯，燒夷彈……」。[56]

　　不過，就整個作品的結構而言，其中所呈現的人物與事件，如改日本姓名的臺灣人、山地頭目之間的情義、日軍對於原住民的欺詐都缺乏深刻的描繪；事件與事件間的節奏亦稍嫌鬆散，缺乏鮮明生動的層次感，致使整個電影小說顯得冗長；另外，山胞們與日本警察的衝突也不夠具體化，讀者雖能理解原住民仇日的集體意識之所由生，卻不容易感染悲劇的深刻力量。

（四）《婚變》

　　「婚變」主要是敘述月裡、四平與錫勳之間的三角戀情。鄉下少女月裡因為工作的關係，認識了大學生錫勳和四平；她與四平彼此相愛，但是四平卻堅持要等到任中學教師之後才肯娶月裡為妻。另外，錫勳卻積極主動追求月裡，不但邀約月裡到他家作客，設計安排到旅社過夜，陰謀雖未得逞，仍用盡心計離間月裡與四平的感情；只是月裡心意堅決，雖遭家人

---

[56] 《張深切全集・卷8・遍地紅——霧社事件・婚變》，頁181。

唾罵，仍堅持非四平不嫁。最後，錫勳也漸漸了解愛情的真諦，自動退讓而成全月裡與四平兩人，三人依然維持朋友關係。藉由這樣的故事架構，劇作者所欲傳達的理念是有愛情無階級的觀念，來自鄉下貧家，沒有受過多少教育的少女與大學生之間能不亢不卑的談情說愛，「愛是成全其所愛，而非佔有」。在時代意義上，本劇也帶著一股對舊式婚姻的反叛意識；月裡從一個來自鄉下，深受傳統觀念影響的少女，演變成積極主動的女性，即使面對家人的誤解，依然堅持己見，愛其所愛。

　　張深切這個劇本在當時臺語電影劇本中，無論題材、對話、場景都極用心，尤其是用了許多古典名曲做背景音樂，使得整體感覺起來，較為清新脫俗。就劇本類型而言，本劇屬於愛情通俗劇，所有情節都環繞在兩三人身上打轉。在劇作者的細心安排下，月裡從一個鄉下姑娘慢慢變成都市咖啡店女侍應生，這個過程雖然著墨不多，卻令人印象深刻。也許跟劇作者個人的生活經驗有關，當時張深切正經營「古典咖啡室」，藉著劇中人物說出咖啡室與茶店仔之不同；「這是音樂咖啡室，加（ㄍㄧㄝ）真高尚，攏是大學教授還合（ㄧㄚ ㄍㄚ）大學生直抵出入的所在，臺北只有二間，臺中正有一間爾耳（ㄋㄧㄚ ˙ㄋㄧㄚ）。」[57]不過，在佈起從鄉下少女到都市侍應生的衍進架構之後，月裡依然無法形成一個「角色」。因為語言的過於單薄削弱了表演自己的空間與能力；加上許多不必要的場景，使得劇情節奏發展緩慢而累贅。在人物的塑造上，三位主角的個性並不鮮明，只是單純地執意於自己所認定的情感裡，純屬片面而僵硬的描述。

　　一個個緊接的場景裡，月裡沒有充裕的空間與時間去表達她的感受，在頗為重要的一景，四平與錫勳、月裡三人首度正面相對，地點是埔里火車站，這時候劇本括弧裡的動作指示，只是寫著；月裡的臉上「表現驚、喜、悲、恨、怒」，這或許是當時電影劇本的習慣，留待更多的空間讓導演或攝影去發揮，否則，以現代編劇觀念來看，這一個指示雖然希望呈現有

---

[57]《張深切全集・卷8・遍地紅——霧社事件・婚變》，頁194。（括弧內注音為作者所加）

層次的表演手法，但是，不給「角色」有足夠的空間去發揮、沉澱，而希望他們能在剎那間爆發極其複雜的情緒與義涵，這完全是對表演的錯估。

這樣的錯估，使得故事有點複雜和尾大不掉，一件單純的戀愛故事，後半部幾乎不再讓主角有置喙的餘地，我們看見了錫勳的嬸母、四平的祖父、月裡的爸、媽、大哥、大嫂等等一再發言並形成一個個的場景，而主要角色卻無話可說，一個劇本到了主要角色已經無話可說還不就此打住，便形成篇幅的浪費。當然，有可能劇作者是為了營造月裡自殺，死前吐出最後一句話，完成最後一個淒美鏡頭，但是，為了那個美麗畫面卻流失了更多的可能性。

（五）《生死門》

《生死門》敘述一段發生於太平洋戰爭至戰後的故事，女主角——阿英及她的丈夫阿成及婆婆、小叔阿彬共同生活，戰爭期間，阿成被徵調到南洋當軍伕，一去不回，阿英誤以為丈夫已戰死他鄉，乃接受眾人的建議嫁給相依為命的小叔；誰料丈夫在幾年之後，帶著殘廢的身軀回鄉，母子、兄弟、夫妻關係都受到衝擊，一家人陷入痛苦的深淵。最後阿英跳海自殺，卻陰錯陽差地遭跟蹤而至的阿成阻止，而阿成則失足摔下懸崖而死，從此阿英與小叔阿彬，又回復他們平靜的生活。這段情節雖以李家兄弟的故事為主軸，卻也是當時許多家庭共同的悲劇，表現了市井小民所受「命運創治人」的悲哀與無奈，而其背後的意義，毋寧是直指戰爭的殘酷以及對發動戰爭者的指控吧！

張深切在〈創作《生死門》的動機與目的〉中有意要為臺語片在「慘殺」、「亂倫」、「邪戀色情」、「妒恨」、「犯罪」之外，開闢一條純粹「文藝片」路線。以劇情本身而言，《生死門》組織架構相當完整，很能傳達劇作者的悲劇觀，劇本文字也相當精準，話不多，貼近生活化，對話自然、生動，影像的流動躍然紙上，十分難得。

張深切在劇中運用了許多回憶的片段，來交代主要角色的背景與相互關係，由於時空幻象略顯模糊，常造成情節切割的情形，使劇情的推展不

夠流暢，不過，有些回憶片段是相當成功的，例如有一場阿成回憶童年時與阿彬、阿英採番石榴的場景，不但為阿成日後的遭遇，埋下伏筆；同時也呈現出阿成、阿英、阿彬三人從小青梅竹馬、相依為命的感情。

綜觀而言，這個以戰爭為背景的劇本反映臺灣人宿命的悲劇觀點，劇中主角一家人因為戰爭備受折磨；在莫可奈何的苦楚中，只得默默的承受命運的嘲弄。雖然劇本風格消沉灰暗，但藝術性相當可觀。

（六）《再世姻緣》

《再世姻緣》這個電影劇本主要是敘述李義和與程文英這對戀人離奇感人的愛情故事。李家與程家是世交，因此義和、文英尚未出生時便被指腹為婚，從小一起讀書識字、一起玩耍，感情至深。李家家境富裕，程家也在李家協助下致富。而後李家遭遇劫難，李父病亡，家道中落，勢利的程父便想解除婚約，將女兒嫁與一個暴發戶，遭受文英及李家的反對，但程父仍然一意孤行，籌備女兒的婚事。

文英也事先串通義和，要他在迎娶那天，前來搶親。婚禮當天，兩家備禮迎親，終於爆發衝突，最後李家長輩出面與程父商議，讓文英在兩臺花轎中選擇自己的未來，文英寧可捨棄富貴而與貧寒的義和成婚。婚後文英紡紗織布，辛苦持家，在她費盡苦心的鼓勵下，義和寒窗苦讀，終於金榜題名；但文英長年積勞成疾，夫婿榮歸之際，正是她斷腸之時，悲痛的義和在文英手上用血寫著「你不還魂誓不婚」七字，表露他對亡妻的愛情。十八年後，已官拜巡撫的義和在恩師府上遇到明珠，容貌酷似文英，兩人一見如故，原來明珠乃文英投胎轉世，恩師了解其中的原委，就將女兒明珠嫁與義和，而義和與文英的姻緣也得以延續兩世。

本劇的故事簡單通俗，很傳統的題材，所強調的仍是姻緣天注定的宿命觀，劇作者的編劇方法平鋪直述，男女主角從幼年演到成人，從第一世演到第二世，在戲曲、話本小說中常見，劇作者在處理文英投胎及與義和隔世相逢的神奇事蹟，也未有新意，不過，臥病的文英引頸盼望已回抵鄉里，正在遊境的夫君那一場景頗為動人。

（七）《人間與地獄——李世民遊地府》

　　《人間與地獄》寫作的時間與《邱罔舍》、《生死門》、《婚變》、《荔鏡傳》相去不遠，原來是為了他的「藝林影業公司」拍片之用。這個李世民遊地府的電影版，性質與《荔鏡傳》類似，乃取材於戲曲與民間故事，包括《魏徵斬龍王》、《李世民遊地府》、《劉全進瓜》，也因為這層關係，舞臺安排帶有濃厚的戲曲電影色彩。《人間與地獄》透過龍王違抗玉旨，惹來殺身之禍，請李世民延緩魏徵行刑未果，而展開李世民遊地府的序幕。在地府中，李世民看見陽世作惡的人死後陰間受苦，心有所感，立志做個以民為重的好皇帝。

　　在《人間與地獄》中，魏徵與李世民下棋自始至終是在夢幻之中，魏徵夢中斬殺龍王，而後龍王入李世民夢中索命，帶出李世民至地獄遊歷的幻境，除卻教化的意義不說，《人間與地獄》由於源自戲曲腳本，因此情節起伏與角色刻畫，皆在既有的脈絡上進行，這齣戲曲故事篇幅極長，張深切在編成劇本時，對某些情節並未妥善安排，致事件與事件之間跳接太快，因而產生不少疏離。劇本一開始，李世民從夢中醒來，對正與他對弈的魏徵談到他在夢中遇難，幸好有白袍小將救駕，這段原屬《薛仁貴征東》開場白的情節，出現在這個劇本中，卻未見交代，隨即跳接劉全家事。劉全故事安排在《魏徵斬龍王》、《李世民遊地府》的故事中並不自然，敷演劉全故事的目的要代替李世民完成「進瓜」的心願，這是李世民遊地府時，文判對世民的請求，「陰府無草木，風景淒涼，又恐草木被鬼囚利用作歹事，只有一項可以種的是瓜，所以你若要送（禮），可以送瓜果來，瓜果子贅，容易繁殖。將來可使地府增添風景……。」[58]劇作者對此轉折並未處理，全留下空白任觀眾自行組合，引發重大劇情發展的「進瓜」動機竟只是給地府美化環境，就顯得太單薄了。

---

[58]《張深切全集‧卷10‧人間與地獄——李世民遊地府‧荔鏡傳——陳三五娘》，頁133。

（八）《荔鏡傳——陳三五娘》

　　《荔鏡傳》是張深切在 1957 年左右的電影劇本。演泉州陳三與潮州五娘的悲歡離合，可以說是「陳三五娘」故事的電影版。「陳三五娘」故事在閩南、潮州與臺灣民間十分流傳，是梨園戲（七子班）、高甲戲（九甲）、歌仔戲、潮州戲及民間說唱常演的劇目。陳三與五娘元宵夜邂逅，一見鍾情，婢女益春扮演穿針引線的紅娘，因為封建禮教的束縛，才子佳人之間欲語還休，而有「陳三磨鏡」、「益春留傘」、「私奔」這些膾炙人口的情節。張深切把這段淒麗婉約的愛情故事（或民間故事）改編成電影劇本，從陳三送「哥嫂」赴廣南任職，元宵夜與五娘眉目傳情，而後惡霸林玳（大鼻）向五娘父提親。

　　癡情的陳三為求親近佳人，喬裝磨鏡工人至黃府磨鏡，竟又故意打破寶鏡，甘願為奴……。電影的情節、人物性格上並沒有做太大的改變，只是把戲曲聲腔敷演的戲文改成較具現代感的劇情，泉州語言特色的對白改寫成白話，並透過電影的分場、分鏡敷陳劇情。

　　張深切自認《荔鏡傳》不遜於《梁山伯與祝英臺》，他在給其子孫煜的書信中述及此劇本「求機會而沽之！……可惜無人問津，抱樸而哭耳。」[59]可見他對這個劇本的重視。不過，在人物性格的塑造上，劇作者捨棄了戲曲唱腔，卻僅以簡單、平面的方式呈現角色，陳三成為躲避官場文化，但對「天下第一美人」傾心的「清風明月」，一心追求愛情；五娘則是單純、缺乏判斷力的千金小姐。張深切劇本情節與民間故事較大的改變，在安排陳三、五娘早在孩提時代即奉父母之命，訂有婚約，而後陰錯陽差，婚事受阻，等到在元宵夜巧遇，不知雙方早已是未婚夫妻，卻又兩情相悅，在遭遇一連串的不如意事之後，有情人才成眷屬，履行當年雙方家長所定的婚約。

　　張深切對這段情節的安排頗為費心，但卻十分平板，反而削弱了原劇

---

[59]七月二十八日家書，《張深切全集・卷 11・北京日記・書信・雜錄》，頁 396。

的現實意義。因為陳、黃兩府婚事的延宕及陳三五娘兩人所歷經的苦難，並非出自黃家毀婚，而是兩家失去連絡，在陳父逝世，陳三之兄任職廣南，黃父遣人詢問親事未獲回音，而後巡撫因其子林玳對五娘情有獨鍾，才對林家逼婚。而陳三與五娘既相互愛慕，在陳三入黃府為奴之後，何需刻意隱姓埋名，不肯表露自己就是那位吸引五娘擲荔的「燈下人」、「騎馬郎」？兩人之間情感上的「捉迷藏」，竟然只是陳三所說的「我抵死反對媒妁之言、父母之命的婚姻，想不到那麼湊巧，偏偏拒絕了我所愛的人」，使得全劇為了凸顯「巧合」導致結構鬆散，一些情節的鋪陳也因而多此一舉。

五、結論

　　百年來的臺灣歷史，激越多變，對許多本土的知識分子而言，是充滿苦難悲情的歲月。在日治時期，他們或潛往「祖國」、或遠赴「內地」，或長居島嶼，求學、工作、生活，除了投入各種立場不同的政治、社會運動之外，也或多或少地參與文化活動。

　　張深切在人世間的 62 年（1904～1965），歷經日治與國民政府時代，激進、悲憤與潛忍無奈縱橫交錯，所扮演的多重角色，甚少人能出其右。出身中部殷實人家的背景，使他比一般人有更多受教育的機會，乃至在青澀的少年時期便能遠赴東瀛求學。卻也因為「孤獨的野人」性格與一些機緣，他比一般人更深刻體驗與思考不同國家、民族間的相互傾軋與仇視，這些經驗使他有機會具有思想與批判能力；但是，也不自免地陷入民族立場與鬥爭路線的迷思，與時代的主流格格不入；這或許是在當時殖民地環境中，每個具狂熱性格的臺灣人的宿命吧！

　　臺灣的新劇運動興起的背景與日本明治維新之後的新派劇與中國文明戲（新劇）運動相似，但發展有限，所產生的影響也不能與日、中相比。日本近代戲劇在歷經「壯士劇」、「書生劇」等新派劇風行之時，坪內逍遙、小山內薰等重要戲劇運動者接踵而起，奠定日本現代戲劇的基礎，而中國在文明戲一陣風行之後，學校與社會劇團相繼成立，歐陽予倩、田

漢、洪深等人投身劇場，開啟中國現代話劇運動。反觀臺灣的新劇運動現
實環境的壓迫與限制，而參與者大都只把它當作文化工具，「大都是以各地
青年臨時湊成角色排演，劇本大量採用大陸上劇作家的作品外，大部分是
由各地的青年臨時編排的。」他們的劇場經驗斷斷續續，不容易累積經
驗，而大部分的新劇運動者，除少數人在日本受過劇場訓練，並有實際工
作經驗，其他多半憑理念，「反正臺上臺下都是自家人，大家笑笑了事。」
[60]整體而言，臺灣新劇缺乏人才，既沒有好劇本，演員訓練不夠，而且參與
者「基礎學識尚淺，社會、見聞更少」。[61]

　　戲劇如此，電影亦然，張深切前半生的年代，臺灣電影只有放映無製
作的環境，臺灣人除非到中國上海或重慶，才有可能成為電影人。張深切
對戲劇、電影有極大的熱誠，也了解其藝術本質與社教功能，他希望用戲
劇、電影來喚醒民眾意識，提升文藝水準，也希望在劇場效果與劇本內容
上有所發揮，但在當時的環境中似乎無能為力，一方面本身的劇場經驗不
足，再方面他在政治、社會、文學都有表現熱情的空間，相對地無法專注
於戲劇創作。

　　如果以世界戲劇史的角度或現代劇場藝術標準來衡量張深切與他同時
代的臺灣戲劇與電影作品，可能會覺得如張深切自我解嘲之「幼稚可笑」，
[62]但如從當時的政治、社會、文化環境去深切了解張深切，我們不得不佩服
這位新劇運動與電影先驅「與激流作戰」的熱情與毅力了。[63]

——選自邱坤良等主編《張深切全集‧卷7‧邱罔舍（1）、（2）》

臺北：文經出版社公司，1998 年 1 月

——修改於 2014 年 11 月

---

[60]吳三連、葉榮鐘等，《臺灣民族運動史》，頁 317。

[61]張維賢，〈我的演劇回憶〉，《臺灣文物》第 3 卷第 2 期，1954 年 8 月。

[62]張深切，〈金色夜叉〉，《里程碑（上）》，頁 200。

[63]陳逸松，〈回憶文明批評家張深切先生〉，提到張深切一生「大部時間都與臺灣的激流戰鬥」，
　　以獨立思考自決方向，以誠實愛臺灣民眾的心情姿態，經過了一生。見《臺灣風物》第 15 卷第
　　5 期（1965 年 12 月），頁 10。

論張深切的《邱罔舍》劇本對民間文學的繼承與改造

◎林培雅[*]

前言

　　自古至今，民間文學與作家文學之間，一直有密切的互動關係，許多作家文學都是從民間文學中吸取養分，成為佳構。例如中國最早的章回小說《三國演義》、《西遊記》等，即是以民間故事為素材鋪演而成的。在作家的改造之下，民間故事中的人物有了新的風貌，情節也有了新的發展；而隨著作家文學受到肯定與歡迎時，有些民間故事中的人物遂因此定型，[1]有時甚至還帶動起另一波新的民間文學創作風潮。[2]由此看來，民間文學與作家文學之間的互動，是既頻繁又複雜的。

　　以民間文學改寫成作家文學的情形，在臺灣現代文學發展的過程中，也時有所聞。例如張深切就曾將臺灣著名的民間故事「邱罔舍」編寫成兩本劇本，其中一部並拍攝成臺語電影演出。由這些例子來看，民間文學對作家有一股頗為耐人尋味的吸引力，而作家為何喜歡採用民間文學做為創作的素材？民間文學又滿足作家哪些需求？以及在作家的改造之下，民間文學又有何新面貌、新發展？本文擬以張深切的《邱罔舍》劇本為例，試

---

[*]發表文章時為高苑技術學院共同科講師，現為中山醫學大學臺灣語文學系副教授。

[1]例如關羽的形象在《三國演義》的推波助瀾之下，集忠義之極致於一身，使其成為曠古爍今忠義人士的第一代表人物。

[2]例如三國的故事在《三國演義》出現之後，非但沒有因此成為定本，反而民間的故事傳說愈來愈豐富，直到今天仍時有所聞。見許鈺、鍾敬文編著，《〈三國演義〉的傳說》（臺北：林鬱出版社，1995 年 4 月）。

著去說明民間文學與作家文學的這些關係。

一、張深切的戲劇活動概況

　　流行於閩南與臺灣一帶的民間故事「邱罔舍」，因為情節幽默、逗趣，所以頗受戲劇界的青睞，曾多次被改編成電影、電視劇、話劇等等演出。而首次將此故事編寫成劇本，並把它搬上電影大螢幕的，是一生致力於臺灣政治、民族、文化運動的作家張深切。張深切為何會選擇民間故事「邱罔舍」做為創作的素材？他這樣做有何意義？這與其對戲劇所堅持的原則有關，再加上他一生從早年到晚年對戲劇的參與一直很熱衷，因此在探討這些問題之前，必須先了解其一生的戲劇活動概況。若以時代來區分，張深切的戲劇活動可分為戰前、戰後兩個階段：

（一）戰前：

　　張深切對戲劇產生興趣的時間甚早，在他留學日本的期間（1917～1923 年），1922 年，他曾與張暮年等人於中華青年會館，合演尾崎紅葉的《金色夜叉》及《盜瓜賊》，就在此時，他對戲劇產生興趣。[3]值得注意的是，此時也正是他民族意識覺醒的時期：

> 中學一年級起，有東洋史的課程，所謂東洋史也可說是中國史，因為中國史佔最多的頁數。我讀了祖國的歷史，好像見著了未曾見面的親生父母，血液為之沸騰，漠然的民族意識，變為鮮明的民族思想。
>
> ──《張深切全集‧卷1‧里程碑（上）》，頁166

　　此處的「中學」，指的是日本的豐山中學，張深切於 1919 年進入此校就讀。1920 年，他轉學至東京府立化學工業學校就讀二年級，據他自己所述，轉學的目的在於：「要救國家民族，須先振興科學，沒有科學的國家，

---

[3]張深切，〈金色夜叉〉，《張深切全集‧卷 1‧里程碑──又名黑色的太陽（上）》（臺北：文經出版社公司，1998 年 1 月），頁 200。

絕對不能復興，也不能立國，所以我選擇我所不喜歡的科學……。」（同上，頁 172）由此看來，此時張深切的民族思想已成型，並已化為實際行動努力去實踐。

由於對戲劇的興趣與民族意識的覺醒產生在同一時期，使得張深切日後的戲劇活動深受民族意識的影響，而走上與民族、政治運動合流的路線。

除此之外，張深切的戲劇活動也深受新劇運動的影響。戰前臺灣的戲劇活動大多非以「為藝術而藝術」的純文藝目的為主要的訴求，而是希望透過戲劇演出的傳播，來啟發民眾思想，抵抗日本帝國主義的侵略，因此與政治活動息息相關。邱坤良曾論及當時的情況：[4]

> 在一九二〇～三〇年代之間，台灣的新劇運動風起雲湧，大致有「台灣文化協會」領導的文化劇與張維賢領導的「星光演劇研究會」兩個系統，前者強調思想啟蒙，後者則標榜劇場改革，皆與當時台灣的政治運動有強烈的互動關係。

黃英哲亦說：[5]

> 在當時的臺灣，利用戲劇活動從事文化啟蒙工作，意味的是利用戲劇活動從事政治運動。

在此時代潮流之下，戰前張深切所成立的兩個戲劇團體，都以宣傳民族思想，啟蒙民族文化，發起民眾運動為主要的訴求。

1925 年，年僅 22 歲的張深切受到同鄉前輩、臺灣文化協會理事洪元

---

[4]邱坤良，〈從文化劇到臺語片──張深切的戲劇人生〉，《張深切全集·卷 7·邱罔舍（1）·（2）》（臺北：文經出版社公司，1998 年 1 月），頁 2。
[5]黃英哲，〈張深切的政治與文學〉，見《張深切全集·卷 7·邱罔舍（1）·（2）》，頁 37。

煌等人的支持，成立了「草屯炎峰青年會演劇團」，至霧峰、竹山各地公演，演出《改良書房》、《鬼神末路》、《愛強於死》、《舊家庭》、《浪子末路》等劇，其中劇本大多出自其手。[6]

1928 年，張深切因「廣東事件」被判刑入獄，1930 年刑滿出獄之後，就與何集璧等人在臺中組成「臺灣演劇研究會」，演出由其編寫的《論語博士》、《暗地》、《接木花》等舞臺劇，結果大受歡迎（見年譜）。如今這些劇本皆已散佚，不知其內容為何，但從張深切對當時的回憶來看，這些作品仍是社會寫實的內容，並以宣揚民族思想為目的：

> 演完第二天，警察署傳我到高等課說話，問我編《暗地》和《接木花》用意何在？……他們坦白說，單看劇本，實在沒感覺到那麼激烈，及看見了演出，加上表情動作，才知道這兩部劇本內容都有問題，以後禁止公演。……他們看穿《接木花》帶有濃厚的民族主義色彩，諷刺臺灣的命運，不能作純藝術作品看。《暗地》雖然比《接木花》激烈，卻只描寫社會的黑暗面，……高等警校課長……說我們的劇本帶有濃厚的民族主義和政治色彩，缺乏純粹藝術，所以不得不加以干涉。[7]

觀察張深切戰前的戲劇活動，其在民族意識的驅使之下，將戲劇活動與民族運動結合在一起，欲藉此啟蒙臺灣民眾的思想，發揚臺灣文化的精神。

（二）戰後：

戰後臺灣已脫離日本帝國的統治，無須再為宣傳抗日思想而發起戲劇活動，儘管如此，張深切對戲劇仍未忘情，又繼續劇本的創作，於 1951 年

---

[6]張深切，〈苦行〉，《張深切全集‧卷 1‧里程碑──又名黑色的太陽（上）》，頁 278；及張志相編；黃英哲、莊永明校訂，〈張深切年譜〉，《張深切全集‧卷 7‧邱罔舍（1）‧（2）》附錄，頁 12。

[7]張深切，〈演劇〉，《張深切全集‧卷 2‧里程碑──又名黑色的太陽（下）》（臺北：文經出版社公司），頁 526～529。

在《旁觀雜誌》上發表描寫霧社抗日事件的《霧社櫻花遍地紅》的電影劇本（見年譜，該劇本於 1961 年易名為《遍地紅》）。此後，適逢臺語電影的興起，於是晚年的他全力投入臺語片的製作。

所謂臺語片是指用閩南語發音的臺灣電影，其產生的原因主要是受到廈語片興起的影響。第一部廈語片於 1949 年由香港引進臺灣，[8]因為與臺灣語言相通，結果大受歡迎，供不應求。但是因為製作粗糙，水準不高，引發臺灣人想自己拍攝的念頭，於是第一部臺語片《六才子西廂記》於 1955 年誕生。[9]1956 年，由何基明與陳澄三所領導的麥寮「拱樂社」合作拍攝的《薛平貴與王寶釧》首映，造成空前的轟動，票房收入超過成本的三倍，於是掀起一陣拍攝臺語片的熱潮。

1956 至 1961 年間，是臺語片盛行的時期，[10]許多影業公司紛紛成立。受此潮流的影響，張深切於 1957 年與陳逸松、劉啟光、林快青等人合組「藝林影業公司」，由其擔任講師及劇本寫作的事務。不久，該公司推出第一部電影《邱罔舍》，由張深切編劇、導演。同年張深切又先後完成第二部《邱罔舍》，及《人間地獄》、《生死門》、《婚變》、《荔鏡傳》等劇本。11月，在《徵信新聞》（《中國時報》前身）所舉辦的第一屆臺語片金馬獎影展中，《邱罔舍》獲得最佳故事獎（見年譜）。雖然得到金馬獎的肯定，但《邱罔舍》的賣座卻十分悽慘，令張深切血本無歸，負債累累，受到很大的打擊。之後又因為公司內部問題重重，不久「藝林影業公司」即告解散，再無第二部電影問世。[11]

公司解散之後，張深切並未因此放棄臺語電影，仍繼續在其開業的「古典咖啡室」中埋頭創作電影劇本和舞臺劇本，[12]只是此時臺語片已漸走

---

[8]黃仁，〈台語片二十五年的流變與回顧〉，《悲情臺語片》（臺北：萬象圖書公司，1994 年 6 月），頁 4。
[9]同前註，頁 5
[10]蔡秀女，〈台語影片的類型〉，《民俗曲藝》第 49 期（1987 年 9 月），頁 30。
[11]呂訴上，《臺灣電影戲劇史》（臺北：銀華出版部，1961 年 9 月），頁 81。
[12]張深切，9 月 22 日家書。《張深切全集・卷 11・北京日記・書信・雜錄》，頁 409。

下坡，故終其一生作品始終乏人問津。

晚年的張深切之所以全力投入臺語片的編劇與製作，據其所述，主要的動機在於要改革臺語片：

> 台灣的所謂台語片，可以說是以華興廠攝製（由何基明先生導演）的《薛平貴與王寶釧》為嚆矢，自這部片子拋磚之後，纔引出了許多片子來，……就中最值得記錄的是《雨夜花》，……《雨》片也可說是改良戲轉變為電影的第一部，……自《薛》、《雨》兩片出現以後，一般的台語片大體都模倣著這兩部片的樣子製作出來，造成台灣特殊的影劇。台灣文化界為了台語片的特殊作風，異常悲觀憤慨，認為長此以往，勢若有不堪設想的後果將要發生，有的竟以看台語片引為恥辱，極端厭惡台語片的出現。……這次我不自量地闖入電影界，事實並不是為求營利，更不是為要顯顯身手，只是為要促進台語片的轉變，期望它能早日納入正軌而已。[13]

從以上的敘述來看，當時臺語電影界以牟利為第一目標，不肯用心在電影藝術的製作上，只是一味地模仿，粗製濫造。而據黃仁的回憶，當時臺語電影界的確有這些現象，除了臺語片的發行與宣傳，及當局檢查臺語片的問題以外，關於臺語片製作的問題，主要有下列四點：1.混水摸魚的製作人。大部分的製片人都是投機分子，看到臺語片賣座奇佳，也不管自己對電影的製片懂或不懂，就一窩蜂搶拍，有些甚至根本沒有資本，對電影又外行，隨便找一些人來拍一拍，先撈些資本，自然拍攝出來的作品毫無水準可言；2.硬充內行的名導演。一個成熟的導演少說也要訓練十年以上，可是當時很多人不管有沒有和電影沾上邊，都可以搖身一變變為導演，拍攝出來的作品粗糙可知；3.不像劇本的劇本。能夠將主題處理得明

---

[13]張深切，〈我編導《邱罔舍》一片的動機與目的——並答覆余適超先生〉，《張深切全集·卷7·邱罔舍（1）·（2）》，頁291～292。

顯正確，人物性格分明，及情節引人入勝的劇本非常的少。改編自民間故事的劇本，內容大多沒有揚棄陳腐的觀念；改編自歷史事件的，則經常發生顛倒歷史是非的情況；改編自社會事件的，不僅顛倒事實，還為了票房，一窩蜂去凸顯社會畸形的一面，給觀眾不良的示範；4.登臺獻「醜」的明星：臺語片重量不重質，使得演員常常要趕場拍片，無法發揮表演水準；其次是演員對角色沒有選擇，沒有給演員適當的角色；更可怕的是常要求演員要隨片登臺，及參加無謂的應酬，讓演員無法專心學習，還養成不良的習性。[14]

　　從這些現象來看，當時臺語片的利益取向過濃，鮮少有人將其當作藝術創作，而願意投注心血，長久下去，使得臺語片水準越來越差，給人低俗的印象，有辱臺灣人的顏面，因此才會激起張深切改革臺語片的使命感，而有鑑於臺語片形式的粗糙，他提出六項明確的改革目標：1.戲不隨便做　2.話不隨便講　3.服不隨便穿　4.樂不隨便配　5.歌不隨便唱　6.景不隨便採，[15]希望藉由拍攝精緻、藝術性的作品，給予臺語片甚至是臺灣文化界一個良好的示範。而且張深切視改革臺語片為「道義上的責任」，以此心態來編寫劇本，自然會有欲揚棄臺灣文化惡質的一面，而將臺灣人民性格、文化優質的一面呈現出來的企圖，這也就是他晚年孜孜不倦於寫作劇本的主要原因之一。

（三）結語：

　　綜觀張深切一生的戲劇活動，其戰前的主要訴求在於喚醒民智，發揚民族思想，以抵抗日本帝國主義；戰後的主要訴求則在於改革臺語片，提高臺語電影的藝術水準，進而增進臺灣文化的發展。儘管兩個階段的主要訴求不同，但就其終極目標來看，都是在教育臺灣民眾，提升臺灣文化的水準，其努力的大方向是一致的，主要有兩個要點：1.在形式上，提升臺

---

[14]黃仁，〈總論——當年臺語電影事業的混亂面貌〉，《悲情臺語片》。
[15]張深切，〈我編導《邸罔舍》一片的動機與目的——並答覆余適超先生〉，《張深切全集·卷7·邸罔舍（1）·（2）》，頁293。

灣戲劇藝術的水準。2.在內容上,展現臺灣精神,以戲劇來教育社會大
眾,達到寓教於樂的功能。

二、《邱罔舍》對民間故事的繼承

(一)劇本繼承民間故事的用意:

　　張深切自己所言,其編導《邱罔舍》一片的動機與目的在:「改革臺語
片」,從此大目標來看,他會選擇以「邱罔舍」的故事做為其改革臺語片的
第一部作品,實有其深刻的用意。

　　首先,《邱罔舍》是根據民間故事鋪演而成的,而非作家個人獨創的作
品,張深切會做這樣的選擇,應該是受到拍攝民間故事潮流的影響,及考
慮到觀眾的接受程度所致。1956 年,《薛平貴與王寶釧》上映,造成空前
的轟動,引發拍攝臺語片的熱潮。同年,臺灣十大電影票房紀錄,有四部
是臺語片,分別是《雨夜花》第三名,《周成過臺灣》第四名,《林投姐》
第七名,《薛平貴與王寶釧》上集第九名,這四部臺語片中,就有三部是由
民間故事改編而成。[16]由於民眾的反應熱烈,因此在臺語片興起的初期,民
間故事是各電影公司爭拍的題材,而民間故事改拍成的電影為何會如此受
到歡迎?它們有什麼價值?黃仁曾分析說:

> 造成這種現象的主要原因,是臺語片的觀眾對象,一般都以為是都市小
> 市民、婦孺、鄉間村婦村姑,以及老太婆、老先生等文化層次較低,又
> 在民間故事中成長的人群。
>
> 同時,民間故事來自民間,代代相傳,也等於千錘百鍊,愈是民間最喜
> 歡的故事,經過的淘汰率愈高。也可以說這些故事已能深擊人心,讓人
> 聽得高興,聽得哭泣。
>
> 這些口傳文化,往往是深入淺出的人生哲理,是以立德立言,教化民

---

[16]蔡秀女,〈臺語影片的類型〉,《民俗曲藝》第 49 期,頁 30。

眾，因此有其拍電影的價值。[17]

　　既然民間故事能與觀眾的心靈相契合，又能投觀眾所好，得到觀眾的
認同，因此以民間故事為題材拍攝成電影，對初踏入臺語片拍攝行列的張
深切是最好不過的選擇。再者，民間故事中所表現的人生哲理、思想、道
德等，對民眾有教化的功能，這與張深切對戲劇「寓教於樂」一貫的訴求
也不謀而合。此外，張深切戰前曾主張「文藝大眾化」，認為戲劇應通俗普
遍化，才能達到教育民眾的效果，[18]而民間文學的通俗性，也正好符合他的
需求。由此看來，張深切會選擇《邱罔舍》做為其拍攝的第一部電影，有
其作用與深意。

　　其次，在同一年編寫了《邱罔舍》之後，張深切又將「李世民遊地
府」的民間故事改寫成《人間與地獄》，以及「陳三五娘」的民間故事改寫
成《荔鏡傳》劇本，可見張深切對民間故事的題材相當感到興趣。值得注
意的是，在眾多民間故事改寫的劇本中，張深切獨鍾情於《邱罔舍》用它
做為改革臺語片的先鋒，這樣的選擇，應該不是隨意的。從黃仁對《邱罔
舍》一片的評語，可看出張深切當時的用意：

　　在台語片一片哭哭啼啼的聲中，本片的出現頗有改革的意圖。[19]

所謂「哭哭啼啼」是指當時臺語片商流行拍攝一些情節煽情、賺人熱淚的
愛情倫理大悲劇，例如《林投姐》、《薛平貴與王寶釧》、《運河殉情記》、
《瘋女十八年》等等[20]。這些片雖然大受歡迎，但主題相似，同質性高，不
易有所突破。而劇中人物總是向命運低頭，易造成觀眾悲觀、萎靡的思
想，對其人生觀易有負面的影響。而在大家競相拍攝愛情悲劇的風潮之

---

[17]黃仁，《悲情臺語片》，頁265。
[18]張深切，〈演劇〉，《張深切全集・卷2・里程碑——又名黑色的太陽（下）》，頁524。
[19]黃仁，〈第八章——民間故事篇〉，《悲情臺語片》，頁275。
[20]黃仁，〈臺語片片目〉，《悲情臺語片》。

下,《邱罔舍》的推出,頗為不俗,因為它是臺語片的第一部喜劇,[21]張深切會選擇這部暗含人生哲理的喜劇,做為改革臺語片的開路先鋒,實是為了跳脫當時流行愛情倫理大悲劇的窠臼,讓臺語片有多樣的面貌,並一掃悲慘、消極的氣氛,使人心振作起來,讓觀眾脫離悲劇的陰影,以及改變觀眾的喜好,提升大眾的文藝水準。

(二)劇本繼承民間故事的狀況:

張深切既然想以幽默的「邱罔舍」故事為題材,來吸引觀眾,爭取觀眾的認同,自然在編寫劇本時,需保留民間故事中原有的一些風貌,也就是對民間故事應有所繼承,如此觀眾才會有熟悉感,而被戲劇吸引。以下本文擬將劇本與民間故事相較,來觀察其繼承的狀況,並探討其繼承意義。

據筆者所蒐集到的資料,[22]在劇本完成之前,記錄此則故事的資料總共有三筆,一是靜香軒主人著,〈十二錢又帶回來了〉[23];一是以沫兒著,〈臺南邱懞舍〉;[24]一是毓文、守愚、點人、李献璋合著,〈邱妄舍〉[25]。第一部劇本共有 107 場,將其與此三組故事相較,可得出下表:

標題	故事大要	出現場次	三組故事中有類似情節者
新年戲弄小孩	新年給小孩穿麻衣,在裡面放兩塊龍銀,又讓小孩哭著跑回家,形同奔喪。小孩父母本要興師問罪,但看到龍銀馬上打消念頭。	1～3 8～10	沫兒、李献璋
戲弄賣麵的	在麵裡放髒東西,誣賴老闆,以	4、9	靜香軒主人、

---

[21] 同前註。
[22] 林培雅,〈臺灣地區邱罔舍故事研究〉,(清華大學中國文學研究所碩士論文,1995 年 7 月)。
[23] 靜香軒主人,〈十二錢又帶回來了〉,《臺灣新民報》第 345 號(1931 年 1 月 1 日)。
[24] 沫兒,〈臺南邱懞舍〉,《第一線》(1935 年 1 月)。
[25] 李献璋編著,《臺灣民間文學集》(臺北:龍文出版社,1989 年 2 月)複刊。

	此威脅老闆，要老闆答應讓他打的請求。		李献璋
戲弄理髮匠	理髮匠問他要不要剃鬍子，他故意模糊地說：「不剃，要留著享福！？」等理髮匠剃完之後，才佯怒責罵他，要他叫頂轎子給他坐賠償他。	5、12	靜香軒主人、李献璋
戲弄轎夫	故意搖晃轎子，讓轎子傾倒，假裝從轎中跌出吐血，嚇得轎夫拔腿就跑。	13～16	靜香軒主人、李献璋
放大砲	做假大砲騙村人要放，讓村人為了看放大砲來回奔波了一日一夜。	17～25	李献璋
鱸鰻精轉世	甲相士說他是鱸鰻神出世，會亡家破產，敗壞門風。（但無故事中邱父毒死家門前池塘中的鱸鰻，以及鱸鰻化身為人求情的情節。）	23	李献璋
戲弄賣柴的	騙柴販說要買柴，叫他們把柴丟到別人的花園，結果砸壞主人珍貴的盆栽，害柴販被主人率家丁追打。	25～37	沫兒（沒有柴販被追打的情節）、李献璋
戲弄算命的瞎子	叫瞎子來給自己算命，然後打其中一個瞎子，挑起他們互毆。	7、23 38～43	李献璋
戲弄伯父	伯父要他戲弄他，他叫伯父大熱	44～45	李献璋

	天穿羊羔裘喝熱茶，伯父果真中計。		
助三叔納妾	故意丈量房舍，說是三叔無子，將來家產都是自己的，三嬸怕分不到財產，趕緊讓三叔納妾。	56～64	李獻璋

另外，在 89～107 場中，有主角幫助糊紙匠的故事，此故事情節與李獻璋本中戲弄糊紙匠的情節相似，只不過民間故事中主角的行為動機為戲弄，到了劇本中則被改為幫助；而戲弄的方式，也由原來主角故意讓糊紙匠等到快過年，改成是邱罔舍太晚來拿大士而非故意的。

由以上的比較來看，第一部劇本的故事情節幾乎都繼承民間故事而來，其中雖有一些細節的不同，但大致上來說，主要的故事情節與民間故事是一致的。從此高度繼承的現象來看，作家對民間故事的接受程度頗高，且樂於大量運用其中的素材，顯現民間故事對作家頗具吸引力。

第二部劇本共有 72 場，將其與民間故事相較，可得出下表：

標題	故事大要	出現場次	三組故事中有類似情節者
戲弄伯父	伯父要他戲弄他，他叫伯父穿羊羔裘在太陽底下曬，又給他喝熱茶，伯父果真中計。	2～11	李獻璋
戲弄少女	故意選在僅容一人通過的田埂上與少女喜雀相遇，要讓喜雀先過，卻假裝身子失去平衡，讓她拉住他，他又怕她跌倒也拉住她，兩人就這樣拉來拉去，遠遠看過去好像他在摸她。	31	李獻璋

其中「戲弄伯父」這則故事承襲自第一部劇本而來，只是其中伯父的性格由溫和、慈愛，轉變為現實、勢利、滑稽。

與第一部的繼承狀況相較，很明顯地，第二部繼承自民間故事的數量銳減許多，顯示出作者在編寫第二部劇本時，幾乎已將原來民間故事中的素材用盡，於是到了第二部，作者就只好自創故事情節了。

另外，三則民間故事的情節中：戲弄自稱自己賣的蛋都是雙蛋黃的蛋販（沫兒、李献璋）；及戲弄流浪漢，向他們買「人中白」（沫兒）；與主角將身邊最後的 300 元花盡，然後自殺（李献璋）。除了這幾個情節之外，民間故事中的情節，幾乎被作家囊括進去，顯現出作家在創作劇本時，對民間故事的利用非常廣泛，使用率相當高。而作家願意如此高度繼承民間故事，可見其對民間故事的價值極為肯定。而在三組資料中，作家對李献璋等人所記錄的〈邱妄舍〉繼承最多，其每個故事情節幾乎都被編入第一部劇本中，由此看來，作家極有可能以此做為藍本而編寫出第一部劇本。

三、劇本對民間故事的改造

兩部劇本對民間故事有不同程度的改造，第一部劇本繼承的成分居多，改造的部分較少，所以塑造出來的主角，與民間故事較為相似。第二部劇本繼承民間故事的部分甚少，改造的部分占大多數，以作家自創為主，但主角仍繼承民間故事中的性格。以下本文擬從三個方面，來說明作家對民間故事改造的情形。

（一）戲弄他人故事情節的新增：

邱罔舍故事最大的特徵，在於主角以戲弄他人為樂，因此劇本對這類的故事情節著力甚多，尤其是第二部，除了上表所列的兩則情節繼承自民間故事之外，其餘都是新增的。這些新增的故事情節可分為兩類，一是作家自創的，一是來自其他同類型的民間故事。

作家自創的故事情節皆出現在第二部劇本中，所戲弄的對象都是一些在背後說主角壞話的人，如伯母（12～14 場）、鹿仔嫂（15～17 場）等，

而在戲弄的過程中又波及村人，於是村人也成為被戲弄的對象（18～22
場）。檢視筆者所蒐集到的，在劇本寫作之後所記錄的邱罔舍故事資料中，
[26]並未發現這些新增的故事情節，由此看來，它們並沒有流傳到民間去，對
民間故事產生影響。這些情節無法流傳的主要原因，是因為第二部劇本未
拍成電影，且又未出版，無法流通，知道的人有限之故。

　　另一類的故事情節，包括第一部劇本中的「戲弄賣蛋少女，要她幫主
角穿褲子」（65～84 場）、「親少女」（85～88 場），以及第二部中的「戲弄
挑糞夫」（36～40 場）。這類故事最大的共同點，是都可以在與邱罔舍同類
型的機智人物故事中，找到相似的情節。「戲弄賣蛋少女」這則，曾在閩南
機智人物蔡六舍的故事中出現，[27]由於邱罔舍故事是由閩南移植來臺，[28]與
蔡六舍流傳的區域相近，所以這則故事極有可能是張深切從蔡六舍的故事
中借取過來。「親少女」的故事，在浙江、江西一帶都有流傳，[29]是江南一
帶常見的故事類型，而張深切曾在江南一帶停留過，很有可能在這段期間
聽到這則故事，而將其帶回臺灣用在邱罔舍中。作家選擇這兩則故事，主
要用意在加強男主角邱罔舍，與女主角喜雀之間的互動，聯繫二人的關
係。特別值得注意的是，「戲弄賣蛋少女」的故事筆者曾在臺南市採錄過，
[30]據講述者 78 歲的王瑞乾先生表示，邱罔舍的故事是他從電臺、電視、雜
誌中看到、聽來的；「親少女」這則故事，也曾經在臺中沙鹿被採錄到過，
[31]據現年五十多歲，在嘉義長大的採錄者蔡鳴璨先生表示，這則故事是他小
的時候，大家聚在一起聊天聽人講的。從此現象來看，似乎在張深切將

---

[26]林培雅，〈臺灣地區邱罔舍故事研究〉。

[27]吳藻汀編集，〈東街蔡六舍〉，《中山大學民俗叢書 5・泉州民間傳說》（臺北：東方文化，1969 年
　複刊）。

[28]林培雅，〈第二章：邱罔舍故事探源〉，〈臺灣地區邱罔舍故事研究〉。

[29]在丁乃通的《中國民間故事類型索引》（北京：中國民間文藝出版社，1986 年 7 月）中，被歸為
　1563B 類，流傳在浙江餘姚、東陽一帶。另外，在祁連修、馮志華編著，《中外機智人物故事大
　鑒》（北京：知識出版社，1993 年 3 月）中，列出流傳在江西定南一帶的袁秉之故事中，也有這
　類型的故事。

[30]林培雅，「附錄三」，〈臺灣地區邱罔舍故事研究〉，頁 132。

[31]胡萬川總編，《臺中縣民間文學集 12・沙鹿鎮閩南語故事集》，（臺中：臺中縣立文化中心，1994
　年 3 月）。

《邱罔舍》拍攝成電影之後，這些故事透過電影傳播出去，雖然電影的票房不佳，但由於它是第一部邱罔舍電影，所以這些故事透過電影傳播出去，提供日後製作同一故事的電臺、電視新的題材，也使看過的人吸收到新的故事情節之後，因為印象深刻而將其傳播出去。於是，這兩則故事就在作家的媒介之下，被「邱罔舍」所吸收，而流傳到民間去。

　　「戲弄挑糞夫」這則故事早在清代的笑話書中就有記載，[32]流傳的歷史已很久遠；且到了現代，在湖南、湖北、四川、江蘇、浙江、廣東等地，都曾發現過這類故事。張深切曾在廣東、江蘇等地活動，極有可能是他聽到這則故事之後，將其加在邱罔舍身上。比較特別的是，這則故事也出現在劇本完成之後，其他紀錄的邱罔舍故事的資料中，[33]但第二部劇本尚未發表，照理說應無法將此故事傳播出去，為何它還會出現在民間故事中？查看記錄這則故事的作者林藜的資料，可發現他不是土生土長的臺灣人，而是廣東人，跟著國民黨的軍隊從大陸來到臺灣。又，他曾自言：「從珠江到長江，從長江到黃河，又從黃河漂流到沿海各地，自此……多年來走遍了祖國每一寸的土地。」[34]從此看來，此故事極有可能是他從大陸帶過來的，而非張深切的第二部劇本傳播出去的。

　　第二部劇本新增的故事情節，由於劇本尚未發表，無法發揮傳播的功能，因此不能成為故事傳播的媒介，對民間故事的演變無法產生影響。

（二）主角行為的詮釋：

　　民間故事一向對主角的行為不做任何詮釋，而作家在第一部劇本中，也未主動去詮釋主角的行為，直到第二部時，才藉由主角自己來詮釋其行為：

　　罔舍：我都毋要惘人，亦若要惘人嚕，我只有惘傑人，無愛惘憨人啦……。

---

[32] 祁連修、馮志華編著，《中外機智人物故事大鑒》，頁 43。

[33] 林藜，〈邱罔舍遊戲人間〉，《寶島蒐古錄（第一集）》（臺北：臺灣新生報，1978 年 2 月），頁 23～37。

[34] 林藜，〈序曲〉，《無限江山萬里情（第一集）》（臺北：臺灣新生報，1981 年 1 月，再版），頁 1。

——《張深切全集·卷7·邱罔舍（1）·（2）》，頁199

主角會做出戲謔的行為，是要去嘲笑那些驕傲自大、自以為是的人，然後去暴露他們的愚昧與無知。例如「戲弄伯姆」這則故事（12～14 場），喜歡道人長短、掌控別人的邱姆，自以為自己聰明過人，不會被邱罔舍所愚弄，沒想到自己無心的一句話：「伊要惘一個啥貨仔腳倉？」（頁 210）被主角記在心裡，就以此大作文章，還是把她給捉弄了，其無知愚昧一覽無遺。

主角又曾說：

> 我愛看世間人愛錢愛到啥貨款的，老百姓憨憨到啥貨款的，驚勢力驚到啥貨款的，驚死驚到啥貨款的，無試不知影，所以我要是看覓咧。
>
> ——《張深切全集·卷7·邱罔舍（1）·（2）》，頁230

主角認為自己的行為，是在揭露人性中貪婪、愚昧、怯懦的一面，以此來嘲笑世俗的虛偽，人性的醜態。民間故事中，主角的行為仍停留在惡作劇、取樂的動機中；而到了作家的手中，則對主角的行為動機賦予正面的意義，在看似負面的行為中，其實蘊含譏諷世俗的不實與荒謬，能發人深省的人生哲理。作家如此的詮釋，也大大地提高邱罔舍故事的寓意，使其不再只停留在民間故事中娛樂的層次，而進展成一部高級的幽默諷刺劇。

此外，作家又藉由旁人的眼光來詮釋主角的行為：

> 拳師：（喊到：）邱舍的慷慨是全臺灣最出名，伊有錢不愛做官，不愛地位，只有欺負伊，伊正有報復，只有愛錢的人，伊正有用錢加侮辱，安呢就是英雄。
>
> ——《張深切全集·卷7·邱罔舍（1）·（2）》，頁220

拳師來自外地，對主角讚譽有加，相較於本地人對主角的咬牙切齒，拳師
的出現頗有對比的作用，暗諷世人往往迷惑於表象，不知真理就在身邊。
而拳師對主角行為動機的解釋，將其行為合理化成是為了維護自尊，反擊
外來的欺侮，以及顛覆世俗的金錢迷思，只是世人不察，將他誤認為一般
淺薄的浮浪子弟。拳師的詮釋，代表的是作家對民間故事深層含義的挖
掘，而作家賦予民間故事深意，應是期望能讓觀眾從中領會一些人生哲
理，開啟其心靈的智慧，達到社會教育的終極目標。

（三）主角形象的重塑：

　　第一部劇本中主角的形象大多繼承民間故事而來，然而仔細觀察，仍
可發現作家對主角做了兩項改造：一是將民間故事中，主角刻薄、尖酸的
性格，轉變得較為溫和；二是透過戲弄不愛錢的少女喜雀的失敗，以及日
後資助其度過生活危機，塑造出民間故事中，主角不曾出現過的善心人士
形象。

　　「以戲弄賣麵的」、「戲弄理髮匠」、「戲弄轎夫」這三則故事為例，雖
然劇本中的情節大多延續民間故事而來，但在民間故事中，主角用欺騙的
手段，不用花一毛錢，就能夠先後吃麵、剃頭、坐轎，讓這些被他欺騙的
勞動者受到損失。這種行為容易給人刻薄、幾近無賴的印象。到了劇本
中，作家將主角的欺騙行為淡化許多，他所做的三件事，每一件都有付
費，絕不會讓勞動者吃虧。而在其他情節中，只要需要付費，主角戲弄歸
戲弄，一定不會忘記，不會讓被戲弄者在金錢上有所損失。在作家這樣的
修飾之下，主角的行為變得較為敦厚。

　　作家會對民間人物的形象做這樣的改造，是因為臺語片興起以來，從
片中所呈現出來的，大多是臺灣人性格較幼稚、膚淺的一面，無法將臺灣
人優秀的一面展現出來，所以為了實踐對臺語片的改革，作家將民間故事
中，人物所呈現出來的精粗部分加以修飾，保留其情節，但對主角行為的
動機、方式、目的，做小部分的重塑，使其形象變得較為溫柔敦厚。

　　民間故事中，主角不曾有過戲弄失敗的例子，而在劇本中，作家卻做

了這樣的安排，使主角出現前所未有的正面形象。邱罔舍能成功戲弄人的關鍵，在於他善於掌握人性中的弱點，他最常利用的是人性中貪婪的本性，因此每當他發動金錢攻勢時，往往都能奏效。然而在眾多被戲弄者當中，卻出現一個例外，那就是少女喜雀。主角戲謔喜雀之後，本想用錢去賠償她的損失，讓她轉怒為喜，不料喜雀說：「阮散罔散，沒人愛你的臭錢。」（頁 149）喜雀一反世俗的貪婪，貞烈地維護自我人性的尊嚴，不願被金錢踐踏，表現出人性的光明面，這種精神，正是作家要表現的臺灣人的尊嚴。

　　而主角首次碰到這樣看重自己人格的人，震驚之餘，一改常態，不再用金錢去戲弄別人。最明顯之處，就是原本在民間故事中被戲弄的糊紙匠，到了劇本中，反而成為被幫助的對象。主角行為一百八十度的轉變，明確地顯示出作家欲重塑人物形象的企圖，而在作家的改造之下，最後終於讓主角人性的光明面展現出來，給予觀眾一個良好的示範，並展示人性光明的未來，一掃臺語片悲情、黯淡的氣氛。

　　第二部劇本對邱罔舍形象的重塑最為明顯，除了仍延續前述第一部劇本的模式之外，還塑造出兩種民間故事中未有的形象：一是恢復傳統知識分子的形象，一是增加民族英雄的形象。邱罔舍故事在福建流傳時，仍保有傳統知識分子的形象，然而移植到臺灣之後，就失去這個形象，[35]可見臺灣對此形象並不重視。然而，到了作家的手中，卻又將它恢復，把主角塑造成一個反對科舉制度，鄙視士人讀書為求升官發財心態的傳統知識分子。在第二場中，主角的大伯曾要求他用功讀書，參加科舉考試，主角回答他說：

　　罔舍：阿伯，讀冊做官，敢不是想要賺錢，未做官賺錢，著愛先送紅
　　　　　包，這算那會合啊？

---

[35]林培雅，〈第四章：邱罔舍故事在臺灣的發展・第二節：文人身分的消失〉，〈臺灣地區邱罔舍故事研究〉〉。

> 邱伯：憨囝仔你，咱今先送紅包乎人，別日仔換別人送紅包乎咱們，敢
> 不是同款？有時瞬所收的利，比毋加幾阿十倍你知哩？
> 罔舍：這落錢我不敢賺，賺了死落去陰間，會乎閻羅王掠去罰攔銅柱、
> 落油鼎，唉喲，我驚！
>
> ——《張深切全集·卷7·邱罔舍（1）·（2）》，頁196～197

邱伯的話中，將一般士人讀書只為升官發財的功利心態，以及中國官場走後門的腐敗情形暴露出來，而這些正是被主角所鄙棄的，因此主角絕意仕進，保有傳統知識分子清高的風骨。

邱罔舍這種背離仕途的傳統知識分子，具有以下的典型特徵：在心態上，他們批判世俗的價值觀，一心想去顛覆它；在性格上，他們敏感、尖銳、自我，但又不失幽默；在行動上，他們比較消極，對世俗雖然不滿，但不會積極地去改革一切，而是用遊戲人間、玩世不恭的方式，來嘲諷世俗的虛偽、荒謬；在思想上，他們有道家濃厚的虛無色彩。有趣的是，這一類的人往往因為個性諧謔，反應靈敏，行事又常出人意表，所以受到民間的歡迎，他們的故事常在民間普遍地流傳著。在《中外機智人物故事大鑑》中，將這類型的人物故事歸類在文人形的機智人物故事，數量頗多，且流傳的範圍甚廣。

作家願意將此形象恢復，表示其肯定這種典型人物，而這樣的重塑，將使主角的行為寓有深意。民間故事中所塑造出來的主角，容易給人遊手好閒的紈褲子弟的印象，也因此故事在流傳的過程中，發生與揮霍型敗家子故事複合的現象，[36]而這樣一來，主角所有的戲謔行為，就被淺化成只是為了尋歡作樂，或報復他人罷了。在作家做這樣的重塑之後，使得主角的行為皆寓有深意，其目的在於讓觀眾觀看之後，能激發其對人世的思考。

此後，在劇本的最末，作家一反主角前面消極的行為，而將其塑造成

---

[36]林培雅，〈第四章：邱罔舍故事在臺灣的發展·第三節：與揮霍型敗家子故事的複合〉，《臺灣地區邱罔舍故事研究》。

領導義勇軍，打擊貪官污吏的抗日民族英雄。主角的行為為何會有如此的變化，在劇本中他曾經自我解釋：

> 甲：喂，邱仔罔舍，你講彼熱罔，等候日本仔若來，你正去給日本仔惘一下仔看覓咧！（大家笑了）
>
> 罔舍：（表現認真的態度）國家興亡，匹夫有責，這滿不是會使你講惘的時瞬

——《張深切全集·卷 7·邱罔舍（1）·（2）》，頁 253

「國家興亡，匹夫有責」是不論任何典型的知識分子都具有的使命感，只要國家危機出現，知識分子都會盡所有能力為國奔走。而作家將劇本的時代設定在清末，與臺灣的歷史結合，製造出此一重大危機，將主角潛藏的使命感逼迫出來，順理成章地將他塑造成民族英雄，將主角的形象推至傳統知識分子的最高典範。

在一般的民間故事中，通常都不太交代主角的時代背景；但到了第二部劇本，作家卻以臺灣的歷史做為時代背景，這樣的改變，頗耐人尋味。在改革臺語片，展現臺灣精神的前提之下，張深切雖在第一部劇本中，表現出臺灣人機智、幽默的性格，但仍缺乏具體、明顯的情節，能展現出臺灣精神。而作家在第二部劇本中，放入臺灣歷史的背景，並將自己的抗日經驗、心得投射在其中，如此一來，可具體將主角的正面形象昇華到最高點，展現出臺灣人不畏強權，抵抗外來勢力，誓死保衛家園的硬頸精神，以及維護民族自尊，爭取民族自主權的精神。而這樣的改造，也帶有喚醒民智、發揚民族精神的意味，與作家戰前的戲劇理念相似，亦可視為作家戰前戲劇活動的延伸。

另外，在作家完成劇本的十年前（1947 年），曾在二二八事件中，「提議將外省人集中於臺中師範加以保護」，但卻被誤解為：「意圖抵抗政府軍隊。為暴動首要分子，屬謝雪紅派系下之主要幹部。」（年譜），而因此遭

到通緝，隨時都有性命危險，幸而後來得友人相助，罪嫌得以洗脫，但也因此使其不再涉足政治，專心於文化工作。此後，作家專力於著作，寫下許多作品，但 1954 年，其著作《孔子哲學評論》甫出版即遭禁止。面對這動盪的十年，作家在塑造邱罔舍時，是否也曾將其憤憤不平的心投射在其中？我們可以從劇本中，兩處邱罔舍的談話來觀察：

> 我想台灣應該愛獨立，聽見講，台灣巡府唐景崧以及劉永福、丘逢甲恁，正在籌備組織台灣民主共和國，咱應該起來擁護恁，響應伊正著⋯⋯。
>
> ——《張深切全集·卷 7·邱罔舍（1）·（2）》，頁 253

> 凡出賣國家民族，或殘害百姓的內敵都比外敵還較可殺⋯⋯。
>
> ——《張深切全集·卷 7·邱罔舍（1）·（2）》，頁 282

這裡邱罔舍主張獨立，是因為祖國已無法再保護臺灣，臺灣人只有自立自強。而經過二二八事件之後，臺灣人對祖國的希望也跟著幻滅，身為被迫害者的作家，感觸應該更深，而邱罔舍說臺灣應該獨立，是否正是作家的心聲？而邱罔舍指責的那些「出賣國家民族，殘害百姓的內賊」，是否在暗指二二八事件中，殘害臺灣同胞的外來政權？我們無法從劇本中確定作家是否真有這樣的暗喻意圖，然而從作家過去十年的遭遇來看，或許在其潛意識中，有一種想要藉由民間故事人物表達不平之鳴的衝動吧！

四、結論

從張深切的例子中，我們看到民間文學因為能滿足作家的需求，而吸引作家選擇其做為創作的素材。為了改革臺語片，並實踐其一貫「寓教於樂」，提升臺灣文化水準的訴求，主張「文藝大眾化」的張深切，因此選擇

由民間思想、情感薈萃而成的民間文學,將其去蕪存菁,再經過改造,以戲劇的方式呈現在民眾眼前,希望透過民眾熟悉的題材,來吸引他們的注意,帶他們進入戲劇中,探索民間文學蘊含的深意,使民間文學的社會教育作用與功能能發揮出來,達到作家的目的。

　　為了一掃臺語片悲戚的氣氛,防止其對社會人心有不良的影響,作家從民間故事人物中,選擇善於表現幽默趣味的邱罔舍,作為創作的素材,寄望藉由民間人物的特質,改變臺語片的風氣,提高臺語片的水準。也因為作家能發現人物行為的深層涵義,所以才會被民間文學所吸引,而在創作時,又將民間文學做更深入的挖掘,並賦予其深刻的涵義,於是民間文學就在作家的解讀與詮釋之下,得到了更多的價值與意義,也提升了藝術水準。

　　上述之外,作家對民間文學的影響,還包括民間文學能藉由作家文學不同的傳播方式,促使其產生演變;而作家也在這樣的過程中,參與民間文學的創作。例如在第一部劇本中,作家將其他機智人物的故事加在邱罔舍身上,並透過戲劇的方式,將其傳播到民間出去,而被民間所吸收,成功地促成民間文學的增生、繁衍。但如果作家的傳播功能無法發揮時,其對民間文學的繁衍與改造,就只能停留在作家文學的階段,無法為民間文學的再創發揮影響力。以第二部劇本為例,作家為主角塑造出來的新形象,並未出現在劇本以後的邱罔舍故事紀錄中,顯示出民間故事中的主角並未因此而轉型。查其原因,是因為劇本未曾發表,沒有拍攝成電影,無法發揮其傳播功能所致。

　　此外,作家文學與民間文學最大的不同,在於作家文學有個人強烈的主觀思考,而民間文學則淡了許多。因此當作家依個人主觀的思考,對民間人物進行改造之後,民間是否願意接受?這個問題,值得注意。然而可惜的是,因為第二部劇本沒有拍攝成電影,我們無法觀察其後續發展,所以無法回答這個問題。

　　綜合以上所述,我們可以看出民間文學跟作家文學之間密切的互動關

係，而在其互動的過程中，作家通常居於比較主動的位置，民間文學雖然被動地接受作家的影響，但也並非照單全收。

——選自胡萬川、呂興昌、陳萬益主編《民間文學與作家文學研討會論文集》
新竹：清華大學中文系，1998 年 12 月

張深切的道德文學論

◎崔末順*

　　張深切的道德文學論，具體的論述是出現在 1935 年刊載於《臺灣文藝》的〈對臺灣新文學路線的一提案——未定稿〉及其續篇文中。他首先介紹中國、日本和歐美的新文學改革路線，然後說明臺灣的文藝運動始末；他說臺灣的文藝運動係從 1921 年前後開始，不過 1932 年以前問世的論說或作品，並「沒有什麼可大書特筆」的，直到 1932 年以後陸續成立多個文學團體及發刊雜誌後，「臺灣的文藝便從文字方面進展於行動方面，從概念的、趣味的、遊玩的，進展於意識的、實質的、本格的」。他認為尤其是吳希聖的〈豚〉、楊逵的〈新聞配達夫〉、呂赫若的〈牛車〉等作品發表後，臺灣文學的氣象似乎為之一新。不過他也對這三篇小說都追隨日本普羅文學路線現象的評價，持著保留態度。

　　接著，他提到文學乃輔助人類從事精神生活的一個重要部門，因此文藝路線是否正確，以及作品內容的良窳，影響人類均為至大。他認為想要善用文藝這個利器，首先必須要有正確的道德觀念，在文學上先具備文學的道德，才能確立正確的文藝路線。他將歐美近代的「文學道德」，分為人道主義，或主觀的道德主義，以及以科學的社會主義為背景的階級的道德主義，並舉出前者係以托爾思泰、杜思妥也夫斯基為代表，而後者則以馬克思、列寧為代表。但他也附帶說明他並不贊同這兩種路線中的任何一個路線。

*發表文章時為政治大學中國文學系博士生，現為政治大學臺灣文學研究所副教授。

但是，我對這兩種主義都不能無條件的予以贊同，因為這兩種主義都是不完全的，都是屬在「道德」上的一部門而已。換句話說，人道主義是太抽象的、概念的、平面的（而主觀的底人道主義也一樣，太個人的、非社會的、非科學的）。至於階級的道德主義是太偏袒的、機械的、觀念的、狹義的。

人道主義且置之不問。我們如果祇意識的偏袒無產階級，那末階級文學終於不能成為無產階級的文學，甚則恐將反成反動文學。因為階級文學若祇為純階級的工具，則容易陷於千篇一律的毛病，若祇為個人的工具，則容易陷於造作的底無稽之談。兩者俱不稱善，故文學的新路線是要別開生面的。現在蘇俄對布爾斯基所捲起的論爭，國防作家會議所提出的，以遠東為主題的強調等，都有帶些蘇俄文學在著開始轉變的動向。又英國自由主義的復興，美國左翼文學在開始抨擊「制服的藝術家」──公式的馬克思文學等，日本普羅文學的新動向等，都能夠看出階級文學仍在暗地裡掙扎著的。[1]

在這裡他明確地揭示，他之所以主張臺灣文學的新路線，是為了反對普羅文學千篇一律的手段的性格。他所追求的新的文學路線，必須建構在新的道德上面，所謂新道德，指的是「要分析社會上的一切科學，從其分析裏尋覓正體性出來才是。尋覓的方法，雖然須從究局一切的科學分析──卻就以分析人類的生理組織與社會組織，又經濟組織和地理歷史等為最緊要」，而其結果可做為判斷文學好壞的準則。稍帶概念性及抽象性的這個邏輯，簡單的來說，就是排除一切的常識和主觀，盡可能透過客觀的分析，診斷社會的諸多現象，並且將它轉換成文學。他緊接著說：「我們不相信『仁者不富，富者不仁』，或『資本家便是惡人』的抽象的、觀念的底語言。我們應該要用科學的常識和虛心去看透社會與人類的裏面，好像春秋

---

[1] 張深切，〈對臺灣新文學路線的一提案──未定稿〉，《臺灣文藝》第 2 卷第 2 號（1935 年 2 月），頁 85。

的筆法，從大局點破小局，好像道德經的虛心去審判社會人類，不必拘束
於既成的形式、內容、取材、描寫等。把我們的筆鋒跟虛心的道德觀，自
由自在地去進展，這正是吾人亟要主張的新文學的路線。換一句說，把我
們的筆鋒跟虛心的道德觀，自由自在地去進展，這正是吾人亟要主張的新
文學的路線。換一句說，把我們的鐵筆將社會的一切——高者抑之，下者
舉之，損有餘而補不足，這樣做去，新文學纔不碰壁，纔有海闊天空的宇
宙，纔有千萬變化無窮的路線。」[2]進而他把新路線的具體方向，固定在以
科學的態度，真實表現臺灣的特殊性上面。

> 再反覆一些說，臺灣固自有臺灣特殊的氣候、風土、生產、經濟、政
> 治、民情、風俗、歷史等，我們要把這些事情，深切地以科學的方法研
> 究分析出來——察其所生、審其所成、識其所形、知其所能——正確底
> 把握於思想、靈活底表現於文字，不為先入主的思想所束縛，不為什麼
> 不純的目的而偏袒，祇為了徹「真、實」而努力盡心，祇為審判「善、
> 惡」而研鑽工作，這樣做去，臺灣文學自然在於沒有路線之間，而會築
> 出一有正確的路線。[3]

可見他將臺灣新文學的方向，建構在排除既存的任何路線，只按照科學的
分析方法所抽出來的臺灣一切的「真、實」上面，並且認為這是「跟臺灣
社會情勢進展而進展，跟歷史的演進而演進」，與臺灣具有共同的命運。

　　接著透過續篇，[4]他再一次主張道德文學，並闡述道德的定義。首先，
他從《詩經》、《中庸》、《史記》、《禮記》、《孝經》、《左傳》、《論語》、《道
德經》等中國經典中找出「道、德」的用法，並把「道」定義為無形象的
自然根源，「德」定義為有形象的法則表現。他認為道德可用一切科學方法

---

[2]同前註，頁 86。
[3]張深切，〈對臺灣新文學路線的一提案——未定稿〉，《臺灣文藝》第 2 卷第 2 號，頁 86。
[4]張深切，〈對臺灣新文學路線的一提案（續篇）——未定稿〉，《臺灣文藝》第 2 卷第 4 號（1935
年 4 月），頁 94～99。

來加以解釋和探究，而在適用於文學時，歐美的人道主義和社會主義即是文學的道德，但這兩者都暴露出不完美的缺點，因此他重複強調能超越兩者，並追求完美的道德，而這就是臺灣文學的新路線。因此，文學者只要按照「道德」的相互作用所產生的價值，從事文學活動即可。因為「道德」是可以從人的生理組織、經濟組織、社會制度、地理氣候、歷史民情、風俗習慣等影響人的生活的所有因素中分析出來的準則，所以參考這個準則創造出來的作品，不會掉進主觀，不會擁護邪惡。

果然，生理的組織底好壞而影響於人生觀是異常不淺的，果然經濟的組織底而影響於人生觀也異常不淺的。然而社會制度、地理、氣候、歷史民情風俗等的影響於人生也異常不吧。孰重孰輕，雖然一口難能說明清楚，不過咱們如果祇限於人的立場來說——人的身體好壞美醜強弱的確是他的性格的根本要素，而築在經濟上的一切社會環境，纔是補助其性格個性的一端，或思想意志的一部分。經濟因果和生理因果比較論來，決不能說經濟影響比生理影響更大，同時也決不能祇以生理因果為獨尊，兩者缺一不可，就是其他我所舉出的那些條件也決不能疏忽的。咱們如果能夠把握這些條件，寫出來的東西，自然比較的不會偏於主觀的獨斷，或墮於偏袒的歪邪，文學者的良心也就能够架上於道德上的路線，新文學纔能够在這無限界的天地產生出來。

文學道德已然是置在道德的裏頭，自然在這裡並沒有什麼左派右派的分別，（唯有道德文學而已），所以確實好的文學，自然會超越這兩大派，至若其他的小分派，就成為小乘的小乘，好像大海與溝壑的比較罷了。所以古今的偉大文學，都是歷萬古而不變，雖然有時會碰著暴政或邪說遮蔽，但是其生命力與勢力，仍像煌耀々的日月，雖會碰著妖雲怪霧濛罩，終是不受傷損而復出現來，這層事實，在現代史也會給咱們一個很

　　鮮現的明證。[5]

　　可見他想要建立的文學路線，不是強調經濟因果的普羅文學，也不是重視生理變化的自然主義文學，而是建立在人的生理變化，加上經濟因果和民族的生活基礎——臺灣的地理環境、氣候風土、民情歷史的新文學。另外，最後一段的隱喻文句，可說是他所堅持的民族解放的願望。因此，張深切這個從反省普羅文學出發，而建立起來的道德文學，終究還是屬於民族主義文學理論的範疇。這個過程有點類似葉榮鐘的情況，不過，仔細的分析道德文學的實質內容，就知道它並不是完全否定普羅文學的存在。雖然它善於借著哲學用語來闡釋說明，而多少造成理解上的困難，不過道德文學的理論基礎，在於以唯物辯證法及歷史唯物論的角度來理解老子的學說。[6]他借老子的「道」和「德」的關係，用以說明自然與文學之間的關聯性。按照他的說法，「道」為自然法則，不過自然法則並不完善，因此要努力除去惡行，多做善行，他將這種行為規定為「德」。但這些「道」和「德」的關係並非一成不變，而是視其相對性的原理來加以規定，適用於文學時，文學者首先要充分理解道德，然後再加上藝術上的潤飾即可。他強調「道德」是能夠在用科學方法分析社會的過程中得到，而追求這個道德的過程就是文學家的基礎作業，有了這個基礎之後，文學家才能深度的描寫社會。而且他把文學的目標放在「高者抑之，下者舉之，損有餘而補不足」。這個想法，如果置入當時臺灣所處的歷史現實來思考的話，「高者」可以解釋為擁有權力的統治階級，而「下者」指的是被壓迫的大多數基層民眾。換言之，站在無產者的立場，披露他們的實際生活狀況，並分辨是非曲直的寫實主義普羅文學，能獲得肯定。可見張深切是為了彌補普羅文學無法達成的民族特殊性乃至地域性、鄉土性，乃冠以道德文學的名

---

[5]同前註，頁 97。
[6]張深切對中國哲學有相當深入的理解，由收錄其著作的《張深切全集》（全 12 卷）（臺北：文經出版社公司，1998 年 1 月）中，即可看出他對中國哲學的卓越見解。

字，來主張折衷性的民族主義文學。

我們從張深切擔任「臺灣文藝聯盟」的核心幹部，並且實際領導《臺灣文藝》[7]一事，自然可以理解他要統合左右陣營，找出適當的新文藝路線的用心。這個時期的臺灣新文學，面對政治運動的挫折，正要集中力量企圖飛躍發展。當時各種文學團體的成立和文藝誌的發刊，外表看似與政治無關，但實際上卻更被要求在正確的現實認識上，不斷地表現民族和基層民眾的處境，展現出積極的現實參與精神。左翼文學成為這個時期文壇的主流傾向，即可說明這點。不過，從這些雜誌短命的事實，也可嗅出日帝統治當局強化檢閱和思想統治的決心。已走上侵略主義路線的他們，再也無法容許以抵抗和批判精神為主要訴求的左翼文學存在。因此，1934 年「臺灣文藝聯盟」成立時，自然輕易得到文人的共識，他們希冀透過普羅文學和非普羅文學陣營之間的大團結，來維持抵抗精神與力量。不過在「聯絡臺灣文藝同志互相圖謀親睦以振興臺灣文藝」[8]的宗旨下成立的文藝聯盟，卻呈現出各自不同文學傾向的作家之間的歧見。而就在這樣的文壇氛圍中，張深切提出了道德文學論。因此或許可以這樣說，他是在綜合接受文聯各派的意見，嘗試尋找新文藝路線的可行性時，提出這個文學主張，這就難怪道德文學論自然流露著折衷的性格。

> 橫豎，我相信此後的文學路線一定會合流到道德文學的路線上去——像河漢之匯流於大海——一切派別文學在道德文學之前——會像星辰之於太陽失色無光！我以為文藝復興是要復興道德文學，否則一切的文學是會碰壁的！[9]

---

[7]巫永福，〈時代見證者——我所了解的張深切（上）、（下）〉，《自由時報》，1998 年 2 月 23～24 日，第 41 版。

[8]賴明弘，〈臺灣文藝聯盟創立的斷片回憶〉，《日據下臺灣新文學・明集 5・文獻資料選集》（臺北：明潭出版社，1979 年 3 月），頁 378～391。

[9]張深切，〈對臺灣新文學路線的一提案（續篇）——未定稿〉，《臺灣文藝》第 2 卷第 4 號，頁 98。

　　道德文學論中所呈現的普羅文學性格，與張深切個人的行為事蹟不無關係。參考有關張深切一生的研究，可知他從小受到反殖民思想濃厚的養父的影響；在東京時期（1917～1923），他跟社會主義者彭華英來往；之後的上海時期（1923～1925），他思想上逐漸左傾，並積極參與國外解放運動；在廣州時更組織以臺灣獨立為綱領的團體——臺灣革命青年團，並積極投入活動，甚至因而入獄；回到臺灣後，又積極參與文學運動、演劇運動，持續的展開抵抗活動。[10]像這樣，社會主義思想和普羅文學，於他來說並不是陌生的東西，深入介入民族運動的他，對臺灣的現實，也能夠相當的了解。實際上他的小說〈鴨母〉[11]即是透過農村社會的階級衝突，來刻畫養鴨貧農之間的關係變化。

　　不過，他始終卻不是個社會主義者，雖然他早期站在左翼立場參加過民族運動，但是後來碰到左翼運動無法施展的困難時，他選擇了以民族考量為優先順序的消極、合法的運動方式。並且就在這個時期，他擔任政治上屬於右翼改良主義的「東亞共榮協會」機關誌《東亞新報》記者，持續展開最低限度內的合法活動。如此，不管形態如何，只要能達成民族解放目標的運動，他都參加，可見他民族主義的立場相當堅定。而這個民族主義的立場，也就成為他在文學方面，主張道德文學——標榜左右合流的民族文學——的主要原因。[12]有關文藝大眾化的討論，他與葉榮鐘一樣，雖然重視大眾的文藝生活，但是卻主張將舊文學換成新文學形式來普及大眾。例如《三國演義》、《水滸傳》、《東周列國》等具有長篇情節者，或如《封神演義》、《聊齋誌異》等具怪談或諧謔內容者，都可翻案成現代的樣式，

---

[10]參考張志相，〈張深切及其著作研究〉（臺南：成功大學歷史語言研究所碩士論文，1992 年 7 月）。

[11]參見《臺灣文藝》創刊號（1934 年 11 月），頁 44～53。

[12]針對張深切道德文學論之研究，學界研究者多從本土論的立場切入，並將之評述為臺灣文學本土論興起的最好證據。持此見解的研究有柳書琴、林倖妃和游勝冠的前揭論文，以及陳師芳明，〈復活的張深切〉（《中國時報》1998 年 2 月）；〈追尋張深切〉（《聯合文學》第 151 期，1997 年 5 月）等。

普及於大眾，以達到文藝的大眾化目的。[13]可見張深切所重視的，並不是普羅文學的運動文藝，而是包括一般大眾在內的泛民族主義立場。

此外，他也不忘強調在世界文學的發展脈絡裡，不僅要創造具備臺灣特色的文學，同時也要注重它的文學性。

> 咱們現在大概略已能够明白臺灣此後應取的新路線了吧。但是也許還有人要問我「——照你所說的道德文學好像是屬於一種自然科學，恐不能說是所謂文學，因為文學是須帶有藝術性——是以藝術為中心……」的。不錯，文學是有文學的分野，決不能和以外的科學湊雜混淆，所以我說應用於科學，則成為科學，應用於哲學，則成為哲學，應用於文學，則成為文學——同時應用於政治學社會學，則成為政治學社會學……那是靈活自在，決不為科學型式所束縛，同時也決不為解剖分析而失卻藝術性的，因為科學分析是作家應要有的常識，而使用文學工具表現出來的是作家曾在腦裏解剖過、分析過、淨濾過、消化過，而以藝術性潤色過的東西，所以斷不會公式化、機械化、或墮於科學化——。[14]

綜合上面針對道德文學內容所做的探討，可知張深切是站在民族主義的立場，提出折衷性的文學理論，來因應文聯的經營和促進左右文人的大團結。不過，這種折衷的文學理論，天生就有其盲點。他主張以分析人的生理、社會、經濟組織結果——道德，當做準據來進行文學的創作，但是還須全盤仰賴作家的正確判斷，而他並未提出客觀的標準，或適用的方法。而且對於社會組織和經濟組織的關係也沒多做論述，乍看之下，很可能會被誤解成這些組織是自然生態性的。因此，即使他具備了批判普羅文學劃一性質的眼光，但是卻未具有充分的說服力。

---

[13]張深切，〈臺灣文藝的使命〉，《臺灣文藝》第 2 卷第 5 號（1935 年 5 月），頁 19～21。
[14]張深切，〈對臺灣新文學路線的一提案（續篇）——未定稿〉，《臺灣文藝》第 2 卷第 4 號，頁 98～99。

　　以上以葉榮鐘和張深切為中心，考察了 1930 年代民族主義文學理論的
實貌。首先可以提出來的是，他們是為牽制當時文壇主流的左翼文學，反
對普羅文學追求世界性普遍主義所造成的千篇一律的面貌，而提出強調民
族的、集團的特殊性和鄉土性，同時重視文學性和藝術性的文學理論。那
麼，這個時期重新提出民族傳統和特色的原因為何呢？這恐怕不得不從
1930 年代的殖民地環境中尋找。滿洲事變以後，日本日益強化軍國主義體
制，將殖民地言論、教育、文化等所有領域，重編至法西斯主義下支配。
這說明包括張深切在內的當時知識分子，都非常明白之前所追求的現代性
理念，再也無法做為文學運動的指導原理存在。接著，1940 年代宣揚日本
皇道精神的皇民文學正式揚帆，這意味著殖民地文學終究與現代性的理念
完全決裂。而在指向現代的文學運動瓦解的過程當中，成為重要分歧點的
就是 1930 年代左翼運動的失敗。那並不是單純的政治運動的沒落，而是讓
現代的理念、實踐變為可能的歷史性思考，也就是將現代化轉為歷史必然
發展的想法，再也無法持續的一種訊號。這句話當然不是說，殖民地時代
的馬克思主義只是附著於現代主義的一個變種。實際上，1920、1930 年代
的臺灣馬克思主義者，早已看穿臺灣社會的現代化（資本主義化）將永續
殖民支配——從屬的關係，因此，我不認為他們的現代觀等同於淺薄的文
明開化論。不過非常清楚的是，他們認為現代性的變化是一個人類共同歷
史的過程，而在這變化中孕育出社會主義革命的可能性，這在任何一個民
族都無例外。那麼，我們可以這麼說，這個在現代性變化裡存在的解放公
約，在 1920、1930 年代臺灣盛行的馬克思主義歷史理論中，也應是一個公
理。因此 1930 年代文壇中左翼文學運動的退潮，所意味的就是追求現代性
理念的思想環境的崩盤。

　　此外，從當時世界精神史的角度觀察，1930 年代可說是以西歐模式進
行文化革新工作正面臨挑戰的時期；隨著法西斯主義的衍變成國際性現
象，在歐洲和日本盛行文化國粹主義之際，追隨西方前例的普遍性文化追
求，在世界各國普遍受到質疑。在普遍現代的理念急遽動搖當中，文壇上

得到熱烈討論的，就是被認為能代表民族文化獨特性和價值的過去遺產以及其收集熱。在臺灣，雖然民間文學的受到重視，發展為多元方向，[15]不過，其趨勢與這些時代潮流不無關係。1930 年代散發性的針對民族或集團特殊性的重視，以及針對民族傳統和遺產的發見及繼承，可以說是在伴隨著法西斯主義的國際性擴散，指向於現代的文學運動受到挫折的背景中誕生。從發生論的層面來看，傳統主義多少內含消極性的性質，這與把歷史的、社會的情況惡化認為是不可逆之事，而產生的逃避心理有關。但是，我認為假如將日據時期民族主義文學論的提出，當做是單純感傷性復古主義的表露的話，那是未能察覺到它所內含的積極意義的緣故。民族主義的復活，很可能是由透過民間文學的蒐集而提高的傳統意識，加上對西方追隨性現代主義的懷疑，互相結合所產生。當然這還不能說是他們已打破殖民地時代通用的現代性迷思，開啟了所謂「臺灣的現代」的可能性，不過值得注意的是，至少在他們身上可以發現對西方模式的現代有所否定的契機。譬如張深切以運用古典的學說，來建立文學理論；葉榮鐘特別重視民族的歷史、文化環境，將來可能會發展為代替西方模式的現代方案也說不定。

總之，右翼民族主義文學理論對普羅文學的目的意識和普遍主義提出了質疑，並重視民族特殊性和藝術性，提供了我們再度思考文學的內容和形式、集團性和個人性、目的性和藝術性的機會。

——選自崔末順〈現代性與臺灣文學的發展（1920～1949）〉
臺北：政治大學中國文學系博士論文，2004 年 1 月

---

[15]民間文學的重視，以及收集民間歌謠的重點，對左翼文壇來說，乃得以藉其找出適合民眾的語言資料；而對右翼民族主義文學者來說，則可直接提高民族精神，進而成為抗日運動的精神支柱。

楊逵與文聯張深切等人之爭

◎黃惠禎[*]

　　1934 年 5 月 6 日，全島文藝同好者在臺中召開臺灣文藝大會，議決成立文學團體，「臺灣文藝聯盟」（簡稱「文聯」）就此誕生。當晚決定賴和、賴慶、賴明弘、何集璧、張深切五人為常務委員。嗣後於彰化開第一次常委會時，原擬公推賴和為常務委員長，唯以賴和固辭，故改推張深切。8 月 26 日嘉義支部成立，後來埔里、佳里、東京等地先後成立支部，全島文藝工作者大團結在文聯之下，11 月 5 日機關誌《臺灣文藝》正式發刊。[1]當時的楊逵幾乎與文化界失去聯絡，透過賴和的協助，何集璧親赴高雄內惟，邀請楊逵擔任日文版編輯，楊逵乃舉家北上，從此擴大了在文藝圈的交遊，更激發了積極創作的慾望，[2]並在往後成為臺灣新文學發展史上的重要領導人之一。

　　然而甫參加《臺灣文藝》編輯行列不久，即爆發因是否要刊登藍紅綠（陳春麟）[3]的〈邁向紳士之道〉（〈紳士への道〉），楊逵與張星建兩人意見

[*]發表文章時為政治大學中國文學系博士班研究生、聯合大學通識教育中心講師，現為聯合大學台灣語文與傳播學系副教授。

[1]詳見張深切，〈文聯報告書〉，《臺灣文藝》第 2 卷第 1 號（1934 年 12 月），頁 8～9；賴明弘，〈臺灣文藝聯盟創立的斷片回憶〉，原載於《臺北文物》第 3 卷第 3 期（1954 年 12 月），收於李南衡主編，《日據下台灣新文學‧明集 5‧文獻資料選集》（臺北：明潭出版社，1979 年 3 月），頁 378～386。

[2]楊逵，〈日本殖民統治下的孩子〉，收於彭小妍主編，《楊逵全集》「資料卷」（臺南：國立文化資產保存研究中心籌備處，2001 年 12 月），頁 27。

[3]藍紅綠本名陳春麟（1911～2003），南投埔里人。1926 年赴東京苦讀，1932 年駒込中學畢業後，因長兄去世回臺。1933 年為埔里青年會文化戲劇編劇兼任導演，演出遭警察中止，被逮捕入獄五日，同年間以〈堅強地活下去〉（〈強く生まよ〉）小說創作進入文壇。1936 年於《台灣新文學》發表小說〈邁向紳士之道〉與劇本〈慈善家〉，同年赴日，1938 年見戰爭激烈而返臺。1940 年與楊逵等中部文學同志時有往來。戰後曾任職於臺灣電影戲劇公司與臺灣合會埔里分公司，1973 年退休。參見羊子喬，〈在埔里遇到藍紅綠〉和〈陳春麟年表〉，分別收於陳春麟，《前輩作家藍紅綠作

相左，[4]甚至引發田中保男（惡龍之助）對文聯「血的不同」和「經營的派
系化」進行猛烈攻擊，楊逵、賴明弘，賴慶、廖毓文、李獻璋、吳新榮相
繼呼應，對上另一邊有張深切、張星建、劉捷的激烈筆戰。[5]有關文聯「血
的不同、經營的派系化和自以為是的編輯」，成為雙方論辯的三個焦點。[6]

　　張深切在自傳中回溯到這一段歷史時，指責楊逵為爭取編輯權，利用
一部分民族主義作家不滿意張星建編輯方針的機會，對張星建加以猛烈的
攻擊，進而標榜主義問題向張深切及編輯委員會挑戰，並且利用左翼理論
博得青年們的支持。[7]日本學者河原功認為：楊逵和張星建的對立與聯盟內
部問題連續引起論爭，不光是文聯運作上的問題，也關係到文藝大眾化路
線與新臺灣文學運動的存在問題。[8]葉石濤則進一步指出是否刊登〈邁向紳
士之道〉的背後，有更深刻的意識形態的糾紛存在，其間關係到臺灣新文
學運動理想的狀態，以及文藝大眾化路線各人的見解不同；再者，主張現
實主義文學運動的楊逵看不慣《臺灣文藝》中有些風花雪月的文章，這也
是原因之一。[9]

　　綜合河原功與葉石濤的意見來看，楊逵與張深切源於彼此意識形態的
不同，導致文學理念的迴異，即是有關文聯派系化等論戰產生的根本原
因。深入來說，楊逵信奉社會主義，張深切等人是民族主義者，此即彼此

品集》（南投：南投縣文化局，2001 年 9 月），頁 12～15 及頁 167~170。
[4]楊逵回憶中僅提及與張星建因文學觀不同，導致選稿意見相左而爆發筆戰。河原功的研究明確指
出，〈邁向紳士之道〉的刊登與否是兩人主要的爭執點。參見廖偉竣訪問，〈不朽的老兵──與楊
逵論文學〉，《楊逵全集》「資料卷」，頁 181；河原功，〈台灣新文學運動的展開〉，收於河原功
著，莫素微譯，《台灣新文學運動的展開─與日本文學的接點─》（臺北：全華科技圖書公司，
2004 年 3 月），頁 200～201。
[5]論戰相關資料多已散佚，河原功曾有概要的論述，見〈台灣新文學運動的展開〉，《台灣新文學運
動的展開─與日本文學的接點─》，頁 200。
[6]參見《臺灣文藝》第 2 卷第 8、9 合併號（1935 年 8 月）之〈編輯後記〉。
[7]張深切在文中並未直呼楊逵名諱，而是以「一個進入日本文壇的日文作家某生」代稱其名。參見
陳芳明等人主編，《張深切全集‧卷 2‧里程碑（下）》（臺北：文經出版社公司，1998 年 1 月），
頁 623。
[8]河原功，〈台灣新文學運動的展開〉，《台灣新文學運動的展開─與日本文學的接點─》，頁 201。
[9]葉石濤，〈《台灣新文學》與楊逵〉，《走向台灣文學》（臺北：自立晚報社文化出版部，1990 年 3
月），頁 88；葉石濤，〈楊逵的「台灣新文學」〉，《台灣文學的悲情》（高雄：派色文化出版社，
1990 年 1 月），頁 77～79。

意識形態不同之處。由於意識形態的歧異，楊逵成為社會主義現實主義的普羅文學家，張深切則對於普羅文學頗多批評。例如張深切說：「階級文學若祇為純階級的工具、則容易陷於千篇一律的毛病、若祇為個人的工具、則容易陷於造作的底無稽之談」，又說：「臺灣文學不要築在於既成的任何路線之上、要築在於臺灣的一切『真、實』（以科學分析）的路線之上、以不即不離、跟臺灣的社會情勢進展而進展、跟歷史的演進而演進、就是。」[10]在臺灣新文學運動路線的規劃上，反對階級文學的張深切與主張無產階級文學的楊逵，顯然是極為不同的。

　　至於在「文藝大眾化」的理念分殊方面，楊逵在〈藝術是大眾的〉（〈藝術は大衆のものである〉）一文中，已經揭示從階級立場的角度來看文學，以勞動者的世界觀書寫的普羅文學，讓農民與勞動者參與藝術，才是文藝大眾化之路。[11]而張深切所謂「其實文藝大眾化並不是謂文藝要普遍到一般文盲階級去的意思、察其用意是祇要獲得比較普遍化的程度而已、不然各派斷不能能夠獲得文盲階級去鑑賞他們的藝術呢。」[12]所抱持的態度，則是要將文藝盡量推廣到一般民眾的生活。若再從張深切對文藝大眾化提出的看法，建議從「陳三五娘」、「三伯英台」、「三國志」、「列國志」等歷史與傳說故事中取材，[13]便可明瞭在他心中「大眾」一詞指涉的對象是臺灣民眾，這無疑是從臺灣漢人視角出發的民族主義文化立場。

　　由上述分析看來，〈邁向紳士之道〉以一個好高騖遠的知識分子為主角，描寫他為晉身資產階級做出的種種荒謬行徑，甚至透過社會科學研究會的學習，了解到農民如何在窮苦狀態中喘息之後，竟未對農民伸出援

---

[10]張深切，〈對臺灣新文學路線的一提案——未定稿〉，《臺灣文藝》第 2 卷第 2 號（1935 年 2 月），頁 85～86。

[11]楊逵，〈藝術是大眾的〉，原以日文發表於《臺灣文藝》第 2 卷第 2 號（1935 年 2 月），收於彭小妍主編，《楊逵全集》「詩文卷」（上）（臺南：國立文化資產保存研究中心籌備處，2001 年 12 月），頁 138～139。

[12]張深切，〈「臺灣文藝」的使命〉，《臺灣文藝》第 2 卷第 5 號（1935 年 5 月），頁 20。

[13]張深切在「臺灣文藝北部同好者座談會」中的發言紀錄，參見《臺灣文藝》第 2 卷第 2 號，頁 4。

手，而是反過來妄想以榨取農民獲得豐厚的利益。其中對於資產階級的深刻嘲諷，及所反映的階級問題，和楊逵的普羅文學觀極為契合；相反地，和張深切傾向僅關心民族問題的理念格格不入，終於點燃楊逵與張深切等人的戰火。[14]而文聯「血的不同、經營的派系化和自以為是的編輯」之所以成為楊逵與張深切兩派的主要爭執點，基本上也是肇因於彼此意識形態與文學理念的差異。

　　目前由於史料的缺乏，尚不清楚田中保男批判文聯「血的不同」的相關論點何在；然由張星建在〈文聯的公賊〉（〈文聯の公賊〉）中為自己辯護時說：「不問黨派及色彩，不論內臺人，而以作品為本位揭載是本誌的使命」，[15]據此推論田中保男應該是從日本人的角度攻擊文聯的民族主義色彩。論爭中楊逵曾經說：「『全方位的進步的文學』的使命是建設及統一『進步的文學』，這就是文聯的綱領，絕不可以有特殊階級或小民族主義的界線」，「凡有志於進步的文學的人，都應該和我們一起奮鬥」，又強調「這可不是打燈籠，這是以國際主義的精神團結一致」，[16]明確表達他願與不同民族（指「日籍」）作家結盟。晚年回顧這段歷史時，楊逵說參與論爭的日本人是站在支持臺灣人民族運動的立場，[17]隱約透露出是否要與血緣不同的日籍作家合作推動民族運動，楊逵與張深切、張星建間存在著歧見。

　　然而當年與張深切等人站在同一陣線，時任《臺灣新聞》記者的巫永福，雖然了解楊逵與張星建之爭並非肇因於派系問題，而是楊逵的思想屬於國際共產主義，張星建則是臺灣民族主義，彼此理念上的不同；[18]但在回

---

[14]關於〈邁向紳士之道〉的內容與意義，趙勳達有深入而詳盡的分析可供參考，茲不贅述。請參閱《《台灣新文學》（1935～1937）的定位及其抵殖民精神研究》（臺南：成功大學臺灣文學研究所碩士論文，2003年6月），頁42～48。

[15]譯自張星建，〈文聯的公賊〉，刊載於《臺灣新聞》，發表時間不詳，依文末「六月二十四日」的完稿時間推算，約發表於1935年6月底到7月初之間。由於《臺灣新聞》原件已佚，筆者研究用影本乃得自楊逵遺物中的剪報資料。

[16]見楊逵，〈不必打燈籠——文聯團體的組織問題〉（〈提灯無用——文聯團體の組織問題〉），原以日文發表於《臺灣新聞》，1935年6月19日，引自《楊逵全集》「詩文卷」（上），頁243～244。

[17]楊逵的說法是：「有幾位支持民族運動的日人深感不滿，在報紙上論爭一次」。見廖偉竣訪問，〈不朽的老兵——與楊逵論文學〉，《楊逵全集》「資料卷」，頁181。

[18]巫永福，〈憶逵兄與陶姊〉，《文學台灣》第2期（1992年3月），頁13。

憶這段歷史時，卻也不禁懷疑當年筆戰拖了相當長的時間，乃由於《臺灣新聞》編輯田中保男從中挑撥，而發出「臺灣人不可以分裂，要集中力量，對抗日本人才對」之語。[19]張深切後來甚且嚴詞批判楊逵「不顧大局，為固執己見，不恤文聯分裂，儼然替日本當局效忠，打擊文聯，這一過錯實在難能輕恕」[20]。社會主義國際主義者的楊逵願結盟站在同一階級立場的日本作家，同心協力發展臺灣新文學，以推動臺灣人的反殖民運動，竟因此遭致日後長期蒙受分裂文聯的不白之冤，[21]恐怕是他始料所未及的。

　其次，在所謂「經營派系化」與「自以為是的編輯」方面，楊逵曾經指出文聯的外在形式沒有民族和階級的界線，執行部門也有執行委員會、常務委員會、編輯委員會等最進步的、民主主義的、大眾的組織型態；然而深入一看，這種組織型態一點也沒有好好利用，「會議非常鬆散，在工作進行上幾乎完全不重視決議。一兩個人憑著自己一時的念頭，為所欲為。」又說：「這些組織型態也是另一種派系化，對團體的、大眾的組織而言是致命傷」。[22]楊逵也曾明白指出，「所謂派系問題的緣由，一是明明已經為《臺灣文藝》選出了九名編輯委員，但實際上卻是張深切和張星建兩人做編輯，無視於編輯委員會的存在；二是有關文聯的工作，他們擅自變更決議」[23]，導致「如今，有許多人都不樂意為《臺灣文藝》寫稿，而且眼前

---

[19]巫永福，〈日據時代臺灣新文學運動和楊逵〉，收於王曉波編，《被顛倒的臺灣歷史》（臺北：帕米爾書店，1986 年 11 月），頁 346～347。
[20]陳芳明等人主編，《張深切全集・卷 2・里程碑（下）》，頁 624。
[21]賴明弘曾經在〈臺灣文藝聯盟創立的斷片回憶〉中說：「文藝聯盟成立後不久，雖有楊逵先生等少數人以提議擴大組織為藉口，高唱異調幾趨分裂，但全島的文學同路者，深感團結力量與鞏固組織之必要，均摒棄偏見不予重視才不致分裂，仍能一直支持下去。」（見李南衡主編，《文獻資料選集》，頁 388）筆者碩論中曾經引以證明楊逵在文聯創立之初曾有擴大組織之議，然該主張被視為偏見而未被採用。（見《楊逵及其作品研究》（臺北：麥田出版公司，1994 年 7 月），頁 86 及頁 100 之註 46）趙勳達的碩論同樣引用賴明弘這一段話，並進一步指出賴明弘本身即為臺灣新文學社同仁，與該文指控楊逵當年致使文聯幾乎分裂間的矛盾性。（見《《台灣新文學》（1935～1937）的定位及其抵殖民精神研究》，頁 7 及頁 12）由於張星建在〈文聯的公賊〉中公開責備楊逵及賴明弘故意撒謊，毒害文聯，顯示當年賴明弘確實是和楊逵共同對抗張深切、張星建等人的戰友，何以戰後他反站在指責楊逵的立場，至今仍是解不開的謎。
[22]楊逵，〈不必打燈籠——文聯團體的組織問題——〉，引自《楊逵全集》「詩文卷」（上），頁 244。
[23]楊逵，〈臺灣文學運動的現況〉（〈臺灣文學運動の現狀〉），原以日文發表於《文學案內》（東京）第 1 卷第 5 號（1935 年 11 月），引自《楊逵全集》「詩文卷」（上），頁 396。

就有某些一直被積壓的稿件，不見得比向來獲得刊載的某些文章遜色」[24]。

為了達成開拓和建設臺灣文學的目標，防止派系化所可能帶來的危險與自以為是的橫行，楊逵認為「文聯應該採取的組織型態，必須有能力提昇反映出臺灣現實的作品之質與量。最重要的是，首先要在大眾之中培育作家，並且喚起成名作家對臺灣現實面的注意」[25]。對此，他提出的具體方案有「一、嚴格篩選必須刊登在雜誌上的作品，然後再找人針對這些作品在報章雜誌嚴加批評。二、對於不擬刊登的作品，為了便於重寫、訂正或未來的研究和創作，退件時將選稿委員或編輯會議的評語附上。」[26]為求工作順利運作，便於釐清個人的職責，楊逵並建議設置責任編輯，舉辦例行會議，使編輯人員的互動順暢。[27]至於業務方面的改進，楊逵也提出訂定獨立計畫，以及營業負責人應嚴格管理零賣、廣告、配送、收入及支出，以期在預算結算與讀者開發、配送方面順暢無阻的建議，[28]這顯然是衝著獨攬《臺灣文藝》銷售大權的中央書局經理張星建而來。[29]

論爭中楊逵曾對自己僅僅扮演名義上的編輯發出不平之鳴，認為自己的想法從未出現在以往的《臺灣文藝》上。[30]大概就是為了解決文聯派系化與編輯自以為是的爭議，《臺灣文藝》第 2 卷第 6 號（1935 年 6 月）在「編輯後記」中特別預告：「編輯事務，從下期開始接受楊逵、賴明弘和陳瑞榮的協助。」第 2 卷第 7 號（1935 年 7 月）的「編輯後記」也由楊逵與賴明弘、莊明東、張深切共同執筆。1935 年 7 月底，楊逵發表〈迎接文聯總會的到來——提倡進步作家同心團結〉（〈文聯總會を迎へて——進步的

---

[24] 楊逵，〈臺灣文學運動的現況〉，《楊逵全集》「詩文卷」（上），頁 398。
[25] 楊逵，〈不必打燈籠——文聯團體的組織問題〉，《楊逵全集》「詩文卷」（上），頁 246。
[26] 楊逵，〈團體與個人——幾點具體的提案〉（〈團體と個人——具體的提案二三——〉），原以日文發表於《臺灣新聞》，1935 年 6 月 26 日，引自《楊逵全集》「詩文卷」（上），頁 264。
[27] 楊逵，〈不必打燈籠——文聯團體的組織問題〉和〈團體與個人——幾點具體的提案〉，《楊逵全集》「詩文卷」（上），頁 246～247 及頁 264。
[28] 楊逵，〈團體與個人——幾點具體的提案〉，《楊逵全集》「詩文卷」（上），頁 264。
[29] 趙勳達，《《台灣新文學》（1935～1937）的定位及其抵殖民精神研究》，頁 36。
[30] 楊逵說：「我這個編輯委員只不過是不折不扣的招牌而已。所以有關編輯事務，我的想法從未出現在以往的雜誌上。」見楊逵，〈關於 SP〉（〈SP について〉），原以日文發表於《臺灣新聞》，1935 年 6 月 22 日，引自《楊逵全集》「詩文卷」（上），頁 250。

作家の大同團結を提唱〉），又提出請文聯勸誘邀請關心各種文學的人加入，關心臺灣文學的人都加入文聯，文聯幹部改掉自以為是和排外的態度，以嚴正的民主方式選出文聯的幹部等四項建議。[31]楊逵持續發言，呼籲建立文學者的統一戰線和民主的形式，顯示文聯派系化的問題遲遲未能獲得解決。

　　1935 年 11 月，楊逵在東京發表〈臺灣文壇近況〉（〈臺灣文壇の近情〉），公開指責文聯的組織鬆散，究竟是作家的組織或讀者的組織並不明確；並提及文聯曾經決議要整頓派系問題，卻一直未曾展開具體行動；為了要阻止文聯分裂，使全臺灣的作家或讀者恢復文學熱情的最好做法，即是藉由新雜誌的出刊在編輯和經營上彼此競爭。對於有人擔心新雜誌的出現會造成和《臺灣文藝》間的爭端，楊逵樂觀地表示：不要相互謾罵與惡意中傷，即使任何一方先挑釁，只要另一方不回應即可避免。[32]11 月 13 日，楊逵在《臺灣新聞》發表〈「臺灣新文學社」創立宣言〉（〈『臺灣新文學社』創立宣言〉），公開表示要在承認各黨各派的立場上，以臺灣新文學的開拓與建設為共同追求的目標創立新社團，並特別提及將聯合日本文壇同情、理解臺灣文學活動的作家，邀請全島文學愛好者信賴的人負責編輯其最擅長的部門，以及盡最大努力，將各種出版品推廣到大眾之中，一舉解決品質提升和大眾化等問題。[33]這些宣示無疑是為革除文聯最被詬病的血的不同、經營的派系化和自以為是的編輯三項缺失而來的具體宣告。

　　次月，楊逵預告的新雜誌《臺灣新文學》正式創刊，然而《臺灣文藝》和《臺灣新文學》競爭對抗的態勢終究避免不了。例如張星建在 1936 年 4 月 20 日出刊的《臺灣文藝》「編輯後記」中，宣稱楊逵公然散佈「謠

---

[31]原以「林泗文」筆名刊載於《臺灣新聞》，1935 年 7 月 31 日，收於《楊逵全集》「詩文卷」（上），頁 332。

[32]參見楊逵，〈臺灣文壇近況〉，原以日文發表於《文學評論》（東京）第 2 卷第 12 號（1935 年 11 月），中文翻譯收於《楊逵全集》「詩文卷」（上），頁 409～411。

[33]楊逵，〈「臺灣新文學社」創立宣言〉，原以日文發表於《臺灣新聞》，1935 年 11 月 13 日，中文翻譯收於《楊逵全集》「詩文卷」（上），頁 420～421。

言」說：「《臺灣文藝》沒收了好的原稿，有些沒有刊載的文章比登出來的文章還好」[34]，楊逵遂於 6 月 5 日出刊的《臺灣新文學》第 1 卷第 5 號中，刊登遭張星建拒絕採用的〈邁向紳士之道〉，要求讀者評鑑作品的優劣，隨即獲得回響。次號的《臺灣新文學》中，藤野雄士、秋山一夫、吳濁流和茉莉都給予正面的肯定，茉莉甚至盛讚這篇創作是「目前為止臺灣最棒的諷刺文學作品」。[35]同年 5 月 18 日，楊守愚的日記中甚至有王詩琅說張深切告訴他，文聯東京支部絕對不寄稿給《臺灣新文學》，聲明書早已寄來了的記述。[36]楊逵另起爐灶之後，和文聯間的紛爭非但未因此消弭，反而是《臺灣文藝》和《臺灣新文學》之間互別苗頭的意味濃厚，形成兩者因相與爭鋒而形同水火的局面。同年 8 月 28 日，《臺灣文藝》在發行第 3 卷第 7、8 號後走向停刊的命運，《臺灣新文學》遂成為獨挑臺灣新文學運動重擔的唯一新文學刊物。

——選自黃惠禎《左翼批判精神的鍛接——四〇年代楊逵文學與思想的歷史研究》
　　臺北：秀威資訊科技公司，2009 年 7 月
——修改於 2014 年 10 月

---

[34]譯自《臺灣文藝》第 3 卷第 4、5 號（1936 年 4 月），頁 68。
[35]藤野雄士〈「紳士への道」には感服〉、秋山一夫〈「紳士への道」を推す〉、吳濁流〈「紳士への道」と「田園小景」について〉及茉莉〈臺灣新文學六月號作品評〉，見《臺灣新文學》第 1 卷第 6 號（1936 年 7 月），頁 54～64。
[36]見許俊雅、楊洽人編，《楊守愚日記》（彰化：彰化縣立文化中心，1998 年 12 月），頁 18。

張深切與臺灣文藝聯盟

◎張志相[*]

一、前言

　　1920 年代開展的臺灣新文學運動，是臺灣文化人對現代世界文學的自覺性回應。臺灣文化人，或以個人、或以團體方式介入此一運動，其中以團體活動而言，1934 年成立的「臺灣文藝聯盟」（以下簡稱文聯），可謂最重要的組織。這個首次串連全島性文藝愛好者的團體及其機關雜誌《臺灣文藝》主導了 1930 年代中期的臺灣文壇，然而對於此一組織的理解率多以戰後當事人的回憶為主，未曾深入加以剖析，據此本文希望藉由基本史料的爬梳，描繪出文聯的興衰，並進一步分析其興衰之背景成因。又在文聯發展的過程中，張深切先生為其中心人物，他不但是文聯的常務委員長，即使在機關雜誌的編輯上，他也是關鍵性的人物。因此對文聯與張深切間的互動關係，自有適當釐清的必要。希望經由本文的闡述，具體呈現1930 年代臺灣文壇的歷史片斷。

二、文聯成立及其背後

　　1933 年 10 月「臺灣文藝協會」在所發行的機關雜誌《先鋒部隊》中，編輯了「臺灣新文學出路的探究」特輯，象徵了新文學運動進入 1930 年代後面臨了新的課題。源自 1931 年臺灣社會運動遭受到毀滅性的傷害，原本活躍於政治運動界的臺灣文化人，紛紛轉入文學界尋求新的空間。他

[*]發表文章時為逢甲大學歷史教學組講師，現為靜宜大學臺灣文學系副教授。

們的參與，使得原本處於萌芽時期的文學逐漸產生變化，[1]文學工作者面對
這些問題不得不有所思考、行動，誠如張深切在《里程碑》中所言：

> 民國二十三年，賴明弘和幾位朋友勸我組織一個文藝團體來代替政治活
> 動。我看左翼組織已經被摧毀，自治聯盟也陷於生死浮沉的田地，生怕
> 臺灣民眾意氣消沉，不得不決意承擔這個帶有政治性的文藝運動。[2]

這些想法經過賴明弘居間協調、南奔北跑的積極行動後，有了成果。1934
年 5 月 6 日「臺灣文藝大會」假臺中市小西湖酒家召開。當天受邀者超過
94 人，[3]實際出席者亦達 82 人。[4]會議結果議決成立「臺灣文藝聯盟」，同
時也通過創刊文藝雜誌、及文藝大眾化等提案。[5]但儘管會議圓滿成功，過
程卻有波折。首先是彰化地區的文學工作者集體遲到。何以如此？缺乏進
一步的佐證資料，勉強加以推測，可得二端：其一可由賴和力辭委員長之
事看出端倪，在思想立場上，賴和有著與時俱進的特徵，進入 1930 年代後
已成為左翼待機派，[6]日後被視為「臺灣新文學之父」賴和，是當時彰化地
區的文壇領袖，他的態度自然有著相當的影響力。其二，彰化地區的社會
運動者一向以激進聞名，他們對這種聯合各階級的文藝團體似乎興趣不
高。[7]兩相參照，彰化地區的文學工作者可能事先已取得協調，以集體行動
的方式，表達他們對文藝大會及成立文藝聯盟的看法。對此問題我們知
道，作為海島的臺灣，島外洋流的沖激，自難避免，特別是來自殖民母國

---

[1]參見賴明弘，〈臺灣文藝聯盟創立的斷片回憶〉，《臺北文物》第 3 卷第 3 期（1954 年 12 月）。
[2]張深切，〈冷戰〉，《里程碑》（臺中：聖工出版社，1961 年 12 月），頁 477。
[3]參見賴明弘，〈臺灣文藝聯盟創立的斷片回憶〉，《臺北文物》第 3 卷第 3 期，頁 64。
[4]同前註，頁 58。
[5]參見賴明弘等，〈第一回臺灣全島文藝大會紀錄〉，《臺灣文藝》第 2 卷第 1 號（1934 年 12 月），
頁 2～7。
[6]關於賴和的思想、立場林師瑞明有精闢的析論。詳見林瑞明，〈賴和的文學及其精神〉，《臺灣風
物》第 39 卷第 3 期（1989 年 9 月），頁 151～181。
[7]參見若林正丈，〈臺灣總督府祕密文書「文化協會對策」〉，《臺灣近現代史研究》創刊號（東京：
龍溪書舍，1978 年 4 月）。

與祖國的社會文化思潮，因此對當時臺灣島內外的發展情勢略加察考自屬
必要：就當時島內情勢觀察，進入 1930 年代後臺灣社會運動已然衰退，但
自臺灣文化協會分裂以來，左右翼間意識形態上的差距卻日漸擴大，統一
戰線的重組對激進分子而言是否必要 ? 難免心中躊躇。

　　再自島外情形來看，中國自 1930 年 3 月「左翼作家聯盟」成立後，
「革命文學」迅速取得文壇的主導勢力。而日本方面雖在「臺灣文藝聯
盟」成立前，「日本無產階級文化聯盟」（コップ即 KOPF，1931 年 11 月
27 日創立）遭到日警一連串的嚴重迫害，組織重要成員紛遭逮捕，至 1934
年 2 月後即趨瓦解，但該組織已取得一定的成就，更何況自「全日本無產
者藝術聯盟」（ナップ即 NAPF，1928 年 3 月 25 日創立，後併入
KOPF。）到「全日本無產階級文化聯盟」，更是一個「純粹化」的過程，
其無產階級文學的政治性立場之強化，較之中國有過之而無不及。因此綜
合兩者來看，臺灣左翼分子對於走回頭路，不能不加以懷疑。

　　與此同時，自主事者張深切的交往關係來看，此時期的張深切不但與
「東亞共榮協會」有所關連，他與陳炘聯手，結合日人宮原武熊（宮原眼
科）共同推進自治運動事業之發展，因此在 1931 年曾一度被視為資產階級
的代言人。[8]而日後文聯中部核心人物，也往往與自治聯盟關係深厚，如賴
慶是「自治聯盟」北屯支部主幹。[9]何集璧也是「自治聯盟」的主要成員，
並且文聯台中主幹也與「東亞共榮協會」成員重疊性高。[10]在政治立場上，
這兩組織都被視為資產階級的改良主義者。無怪乎彰化的成員會對張深切
所倡設的組織心懷疑懼。

　　會議的過程中張維賢更進一步提出反對文藝聯盟的成立，又引發 30 分
鐘的熱烈討論。張維賢向被視為左傾分子，1932 年時一度是具左翼色彩組

---

[8]曝狂鐘，〈張深切所引導的臺灣演劇研究會將走入那一條路？〉，《臺灣新民報》第 335 號（1930
　年 10 月 18 日），頁 11。
[9]《臺灣社會運動史‧第二冊‧政治運動》，頁 336。
[10]張深切，〈自治聯盟〉，《里程碑》，頁 392。賴慶、何集璧、張深切是後來文藝聯盟中部地區的常
　務委員。而文聯的籌劃和運作事實上是中部為主。

織「臺灣文藝作家協會」少數臺灣人成員之一。相對於其他地區的文學工作者，他和北部的作家有密切的往來，因此他的說法在某種程度上反映了北部文學工作者的看法，同時也更加印證了左翼文人對籌組文藝聯盟的遲疑態度。但文藝聯盟終究是成立了，究其原因，賴明弘的居間策動和時局的緊迫都是決定性的要素。賴明弘儘管被稱為「觀念的普羅文學主張者」，[11]但其立場傾向於左翼，毋庸置疑。在文聯籌組過程中，他南奔北跑，扮演了居中串連的重要角色，因此在協調左右翼差距時，他必然起了潤滑的作用。同時，政治運動被澈底鎮壓的殘酷事實，必定也使左翼人士起了適度的省思。故而儘管猶疑，也不便激烈反對，最後反都順勢加入了文聯。以上這些成立過程中的風波，雖都一一化解，但也為日後文聯的發展埋下了陰影。

　　文藝大會後被推為常務委員長的張深切，原本構想以統一戰線的方式，推動新文學運動，但結果顯然是失敗的。他個人所提的兩個方案均遭否決：「提倡演劇案」因資金問題被否決；「與漢詩人聯絡案」更遭極力反彈。尋繹張深切的想法，演劇案係他夙所抱持的理念──文藝大眾化應自演劇開始──之延伸；而與漢詩人聯絡的提議則是希望透過這種方式，進一步擴展運動資源，找到有力的支援者。[12]此想法的形成，一方面是基於現實情況的考量，另方面則是林幼春的影響所致。[13]整體而言，張深切將成立之初的文藝聯盟定位於過渡時期的文藝組織，循此，就策略運用而言，累積運動資源是相當重要的。而累積的方式，一方面可透過漢詩人合作，獲得支援，另外一方面提倡識字、不識字均能理解的演劇，或有助於開拓新的資源。可惜這樣的構想顯然不為現實所接受，在經長期「新舊文學論爭」後，新文學工作者與漢詩人間壁壘分明的情況下，要求再度攜手合作的機會實甚渺茫。因此文藝大會結束後，張深切由於孤掌難鳴，機關雜誌

---

[11]黃石輝語。轉引負人〈臺灣話文雜駁（五）──四、主張和宗派〉，《南音》第 1 卷第 7 號（1932 年 5 月），頁 23。

[12]參見賴明弘等，〈第一回臺灣全島文藝大會紀錄〉，《臺灣文藝》第 2 卷第 1 號，頁 6。

[13]張深切，〈苦行〉《里程碑》，頁 191～192。

《臺灣文藝》的資金、稿源、編輯與發行業務等方面，都面臨無米之炊的
窘境，此時陳炘、張星建、黃再添（三人均為自治聯盟成員）等人「適
時」的介入文聯運作，使組織與刊物發行為之「安定」。面對此種結果，
張深切日後認為此時起文聯已非文聯，而是盟外之人主控局面。[14]《臺灣文
藝》的編輯自此分由張深切和張星建（非文聯成員）負責，做為文藝聯盟
的機關刊物而言，此種情況毋寧是喪失文聯立場的開始。未久，另一個非
盟員且具左翼色彩的日文編輯楊逵（楊貴）的加入，為日後的雜誌的編輯
方針紛爭更增添了不少變數。

三、文聯的內爭與消歇

　　1935 年 6 月在《臺灣新聞》上，楊逵與劉捷環繞著「文聯宗派化」
（セクト化）等議題引發爭論，[15]此一問題文聯常委會雖亦有討論，但短時
間內卻未見有下文。同年 8 月文聯舉辦第二次全島大會期間，對同一問題
楊逵曾與張深切、張星建、何集璧等人有所晤談，且與劉捷彼此握手致
意，一時間文壇似乎瀰漫著和諧氣氛，[16]而 11 日召開的大會中也決議文聯
應對此問題進行改革。但究之實情，則顯非如此。單以文聯機關刊物《臺
灣文藝》在爭議過程間的部分內容觀察，即可得到印證。會議稍前發刊的
《臺灣文藝》第 2 卷第 8、9 號（8 月 4 日發行），內容中由所謂的「無任
所編輯委員」撰文〈二言・三言〉，針對論爭逐條辯駁，藉由強調文聯超
越民族、階級的成立宗旨、否認宗派存在、編輯狀況係權宜行事等，對論
爭議題予以駁斥；並且在刊後的〈編輯後記〉中對於編輯「公平無私」的

---

[14]同前註，頁 481。

[15]林克夫，〈詩歌的重要性及其批評〉，《臺灣新文學》第 1 卷第 7 號（1936 年 8 月號），頁 85～
86。當時議題主要是「血の相違」（血緣差別）、「セクト化」（宗派化）、「一人よがりの編輯」
（編輯權專擅）三點，這當中「宗派化問題」涉及彼此主張、立場與組織統制問題，因此「宗派
化問題」毋寧是此論爭關鍵核心所在。

[16]吳史民（新榮），〈第二回文藝大會的憶出——文聯的人人〉，《臺灣文藝》第 3 卷第 6 號（1936 年
5 月），頁 52～53。這是與會的吳新榮的觀察，原文寫於 1935 年 9 月 10 日。

立場再次予以強調。[17]同年 9 月發刊的第 2 卷 10 號，刊內又見署名「E・F
生」（即巫永福）撰文〈二言・三言〉，內容述及論爭已然煙消雲散，請讀
者安心。[18] 針對《臺灣文藝》編輯部的回應方式與內容，顯然楊逵不能接
受。同年 11 月楊逵更進一步地以文聯內部的種種問題，在東京《文學評
論》上發表〈臺灣文壇の近情〉。該文深刻而確切地指責文聯的弊端。歸
納楊逵文章，可知他認為文聯存在著五大問題：首先是文聯本身定位不
明，未知屬讀者或作家；其次是文聯大會會務報告時竟出現支部負責人非
聯盟成員之事；三是文聯對幹部統制不嚴；四是大會決議案未曾實行；五
是文聯未能與進步的文學相提攜。[19]楊逵此文之論點，無疑受到日本文壇現
實動態的影響，特別是「日本無產階級文化聯盟」興衰事實的啟示，所以
楊逵提到怎知定位、統制力及攜手進步文學等問題。從楊逵的觀點來看，
文聯的回應是模糊及轉移問題焦點，基本上楊逵認知文聯是一進步的文化
團體，內部不應存在著宗派，尤其組織運作和機關刊物《臺灣文藝》的編
輯更不應有一、二人專擅的情形發生（即意指張深切與張星建）。楊逵此
文刊出，無疑地使論爭的雙方，更朝對立的態勢發展，而最終楊逵所指責
的問題，也並未獲得一雙方均可接受的解決方案，楊逵於是在 1935 年底另
行創刊《臺灣新文學》。即令如此，紛爭仍未平息。一方面文聯的問題依
然存在，另方面雙方並無停止爭論的跡象。《臺灣文藝》編輯言及楊逵盜
用該刊的稿件（即藍紅綠的〈紳士への之道〉），[20]同時《臺灣新文學》或
左翼人士即使是日後，他們針對張深切進行攻擊也未終止。[21]後來文聯執委
會曾議決透過蔡秋洞，勸楊逵謹慎，否則即將其除名，但問題總是並非如

---

[17]無任所編輯委員，〈二言・三言〉、〈編輯後記〉，《臺灣文藝》第 2 卷第 8、9 號（1935 年 8 月），
頁 72、132。
[18]E・F 生，〈二言・三言〉，《臺灣文藝》第 2 卷第 10 號（1935 年 9 月），頁 82。
[19]楊逵，〈臺灣文壇の近情〉，東京，《文學評論》第 2 卷第 12 號（1935 年 11 月）。此五點是尾崎秀
樹對楊逵文章的重點歸納，參見尾崎秀樹《近代文学の傷痕》（東京：岩波書店，1991 年 6 月），
頁 182。
[20]「編輯後記」，《臺灣文藝》第 3 卷第 5 號，頁 68。
[21]頑兒，〈對佛講經〉，《新文學月報》第 1 號（1936 年 2 月），頁 9。

此單純。論爭持續化的過程中，文聯各地方支部對此有著不同的反應。文聯東京支部在翌年三月表示一方面期望文聯改革，一方面絕對支持文聯本部，[22]這批人後來便成了《臺灣文藝》主要的文稿來源，而文聯的佳里支部則分別投稿於兩個刊物。[23]相較之下，臺北支部及彰化地區則傾向於支持《臺灣新文學》，[24]同時嘉義支部的徐玉書也明言支持《臺灣新文學》。[25]因此文聯表面上雖未分裂，但在陣營內卻呈現對立的兩方。因此便有成員希望《臺灣文藝》與《臺灣新文學》能夠統一。佳里支部即針對此一問題有所討論，[26]但最後缺乏進一步的成果出現。而隨著戰爭腳步的迫近，文聯對外也少有活動。機關刊物《臺灣文藝》在 1936 年 8 月 28 日刊行第 3 卷第 7、8 號合刊後，也就無形中停刊。同年 12 月 26 日文聯佳里支部成員決議解散文聯佳里支部，象徵性的結束了文聯。[27]

　　回顧文聯的整個內部紛爭過程，組織不健全及機關刊物的編輯方針是癥結所在。在文聯成立初期時，由於盟員散居臺灣南北，即使是常委彼此間也缺乏長時的聯繫，一切活動都得由張深切自行處理。資金籌措、機關刊物的編輯，在在使張深切疲於奔命，張星建、黃再添等人的鼎力相助，才使文聯以維持。因此無形中原有的編輯小組會較具權威性，且以自己的喜好主導了刊物方向。當楊逵成為日文編輯時便因雙方對文學認知的差異造成初次的衝突。基本上雙方都同意臺灣文學只能是為人生而藝術的文學，但對如何達致此一目標，卻有不同的看法。楊逵在〈台湾文壇の近情〉明確的表達出他的文學看法：

[22]吳坤煌，〈東京支部例會報告書〉，《臺灣文藝》第 3 卷第 6 號（1936 年 5 月），頁 57。

[23]張良澤主編；吳新榮，《吳新榮全集 6・吳新榮日記（戰前）》（臺北：遠景出版公司，1981 年 10 月），頁 31。

[24]《新文學月報》第 2 號（1936 年 3 月），頁 9。

[25]徐玉書，〈臺灣新文學社創社及「新文學」第一、二、三期作品的批評〉，《臺灣新文學》第 1 卷第 4 號（1936 年 5 月），頁 97。

[26]吳新榮，《吳新榮全集 6・吳新榮日記（戰前）》，頁 31。

[27]吳新榮，《吳新榮全集 6・吳新榮日記（戰前）》，頁 40。

重要是要求文學有「喊叫」的聲音。文學最大的關心是「尋求光明」、「喚起盼望」，以此代替「綿密描寫黑暗面的自然主義」。[28]

　　簡言之，楊逵的文學理論可以用行動主義來概括。相對於此，張深切則近於自然主義，主張文學應建築在一切「真、實」的基礎之上。[29]至於張星建則具有較強的純藝術取向。同樣的文學認知差異也反映了他們政治立場的差異。是民族抑或階級？楊逵與他們傾向於資產階級的立場明顯得有所不同，這自然導致編輯方針的看法問題。因此文聯的內爭，在某一程度上說也是左右路線爭執的表現。印證於各自刊物的支持者也可以看出此點。臺北、彰化地區的盟員在第一次大會時，便和以張深切為首的其他盟員有不同的意見，在《臺灣新文學》創刊後，這兩個地區也是楊逵的主要支持者。嘉義支部的情形則導因於徐玉書認為《臺灣文藝》背離了文藝大眾化的路向，因此嘉義的文學工作者態度傾向於楊逵。[30]至於東京支部，主體上以昔日的《福爾摩沙》成員為主體，在該集團成立之初即經歷過激進或溫和路線的爭執，結果溫和路線取得上風，[31]因此自然傾向於文聯本部。統言之，文聯內爭過程中《臺灣文藝》和《臺灣新文學》各自的支持者大體上分別反映了各自的政治立場。

四、結語

　　如上所論，文藝聯盟的內爭，事實上涉及了雙方對於組織、編輯方針（文學思想、政治立場）的看法不同，甚至是個人間意氣爭執，如此使得紛爭持續達半年多才逐漸平息。它具體的反映出 1920 年代末期「左右傾

---

[28]楊逵，〈台灣文壇の近情〉，東京，《文學評論》第 2 卷第 12 號。以下所述俱轉引自尾崎秀樹《近代文學の傷痕》，頁 183。

[29]張深切，〈對臺灣新文學路線一提案〉，《臺灣文藝》第 2 卷第 2 號（1935 年 2 月），頁 86。

[30]徐玉書，〈臺灣新文學社創社及「新文學」第一、二、三期作品的批評〉，《臺灣新文學》第 1 卷第 4 號。

[31]巫永福，〈臺灣文學的回顧與前瞻〉，收於巫永福《風雨中的長青樹》（臺中：中央書局，1986 年 11 月），頁 110。

辯」後，臺灣文化人意識形態上的尖銳對立，此一對立結構，同時普遍出現在日治時期臺灣人的政治、文化、社會等等運動，它實是臺灣文化人心中一個不可解的結。雖然情況大體如此，但文聯內爭卻也出現了不意的結果，自此後臺灣新文學收穫成果較前更為豐碩了，《臺灣文藝》與《臺灣新文學》各自發展出一片天地，成為日治時期臺灣文學運動史上最重要的兩個刊物，與此同時，文藝聯盟的存在也帶動了臺灣各地的文藝風氣。雖然就個人而言，文聯的紛爭結束後張深切即行辭職，其後更遠赴北平，開展他個人另一階段殖民抗爭歷程，但他把文聯推向更前的發展，對於文聯運作資金的籌措、文學發展方向的思考、建議都費了相當的心力，因此他對文藝聯盟的發展和新文學運動的持續實是功不可沒。

──選自林亨泰主編《新生代臺灣文學研究的面向論文集》

彰化：臺灣磺溪文化學會，1995 年 6 月

──修改於 2014 年 10 月

張深切論

◎黃文成*

　　張深切，字南翔，筆名者也、楚女，臺灣南投草屯人（1904～1965年）。赴日就讀於青山學院，因接觸中國歷史，嚮往祖國山河，乃輟學赴滬；苦難的祖國，並沒有使他失落絕望，開始熱烈獻身民族運動，轉赴廣州，進入國立中山大學法科政治系，和同學郭德欽、嶺南大學張月澄、黃埔軍校林文騰等臺籍青年為「建立臺灣的抗日革命，為協助中國的北伐革命，我們幾乎天天開會討論方策。」他們先組織「廣州臺灣學生聯合會」，繼成立「臺灣革命青年團」，張深切因返臺領導「臺中一中」罷課學潮，而被捕入獄。

　　1928 年 2 月，日本當局對「青年團」成員以觸犯「治安維持法」起訴，「治安維持法」在當時是非常重的刑罰，重者甚至能被處以死刑。同年12 月，第一審宣判，張深切被判處三年。隔年四月，第二審宣判，改判兩年，同年底，張深切出獄，該案無人被處以死刑。

　　而他著名的〈獄中記〉則是他出獄之後，以日文書寫、用回憶錄方式寫下的作品，除此之外，在出獄後又發表兩篇關於獄中經驗的〈鐵窗感想〉散文一篇。[1]本節專就張深切〈獄中記〉及〈鐵窗感想錄〉論析之。

---

*發表文章時為中國文化大學中國文學系博士生，現為靜宜大學臺灣文學系副教授。

[1]張深切在他回憶錄裡提到：「〈鐵窗感想錄〉原為筆者於民國十八年（即十八年前）甫行出獄時所撰寫，內容有「讀書心得」及「獄中生活」兩部分。前者曾經以〈鐵窗感想錄〉為題，在《台灣新民報》連載，但除後者以外，部分的原稿已遺失，因此，將此一部分改以〈獄中記〉為題，併入本書中付梓了。」見張深切，〈自序二〉，《張深切全集‧卷 4‧在廣東發動的臺灣革命運動史略‧獄中記》，頁 76～77。

一、監獄生活重塑

（一）陳述陷入囹圄始末

　　張深切〈獄中記〉對於他個人入獄的原因、過程、始末有詳盡的記載。如從〈審問篇〉中便一路寫下他入獄原因，審訊歷程、判刑歷程等細節。如在警署間審訊、檢察官狼狽至極的審訊、和石橋主任檢察官之初次會面、對廣東事件之初次審訊、向武田檢察官挑戰、檢察官對豫審判決、被提起公訴等過程，都有完整回憶。

　　當中，他詳述了第一次，因「廣東事件」入獄出獄的歷程；但重點是落在第二次入獄的始末上。這當中，張深切在文章中，對於當時幾個所謂的「臺灣御用士紳」有極重的批評，如辜顯榮、林熊徵等人，以「辜逆」、「林逆」稱號呼其名：

> 辜逆、林逆之豫審事件真相到底如何？迄今未有定論，只是當時聽到的話相當有趣，所以在此附筆一提。
>
> 那是在《臺灣先鋒》雜誌之底頁上，赫然出現贊助會員辜顯榮和林熊徵之大名（實際上乃出自於張月君之惡作劇），豫審法官在形式上，也非得傳訊這兩名御用紳士不可了。……而辜卻由於全盤否認，家宅因而被搜查，結果不幸的是，《臺灣先鋒》雜誌在他的房間裡被查出來，他於是受到這樣的詰問：
>
> 「有就是有，沒有就是沒有，你為什麼要做虛偽之供述呢？」
>
> 「實在對不起。我因涉世未深不懂事，所以一時糊塗，隨便如此說了。」
>
> 「當局原本對你相當敬重，可是由於你不實之供述，我們非得對你依法辦理不可了。」
>
> 「我向來討厭年輕人胡作非為，所以絕對沒有給予他們任何經濟經濟上之支援啊！我同樣非常討厭孫中山，這一點可以由在《臺灣先鋒》雜誌

封面裡，孫中山之照片的嘴巴上被畫有××××的事實得到證明才對。那是我畫的呀！」[2]

對於辜顯榮的「逆行」，張深切是以笑話一則看待。但對於同案入獄的吳文身、盧炳欽、林文騰等人有極高的評價，如：

吳文身君則突然異想天開地整天價喊「打倒日本帝國主義」這句口號。他的聲音並沒有因而變得嘶啞，也似乎不知道疲勞是為何物，其耐性之強實在令人佩服。他的喊法是將「打」字拉得很長，「倒」字則突然降低聲調，然後把「日本帝國主義」一口氣叫出來，所以聽起來鏗鏘有力，我到現在只要靜靜閉上眼睛，就彷彿聽到他喊這個口號的聲音。[3]

這個聲音，在他出獄後 18 年，依然盈繞在作者的心中甚久，可見當時他們與日本帝國對抗態度是多麼地堅決。

（二）獄房／獄友描述

〈雜記篇〉（一）、（二）以散文方式寫下張深切個人獄後的所見所聞，其中對於獄友的描寫，有相當深刻的觀察。此點與其他同時期入獄作家所觀察到的獄友，多屬友朋知音而言，是相當不同的。首先，他以親身經歷，寫下了囚牢的樣貌：

牆壁！牆壁！牆壁！四處盡是一些牆壁！達摩面壁九年而悟道，然而，對監獄裡的囚犯而言，牆壁不是徒增他們傷心的所在嗎？──這樣的牆壁存在已有十年、百年之久了！[4]

---

[2] 張深切，〈審問篇〉，《張深切全集・卷 4・在廣東發動的臺灣革命運動史略・獄中記》，頁 189～190。
[3] 同前註，頁 188。
[4] 張深切，〈雜記篇（一）〉，《張深切全集・卷 4・在廣東發動的臺灣革命運動史略・獄中記》，頁 136。

在標著〈形成黑暗世界之壁〉段落中，張深切對於「監獄的牆壁」深惡痛絕，這一幕幕的牆，隱藏在種族、民族之間，隱藏在帝國與被殖民國百姓之間。整個日據時期的臺灣社會，宛如一座大監獄，「監獄裡滿目皆是牆壁、鐵鏈、看守和汗臭薰人的囚衣。」這樣的環境下，人性容易被扭曲，但也更容易被觸動心靈。

張深切便以近身觀察寫下與他幾個同處一室獄友的入獄事蹟及其行為，如在〈雜記篇〉中便記錄了「超越民族界線之日籍牢囚」、「大殺手囚犯三號」、「殺妻犯十三號」、「犯弒父罪之模範囚」、「受委託的殺人犯」等人。對於非因政治入獄的囚犯，張深切總有他自己的評斷，例如，他對「受委託的殺人犯」中的年輕人，便持著批判角度。這年輕人「皮膚白皙、臉色微紅，宛如剛患了第二期肺病，如佳麗般的男子。」入獄原因只因朋友的教唆便拿刀殺人。對這如佳麗般的男子，張深切說：

> 這件荒唐事情經警察查明，知道加害者不但與被害者毫無冤仇，他也沒有受到唆使的意識，法官特別從輕發落，以酒後受到誤導為理由，以無意識誤殺致死罪處理，僅判了四年徒刑。知道內容後，我由衷憎恨這個人，一時起了非好好整治這種人不可的念頭。魔鬼愛壞人，在人間社會的神，永遠敗在魔鬼之手——我深深有了這樣的感慨。[5]

此外，對於張深切筆下的囚犯，出現一個相當特別的現象，就是男子入獄之後，本有的雄性特質似乎不見了。這樣的現象不僅發生在這位少年，也發生在其他囚犯人身上，如「超越民族界線之日籍牢囚」中的主角：

> 這人看起來溫柔如一名尼姑，實際上是個半陰陽人，「詐欺侵占、偽造文

---

[5] 張深切，〈審問篇〉，《張深切全集・卷4・在廣東發動的臺灣革命運動史略・獄中記》，頁161。

書、恐嚇竊盜」這個罪名之長，委實也令人瞠乎其目。照道理說，被關進監牢的日本人，應該沒有好東西才對，然而，相處在一起才知道這些人都蠻可愛哩。……這名半陰陽人是個愛哭鬼，整天啼啼哭哭的樣子，實在令看守們拿他沒有辦法。[6]

張深切說：「他對我很有好感，而我對他尼姑般的女性姿態也頗感興趣。」另外，除這名日籍陰陽人外，同監還有位日籍記者，張深切對其形容是「由這瀟灑的裝扮來推測，相信他一定是個很標緻的男人。不過一次看到廬山真面目，才知道他的長相，原來連一般男子都不如。」這兩個日籍男子在外表上已呈現「陰柔感」，雖也有外表陽剛，但事實上卻是閹人者：

> 那是我被關在臺北監獄時的一個大熱天，當我們正以最快速度擦洗身體時，突然聽到後面猛然濺水的聲音。回頭一看，我才知道有兩名囚犯打起架來了。然而，我的視線卻被另外一個地方吸引了過去——有一個四十來歲，體骼魁梧的漢子正站在浴槽的邊緣上，目不轉睛地觀看這打架的情形。這名漢子的下體為什麼沒有男人最重要的東西呢？以他那魁梧的體格來說，這是多麼不調和的現象！「太監」這個字眼突然在我的腦海裡浮起。
>
> 我後來又見到這名漢子幾次（這個人活著有什麼意義呢？）——每次見到他時，我都有了這樣多餘的關懷。[7]

心態上表現陰柔的受刑人，是否是因進入監牢後開始呈現的現象，也許是值得被關注的議題。但監獄對於人格與性格上的切除或移轉，顯然在張深切所觀察寫下的獄友身上，看見具體而非單一、個別例子。

---

[6]張深切，〈雜記篇（一）〉，《張深切全集・卷 4・在廣東發動的臺灣革命運動史略・獄中記》，頁148。
[7]同前註，頁135。

二、鐵窗裡的閱讀

　　在他的〈獄中日記〉中我們也可發現,「閱讀」對於深陷囚牢中的張深切而言,是種救贖的力量。他透過大量地閱讀,從其中獲得精神世界的超脫,而不受現實下的四面冷牆所困阨生命。

　　聖哲所留下的文字世界,是最能引領張深切走向超越的生命境界。這三年裡,他大量閱讀與精讀了《聖經》、孔子、老莊、釋迦佛教經典、馬克思等社會主義學說著述。張深切從閱讀當中,堅固自己的意志力,以意志力來對抗三年牢獄的苦難。對於獄中的閱讀,他有極為深刻的體悟:

> 服刑後才開始閱讀佛教聖典以及真宗聖典,同樣也令我感到震撼。「讀一些書就在思想上起變化,這樣的人在思想上可以說尚未成熟」——我曾說過這樣的話。我承認我由於閱讀老莊佛之書籍而頗感受震撼,也不否認自己在思想體系上起了一些變化,然而,我要強調的是,我由於接受了更多思想家之學說孕育,因而對客觀真理的認識更加深入,對馬克思、列寧主義學說之信仰也更加彌堅了。[8]

文字的力量是能夠穿越時間與空間的限制,張深切於獄中重新檢視了東西方哲人思想學說,且對於自己的政治立場,有了最後的判決,這樣的判決結果,絕非日本殖民國對付臺灣籍知識分子所想見的結果。但對於張深切投入於革命運動,卻培養了其絕佳的知識判斷能力。

三、獄中精神心靈世界描述

(一　看見人性

　　據傅科《規訓與懲罰》一書中的理論,提到監獄對於受刑人的影響,

---

[8]張深切,〈鐵窗感想錄〉,《張深切全集‧卷 4‧在廣東發動的臺灣革命運動史略‧獄中記》,頁366。

就是要改變成思想與行為，以現代術語即稱之為「矯正」。張深切初入獄，對於自己有相當高的期許，想直追甘地作為，並以絕食方式對抗日本政府粗暴行為：

> 被抓進警署拘留時，我對第一次送進來的便當碰都沒有碰，只是冷然瞟一眼而已。那是一隻黑漆木製的大盒子，白飯上僅擺一點看不出是什麼的小菜。我對沒有經過偵訊就突然被抓一事非常不滿，所以決定以絕食抗議。[9]

「不能為同胞們忍耐吃這一點吃的東西，還能談革命嗎？」這是張深切剛進拘留的態度，只是精神抗議力量亦需體力來支撐。第二天中午，他看待粗糙食物，已能幻想成是山珍海味：

> 這天中午，我看到被送進來的飯菜，起了極大的變化。那是我許久以來沒有見過的山珍海味。意志和感情立刻在我的腦海裡相剋了。我怎麼可以以此為樂呢！？能夠吃到這樣的東西的確令人快樂，可是這樣的想法不是很卑鄙嗎？——如此理性和感情之矛盾衝突，使我顯得很卑微，但也顯出我的崇高人格吧！[10]

規訓與懲戒的力量，其實還是發生在張深切身上，他自認為「理性和感情之矛盾衝突」顯露出在崇高人格上。但這樣心理現象的移動，其實是很符合人性的要求。況且甘地是聖人，然未必所有人都可以達到聖人境界。

（二）宗教

　　人未必是聖人，然精神上卻可以依賴聖人的力量，進行生命上的超

---

[9] 張深切，〈雜記篇（一）〉，《張深切全集・卷 4・在廣東發動的臺灣革命運動史略・獄中記》，頁130～131。
[10] 同前註，頁132。

越，張深切在獄中，對於宗教信仰，有全新認識的機會與體悟，他從閱讀上對於基督有新的認知：

> 所有的力量源出於信仰。基督致力的是以摻雜奇蹟之手法獲得信仰，以獲得信仰為著眼點，這一點正證明祂確實具有做為宗教家之資格。[11]

透過獄中閱讀與個人生命經驗法則，張深切對於宗教信仰擇選，有了一個重大確認過程，他接續地說：

> 熟讀聖經後，我得到的感想是（實際上聖經中的意義是高興和如何解釋就可以如何解釋的）──聖經既可以利用擁護資本社會主義社會之存在，也可利用於支持社會主義社會之建設！[12]

張深切對基督的理解在於，基督是深入民眾生活中，而非貴族式的思考邏輯，是站在廣大的百姓這一群，無階級意識；同樣地，他對於佛教則處於失望與批判的角度。

對當時佛教信徒及宗教家的批判，甘冒批評也要說出他心底話，「就佛教的真義而言，我再也沒有像唐吉訶德式的勇氣了。換句話說，我對詮釋佛教真義已是裏足不前的了」。他對於佛教的批評是：

> 過去、現在、未來、因與果──對於這一切，釋迦做的是荒唐之極，自以為是的說明。所有這些都是出於方便之舉，明知道無法說明而硬加予說明，這一點他自己都有所說明，然而，不遜之和尚們卻將這些神秘化、不可思議化、迷信化和商業化了。其實，說商業化還算客氣，實際

---

[11] 張深切，〈鐵窗感想錄〉，《張深切全集・卷 4・在廣東發動的臺灣革命運動史略・獄中記》，頁 360。
[12] 同前註，頁 361。

上，他們幹的勾當不是和竊賊騙子沒有二致嗎？有人以寄生蟲痛罵宗教家，事實上他們豈只是寄生蟲而已，不是道道地地的騙子嗎？[13]

不過，他認為釋迦本是一個值得尊重的宗教家，他說：「唸南無阿彌陀佛就能成佛！他是何等傑出的人生生命指導者！」而他所批判的對象，則是以宗教名義行詐騙之實的宗教騙徒。

——選自黃文成《關不住的繆思——臺灣監獄文學縱橫論》
臺北：秀威資訊科技公司，2008 年 4 月

---

[13] 張深切，〈鐵窗感想錄〉，《張深切全集卷 4‧在廣東發動的臺灣革命運動史略‧獄中記》，頁 368。

淪陷時期張深切與周作人交往二三事

◎陳 言[*]

　　周作人是新文化運動的驍將，他在文學理論、散文創作等方面的貢獻，使他在中國現代文化史上有著光彩奪目的地位。抗戰時期周墮落為漢奸，成了他人生的又一次重大轉折，這次轉折永久地影響了他做為一個歷史人物的命運。無論是榮是辱，周作人的名字將是中國現代史上一個獨特的存在。相比較之下，臺灣作家張深切的名字還不太為大陸學界所知：這固然與文化成就高下之別有關，也不能忽視兩岸文化上的阻隔。先簡要介紹一下張深切的生平與創作。

　　張深切（1904～1965）是臺灣日據時期活躍的政治運動家，1924 年在上海參加「臺灣自治協會」，1927 年在廣州組織「廣東臺灣革命青年團」，從事抗日運動。後來轉向文化運動，1934 年擔任「臺灣文藝聯盟」委員長，發行《臺灣文藝》。1938 年 3 月，前往北平。1939 年在北平淪陷區創辦《中國文藝》，擔任發行人兼主編。日本戰敗後返臺，就任臺中師範學校教務主任。1947 年「二二八事件」發生時，因被誣告為共產黨首腦而避難於山中。雖然後來證實無辜，卻對公職失去興趣，之後專心著述。他的文學創作涵蓋小說、散文、評論、劇作，他組織文藝社團、推動戲劇運動的功績，在臺灣學界也越來越受到重視。1961 年，張深切的自傳《里程碑》（又名《黑色的太陽》）由聖工出版社出版；1965 年，中央書局出版了他

---

[*]本名陳玲玲。發表文章時為北京師範大學博士候選人、北京市社會科學院助理研究員，現為文學博士、北京市社會科學院副研究員。

的《我與我的思想》。1998 年，臺北文經出版社出版了 12 卷《張深切全集》。

　　將張深切、周作人兩人相提並論，理由之一，他們都曾活躍於抗戰時期的華北淪陷區。在當時的北平淪陷區，他們都發行或主編過重要的文藝雜誌（前者有《中國文藝》，後者有《藝文雜誌》等）；都因精通日語而被看成是中日文化交流的橋梁，從而為淪陷區各方勢力所爭取；都曾在偽政權供過職（張任職於偽新民書院、新民印書館等；周則任偽華北教育總署督辦、偽東亞文化協議會會長、偽華北綜合調查研究所副理事長等職）；都因服務於偽政權，在戰後時乖運蹇（張深切因其臺灣人身分，即日本國民，在抗戰勝利之初被看成是「敵」、「偽」；返臺後因被當成共產黨首腦而遭追捕，也被不少人看成是文化漢奸；周作人因漢奸罪被判刑。究其一生，他們的身上都有自由主義知識分子的特質（張深切早期曾與無政府主義有過接觸，後來就放棄任何意識形態），都有文化至上主義傾向；其晚年的寫作（張深切的《里程碑》，周作人的翻譯、《魯迅小說裡的人物》、《魯迅的故家》及散文隨筆等）都為研究中國現代文學留下了重要史料。理由之二，張周二人在北平淪陷區因工作關係多有交往，後來因工作上的糾葛互為參商。他們在日本占領下的文學活動及交往的過程，體現了華北淪陷區文壇錯綜複雜的關係，是一段饒有意味的歷史敘述。

　　據張深切回憶說，他與周作人結識，似乎是經由在周作人周邊的臺灣同鄉張我軍以及洪炎秋等人之介紹。[1]見面之前，張深切似乎對周氏並不太抱好感，理由很簡單，就因周氏兄弟失和。見面後，他對周作人的態度有所轉變，這首先源於他對周氏的第一印象：

　　　意外文雅，一對特別小的耳朵，配合那圓滿的臉兒，不但不難看，反而

---

[1]黃英哲，〈張深切的政治與文學〉，《張深切全集》〔全 12 冊〕（臺北：文經出版社公司，1998 年 1 月），頁 42。

呈現溫柔可愛，因此我的觀念也改了。[2]

通過交談，張深切感覺，周對時局的看法相當清楚，似乎也有一肚子的愛國熱情，時常溢於言表。其時周作人已處在各種政治勢力的爭取之中，日人自然也對周極盡誘惑之能事。在擔任偽教育總署督辦之前，周本人異常慎重，曾經多方徵求意見。他也問過張深切。對此，他們之間有這樣一段對話：

張：也可以做，也可以不做。

周：怎麼說呢？

張：做，須吃苦；不做，也苦。

周：做，恐怕會受人批評，尤其督辦這個地位……

張：如果吾人有愛國民族之志，有何地位不可就？就是參加敵人的第五列也沒有問題，所謂出賣國家民族，不在於地位，而在於居心立意如何而定耳。[3]

在張深切看來，設定出賣國家民族利益的界限是，人格對於敵偽政權是否具有依附性，在敵偽政權任職與否，並不能成為衡量民族認同的唯一的和最重要的標準。若干年後，對知識分子問題頗有研究的愛德華‧薩伊德也談到知識分子的角色與功能問題：

知識分子是以表述再現的藝術為業的個人……知識分子的代表是在行動本身，依賴的是一種意識，一種懷疑、投注、不斷獻身於理性探究和道德判斷的意識；而這使得個人被記錄在案並無所遁形。知道如何善用語

---

[2]張深切，〈敷衍〉，《張深切全集‧卷 2‧里程碑——又名：黑色的太陽（下）》（臺北：文經社出版公司，1998 年 1 月），頁 721。

[3]同前註，頁 722。

言，知道何時以語言介入，是知識分子行動的兩個必要特色。[4]

二人的表述很相似，都強調知識分子的主體性。「五四」以來的周作人，正體現了知識分子的使命感和價值擔當：對於中國的現實和未來命運，他的確表現出了「一種懷疑、投注、不斷獻身於理性探究和道德判斷的意識」，這種印象在張深切及時人心目中是難以磨滅的。

這之後不久，周作人還是出任了偽職。他的理由是：「事實上不能不當。」（周作人 1940 年 1 月 12 日日記）張深切前往拜訪時發現，原來古色蒼然的大門，已經塗了油漆，客廳裡的沙發也都換成新的了。張故意問周：

「周先生，以前的大門很好，為什麼改了？」

周作人顯得很不好意思，答道：

「以前的太老了，開關都很不方便，所以改了。」

周氏避重就輕，言非所欲言，吞吞吐吐，失節者的難堪，是不難想見的。事實上，從 1939 年 7 月 3 日（就任偽北平大學文學院籌備員三個多月以後）起，就翻修了左右偏門，鑿井，改造廁所，裱糊內屋，修造上房等等，生活上日益闊綽，設宴招飲漸成常事，並購置起狐皮衣裘來。類似的記載在該時期的周氏日記裡頻繁出現，物質生活的變化表明他逐漸融入到日偽政權中，對後者的依附也越來越深。1946 年 6 月 17 日，首都高等法院對周作人漢奸案提出起訴書，周作人針對起訴書，呈交一篇自白書，為自己辯護。他說，他「以為學校可偽學生不偽，政府雖偽，教育不可使偽。參加偽組織之動機完全在於維持教育，抵抗奴化。」[5]參加偽組織未必就是漢奸，這樣的邏輯是成立的，但是他掩蓋了自己在行動和人格上的附逆，則不可原諒。

張深切本人也任職於偽政權，但他創辦《中國文藝》、組建中國文化振

---

[4]愛德華‧薩伊德著；單德興譯，《知識分子論》（北京：三聯書店，2002 年），頁 23。
[5]轉引自朱正著，《周氏三兄弟》（北京：東方出版社，2003 年），頁 283。

興會，都在最大程度上避免了日方勢力的介入，使刊物和組織有所作為。
他在北平淪陷區曾因有抗日嫌疑遭到逮捕，被捕期間也勇於和日偽勢力抗
爭，毫不妥協。在窮困潦倒之際，堅決拒絕日人在物質上的誘惑。太平洋
戰爭爆發後，他利用自己在華北的臺灣同鄉會會長一職，阻止日方征用華
北的臺灣人參戰，在與日人的抗爭中最大限度地表現出了中國人應有的韜
略和勇氣，同時，你也不能不感動於他那棄富貴如敝屣的強毅與堅忍。由
此可以看出，張和周的區別在於，是否融入到日偽政權中，人格是否由獨
立轉變為依附。正是在這個意義上，周作人的確是進退失據的。不少人把
周落水的動機歸因於周圍環境和他的日本太太的影響。張深切卻尖銳地指
出，「無論誰去影響他，他本質固不是勁草，風來草偃是自然的下場。」[6]
也因為這件事，他對周由同情變成了鄙夷。在這以後的幾個月裡，張很少
與周來往。

　　1939 年 9 月 1 日，由張深切發行並兼任主編的《中國文藝》正式創
刊，周作人每期或隔期就在該刊發表文章，做為主編的張深切也常在編後
記裡提到周作人及其文。張深切 1938 年初到北平之際，「文化界已陷於極
端紛亂，滿目盡是淫書、桃色新聞，和頹唐悲觀的論調；所有言論若不是
諂媚日本，便是讚揚新民主義的八股文章。漢奸、流氓、地痞藉日本勢力
乘機打劫，橫行無忌；下流的政客跳梁跋扈，賣身賣國，恬不知恥；陷害
忠良，壓迫百姓，習以為常。恐怖空氣籠罩著故都，這是內地後方所不能
想像的悲慘情形。」[7]在這種情勢下，他創辦《中國文藝》，初衷就是要扭
轉華北文壇的頹勢。在華北淪陷區，周作人是舉足輕重的文人，周能常常
賜稿，做為主編，張表示非常感激。無論對周氏落水行徑有多不齒，從內
心裡說，他是服膺周氏在文學上的成就的，他同樣把周奉為華北淪陷區知
識分子的精神領袖，試圖利用周的文化地位來拯救華北文壇，可見張的良

---

[6]張深切，〈敷衍〉，《張深切全集‧卷 2‧里程碑——又名：黑色的太陽（下）》，頁 723。
[7]〈第六章——中國文藝活動期〉，《張深切全集‧卷 12‧張深切與他的時代（影集）》（臺北：文經
　社出版公司，1998 年 1 月），頁 139。

苦用心。

在後來組織中國文化振興會、從事籌備藝文社和新文藝雜誌，以及與日本人周旋的事件中，張周二人多有交往。但後因日本作家林房雄及周作人與其學生均和張深切政治立場不同，周、張決裂。事情的經過大致是這樣的：

1943 年，林房雄到北平，自稱負有「日本文學者報國會」的使命，計畫組織文藝團體，出版雜誌，要求《中國文藝》的主編張深切與之合作，遭到了張的拒絕。林房雄轉而尋找北大文學院周作人。周因與張深切有約在先，勸林房雄與張接洽，林房雄不得不再找張商量。結果，擬定重新組織一個文藝團體，稱「藝文社」，推周作人為社長，尤炳圻、陳綿、傅惜華、傅芸子、瞿兌之、張我軍、蔣兆和、張深切為編輯委員。開了幾次會，因為林房雄和沈啟无從中作梗，糾紛不斷，無法成立。林房雄非常厭惡與受指示的張深切等既成文人只在名義上合作，他關心的是，日本軍方控制報紙《武德報》（負責人為日人山家亨）是否能直接干預新文藝社團；另外，能否扶持沈啟无之類漸成勢力的青年，用來對抗周作人等既成文人。張深切勸周作人不要聽林房雄的話，並表示堅決反對林房雄任主編。張的做法遭到了與林有深交的沈啟无的攻擊和林房雄的記恨（在張深切 3 月 17 日的日記中記載，張從「東亞新報的長谷川氏」得知林對自己「表明忌諱之敵意」）[8]。周作人也在日記中表達對張深切的不滿，在周氏 1943 年 3 月 28 日的日記中，有這樣一段紀錄：

> 午後沈啟无來。安藤、張深切來。〔郭〕紹虞來。五時赴文化協議會，出席新民印書館之招宴，討論文藝雜誌創刊事宜。八時散會。會議不甚成功，蓋因張、沈二人意見不合，張處處顯示欲主裁之態度甚難妥協故也。

---

[8] 木山英雄著；廖為智譯，〈讀張深切〈北京日記〉〉，《張深切全集·卷 11·北京日記·書信·雜錄》（臺北：文經社出版公司，1998 年 1 月），頁 351。

3 月 29 日，有關創辦新文藝雜誌的糾紛登載於華北淪陷區重要報紙，且以「編輯長張深切、總編輯周作人」為副標題。該消息引起了文壇的騷動。

周作人非常激憤，聲言要辭去總編輯一職，並拒絕與張深切見面。沈也氣憤地聲稱要退出藝文社（3 月 30、31 日日記）。獲知他們的矛盾，新民印書館要求張和周恢復感情，繼續合作，否則張要自行決定去留。興亞院[9]以為張故態復萌，到處搗亂，就通令各公教機關今後不許錄用張。張深切看到報紙後十分狼狽，認為「報社存心挑撥離間之意圖甚為濃厚」（3 月 30 日日記），之後在對周的抗議信的回函中，頻頻表明「無私心」，並且請求張我軍和尤炳圻等人向周作人說項（3 月 31 日日記）。周作人對張的誤解和不信任感的日益加深，使張異常痛苦，張在日記中寫道：

> 現在才知道文人之本質的醜惡而至感厭惡，頓時起遠離是非之地的念頭。新的時代需要的是新的人，舊態依然的人有啥用？！今日之狀況完全是因為硬想把這樣的人留下來的結果！我現在的態度是「寧為玉碎不為瓦全」（4 月 22 日日記）。

在這裡，他所說的「舊態依然的人」並非指周作人，而是沈啟无。張深切認為糾紛的元凶是林房雄和沈啟无，像沈這樣的人物仍受到周作人的信任，自己卻被無端猜忌，他感到很委屈，但始終沒有對周作人說什麼不敬的話，這表明他同時對周是很留戀的。也許這份留戀不盡然是對周本人，與這位大名鼎鼎的名士決裂，不可避免地觸動了日偽當局的利益，導致自己無法在文化機關覓得一塊棲息之地[10]，這一點後來的沈啟无也不例外。

---

[9] 1939 年，日本以「建設新東亞秩序」為名，成立了日本內閣轄屬的「興亞院」，並在中國占領區設立分支機構。日方在北平設立的「興亞院」掌管政務（掌管軍事的是「日本軍司令部」），下轄機構新民會監察部。新民會監察部是情報機構，它的任務，是了解日寇豢養的漢奸中的上層人物，他們的忠誠態度如何，以及漢奸之間有哪些矛盾，該監察部隨時向興亞院匯報，採取措施。興亞院正是聽了監察部的匯報後，做出限制張深切活動的決定的。

[10] 張深切「日人當然重視周而不重視我」，他想，「若不及時躲開，只有付出重大犧牲，斷送自己的前途。」最後不得不主動辭去新民印書館的職務。見〈敷衍〉，《張深切全集‧卷 2‧里程碑

不久因「反動老作家」事件，周作人發覺自己錯了，悔不當初，特意寫一篇〈文壇之分化〉[11]自白其被沈啟无、林房雄愚弄經緯，宣布和沈啟无斷絕關係，加以「破門」，不再認為周家門徒。稱當時被譽為是中國淪陷區「文化使節」的林房雄為「分化使節」。他這篇文章及「破門事件」往往被學界看成研究周、沈師徒關係、戰時周氏與日本文壇關係的文字。仔細辨析，文中重提張深切，述說了張與林房雄、沈啟无的矛盾，也可以讀解為周氏對張深切表達歉意的委婉方式。相關的紀錄如下：

> 在去年春間，來了所謂文化使節的某甲，不幸的很，在北方的往日本留過學或是知道日本文學情形的中國人，對某甲都不大看得起，因此即使沒有明白表示輕視，也總不能予以歡迎，只有某乙竭誠的招待他，這樣一來，恩仇的形勢已經很明的立定了。某乙以某甲為後援，計劃編輯純文學的文學集刊。同時張深切也計劃編一種文學雜誌，由某部印書館出版。……但是某乙與張深切意見決裂，表示不幹。於是文學集刊中止，藝文雜誌則改為尤傅陳三人主編，鄙人掛名藝文社長如故。
>
> ……
>
> 上邊說的某甲就是林房雄，最初來時報上說是文化使節，後來被改稱分化使節，很是確切。

周作人自尊、敏感，即使錯了，也很難認錯，這是他一貫的情感表達方式。將事情的真相講出來，對他來說已殊屬不易。令人遺憾的是，自這次糾葛後，二人之間再無交往。

苦雨齋是周作人書房的名字，自 1920 年起，這裡就是現代名士（主要是與周作人趣味相投的京派文人）的一個聚集地，或曰京派營壘。後人在

（下）》，頁 724。
[11]周作人，〈文壇之分化〉，《中華日報》，1944 年 4 月 13 日。

考察周作人和他的苦雨齋時[12]，歷數的各個時期的客人中，不見張深切的名字，如果說張、周二人並非朋友，這是事實：他們的文學趣味、價值選擇、人生姿態和社會取向本不相同。在周作人晚年的世界中，張深切已不復存在。相反的情形是，在張深切晚年的自傳文字中，回憶寓居北京的那段日子，「周作人」是出現頻率最多的名字之一。他對周作人經歷了從見面前的不抱好感、到見面後的喜歡和同情，再到鄙夷，乃至被周誤解和與之絕交後的無奈、淒涼，字裡行間逕自流露著對周氏文學成就的景仰，以及周能重振華北淪陷區文壇的期望，可以想見，張深切也同樣沒把周作人看成是朋友，他對周氏的接受與拒絕，往往撇開個人意氣、得失，而是基於他的信念，從民族利益與需要出發，這種胸襟是令人銘記的。

——選自《新文學史料》2004 年第 4 期，2004 年 11 月

---

[12]這類著作如孫郁的《周作人和他的苦雨齋》，（北京：人民文學出版社，2003 年 7 月）；倪墨炎的《苦雨齋主人周作人》（上海：人民出版社，2003 年 8 月）。

讀張深切〈北京日記〉

◎木山英雄[*]
◎廖為智譯[**]

　　曾在日本介紹許壽裳在臺日記（東京大學東洋文化研究所東洋文獻中心叢刊第 64 輯《許壽裳日記》）的黃英哲先生，這次請我就張深切在北京時代的日記判斷其史料價值。雖然我對張深切並無特別的關心或認識，但在舊作《北京苦住庵記》（1978 年・筑摩書房）中，曾以幾頁篇幅，談到這位由殖民地臺灣流浪到日本占領下的北京，而與主角周作人有過一定交往的人物，因此我請他先將抄本送來看看。這本泰半以日文書寫的日記，存留的只有 1943 年 3 月 1 日起至 6 月 3 日止，大約三個多月而已，而其最大的特徵是，偏重於記錄一個事件的經緯。這個事件就是，由剛自北京協力政權——華北政務委員會之教育督辦一職卸任的周作人掛名，實際由張深切主編策劃的《藝文雜誌》之發刊籌備過程；以及因他與以日本文學報國會派遣的「文化使節」林房雄為靠山沈啟无處處對立，甚至為周作人所忌諱，最後他被迫退出的始末。日記中敘述的經緯，與我以往根據其戰後發表的自傳《里程碑——又名黑色的太陽》（1961 年，臺灣）而寫的東西——《北京苦住庵記》，在內容上無多大出入，說來也應是理所當然的。但畢竟是將事情始末逐日記載的第一手史料，並以身歷其境之立場，敘述占領期間的一段軼事，自然頗富趣味，有了許多新發現——我當時對黃氏表達以上所見；於是有了這次發表此日記的機會。

---

[*]發表文章時為一橋大學社會學部教授，現為一橋大學名譽教授。
[**]專業日文譯者。

　　關於事件之背景，本文盡量避免重提舊作，而直接由日記管窺事件發展，其他只做一些必要的註釋或補充說明。

　　日記內容是以與安藤更生連袂造訪周作人為始，對事情的展開，以及當事人的記錄動機而言，意義深長。張深切當時的身分是新民印書館代理課長兼中國文化振興會常務理事；而安藤則為該印書館之代理部長兼振興會理事長。新民印書館是平凡社社長下中彌三郎為供應占領地學校，內容含有他所信奉的大亞細亞主義之教科書，而於北京所成立的出版社。在此之前，是與新民印書館華北政務委員會官民合辦，出面擔任總經理一職的則是曹汝霖。中國文化振興會是下中於前一年，而為專注於國內事業將代表日本方面的副總經理職位讓給高橋守平，並以聚集居住華北的中國文化人為目的，而企圖使之成為新民印書館之外部團體的組織。立案與折衝事宜，由安藤擔綱。安藤為了要使振興會的事務順利拓展，聘請了多年來擔任《中國文藝》的主編，而能力頗受日中雙方賞識的張深切為印書館職員。張曾因觸及執占領軍報導部門牛耳的參謀少佐山家亨之逆鱗，導致其雜誌社被查封，並被迫離開北平藝術專科學校以及新民學院等工作崗位，當時他正陷於窮苦潦倒的境地。如日記記載，安藤請曹汝霖擔任總經理兼任董事長，並敦聘周作人以及其身邊之錢稻孫、徐祖正、傅芸子、俞平伯、尤炳圻等人為委員。《藝文雜誌》這份刊物是為了振興會之機關雜誌而策劃。以上所述主要是以《下中彌三郎事典》（1965 年，平凡社）為依據，而有關「中國文化振興會」的部分，作者安藤更生自述「安藤以己師周作人為中心……」。雖然此處所謂的師事之事，實際情形如何不知其詳，但他在早稻田大學時深受會津八一影響，而有文人式「支那趣味」（醉心於中國）的傾向。他在戰爭還尚未爆發前就住在北京，且曾有在比因「拳匪（義和團）賠償金」而成立的東方文化事業總委員會、更早就來到北京的橋川時雄手下工作的經驗（據安藤彥太郎氏親口敘述）。我記得過去曾看過，安藤於戰後在母校擔任中國美術史教授；並在日中（共）尚未建交前，經過多次強行要求，好不容易才訪晤到周作人，由此也可以窺見其私

淑之程度。安藤到北京供職於印書館似乎是事實，而其履歷和對周作人之崇拜，都與下中寄望於振興會的選賢舉能的企圖完全吻合。另一方面，在臺灣抗日運動上已享有名聲的張深切，也希望將周作人奉為被占領地知識分子的精神領袖，以達成其自《中國文藝》以來的宿願。依據《里程碑》之記述，《藝文雜誌》之計劃，並非從振興會內部提起，而是先由軍方報導部長，向剛到印書館上班的張深切提起，而張深切則感覺這背後似乎有著與山家亨屬於不之派系、屬曾支持其出版《中國文藝》的參謀中佐堂／脇光雄身邊人的意向，所以將這個計畫帶回出版社。但無論是哪個派系，以當時的狀況而言，要出雜誌而與軍方毫無干連，這是絕對不可能的事情。

　　在這種情況之下，安藤與張兩人頻頻連袂造訪周家也是當然之舉。另一方面，日記中多次記載與林房雄接觸之事，是因為這位「文化使節」對雜誌提出許多要求的緣故。雖然日記裡對這些要求之內容，並沒有任何具體的紀錄，但林非常厭惡與協議會所指示的那些態度甚為曖昧的既成文人們只在名義上合作。他關心的是，軍方直接參與的謀略報紙《武德報》（負責人為山家亨）；或由華北作家協會之主流形成的協議會系既成文人，已逐漸成為對抗勢力的無名的文學青年──這一點本人已在舊作中敘述過。與林意氣投合的沈，似乎是居於這兩個勢力之間的騎牆派，藉此享受權力遊戲的滋味。關於其間的折衝，周作人在翌年將沈開除後的〈文壇之分化〉一文中表示：由於沈在林支持下計畫的《文學集刊》，會與張正在推動的《藝文雜誌》衝突，因此重新組織以周為社長的藝文社。由藝文社出版兩前述二份刊物，並決定前者歸沈單獨編輯，後者則由尤炳圻、傅芸子、陳綿、沈等人共同編輯。但由於沈、張之對立，使事態更加嚴重。《里程碑》之記述與此如出一轍，但張的說法卻是：林提起的雜誌計畫起先是以自己為洽談對象，只是當時沒有接受，而變成透過由北京大學教授群（即沈等人）之管道帶至周作人處，周則以與張之間有先約為理由，要求先向張打招呼，結果，這件事情又回到自己與林之間的折衝了。

　　據日記記載，張與安藤的《藝文雜誌》創刊籌備工作，雖然經過許多

折衝和糾紛，但至三月底時，已經到了召開「準備委員會」的階段（3 月 29 日）。先回顧張在這個期間的對林、沈的關係。張在向周作「各種報告」之際，以「周氏之意向」為名，表示想增加編輯委員，記錄有「據沈氏所告，其雜誌計畫並非出自渠之意向，而是聽佐藤氏之勸說的結果，因而不需說服其成為委員」之語（3 月 15 日）。佐藤源三是印書館的編輯課長兼協議會理事。數日後，更有與佐藤「就林氏問題有所談論」之記載（3 月 20 日），可見其與林似乎非泛泛之交。當時任職於將中國各地之日文報紙統合而成的《東亞新報》駐北京總社記者中薗英助氏近作《北京的貝殼》（筑摩書房出版《北京的貝殼》所收），佐藤以真名出現。這個今年初以九十歲去世的人，似乎從左翼轉變過來，由於他算是當時思想轉變者的類型之一，因此，令人不難臆測其對林房雄之流有共鳴的傾向。而張深切在日記中記載，正在開《藝文雜誌》小委員會時，聽到有人打電話來找蔣義方，因此懷疑「這個人應該是沈之間細吧？」（3 月 22 日）。這個中國職員蔣義方，是個會日語說得很流利、很活躍的人，曾經以口譯身分正式參加過第二次大東亞文學者大會，其與佐藤之密切關係，頗令人尋味。在日記較後面的部分，張訪問林，兩人正在以強硬態度談判時，佐藤與蔣同時出現，而蔣「就沈氏之事有所辯解」了（4 月 13 日），林、沈之關係，似乎也由此可以窺見。換言之，印書館內部也有支持林、沈之勢力的存在。因此，《文學集刊》之計畫，因佐藤之勸說而公開，可以說是很容易了解的事情。而周作人卻以由於並非出自沈本身之意向為理由，認為沒有必要硬邀請他參加做為《藝文雜誌》的編輯委員，箇中道理有些令人難以理解。但另一個看法是，好不容易決定將林這邊的雜誌計畫歸為由沈單獨編輯，使之與《藝文雜誌》有所區隔，卻又有支持沈同時成為這邊的編輯力量之動作，所以，周的這主意很可能是在反抗心理之下產生的。〈文壇之分化〉中說，藝文社在當初發起的內容中，就已將沈之名字列於《藝文雜誌》編輯之內。如果說不是將他與張的名字弄錯，那就可能是雖然一度如此決定，但後來由於糾紛迭起，以至於傾向於沒有必要硬邀請沈參加的意向。對張

而言，周的這個意向應是極大的鼓舞才對。但以沈的立場而言，他當然盼望由屬周之門下的自己執《藝文雜誌》之牛耳，進而扮演重建文壇之主導角色。後來從〈文壇之分化〉暴露出沈的行動之中，不難窺其全貌

　　總之，欲將沈硬塞到《藝文雜誌》陣營內的力量中，有林房雄存在，這是千真萬確的。而林對處處與他做對的張之敵意，似乎已根深柢固，因此，張從「東亞新報的長谷川氏」得知林對自己「表明忌諱之意」（3 月 17 日）。我本來以為這位「長谷川氏」是中薗氏的同儕記者，也就是在記載日記翌年進入印書館的長谷川宏氏，因而期待中薗氏寫舊作時尚未能聽到的與張深切有關之記憶能從他那裡進一步查詢到。結果得到的答覆是，《東亞新報》另有一位也經常出入於《武德報》的記者，名叫長谷川忠，他很可能是我們要找的對象，並親切地告訴了我這位長谷川忠先生的住址。有了這個資料，我立刻寫信請教，結果得到的答覆是，他表示自己是經濟記者，對此事無任何記憶。循「長谷川氏」的線索到此追查毫無結果。而將寫日記的人捲進的糾紛，以次日更進展到「憲兵士官長西村」表示「就雜誌事宜有出面調停之意」（3 月 18 日）來表現。但是，依據《里程碑》的記載，這個人是負責監視張的憲兵，為人極好，並且從「捨三」之名得知自幼就吃過許多苦，兩個人甚至因此結識成為好朋友。在日記的前頭部分，出現的藝專同僚、劇作家陳綿，以及從上海率領劇團前來的唐槐秋的「釋放」之事，據說也都是張透過西村活動的結果，而日記的後頭部分，還有能證明張與西村交情匪淺的記事。因此，這位憲兵大人之「調停」，雖然不知道依恃的是何方背景，應該是不忍心眼看張陷入苦境，是出自於私人性動機才對。《里程碑》中，還坦率地記敘了許多有關臺灣籍抗日家與日本軍警之間的微妙交情。接著，日記記載，在印書館高層會議就雜誌問題（3 月 18、19 日）所召開的小委員會（3 月 20、22 日）上，除了雜誌與振興會的關係之外，成為懇談之話題的是「與沈氏之關係」。由此可見沈依然是問題的焦點，而雜誌準備委員會終於正式召開的當日（3 月 29 日）下午在事前於周作人公館舉行的安藤、張、周三者之交換意見席上，剛巧以先

到的客人立場在場的沈，竟然以強硬態度堅持「暫時不發表幹事姓名」這個似乎有弦外之音的主張，而周作人也對此表示同意。結果是「順從沈意」，決定將幹事人事暫時擱置，但因赴會場的途中，安藤、張兩人談論的結果認為，沒有幹事，在事務營運上會很不方便，因此「擬定」由張擔任編輯長。

雜誌準備委員會在安藤與周的事前協議下，已經決定「在文化協議會中召開」（3 月 28 日）。這個「文化協議會」並非東亞文化協議會之機關，似乎指的是在景山東街的那幢建築物。依據日記記載，會議在 13 名出席者及三名來賓的列席下召開，會中決定以周作人為總編輯，張深切為編輯長，編輯委員則由全體出席人員擔任，同時決定雜誌名為《藝文雜誌》，並且由張我軍透過中華通訊社發表新聞稿。周作人之全部的日記還展列在北京魯迅博物館供研究者瀏覽時，筆者曾經偶然抄錄了這一天的部分紀事，特披露如下，以供參考：

> 午後沈啟无來。安藤、張深切來。〔郭〕紹虞來。五時赴文化協議會，出席新民印書館之招宴，討論文藝雜誌創刊事宜。八時散會。會議不甚成功，蓋因張、沈二人意見不合，張處處顯示欲主裁之態度甚難妥協故也。

周作人擔憂之事，於翌日立即成為事實。由於這個消息以「編輯長張深切、總編輯周作人」為標題刊登在各報，引起了騷動。其中最為氣憤的是，昨日表示擔憂的當事人，對報導甚為「憤激」的周，聲言要辭退總編輯職而表示寧願就顧問職，沈也氣憤地聲言要退出藝文社（3 月 30、31 日）。情勢之發展似乎是新聞報導使擔憂成真，但，日記中的經緯來看，新聞標題似乎沒有扭曲準備委員會的決定，而負責發表新聞的張我軍則因蒙受「嫌疑」而大喊吃不消，難道由他將新聞向中華通訊社發表的程序，也不在正式決定的事項之內嗎？總之，當事人張深切，看到報紙後相當狼

狽，並認為「報社存心挑撥離間之意圖甚為濃厚」（3 月 30 日），並且請求張我軍以及尤炳圻等人向周作人說項（3 月 31 日），進而在對周、尤之抗議信的回函中，頻頻表明「無私心」，最後暫時從「糾紛」中潔身自退（4月 2 日）。如此一來，與其說是新聞報導之內容有問題，不如說是人事之公開發表本身有悖沈啟无之意，並與準備委員會之了解相左。如果看法如此，那麼，問題似乎可以追溯到在周宅的商量，以及嗣後由安藤、張兩人苦心想出的由張擔任編輯長案之經緯。或者如張在《里程碑》中這部分敘述的，自己斷定，一切糾紛之根源在於林、沈二人，而除了向周進言勿聽信他們的話的同時，澈底反對讓林為編輯長的結果，致使與周之間關係弄僵的林房雄編輯長問題，才是雜誌人事糾紛的火種吧？換言之，相對於沈即使未替林編輯長案抬轎，至少也以不將幹事人事公開這個方法，將對決消弭於無形的方案取得周的支持；而安藤、張謀求的是以張為編輯長案，這個極有可能引發對決的解決方法，而準備委員會似乎是在對這項人事不做實質公開的默契之下做了決定。林是當日的三名來賓之一，如此一來，準備委員會之決定及其了解未盡如張在日記中之記載的明瞭——這是有可能的。

　　但這個騷動倒沒有使張陷於決定性的絕境。請假數日，待情勢稍為穩定後才上班的張，被安藤告知的善後對策內容是：周依舊位居藝文社社長。周原本提議的顧問，則另置錢稻孫、瞿兌之、安藤等人，社址則由尤炳圻等人非難其新聞報導「不負責任」的印書館，遷移至中和月刊社等，發生問題的編輯長一職則保留為空缺，但張的名字則保留在三名編輯之內（4 月 8 日）。尤的非難印書館，似乎也有可能針對內部策劃偏袒林、沈的分子而言。就這一點，從加強與瞿兌之等人原本在負責的中和月刊社之關係，可以看出已有一些不合時宜的學藝雜誌的非政治性，確實令人感受到振興會本來的文化人志向。於數日後在中和月刊社召開的第一次編輯會議（4 月 12 日）席上所決定的具體創刊計畫是，一方面張的編輯地位後退到偏重於總務作業，一方面將焦點對準周作人周邊的「既成作家」。至於第二

次編輯會議（4 月 15 日）之方針中說的「限文化系統作家」之「文化系統」，應該是文化振興會系統之意才對。如此看來，當時針對「平田氏就雜誌事宜盼能與安藤氏三人會晤」之請求，安藤氏回答以「認為無此必要」（4 月 11 日），似乎是事實。與在較前之紀事中出現的「宣傳聯盟之平田」（3 月 16 日）為同一人的平田小六——他也是過去置身普羅文學運動的人物，而宣傳聯盟則是以《武德報》人員為中心的組織（**中薗氏語**），因此，其干擾之性質應該不難想像。至於張親自訪問林而「以堅定態度表明一切將遵照決定事項處理」（4 月 13 日）的紀事，透露的是更為明顯的《藝文雜誌》之意志。安藤、張聯線事實上獲得了維持，沈以新聞報導為藉口的「退社」表態，甚至帶來斷絕雜誌與林之關係的好運。這個結果，周作人在前記〈文壇之分化〉中有「〔沈之〕《文學集刊》因而雲消霧散，《藝文雜誌》變為以尤、傅、陳〔日記中為尤、陳、張〕之三人為主編，我只是掛名的藝文社社長而已。這大約是去年四月初的事情」的記述。實際上，他是在這個糾紛發生的同時，應汪兆銘政府之邀請前赴南京，而且此行有沈氏夫妻隨同。沈耍了各種手段迫使周切斷與《藝文雜誌》之關係，因而引起其師之激怒是從南京回來後五月中旬的事情，在這之前的周，對沈之工於心計的作為，表現的是令張看了都覺得牙癢癢的寬厚態度。不過，在這個階段，張對回來的周，還維繫著前往北京大學文學院訪問做「種種報告」（4 月 19 日）等關係。且或許是出自於對《藝文雜誌》處理這件事情之方向的關心，就在張訪問周作人的第三天，「中華通訊社的陳氏」前來，對此，為求慎重而告以「人事事宜不擬發表」（4 月 20 日），但隔日接到安藤的緊急連絡，到公司後，知道了又有命他為「總編輯」的新聞刊出，而再度引起騷動之事。他立即前往中華通訊社表示抗議，迫其承認訂正刊登（4 月 21 日），雖然不痛不癢的訂正啟事於翌日刊出，但當日就陷於「周氏表明不接受挽留之態度」的事態，至此，張認為萬策已盡而決意辭職，心想安藤和張我軍會「以我的退出收拾事件」，因而聽從他們的勸告退出（4 月 22 日）。這一次的報導不但令人感覺到有明顯的「離間」之惡意，並且也

為張對上次之報導的疑心提供了證據。據說，中華通訊社本身就是由日本的同盟通信參一腳所成立的「華語版」新聞供給公司（中薗氏語），因而在個別的取材和報導上，插手這類事情並加以策動，應該易如反掌才對。這一次也是先由周立刻寄來抗議信，而張也立即回以釋明函，其做法迥異於上一次只有「如另紙」之句，而未有信函內容之紀錄，這次雙方的字面都可以在日記中讀到。來信中的「為此宣傳實為自尋破滅，並且一而再、再而三，將來前途毫無希望。鄙人因不便明白拆台，但對於藝文雜誌實已毫無興味，以後擬不再過問，請別位負責去做，亦請不必再相見詢問」之語，如果問在閱讀時，應將重點放在對糾紛層出之雜誌心灰意冷，抑或對張深切本人之不信任感上，筆者認為，這是以後者為主的決裂函。這個不信任感，就在準備委員會當日的周日記中可以看到，這可說是他平時對張深切觀的延長，張似乎再三被人懷疑其愛出風頭是出自功名心。張之回函，主要是非難指印書館之「眼不見為淨主義」，只解釋了與記者之應對實況，其餘則相對地利用了與周作人本身主張之進退應採「不辯明〔解〕」說的態度，而擺出了仿傚周的姿勢。因此，在態度上相當泰然自若。他決意辭職的同時，在日記上做了「現在才知道文人之本質的醜惡而至感厭惡，頓時起遠離是非之地的念頭。新的時代需要的是新的人，舊態依然的人有啥用！？今日之狀況完全是因為硬想把這樣的人留下來的結果！我現在的態度是『寧為玉碎不為瓦全』」（4 月 22 日）之記述。糾紛元兇，很明顯指的是沈，而這樣的人物竟然仍受周的信任，自己卻被懷疑甚至遭受極端的忌諱，在這種情形之下，他連喊冤枉的餘地都沒有。這個結果，使他寧願「玉碎」，但求一了百了，是可以理解的。但臨去前致周和尤的簡短告別函中，洋溢著不甘願之情和對周之留戀也是事實。即使這份留戀不盡然是對周本人，與這位鼎鼎大名名士之決裂，立即牴觸了占領者之權威利用主義，導致自己無法在文化機關覓得一塊棲息之地，這一點後來的沈啟无也並不例外。占領下的周作人之名望，或許他本人也有此感觸，說來也是夠惱煞人的。

　　日記主要部分的解讀，到此為止。〈文壇之分化〉只言及以林為背景的張、沈之對立及周、沈之決裂，而雖然《里程碑》另有敘述起因於因張之強硬反林而引發了周、張間之疙瘩，就總體而言，周、張決裂之經緯依舊不明，但日記卻確實有具體記述。在與林、沈之對立以及周多少出自於誤解之不信任感日益加深的過程中，或許是實在嚥不下一口氣，也不知道是否在過程中或事情告一個段落後開始，針對雜誌問題的記敘，這份日記似乎有從日後的記憶，以及從結果加以整理的痕跡。事實上，後來向黃氏借閱的兩本日記簿原本中，除了這件事情之外，依日記簿本來之目的加以使用的記載，連一天份都沒有。如果仔細探討日記本文，除了「整理日記」（4 月 14 日）這句記載外，應該還能找出一些具體的記載過程的線索，但這已不是我工作範圍內的事情了。

　　日記泰半以日文書寫的理由，和其記述因參加「廣東臺灣革命青年團」，而以觸犯治安維持法為理由被繫獄之經驗的《獄中記》（1930 年執筆，刊載於 1947 年出版的《在廣東發動的臺灣革命運動史略附獄中記》），也以日文書寫一樣。而從顯示其對學習中文下一番功夫的日記簿的上欄，到處寫有──附以注音符號的艱澀中文文字中不難看出，對他而言，使用日文書寫毋寧是較為輕鬆的事。但從表示對林房雄之餘憤，以及周作人之留戀的若干傳聞，以及與在《里程碑》中所記載，失職後返回臺灣同鄉會工作，並且與朋友一起做生意似乎有關事實看出，出自於惰性的後面約一個月部分，記載則使用中文，以至於令人產生如墜五里霧中之感。附帶一提的是，在後面的中文記事中，有林房雄曾做過（汪兆銘之）「國民政府」非政府、（華北政務委員會之）「教育總署」非政府機關，這個與日本之謀略方針都有所違背之誆言，因而引起滿洲系之領袖人物，且與沈有深交的柳龍光的憤慨，而對其公開質問一事（5 月 5 日），以及林以不屑口吻，對張之臺灣夥伴洪炎秋說「現在華北文壇悉被滿洲系與臺灣系佔領了」，而記載這件傳聞的張，在日記中批駁：「目中既無中國，亦無日本國家」。這些軼事都顯示了淪陷區的實情，是饒富趣味之事。張在天津旅館試抽大煙的

結果無法入眠（5月26日），這也是心情鬱悶所致吧？

　　最後要提的是，收錄有〈先陣訓〉，以至於〈與中國人之交際法〉、〈於華北之衛生常識〉等，赴大陸人士必備之「常識寶典」、昭和17年（民國31年）、18年（民國32年）之《當用日記（當地版）》，是新民印書館發行的出版品。內有許多包括「馬克思主義」在內的西歐哲學以及中國古典知識的這本日記簿，似乎可以做為澈底研究這位人物的珍貴資料。（1995年5月）

　　（原載《野草》第56號‧特集「日本侵略下的文學」，中國文藝研究會，1995年8月）

　　　　　　　　——選自陳芳明等主編《張深切全集‧卷11‧北京日記‧書信‧雜錄》
　　　　　　　　臺北：文經出版社公司，1998年1月

輯五◎
研究評論資料目錄

作家生平、作品評論專書與學位論文

專書

1. 吳榮斌主編　　張深切全集‧張深切與他的時代（影集）　臺北　文經出版社
　　　　公司　**1998 年 1 月　208 頁**

本書以照片與文字，記述張深切的生平經歷，全書共 8 章：1.民族意識萌芽期（1904
—1923）；2.社會運動活動期（1923—1926）；3.政治運動活動期（1926—1930）；
4.戲劇運動活動期（1930—1933）；5.臺灣新文學運動活動期（1934—1937）；6.中
國文藝活動期（1938—1945）；7.潛心寫作期（1946—1965）；8.生命的回聲。正文
前有吳榮斌〈編者的話〉。

2. 梁明雄　　張深切與《臺灣文藝》研究　臺北　文經出版社公司　2002 年 1 月
　　　　319 頁

本書主要探究張深切與《臺灣文藝》間的關係，以凸顯其一生的事功。全書共 8
章：1.緒論；2.張深切之生命歷程；3.張深切之著作評述；4.臺灣文藝聯盟之創成；5.
《臺灣文藝》內容評述；6.《臺灣文藝》時期的張深切；7.《臺灣文藝》與臺灣作家
群；8.結論。

學位論文

3. 鍾政瑩〔鍾喬〕　　由日據下臺灣新文學的發展論張深切的戲劇活動　中國文
　　　　化大學藝術研究所戲劇組　碩士論文　尉天驄教授指導　**1984 年 6**
　　　　月　**122 頁**

本論文藉由歸納日治時期的政治、經濟、社會背景，觀察張深切於臺灣新劇運動中
所扮演的角色，賦予作家文學史的地位。全文共 3 章：1.由政治、經濟、社會背景，
看日據下臺灣新文學的發展脈絡；2.日據下臺灣新劇運動的發展；3.張深切論。

4. 張志相　　張深切及其著作研究　成功大學歷史語言研究所　碩士論文　林瑞
　　　　明教授指導　**1992 年 6 月　137 頁**

本論文以張深切所處之社會文化背景，探討其文學活動、思想以及創作的歷程。全
文共 5 章：1.緒論；2.張深切與近代臺灣社會運動（1904—1927）；3.張深切與臺灣
新文學運動；4.張深切作品研究；5.結論。正文後附錄〈張深切先生年譜（初
稿）〉。

5. 黃東珍　　張深切《孔子哲學評論》研究　成功大學中國文學系　碩士論文
　　宋鼎宗教授指導　1999 年　197 頁

本論文主要闡明張深切《孔子哲學評論》之實質內涵，全文共 6 章：1.緒論；2.張深切之生平與思想歷程；3.張深切非儒說；4.張深切諸子論；5.《孔子哲學評論》主體思想之評論；6.結論。正文後附錄〈張深切先生作品刊載年表〉。

6. 林純芬　　張深切及其劇本研究　靜宜大學中國文學系　碩士論文　臧汀生教
　　授指導　2003 年 7 月　408 頁

本論文藉由張深切生平與其現存之 9 部劇作，探討其文學主張及豐富多元的思想。全文共 6 章：1.緒論；2.張深切的生命歷程；3.張深切劇作總目與內容；4.張深切劇作文本要素分析；5.張深切劇作特色；6.結論。正文後附錄〈張深切年譜暨新劇文化政經時事年表〉。

7. 簡素琤　　日治時期啟蒙思想的五個面向——臺灣殖民地現代性的建立與張深
　　切思想的指標性意義　輔仁大學比較文學研究所　博士論文　劉紀
　　蕙教授指導　2006 年　293 頁

本論文以文化啟蒙與現代性的觀點，分析張深切與其他日治時期臺灣啟蒙者面向，對照其與明治啟蒙與五四啟蒙思想間的淵源與異同、並從其與世界文化哲學接軌的角度，重新評價此啟蒙運動所建構出的新文化思想的現代性意義。全文包含〈緒論——日治時期臺灣的啟蒙運動與張深切的啟蒙思想：被殖民啟蒙、現代性與歷史書寫〉及正文 7 章：1.啟蒙思想的翻譯：十九世紀以來中、日啟蒙運動影響下的日治時期臺灣文化啟蒙運動與張深切的啟蒙思想前言；2.啟蒙與民族主義之間：從張深切包含世界主義的民族主義透視日治時期啟蒙者的民族主義內容與認同觀；3.張深切的自由思想與臺灣日治時期自由主義；4.日治時期臺灣社會主義思想的流行與張深切的「道德文學」主張：從馬克思通向老莊；5.理性時代的宗教觀：張深切與日治時期啟蒙者的宗教思考；6.日治時期傳統文人的啟蒙思想與張深切對中國古代哲學的批判；7.新文化主體雛型的建立：烏托邦的想像——回看日治時期啟蒙者與張深切對人類理性精神的樂觀主義。

8. Iris Vrabec（藍依琳）　　**Der taiwanesische Intellektuell Zhang Shenqie（張
　　深切,1904 — 1965）：Sein Leben sowie sein literarisches und
　　philosophisches Werk**（臺灣知識分子張深切的人生文學與哲學研
　　究）　**University Bochum**（德國波鴻大學）**philosophy department**

博士論文　Heiner Roetz，Wolfgang Ommerborn 教授指導　2006
年　285 頁

本論文以張深切的生平及其所處之社會文化背景，探討其文學活動、哲學思想以及
創作的歷程。全文共 5 章：1.Einleitung；2.Der taiwanesische Schriftsteller Zhang
Shenqie und seine Werke；3.Der Bewusstseinswandel von Zhang Shenqie zwischen
Kolonial und Nationalherrschaft；4.Bibliographie；5.Anhang。

9. 王　申　　淪陷時期旅平臺籍文化人的文化活動與身分表述──以張深切、張

　　　　　　我軍、洪炎秋、鍾理和為考察中心　北京大學中國現當代文學研究

　　　　　　所　博士論文　陳平原教授指導　2010 年 12 月　123 頁

本論文在淪陷時期北平特殊的歷史語境下，考察張深切、張我軍、洪炎秋、鍾理和
四位成長於日據時期的臺灣，具旅居祖國大陸經歷，並因緣際會於淪陷時期北平的
臺籍文化人，彷徨於政治現實與歷史處境的尷尬，繼而詰問、確證身分的過程。全
文共 6 章：1.導論；2.「孤獨的野人」；3.尷尬的「橋」；4.人海易藏身，書城即南
面；5.想像的「原鄉」與「原鄉」的想像；6.兩代人的回憶與敘事。

作家生平資料篇目

自述

10. 張深切　　自序（一）　在廣東發動的臺灣革命運動史略附獄中記　臺中　中
　　　　　　　央書局　1947 年 12 月　頁 1

11. 張深切　　《在廣東發動的臺灣革命運動史略‧獄中記》自序 1　張深切全
　　　　　　　集‧在廣東發動的臺灣革命運動史略‧獄中記　臺北　文經出版社
　　　　　　　公司　1998 年 1 月　頁 63

12. 張深切　　自序（二）　在廣東發動的臺灣革命運動史略附獄中記　臺中　中
　　　　　　　央書局　1947 年 12 月　頁 11—14

13. 張深切　　《在廣東發動的臺灣革命運動史略‧獄中記》自序 2　張深切全
　　　　　　　集‧在廣東發動的臺灣革命運動史略‧獄中記　臺北　文經出版社
　　　　　　　公司　1998 年 1 月　頁 76—78

14. 張深切　　自序　我與我的思想　臺中　中央書局　1948 年 1 月　〔2〕頁

15. 張深切　　　自序　我與我的思想　臺中　〔自行出版〕　1965 年 7 月　〔2〕頁

16. 張深切　　　《我與我的思想》自序　張深切全集・我與我的思想　臺北　文經出版社公司　1998 年 1 月　頁 62—63

17. 張深切　　　序　孔子哲學評論　臺中　中央書局　1954 年 12 月　頁 1—3

18. 張深切　　　《孔子哲學評論》序　張深切全集・孔子哲學評論　臺北　文經出版社公司　1998 年 1 月　頁 63—65

19. 張深切　　　我編導《邱罔舍》一片的動機與目的——並答覆余適超先生　民聲日報　1957 年 8 月 10 日　6 版

20. 張深切　　　我編導《邱罔舍》一片的動機與目的——並答覆余適超先生　張深切全集・邱罔舍　臺北　文經出版社公司　1998 年 1 月　頁 291—294

21. 張深切　　　自序　遍地紅　臺中　中央書局　1961 年 8 月　頁 1—3

22. 張深切　　　《遍地紅》自序　張深切全集・遍地紅——霧社事件・婚變　臺北　文經出版社公司　1998 年 1 月　頁 59—61

23. 張深切　　　自序　里程碑・又名黑色的太陽（一）　臺中　聖工出版社　1961 年 12 月　頁 1—3

24. 張深切　　　《里程碑》序　張深切全集・里程碑（上）　臺北　文經出版社公司　1998 年 1 月　頁 61—63

25. 張深切　　　再版序　我與我的思想　臺中　〔自行出版〕　1965 年 7 月　〔2〕頁

26. 張深切　　　《我與我的思想》再版序　張深切全集・我與我的思想　臺北　文經出版社公司　1998 年 1 月　頁 60—61

27. 張深切　　　序言　縱談日本[1]　臺北　泰山出版社　1966 年 8 月　〔1〕頁

28. 張深切　　　《談日本，說中國》序言　張深切全集・談日本，說中國　臺北　文經出版社公司　1998 年 1 月　頁 67—68

---

[1]《縱談日本》後易名為《談日本，說中國》。

29. 張深切　　張深切與煜兒書　夏潮　第 18 期　1977 年 9 月　頁 77

他述

30. 陳重光　　弁言　臺灣風物　第 15 卷第 5 期　1965 年 12 月　頁 3—4

31. 洪炎秋　　悼張深切兄　臺灣風物　第 15 卷第 5 期　1965 年 12 月　頁 5—6

32. 洪炎秋　　悼張深切兄　縱談日本　臺北　泰山出版社　1966 年 8 月　頁 116
　　　　　　　—118

33. 洪炎秋　　悼張深切兄　又來廢話　臺中　中央書局　1966 年 9 月　頁 65—
　　　　　　　68

34. 洪炎秋　　悼張深切兄　閒話與常談——洪炎秋文選　彰化　彰化縣立文化中
　　　　　　　心　1976 年 7 月　頁 105—108

35. 洪炎秋　　悼張深切兄　臺灣近代人物集（一）　臺北　李筱峰　1983 年 8 月
　　　　　　　頁 133—136

36. 洪炎秋　　悼張深切兄　張深切全集・北京日記・書信・雜錄　臺北　文經出
　　　　　　　版社公司　1998 年 1 月　頁 414—416

37. 徐復觀　　一個「自由人」的形象的消失——悼張深切先生　臺灣風物　第 15
　　　　　　　卷第 5 期　1965 年 12 月　頁 7—8

38. 徐復觀　　一個「自由人」的形象的消失——悼張深切先生　縱談日本　臺北
　　　　　　　泰山出版社　1966 年 8 月　頁 119—121

39. 徐復觀　　一個「自由人」的形象的消失——悼張深切先生　又來廢話　臺中
　　　　　　　中央書局　1966 年 9 月　頁 69—71

40. 徐復觀　　一個「自由人」的形象的消失——悼張深切先生　張深切全集・北
　　　　　　　京日記・書信・雜錄　臺北　文經出版社公司　1998 年 1 月　頁
　　　　　　　417—420

41. 徐復觀　　一個「自由人」的形象的消失——悼張深切先生　徐復觀雜文補
　　　　　　　編・思想文化卷（下）　臺北　中研院文哲所籌備處　2001 年 12
　　　　　　　月　頁 321—324

42. 陳逸松　　回憶文明批評家張深切先生　臺灣風物　第 15 卷第 5 期　1965 年

12 月　頁 9—11

43. 陳逸松　回憶文明批評家張深切先生　縱談日本　臺北　泰山出版社　1966
年 8 月　頁 125—128

44. 陳逸松　回憶文明批評家張深切先生　張深切全集・北京日記・書信・雜錄
臺北　文經出版社公司　1998 年 1 月　頁 424—428

45. 郭德欽　悼念摯友張深切　縱談日本　臺北　泰山出版社　1966 年 8 月　頁
122—124

46. 郭德欽　摯友深切兄逝世週年話舊　日據下臺灣新文學・小說選集二　臺北
明潭出版社　1979 年 3 月　頁 68—72

47. 郭德欽　悼念摯友張深切　張深切全集・北京日記・書信・雜錄　臺北　文
經出版社公司　1998 年 1 月　頁 421—423

48. 陳祖華　潦倒一生的臺灣省籍作家張深切[2]　縱談日本　臺北　泰山出版社
1966 年 8 月　頁 133—135

49. 陳祖華　臺灣省籍的老作家張深切潦倒一生　張深切全集・北京日記・書
信・雜錄　臺北　文經出版社公司　1998 年 1 月　頁 434—437

50. 林有壬　追悼臺賢張深切先生　縱談日本　臺北　泰山出版社　1966 年 8 月
頁 136—137

51. 林有壬　追悼臺賢張深切先生　張深切全集・北京日記・書信・雜錄　臺北
文經出版社公司　1998 年 1 月　頁 438—439

52. 洪尊元　悼亡友張深切兄　縱談日本　臺北　泰山出版社　1966 年 8 月　頁
138—139

53. 洪尊元　悼亡友張深切兄　張深切全集・北京日記・書信・雜錄　臺北　文
經出版社公司　1998 年 1 月　頁 440—441

54. 郭德欽　摯友深切兄逝世周年話舊　縱談日本　臺北　泰山出版社　1966 年
8 月　頁 140—142

55. 郭德欽　摯友深切兄逝世周年話舊　張深切全集・北京日記・書信・雜錄

---

[2] 本文後改篇名為〈臺灣省籍的老作家張深切潦倒一生〉。

臺北　文經出版社公司　1998 年 1 月　頁 450—453

56. 婁子匡　金馬獎編導張深切　臺北文獻　第 6—8 期　1969 年 12 月　頁 124—126

57. 劉心皇　抗戰時代落水作家述論——張深切[3]　反攻　第 389 期　1974 年 8 月　頁 25—27

58. 劉心皇　華北偽組織的文藝作家——張深切　抗戰時期淪陷區文學史　臺北　成文出版社　1980 年 5 月　頁 272—274

59. 林載爵　黑色的太陽——張深切的里程　夏潮　第 18 期　1977 年 9 月　頁 65—76

60. 林載爵　黑色的太陽——張深切的里程　臺灣近代人物集（一）　臺北　李筱峰　1983 年 8 月　頁 115—132

61. 林載爵　黑色的太陽——張深切的里程　臺灣文學的兩種精神　臺南　臺南市立文化中心　1996 年 5 月　頁 47—68

62. 林芳年　張深切的人間像　自立晚報　1978 年 11 月 19 日　3 版

63. 〔李南衡〕　張深切　日據下臺灣新文學・小說選集二　臺北　明潭出版社　1979 年 3 月　頁 49

64. 黃武忠　多采多姿的自由人——張深切　日據時代臺灣新文學作家小傳　臺北　時報文化出版公司　1980 年 8 月　頁 57—60

65. 林芳年　張深切・張文環與我（上、下）　臺灣時報　1983 年 5 月 18—19 日　12 版

66. 林芳年　張深切・張文環與我　林芳年選集　臺北　中華日報社　1983 年 12 月　頁 328—334

67. 林芳年　張深切・張文環與我　張深切全集・北京日記・書信・雜錄　臺北　文經出版社公司　1998 年 1 月　頁 454—462

68. 黃英哲　張深切與「廣東臺灣革命青年團」　臺灣文藝　第 86 期　1984 年 1 月 15 日　頁 187—198

---

[3]本文後改篇名為〈華北偽組織的文藝作家——張深切〉。

69. 黃英哲　孤獨的野人——張深切的一生　民眾日報　1985 年 2 月 27 日　8
　　版

70. 黃英哲　孤獨的野人——張深切（1904—1965）　臺灣近代名人誌（二）
　　臺北　自立晚報　1987 年 1 月　頁 193—204

71. 黃英哲　孤獨的野人——張深切　復活的群像　臺北　前衛出版社　1994 年
　　6 月　頁 125—134

72. 巫永福　未寫的「黎明前」　臺灣文藝　第 93 期　1985 年 3 月　頁 203—
　　217

73. 巫永福　未寫的「黎明前」　風雨中的常青樹　臺北　中央書局　1986 年
　　12 月　頁 67—84

74. 巫永福　未寫的「黎明前」　巫永福全集　臺北　傳神福音文化公司　1996
　　年 5 月　頁 184—203

75. 巫永福　未寫的「黎明前」　張深切全集・北京日記・書信・雜錄　臺北
　　文經出版社公司　1998 年 1 月　頁 463—477

76. 林文龍　人物志——特行——張深切　草屯鎮志　南投　草屯鎮志編委會
　　1986 年 12 月　頁 921—924

77. 巫永福　臺灣文學與中央書局〔張深切部分〕　臺灣文藝　第 111 期　1988
　　年 6 月　頁 83—84

78. 王晉民主編　　張深切　臺灣文學家辭典　南寧　廣西教育出版社　1991 年 7
　　月　頁 291—293

79. 秦賢次　魯迅與臺灣青年　國文天地　第 76 期　1991 年 9 月　頁 12—17

80. 邱坤良　臺灣戲劇與近代政治〔張深切部分〕　舊劇與新劇——日治時期臺
　　灣戲劇之研究（1895—1945）　臺北　自立晚報社文化出版部
　　1992 年 6 月　頁 321

81. 莊永明　臺灣的黑色太陽　臺灣紀事——臺灣歷史上的今天（下）　臺北
　　時報文化出版公司　1993 年 4 月　頁 940—941

82. 林柏維　生來就帶反骨的野人——《黑色的太陽》：張深切　自由時報

1993 年 10 月 12 日　25 版

83. 林柏維　張深切：生來就帶反骨的野人──《黑色的太陽》　狂飆的年代──
　　　　　　　近代臺灣社會精英群像　臺北　秀威資訊科技公司　2007 年 9 月
　　　　　　　頁 213─216

84. 張　泉　張深切　淪陷時期北京文學八年　北京　中國和平出版社　1994 年
　　　　　　　10 月　頁 281─284

85. 岡田英樹著；郭富光譯　在淪陷期北京文壇的概況──關於臺灣作家的三劍
　　　　　　　客〔張深切部分〕　賴和及其同時代的作家：日據時期臺灣文學國
　　　　　　　際學術會議論文　新竹　清華大學　1994 年 11 月 25─27 日

86. 岡田英樹　淪陷時期北京文壇の臺灣三銃士〔張深切部分〕　よみがえる台
　　　　　　　湾文学──日本統治期の作家と作品　東京　東方書店　1995 年
　　　　　　　10 月　頁 167─178

87. 巫永福　序（之一）[4]　張深切全集〔全 12 卷〕　臺北　文經出版社公司
　　　　　　　1998 年 1 月　頁 15─21

88. 巫永福　時代見證者──我所了解的張深切（上、下）　自由時報　1998 年
　　　　　　　2 月 23─24 日　41 版

89. 巫永福　《張深切全集》序　巫永福全集・文集卷　臺北　傳神福音文化
　　　　　　　2003 年 8 月　頁 244─254

90. 巫永福　《張深切全集》序　巫永福精選集──評論卷　臺北　富春文化公
　　　　　　　司　2010 年 12 月　頁 171─176

91. 張孫煜　序（之二）懷念我的父親張深切先生[5]　張深切全集〔全 12 卷〕
　　　　　　　臺北　文經出版社公司　1998 年 1 月　頁 22─26

92. 張孫煜　記父親──真正的英雄（上、下）　中國時報　1998 年 2 月 12─
　　　　　　　13 日　27 版

93. 陳文芬　巫永福、劉捷等，見證張深切成就　中國時報　1998 年 2 月 15 日

---

[4]本文後改篇名為〈時代見證者──我所了解的張深切〉，內容略有刪改。
[5]本文後改篇名為〈記父親──真正的英雄〉，內容略有增刪。

25 版

94. 向　陽　　回看張深切　自由時報　1998 年 2 月 24 日　41 版

95. 向　陽　　回看張深切　日與月相推　臺北　聯合文學出版社　2001 年 3 月　頁 97—99

96. 施懿琳　　黑色太陽下的革命文學家——張深切　中國時報　1998 年 3 月 12 日　42 版

97. 〔臺灣日報〕　　張深切　臺灣日報　1998 年 6 月 4 日　27 版

98. 賴素鈴　　重現張深切面容　民生報　1998 年 9 月 8 日　19 版

99. 曾心儀　　臺灣鄉土文學——被迫害的心靈呼聲——張深切的代表作《黑色的太陽》　臺灣時報　1999 年 10 月 29 日　29 版

100. 林慶彰　　張深切——作者簡介　日據時期臺灣儒學參考文獻（上）　臺北　臺灣學生書局　2000 年 10 月　頁 485—486

101. 楊　逵　　臺灣文壇の明日を擔ふ人ヶ〔張深切部分〕　日本統治期台湾文学文芸評論集・第 3 卷　東京　緑蔭書房　2001 年 4 月　頁 11

102. 楊逵著；涂翠花譯　　臺灣文壇的明日旗手〔張深切部分〕　日治時期臺灣文藝評論集・雜誌篇 2　臺南　國家臺灣文學館籌備處　2006 年 10 月　頁 56

103. 中島利郎，河原功，下村作次郎編　　解說　日本統治期台湾文学文芸評論集・第 5 卷　東京　緑蔭書房　2001 年 4 月　頁 315—337

104. 李懷，桂華　　推展劇運的文學家——張深切　文學臺灣人　臺北　遠流出版公司　2001 年 10 月　頁 75—76

105. 梁明雄　　文學隧道——追尋張深切　南臺文化　2002 年第 1 期　2002 年 3 月　頁 20—22

106. 許俊雅　　日據時期臺灣文化人與上海〔張深切部分〕　臺灣文學評論　第 2 卷第 2 期　2002 年 4 月　頁 35，38—39

107. 許俊雅　　日據時期臺灣文化人與上海〔張深切部分〕　中華現代文學大系（貳）・臺灣一九八九—二〇〇三評論卷（二）　臺北　九歌出

版社　2003 年 10 月　頁 1129—1130

108. 許俊雅　日治時期臺灣文化人與上海〔張深切部分〕　見樹又見林——文
學看臺灣　臺北　渤海堂文化公司　2005 年 2 月　頁 31—32

109. 林政華　鼓吹國土意識轉向大眾文藝的男兒——張深切　臺灣新聞報
2002 年 9 月 23 日　13 版

110. 林政華　鼓吹國土意識轉向大眾文藝的男兒——張深切　臺灣古今文學名
家　桃園　開南管理學院通識教育中心　2003 年 3 月　頁 24

111. 趙勳達　意氣之爭？路線之爭？——論臺灣文藝聯盟的分裂〔張深切部
分〕　第八屆府城文學獎得獎作品專集　臺南　臺南市立圖書館
2002 年 12 月　頁 370—443

112. 趙勳達　臺灣文藝聯盟的分裂〔張深切部分〕　《臺灣新文學》（1935—
1937）的定位及其抵殖民精神研究　成功大學臺灣文學研究所
碩士論文　林瑞明教授指導　2003 年 4 月　頁 7—13

113. 王景山　張深切　臺港澳暨海外華文作家辭典　北京　人民文學出版社
2003 年 7 月　頁 798—800

114. 陳　言　淪陷時期張深切與周作人交往二三事　新文學史料　2004 年第 4
期　2004 年 11 月　頁 87—91

115. 馮　昊　淪陷區文學期刊中的民族意識——淪陷迷境中的雙重圖景——對
《中國文藝》民族意識的考察〔張深切部分〕　民族意識與淪陷
區文學　山東大學中國現當代文學研究所　博士論文　黃萬華教
授指導　2007 年 4 月　頁 80—86

116. 陳千武　我的文學前輩作家——關於張深切與吳瀛岳　文學人生散文集
臺中　臺中市文化局　2007 年 11 月　頁 105—106

117. 陳千武　南投文學的光芒——張深切的文學貢獻　2008 南投文學學術研討
會論文集　南投　南投縣文化局　2008 年 4 月　頁 11

118. 林純芬　張深切的生命歷程　2008 南投文學學術研討會論文集　南投　南
投縣文化局　2008 年 4 月　頁 193—196

119. 〔封德屏主編〕　張深切　2007 臺灣作家作品目錄　臺南　國立臺灣文學
　　　館　2008 年 7 月　頁 740

120. 王　申　《藝文雜誌》事件中的張深切　中國現代文學研究叢刊　2010 年
　　　第 1 期　2010 年 1 月　頁 170—184

121. 紀春海　《中國文藝》的編輯理念——第一節‧張深切：秉承中國文化傳
　　　統的理想　文藝統治與意識突圍——淪陷區《中國文藝》雜誌研
　　　究　瀋陽師範大學中國現當代文學研究所　碩士論文　胡玉偉教
　　　授指導　2010 年 3 月　頁 18—22

122. 應鳳凰，傅月庵　張深切——《里程碑》　冊頁流轉——臺灣文學書入門
　　　108　臺北　印刻文學出版公司　2011 年 3 月　頁 20—21

123. 楊紅英　近代臺灣黎明的呼喚——張深切文學文化活動之探討　華文文學
　　　第 106 期　2011 年 5 月　頁 77—81

124. 吳興文　張深切的抗日與知日　中國時報　2011 年 7 月 7 日　E4 版

125. 趙慶華　作家寫情，文物留情——關於「作家文物珍品展覽」——「臺灣
　　　文藝聯盟本部」牌匾／張孫煜捐贈　臺灣文學館通訊　第 38 期
　　　2013 年 3 月　頁 43

126. 陳佑慎　社會運動的第一堂課——臺灣青年張深切與中國國民革命（1924
　　　－1927）　史原　第 25 期　2013 年 9 月　頁 163—195

127. 向　陽　張深切與《遍地紅》　臉書帖　臺北　聯合文學出版社　2014 年
　　　2 月　頁 32—33

128. 趙慶華　時間的封印，文學的跫音——〈張深切徒步旅行之名人題字錄〉
　　　書畫　臺灣文學館通訊　第 42 期　2014 年 3 月　頁 11

129. 張　泉　蔣兆和與臺灣作家張深切在北京淪陷區的交集——兼談如何構建
　　　殖民語境中的在地民族藝術史　蔣兆和研究——關於蔣兆和研究
　　　的文化選編　北京　人民美術出版社　2014 年 10 月　頁 602—
　　　621

訪談、對談

130. 張深切等[6]　　《臺灣文藝》北部同好者座談會　臺灣文藝　第 2 卷第 2 期
　　　1935 年 2 月　頁 2—7

131. 張深切等；《張深切全集》編委會譯　　《臺灣文藝》北部同好者座談會
　　　黃得時全集 2　　臺南　國立臺灣文學館　2012 年 12 月　頁 56
　　　—67

年表

132. 黃英哲　　張深切年表　臺灣近代名人誌・第 2 冊　臺北　自立晚報　1987
　　　年 1 月　頁 205—206

133. 黃英哲　　張深切年譜初稿　臺灣風物　第 38 卷第 1 期　1988 年 3 月　頁
　　　79—87

134. 黃英哲　　張深切略年譜　臺灣文學研究會會報　第 15、16 期合刊　1990 年
　　　6 月　頁 189—196

135. 黃英哲　　張深切略年譜（二稿）　中國文藝研究學報　第 15、16 期合刊
　　　1990 年 6 月　頁 189—195

136. 張志相　　張深切先生年譜（初稿）　張深切及其著作研究　成功大學歷史
　　　語言研究所　碩士論文　林瑞明教授指導　1992 年 6 月　頁 138
　　　—157

137. 〔編輯部〕　　張深切略歷　聯合文學　第 151 期　1997 年 5 月　頁 105—
　　　106

138. 張志相編；黃英哲，莊永明校訂　　張深切年譜（1904.8.19—1965.11.8）
　　　張深切全集〔全 12 卷〕　臺北　文經出版社公司　1998 年 1 月
　　　頁 2—36

139. 張志相，黃英哲編　　張深切著作年表　張深切全集〔全 12 卷〕　臺北　文
　　　經出版社公司　1998 年 1 月　頁 37—42

---

[6]與會者：黃純青、黃得時、吳希聖、陳君玉、陳鏡波、曾璧三、周井田、鄭德來、高金幅、蔡德
音、林月珠、廖毓文、朱點人、林克夫、陳泰山、林登貴、許滄浪、黃日春、王錦江、徐瓊二、
張深切、張星建、江賜金、劉捷、吳逸生、光明靜夫。

140. 黃東珍　張深切先生作品刊載年表　張深切《孔子哲學評論》研究　成功大學中國文學系　碩士論文　宋鼎宗教授指導　1999 年　頁 187—194

141. 莊永明　張深切年表　臺灣百人傳 1　臺北　時報文化出版公司　2000 年 5 月　頁 222—224

142. 莊永明　張深切年表（1914—1965）　文學臺灣人　臺北　遠流出版社　2001 年 10 月　頁 79

143. 林純芬　張深切年譜暨新劇文化政經時事年表　張深切及其劇本研究　靜宜大學中國文學系　碩士論文　臧汀生教授指導　2003 年 7 月　頁 193—354

其他

144. 吳榮斌　編輯報告　張深切全集〔全 12 卷〕　臺北　文經出版社公司　1998 年 1 月　47—54 頁

145. 集集訊　紀念張深切系列活動展開　中國時報　1998 年 11 月 10 日　20 版

146. 嚴　振　張深切塑像揭幕　文訊雜誌　第 158 期　1998 年 12 月　頁 56

作品評論篇目

綜論

147. 王錦江〔王詩琅〕　張深切兄及其著作　臺灣風物　第 15 卷第 5 期　1965 年 12 月　頁 12—14

148. 王錦江　張深切兄及其著作　縱談日本　臺北　泰山出版社　1966 年 8 月　頁 129—132

149. 王詩琅　張深切兄及其著作　王詩琅全集‧文藝創作與批評——夜雨　高雄　德馨室出版社　1979 年 12 月　頁 97—101

150. 王錦江　張深切兄及其著作　張深切全集‧北京日記‧書信‧雜錄　臺北　文經出版社公司　1998 年 1 月　頁 429—433

151. 王詩琅　張深切兄及其著作　王詩琅選集‧余清芳事件全貌——臺灣抗日

事蹟　臺北　海峽學術出版社　2003 年 4 月　頁 259—263

152. 〔羊子喬，林梵，張恆豪〕　　張深切　豚（光復前臺灣文學全集）　臺北　遠景出版社　1979 年 7 月　頁 157—158

153. 葉石濤　臺灣的鄉土文學〔張深切部分〕　臺灣鄉土作家論集　臺北　遠景出版社　1981 年 2 月　頁 31—32

154. 葉石濤　臺灣的鄉土文學〔張深切部分〕　葉石濤全集・評論卷一　臺南，高雄　國立臺灣文學館，高雄市文化局　2006 年 12 月　頁 78

155. 葉石濤　臺灣的鄉土文學〔張深切部分〕　臺灣文學路——葉石濤評論選集　高雄　春暉出版社　2013 年 10 月　頁 7

156. 包恆新　張深切與王詩琅的創作　臺灣現代文學簡述　上海　上海社會科學院出版社　1988 年 3 月　頁 98—100

157. 黃國書　日據時代臺灣左翼劇場運動的發展——左派勢力與新劇運動〔張深切部分〕　當代　第 28 期　1988 年 8 月 1 日　頁 40—43

158. 黃英哲　張深切における政治と文學[7]　野草　第 46 期　1990 年 8 月　頁 62—79

159. 黃英哲　總論——張深切的政治與文學　張深切全集〔全 12 卷〕　臺北　文經出版社公司　1998 年 1 月　頁 27—46

160. 粟多桂　抵抗文學傑出的理論戰士與活動家——張深切、郭秋生　臺灣抗日作家作品論　重慶　西南師範大學出版社　1991 年 6 月　頁 91—114

161. 葉石濤　臺灣新文學運動的展開〔張深切部分〕　臺灣文學史綱　高雄　文學界雜誌社　1991 年 9 月　頁 49

162. 葉石濤　臺灣文學史綱——臺灣新文學運動的展開〔張深切部分〕　葉石濤全集・評論卷五　臺南，高雄　國立臺灣文學館，高雄市文化局　2008 年 3 月　頁 53

---

[7]本文後譯為〈張深切的政治與文學〉。

163. 柳書琴　八面碰壁——事變前臺灣新文學運動的危機〔張深切部分〕　戰爭與文壇——日據末期臺灣的文學活動（1937 年 7 月—1945 年 8 月）　臺灣大學歷史學系　碩士論文　吳密察教授指導　1994 年 6 月　頁 21—23

164. 張超主編　張深切　臺港澳及海外華人作家辭典　江蘇　南京大學出版社　1994 年 12 月　頁 666—667

165. 許俊雅　日據時期臺灣小說之作者及其背景分析——小說作者之相關資料及生平略傳——張深切　日據時期臺灣小說研究　臺北　文史哲出版社　1995 年 2 月　頁 227—229

166. 張志相　張深切與臺灣文藝聯盟[8]　新生代臺灣文學研究的面向論文集　彰化　臺灣磺溪文化學會　1995 年 6 月　頁 147—161

167. 邱坤良　從文化劇到臺語片——張深切的戲劇人生　藝術評論　第 8 期　1997 年 1 月　頁 23—41

168. 邱坤良　從文化劇到臺語片——張深切的戲劇人生　張深切全集・邱罔舍　臺北　文經出版社公司　1998 年 1 月　頁 2—32

169. 劉　捷　張深切的文學意象　臺灣新聞報　1997 年 6 月 29 日　13 版

170. 許俊雅　光復前臺灣小說的中國形象〔張深切部分〕　臺灣文學論——從現代到當代　臺北　南天書局公司　1997 年 10 月　頁 129—132

171. 陳萬益等[9]　試論張深切的政治與文學　張深切全集・北京日記・書信・雜錄　臺北　文經出版社公司　1998 年 1 月　頁 478—494

172. 林安梧　張深切的「臺灣性」與「中國性」及其相關之問題　鵝湖月刊　第 278 期　1998 年 8 月　頁 2—11

173. 陳明台　臺中市的主要作家和作品：張深切　臺中市文學史初編　臺中　臺中市立文化中心　1999 年 6 月　頁 49—55

---

[8]本文從張深切與臺灣文藝聯盟之間的互動關係，探討臺灣文藝聯盟的興衰背景。全文共 4 小節：1.前言；2.文聯成立及其背後；3.文聯的內爭與消歇；4.結語。

[9]主持人：陳萬益；與會者：黃英哲、張孫煜、吳榮斌、巫永福、江燦騰、張志相、莊萬壽、邱坤良。

174. 張明雄　　日治時期發展期的臺灣小說──被忽略的散篇作者〔張深切部
　　　　　　　　分〕　臺灣現代小說的誕生　臺北　前衛出版社　2000 年 9 月
　　　　　　　　頁 148

175. 盧建榮　　以筆代劍：後殖民的國族認同困境──解析張深切晚年自傳[10]　二
　　　　　　　　十世紀臺灣「新文化運動」與國家建構學術研討會　臺北　臺灣
　　　　　　　　歷史博物館，吳三連臺灣史料基金會，臺灣歷史學會，義美文教
　　　　　　　　基金會，延平朝陽文教基金會　2001 年 10 月 19─21 日

176. 盧建榮　　以筆代劍：後殖民的國族認同困境──解析張深切晚年自傳　20
　　　　　　　　世紀臺灣新文化運動與國家建構論文集　臺北　財團法人吳三連
　　　　　　　　臺灣史料基金會　2003 年 3 月　頁 293─311

177. 簡素琤　　被殖民情境中的啟蒙辯證──張深切的自由思想在日據時代臺灣
　　　　　　　　文化啟蒙運動中的指標意義　中外文學　第 32 卷第 5 期　2003 年
　　　　　　　　10 月　頁 151─169

178. 崔末順　　張深切的道德文學論　現代性與臺灣文學的發展（1920─1950）
　　　　　　　　政治大學中國文學系　博士論文　簡宗梧，何寄澎教授指導
　　　　　　　　2004 年 1 月　頁 172─181

179. 黃惠禎　　三〇年代楊逵圖像：從社會運動到文學活動──左翼文學觀之宣
　　　　　　　　揚與頓挫──楊逵與文聯張深切等人之爭　左翼批判精神的鍛接
　　　　　　　　──四〇年代楊逵文學與思想的歷史研究　政治大學中國文學系
　　　　　　　　博士論文　李豐楙教授指導　2005 年 7 月　頁 49─56

180. 黃惠禎　　三〇年代楊逵圖像：從社會運動到文學活動──左翼文學觀之宣
　　　　　　　　揚與頓挫──楊逵與文聯張深切等人之爭　左翼批判精神的鍛接
　　　　　　　　──四〇年代楊逵文學與思想的歷史研究　臺北　秀威資訊科技
　　　　　　　　公司　2009 年 7 月　頁 63─71

181. 廖淑芳　　日據時期臺灣文化場與文學場──《臺灣文藝》與《臺灣新文

---

[10] 本文透過張深切自傳的自我塑像點出當時自我如何在後殖民情境中掙脫認同困境。全文共 5 小
　節：1.前言；2.戰後抵抗支點的喪失；3.境外革命；4.轉戰文化戰場：文化圖存；5.結論。

學》的分立現象與論爭　國家想像、現代主義文學與文學現代性
——以七等生文學現象為核心　清華大學中國文學系　博士論文
呂正惠教授指導　2005 年 7 月　頁 41—46

182. 林義正　張深切的孔子哲學研究　第四屆臺灣文化國際學術研討會論文集
——臺灣思想與臺灣主體性　臺北　臺灣師範大學臺灣語文學系
2005 年 10 月　頁 77—90

183. 黃萬華　臺灣文學——小說（上）〔張深切部分〕　中國現當代文學・第 1
卷（五四—1960 年代）　濟南　山東文藝出版社　2006 年 3 月
頁 461

184. 張　泉　張深切移居北京的背景及其「文化救國」實踐——抗戰時期居京
臺籍文化人研究之一　臺灣研究集刊　2006 年第 2 期　2006 年 6
月　頁 80—88

185. 許倍榕　寫實主義路線之爭——啟蒙知識份子的寫實主義路線——張深切
的「道德文學」　30 年代啟蒙「左翼」論述——以劉捷為觀察對
象　成功大學臺灣文學研究所　碩士論文　游勝冠教授指導
2006 年 7 月　頁 62—72

186. 黃文成　張深切論　受刑與書寫——臺灣監獄文學考察（1895—2005）
中國文化大學中國文學系　博士論文　康來新教授指導　2006 年
頁 95—102

187. 黃文成　日據日期（1895—1947）——日據時期（中）——張深切論　關
不住的繆思——臺灣監獄文學縱橫論　臺北　秀威資訊科技公司
2008 年 4 月　頁 94—103

188. 翁聖峰　新舊文學論爭後期——批評新文學〔張深切部分〕　日據時期臺
灣新舊文學論爭新探　臺北　五南圖書出版公司　2007 年 1 月
頁 175—176

189. 翁聖峰　新文人學習舊文學及自省的意義——新文人學習舊文學〔張深切
部分〕　日據時期臺灣新舊文學論爭新探　臺北　五南圖書出版

公司　2007 年 1 月　頁 323—324

190. 陳　言　　張深切：華北文壇旋渦中的文化活動與民族認同　抗日戰爭時期
淪陷區史料與研究（一）　南昌　百花洲文藝出版社　2007 年 3
月　頁 76—85

191. 簡素琤　　日治時期臺灣文人的文化調和觀──從傳統文人到新式知識份子
張深切　中央大學人文學報　第 32 期　2007 年 10 月　頁 171—
221

192. 邱雅萍　　日治時期沉默的在地語言──「臺灣式白話文」的面貌〔張深切
部分〕　第十三屆府城文學獎得獎作品專集　臺南　臺南市立圖
書館　2007 年 12 月　頁 395—398

193. 李詮林　　離島寫作與歸鄉之響──離臺內渡寫作──臺灣作家的內渡寫作
〔張深切部分〕　臺灣現代文學史稿　福州　海峽文藝出版社
2007 年 12 月　頁 44

194. 李詮林　　小結：語言轉換的藝術與中華民族身分的認同〔張深切部分〕
臺灣現代文學史稿　福州　海峽文藝出版社　2007 年 12 月　頁
490

195. 王美惠　　1935 年「民間故事」整理論爭及其意義──批判地繼承──以張
深切中心的民間文學論述　1930 年代臺灣新文學作家的民間文學
理念與實踐──以《臺灣民間文學集》為考察中心　成功大學歷
史學系　博士論文　林瑞明教授指導　2008 年 2 月　頁 71—84

196. 林淇瀁　　再現南投「意義地圖」──析論日治以降南投新文學發展典模〔
張深切部分〕　臺北教育大學語文集刊　第 14 期　2008 年 7 月
頁 29—56

197. 林淇瀁　　再現南投「意義地圖」──日治以降南投新文學發展典模〔張深
切部分〕　場域與景觀──臺灣文學傳播現象再探　臺北　印刻
文學出版公司　2014 年 2 月　頁 72—85

198. 陳晏晴　　淺析臺灣文藝聯盟的分裂與 1930 年代楊逵和張深切的文學思考

　　　　　東亞文學與文化年輕學者國際研討會　韓國　韓國東國大學主
　　　　　辦；日本名古屋大學文學研究科，中興大學臺灣文學研究所，政
　　　　　治大學臺灣文學研究所合辦　2010 年 2 月 8 日

199. 游勝冠　「轉向」及藝術派反動的純文學論——臺灣文藝聯盟路線之爭
　　　　　〔張深切部分〕　臺灣文學研究學報　第 11 期　2010 年 10 月
　　　　　頁 257—294

200. 梁明雄　日據時期《臺灣文藝》雜誌評述[11]　稻江學報　第 5 卷第 1 期
　　　　　2010 年 12 月　頁 158—168

201. 許俊雅　《臺灣文藝》與臺灣新文學的發展〔張深切部分〕　足音集——
　　　　　文學記憶・紀行・電影　臺北　萬卷樓圖書公司　2011 年 12 月
　　　　　頁 133—192

202. 邱各容　三〇年代的臺灣兒童文學：黃金時期——推動者行止——張深切
　　　　　與《臺灣文藝》　臺灣近代兒童文學史　臺北　秀威資訊科技公
　　　　　司　2013 年 9 月　頁 279—284

分論
◆單行本作品
論述
《孔子哲學評論》

203. 游彌堅　讀後感　孔子哲學評論　臺中　中央書局　1954 年 12 月　頁 1—
　　　　　2

204. 游彌堅　《孔子哲學評論》讀後感　張深切全集・孔子哲學評論　臺北
　　　　　文經出版社公司　1998 年 1 月　頁 61—62

205. 廖仁義　臺灣觀點的「中國哲學研究」——《孔子哲學評論》與張深切的
　　　　　哲學思想　臺灣文藝　第 133 期　1992 年 11 月　頁 45—68

206. 廖仁義　臺灣觀點的「中國哲學研究」——《孔子哲學評論》與張深切的

---

[11]本文敘述張深切催生與經營《臺灣文藝》的過程，並揭示其對臺灣文學的重要地位。全文共 4 小
節：1.前言；2.張深切與臺灣文藝聯盟；3.《臺灣文藝》內容評述；4.結論。

　　　　　　　張深切全集・在廣東發動的臺灣革命運動史略・獄中記　　臺北
　　　　　　　文經出版社公司　1998 年 1 月　頁 69—71

217. 張文環　　序（三）　張深切全集・在廣東發動的臺灣革命運動史略・獄中
　　　　　　　記　臺北　文經出版社公司　1998 年 1 月　頁 72—75 為日文原
　　　　　　　文。

218. 黃英哲　　解說《在廣東發動的臺灣革命運動史略・獄中記》　張深切全
　　　　　　　集・在廣東發動的臺灣革命運動史略・獄中記　臺北　文經出版
　　　　　　　社公司　1998 年 1 月　頁 403—408

《里程碑》

219. 顏元叔　　臺灣小說裡的日本經驗〔《里程碑》部分〕　文學的史與評　臺
　　　　　　　北　四季出版公司　1976 年 7 月　頁 57—61

220. 顏元叔　　臺灣小說裡的日本經驗〔《里程碑》部分〕　壓不扁的玫瑰花—
　　　　　　　—楊逵的人與作品　臺北　輝煌出版社　1976 年 10 月　頁 62—
　　　　　　　66

221. 顏元叔　　臺灣小說裡的日本經驗〔《里程碑》部分〕　何謂文學　臺北
　　　　　　　臺灣學生書局　1976 年 12 月　頁 205—209

222. 顏元叔　　臺灣小說裡的日本經驗〔《里程碑》部分〕　楊逵的人與作品
　　　　　　　臺北　民眾日報出版社・民眾文化出版社　1979 年 10 月　頁 62
　　　　　　　—66

223. 陳芳明　　亞細亞孤兒的聲音——張深切與《里程碑》（上、下）　自立早
　　　　　　　報　1990 年 1 月 21—22 日　14 版

224. 陳芳明　　亞細亞孤兒的聲音——張深切與《里程碑》　張深切全集・里程
　　　　　　　碑（下）　臺北　文經出版社公司　1998 年 1 月　頁 756—767

225. 計碧瑞　　衝突下的民族意識形態——論臺灣傳記文本《里程碑》和《無花
　　　　　　　果》　臺灣研究集刊　2006 年第 4 期　2006 年 12 月　頁 90—96

226. 林淑慧　　留日敘事的自我建構——臺灣日治時期回憶錄的跨界意識〔《里
　　　　　　　程碑》部分〕　臺灣國際研究季刊　第 8 卷第 4 期　2012 年 12 月

頁 165—167，173—184

《縱談日本》

227. 洪尊元　寫在《縱談日本》一書之前　縱談日本　臺北　泰山出版社
1966 年 8 月　頁 1—4

228. 洪尊元　寫在《談日本，說中國》一書之前　張深切全集・孔子哲學評論
臺北　文經出版社公司　1998 年 1 月　頁 63—66

229. 張炎憲　臺灣人的日本觀　張深切全集・孔子哲學評論　臺北　文經出版
社公司　1998 年 1 月　頁 228—231

《北京日記・書信・雜錄》

230. 黃英哲　《北京日記・書信・雜錄》解說　張深切全集・北京日記・書
信・雜錄　臺北　文經出版社公司　1998 年 1 月　頁 496—502

戲劇
《邱罔舍》

231. 余適超　《邱罔舍》片中的主人翁——邱罔舍人生哲學　民聲日報　1957
年 8 月 3 日　6 版

232. 余適超　《邱罔舍》片中的主人翁——邱罔舍人生哲學　張深切全集・邱
罔舍　臺北　文經出版社公司　1998 年 1 月　頁 286—290

233. 賴明弘　《邱罔舍》的幽默　民聲日報　1957 年 8 月 24 日　6 版

234. 王白淵　笑劇《邱罔舍》　聯合報　1957 年 9 月 4 日　6 版

235. 王白淵　笑劇《邱罔舍》　張深切全集・邱罔舍　臺北　文經出版社公司
1998 年 1 月　頁 295—296

236. 方道觀　《邱罔舍》試片觀後感　民聲日報　1957 年 9 月 21 日　6 版

237. 林培雅　論張深切的《邱罔舍》劇本對民間文學的繼承與改造　民間文學
及作家文學研討會論文集　新竹　清華大學中文系　1998 年 12 月
頁 149—164

238. 林培雅　論張深切的《邱罔舍》劇本對民間文學的繼承與改造　高苑論文
集第一期——人文社會類　高雄　高苑技術學院　2001 年 3 月

頁 280—295

《遍地紅——霧社事件遍地紅》

239. 朱雙一　原住民文化：臺灣文學的文化基因之一──驍勇強悍性格在漢族
　　　　　　創作中的投影〔《遍地紅──霧社事件遍地紅》部分〕　臺灣文
　　　　　　學與中華地域文化　廈門　鷺江出版社　2008 年 9 月　頁 45—46

240. 林純芬　張深切《遍地紅》劇作探析　2009 南投文學學術研討會　南投
　　　　　　南投縣政府文化局主辦；南開科技大學文化事業發展系承辦
　　　　　　2009 年 12 月 12 日

241. 林純芬　張深切《遍地紅》劇作探析　2009 南投文學學術研討會論文集
　　　　　　南投　南投縣政府文化局　2009 年 12 月　頁 67—94

文集

《張深切全集》

242. 路　易　為《張深切全集》催生　民眾日報　1995 年 6 月 15 日　23 版

243. 陳芳明　追尋張深切　聯合文學　第 151 期　1997 年 5 月　頁 86—89

244. 陳芳明　追尋張深切　深山夜讀　臺北　聯合文學出版社　2001 年 3 月
　　　　　　頁 97—99

245. 張夢瑞　《張深切全集》，撥開臺灣歷史雲霧　民生報　1997 年 12 月 4 日
　　　　　　34 版

246. 陳文芬　《張深切全集》奮戰八年今春出版　中國時報　1998 年 1 月 27 日
　　　　　　25 版

247. 陳芳明　出版緒言　張深切全集〔全 12 卷〕　臺北　文經出版社公司
　　　　　　1998 年 1 月　頁 10—14

248. 江中明　張深切作品全集出版　聯合報　1998 年 2 月 12 日　18 版

249. 陳芳明　復活的張深切　中國時報　1998 年 2 月 12 日　27 版

250. 陳芳明　復活的張深切──導讀《張深切全集》　深山夜讀　臺北　聯合
　　　　　　文學出版社　2001 年 3 月　頁 103—108

251. 吳興文　《張深切全集》及其他　文訊雜誌　第 150 期　1998 年 4 月　頁

10

252. 王昶雄　　　先賢的風貌與文采——《張深切全集》　臺灣立報　1998 年 12 月
　　　　　　　　29 日　8 版

253. 王昶雄　　　先賢的風貌與文采——《張深切全集》　王昶雄全集・散文卷 2
　　　　　　　　臺北　臺北縣文化局　2002 年 10 月　頁 453—455

254. 吳鴻玉　　　《張深切全集》出版　1998 臺灣文學年鑑　臺北　行政院文建會
　　　　　　　　1999 年 6 月　頁 177

255. 陳芳明　　　召魂式　深山夜讀　臺北　聯合文學出版社　2001 年 3 月　頁
　　　　　　　　100—102

256. 羅吉甫　　　《張深切全集》發行　中國時報　2004 年 2 月 13 日　E7 版

多部作品

《在廣東發動的臺灣革命運動史略・獄中記》、《我與我的思想》

257. 陳明台　　　戰後初期臺中市的作家與作品——張深切　臺中市文學史初編
　　　　　　　　臺中　臺中市立文化中心　1999 年 6 月　頁 101—102

《邱罔舍》、〈落陰〉

258. 潘惠華　　　淺探臺灣民間文學臺語書寫——以張深切劇本〈落陰〉、《邱罔
　　　　　　　　舍》為例　當小說找到舞臺——第 2 屆臺灣語文暨文化研討會
　　　　　　　　臺中　中山醫學大學臺灣語文學系，社團法人臺灣羅馬字協會
　　　　　　　　2007 年 10 月 6—7 日

單篇作品

259. HC 生　　　文藝時評〔〈鴨母〉部分〕　第一線　第 1 期　1935 年 1 月 6 日
　　　　　　　　頁 56—57

260. 許俊雅　　　日據時期臺灣小說蘊含的思想內容——譴責日本殖民統治——立
　　　　　　　　法執法不公〔〈鴨母〉部分〕　日據時期臺灣小說研究　臺北
　　　　　　　　文史哲出版社　1995 年 2 月　頁 423

261. 許達然　　　「介入文學」：日治時期臺灣短篇小說量化探討〔〈鴨母〉部
　　　　　　　　分〕　臺灣文學史書寫國際學術研討會論文集・第二集　高雄

　　　　　　春暉出版社　2008 年 6 月　頁 218

262. 耐霜〔張維賢〕　　戲曲評〔〈落陰〉部分〕　臺灣新文學　第 1 卷第 8 期
　　　1936 年 9 月 19 日　頁 38—40

263. 耐　霜　　戲曲評〔〈落陰〉部分〕　日本統治期台湾文学文芸評論集・第 3
　　　卷　東京　緑蔭書房　2001 年 4 月　頁 68—70

264. 耐霜著；涂翠花譯　　劇本評〔〈落陰〉部分〕　日治時期臺灣文藝評論
　　　集・雜誌篇 2　臺南　國家臺灣文學館籌備處　2006 年 10 月　頁
　　　150—152

265. 王晉民，鄺白曼　　張深切〔〈落陰〉部分〕　臺灣與海外華人作家小傳
　　　福州　福建人民出版社　1983 年 9 月　頁 11—13

266. 朱雙一　　臺灣新文學中的「陳三五娘」[12]〔〈荔鏡傳〉部分〕　臺灣研究集
　　　刊　2005 年第 3 期　2005 年 9 月　頁 95—96

267. 朱雙一　　從蠻荒到文治：生民活力與僵固教化的辨證——從《陳三五娘》
　　　看臺灣民間粗礪的生命力〔〈荔鏡傳〉部分〕　臺灣文學與中華
　　　地域文化　廈門　鷺江出版社　2008 年 9 月　頁 161—162

268. 木山英雄　　張深切の北京時代日記を讀む[13]〔〈北京日記〉〕　野草　第
　　　56 期　1995 年 8 月　頁 16—27

269. 木山英雄著；廖為智譯　　讀張深切〈北京日記〉　張深切全集・北京日
　　　記・書信・雜錄　臺北　文經出版社公司　1998 年 1 月　頁 346
　　　—358

多篇作品

270. 彭瑞金　　臺灣新文學的民間信仰態度及其影響〔〈鴨母〉、〈落陰〉部
　　　分〕　臺灣文學史論集　高雄　春暉出版社　2006 年 8 月　頁 36
　　　—38

---

[12]本文後改篇名為〈從蠻荒到文治：生民活力與僵固教化的辨證——從《陳三五娘》看臺灣民間粗礪的生命力〉。
[13]本文後由廖為智譯為〈讀張深切〈北京日記〉〉。

作品評論目錄、索引

271. 張志相編　　張深切研究相關論著目錄一覽表（迄 1997 年）　張深切全集
〔全 12 卷〕　臺北　文經出版社公司　1998 年 1 月　頁 43—46
272. 〔封德屏主編〕　　張深切　臺灣現當代作家評論資料目錄（四）　臺南
國立臺灣文學館　2010 年 11 月　頁 2541—2553

其他

273. 秦賢次　抗戰時期期刊編目──北平《中國文藝》月刊　當代文學史料研
究叢刊　第 2 期　1987 年 12 月　頁 40

國家圖書館出版品預行編目資料

臺灣現當代作家研究資料彙編. 52, 張深切 / 陳芳明編
選. -- 初版. -- 臺南市：臺灣文學館, 2014.12
　　面；　公分
ISBN 978-986-04-3256-5(平裝)

1.張深切 2.傳記 3.文學評論

863.4　　　　　　　　　　　　　　103024266

【臺灣現當代作家研究資料彙編】52
張深切

發 行 人　翁誌聰
指導單位　行政院文化部
出版單位　國立臺灣文學館
　　　　　地　　　址／70041 臺南市中西區中正路 1 號
　　　　　電　　　話／06-2217201　　　　　傳　　　真／06-2218952
　　　　　網　　　址／www.nmtl.gov.tw　　　電子信箱／pba@nmtl.gov.tw

總 策 畫　封德屏
顧　　問　林淇瀁　張恆豪　許俊雅　陳信元　陳義芝　須文蔚　應鳳凰
工作小組　汪黛姝　陳欣怡　陳鈺翔　張傳欣　莊雅晴　黃寁婷　詹宇霈　蘇琬鈞
編　選　　陳芳明
責任編輯　莊雅晴
校　　對　杜秀卿　張傳欣　莊雅晴　黃寁婷　蘇琬鈞
計畫團隊　財團法人台灣文學發展基金會
美術設計　翁國鈞・不倒翁視覺創意
印　　刷　松霖彩色印刷事業有限公司

著作財產權人　國立臺灣文學館
　　　　　本書保留所有權利。欲利用本書全部或部分內容者，須徵求著作財產權人
　　　　　同意或書面授權。請洽國立臺灣文學館研究典藏組（電話：06-2217201）

經銷展售　國家書店松江門市（02-25180207）
　　　　　國立臺灣文學館－雪芙瑞文學咖啡坊（06-2214632）
　　　　　三民書局（02-23617511）　　　　五南文化廣場（04-22260330）
　　　　　台灣的店（02-23625799）　　　　府城舊冊店（06-2763093）
　　　　　南天書局（02-23620190）　　　　唐山出版社（02-23633072）
　　　　　草祭二手書店（06-2216872）

初版一刷　2014 年 12 月
定　　價　新臺幣 370 元整
　　　　　第一階段 15 冊新臺幣 5500 元整　第二階段 12 冊新臺幣 4500 元整
　　　　　第三階段 23 冊新臺幣 8500 元整　全套 50 冊新臺幣 18500 元整
　　　　　全套 50 冊合購特惠新臺幣 16500 元整
　　　　　第四階段 14 冊新臺幣 5000 元整

GPN　1010303056（單本）　ISBN　978-986-04-3256-5（單本）
　　　1010000407（套）　　　　　　978-986-02-7266-6（套）

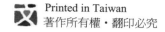